MINGUO
TONGSU XIAOSHUO DIANCANG WENKU

民国通俗小说
典藏文库

耿郁溪 卷

意可香

耿郁溪

 著

中国文史出版社

图书在版编目（CIP）数据

意可香／耿郁溪著. – – 北京：中国文史出版社，
2021.3

（民国通俗小说典藏文库. 耿郁溪卷）

ISBN 978 – 7 – 5205 – 2745 – 3

Ⅰ. ①意… Ⅱ. ①耿… Ⅲ. ①长篇小说 – 中国 – 现代
Ⅳ. ①I246.5

中国版本图书馆 CIP 数据核字（2020）第 246375 号

责任编辑：蔡晓欧

出版发行：**中国文史出版社**

社　　址：北京市海淀区西八里庄路 69 号院　邮编：100142

电　　话：010 – 81136606　81136602　81136603（发行部）

传　　真：010 – 81136655

印　　装：北京新华印刷有限公司

经　　销：全国新华书店

开　　本：720×1020　1/16

印　　张：21.5　　　字数：295 千字

版　　次：2021 年 3 月第 1 版

印　　次：2021 年 3 月第 1 次印刷

定　　价：68.00 元

目　录

第一章　多情却似总无情

夏天正午，毒热的太阳照在砖墁地的庭院里，透着那么干燥火炽。两棵枣树的阴影儿，连条狗都遮不住，它是又细又高。在那高处鸣着热蝉，像摩擦到极度的声音，令人听了觉得无聊且不耐烦。困，而又睡不着。

这个院落是大通公寓的前院，除了柜房下房之外，还有七八号住客的屋子。这些屋子里的客人，有钱的陪着情人到游泳池、北海去了；没钱的在屋里拿了本小说，光着脊梁躺在床上等困。只有三号的客人没有闲着，在屋里举行演礼。演的不是结婚礼，也不是订婚礼，而是"求婚礼"。求婚似乎比结婚还要严肃而重大，结婚就是成功，而求婚的结果，未必没有失败，所以终身大事，就在此一礼了。

演礼的先生姓范，单名一个统字，二十多岁，团团的脸，带得身体无一处不给人一个团团的印感。为了演礼，还请了一个赞礼员兼导演，因为这"求婚礼"就是他创造的。创造这求婚礼的姓杨，叫胜仁，长得非常瘦，瘦得夏天里都看不见冒油。杨胜仁对于求婚颇有经验，他以前已经举行过七八次了，可是到现在还没有结过一次婚，他的经验全是从失败里来的。杨胜仁说："失败是成功的母亲，努力是成功的父亲。有了失败，再配上努力，才能有成功呢。"

杨胜仁进到三号房子，那范统正在照着镜子练表情，一言一语，脸上都要表现出来。那语言都是杨胜仁以七八次之经验研究出来的，没有一句不自以为诚恳动人，没有一句不带诗味。他把枕头靠着墙壁，立在床上，他向着枕头，跪在床下，一腿跪着，这是艺术。两

1

只手举起来，似捧着什么东西，表示要求赐予和接受赏给的样子。他说："亲爱的，我实在不能忍住我的爱弦的振动了，我要奏出一句最后的歌调给你听，这是伟大的歌调。亲爱的，你能允许我吗？一个伟大的诗人，必须一个美丽的人来安慰他。我现在，需要你嫁给我！只有我能娶你，只有你能嫁给我。亲爱的，世界上再也没有像我们俩结合这样的幸福了。"他一边说着，一边摘下戒指，枕头旁立着一把笤帚，把戒指戴在笤帚上。于是这个演礼便算告成。今天是演礼，明天是正式的求婚祭，或是求婚式。他觉得他的表情细微，言语悠扬，再无遗憾了。

这时杨胜仁走进来："哈啰，毫肚油肚！"

范统立起来道："成功了，老杨，我真感谢你，若是没有你这一套，我这辈子也不用打算求婚了。我所以老没有举行的原因，就是没有词儿，不知怎么说好。你编得太好了，我想明天一定不会碰钉子。"

杨胜仁把西服上身扔在床上，把衬衫的袖子卷到肩膀地方，三个牛痘花仿佛刻在骨头上似的。他道："告诉你说，我将来一定要做一本求婚经，你看吧，一定比处世奇术还要卖得冲。"

范统道："当然，我一定买十本儿，终身使用。"

杨胜仁道："没有终身用的，一个人只使用几次还不够瞧的吗？我说，练习怎样了？"

范统道："我想是成功了，明天不会碰钉子的。"

杨胜仁道："小汪性情我都替你琢磨透了，我这套儿，可以说完全是冲着她编的，你说去吧，一说就成。"

范统道："小汪是真漂亮，我一见了她，简直就说不出话来，你说她怎么会这样震我的心灵。妈的，要不是把你这套词儿背熟了，明天我一样抓瞎。今天背得这样熟，明天还许打磕巴呢。"范统对于功课也没有下过这样的苦功夫。

杨胜仁表示有经验道："最好是态度能拿稳了，别害怕。你就这样想：失败就失败了，倒许能成功，心里越怕越说不上来。现在先从头儿演习演习，我看看怎么样。"说着，又把枕头稍微歪一点道，

"小汪坐着时永远斜着身体好看，你得从侧面跪下。"

范统先把戒指戴好，刚要往下跪，杨胜仁拦住道："不成不成，你必须一边说着一边跪，才显得自然。"于是他先向枕头做个样子，一边说着一边跪下道，"你看见没有，这样才成。"

范统福至心灵，学得跟杨胜仁一个样。杨胜仁还在旁边挑毛病，仿佛摄影匠似的摆布着头一次照相的人。范统这个地方一点也不饭桶，学得有劲着呢。他就好像今天学了明天一交卷儿就成了，他并没有料到那位汪小姐对他究竟是什么态度。明天的求婚礼，汪小姐还不知道，那时范统突如其来地演这一套，汪小姐要起什么印感，不但范统没有把握知道，就是杨胜仁也有几分疑虑，究竟他碰过钉子多了，不敢保操胜券。不过他极力鼓动着范统去试，试成了，他再去破坏，说那套词是他编的；试不成，他可以知道还得努力改良。到底明天成不成，现在还是个谜。

要想知道这个谜揭开了是个什么，还须先知道范统和汪小姐的关系。汪小姐名叫晴澜，是个十九岁的活泼女郎，在活泼里还有大方，有稳重，有美丽，而且真"够味儿"。"够味儿"这三个字，很难解释，连派头儿、神气、姿态、言语都算在一块儿，再加上一句俗话："还有那么一股劲儿。"令人一见又惊又爱。她是去年暑假里，和范统一起考入北京的一个最高学府，难得的是范统不知怎么就考上了。范统对于功课，就如同他对于世道人情一样，不求甚解，只要及格，就算念了书了。对于世故，也还不大清楚。虽然他自己满以为清楚，但是有时又知道不如别人如杨仁胜等知道得多。

汪晴澜不但在女生里，就连男生算在一起，她的功课也是出类拔萃的，只有一个男同学，名叫黎士方的，比她略好些，而世故或者不及她。年岁也相同，长得也很漂亮，不过还有点稚气，天真未泯的样子。汪晴澜对于同学的态度，无论男女智愚，都是一个样子，不分厚薄。但在每一个人看来，都觉得自己所接受的好像比别人都优，范统就是因为这样而向汪晴澜进攻。

在一开学的时候，大家聚在一堂，谁也不理谁，慢慢地从许多生面孔里，找那合乎自己眼光的来亲近。各人的眼光不同，趣味也不一样，不知不觉地一班里就分出许多部落来，三个一群，五个一伙儿。有那姑姑不疼、舅舅不爱的人，便保持中立，或各自为战，范统便归于这一派里。

别人对于汪晴澜，都互相帮忙，商议进攻之策，唯有范统先生，匹马单枪，总想单独媾和。大家都知道他这饭桶意思，弄得好坏不管，只是大家先消遣解闷儿。在学校里光念书多没意思，每个礼拜出个笑料，大家消遣消遣，生活倒也不寂寞。范统对于大家的意思和汪晴澜对他的意思，他一样看成真的，因为谁也不告诉他，所以他总在闷桶里。连杨胜仁虽然说别人也把他看作玩物，而他对于范统也是带些嘲弄意味的。范统有这样好处，碰个钉子不算什么，所以他并不觉得大家对他有什么坏意来。

这个同学对他说："老范（真不好意思叫他的名字），小汪对你不坏，大概知道这一班里就属你心眼儿不错，进攻呀！你算是一班的骄子了！"那个同学又对他说："密司特范，方才小汪直看你，似乎对你有意了。努力呀，祝你胜利！"范统对于人家说他的坏话，他有时很不相信，可是人家若是说他的好话，他便以为那是千真万确的善意，而对人加以好感。于是他便说："老张，请你吃杯冰激凌。"老张刚说完，老李又来说。汪晴澜再也没想到别人也借她的名字白吃冰激凌。像杨胜仁这样卖力气，已经不是几杯冰激凌所能报酬的了。

范统一入学校，也看出汪晴澜的可爱，不过他自己也知道汪晴澜不会爱他，所以他最初也没什么野心。后来被同学的你一句我一句，把假的空气居然造成了固体，他竟确切不疑地相信汪晴澜对他实在有意了。他试着偷看了汪晴澜几回，果然汪晴澜也在看他，他的心跳起来，脸也跟着热了。

本来他是从小在县城里读书，哪里跟这样摩登大姑娘小媳妇的一块儿待过？到了这里，见了她们，还有点拘束得慌。在平日看报和读小说的经验，知道到了大学就男女社交公开，自由恋爱，自己未曾不心向往之。现在一入大学，果然是这个样子，遂感到惊奇而快意。为表示自己是时代的骄子，心里常跃跃欲试。但因乡气未脱，胆子未放，还有点拿不出套子来。他并不傻，人家说他傻，他还不乐意。人家若说他机灵他能请人一顿饭。

他自己也常琢磨着：汪晴澜为什么爱我呢？如果说爱我漂亮，那是假话，我不会信；如果爱我功课好，这话也骗不了我。他们都说爱我老实诚恳，我想这话太对了，绝不是骗我的。女人原来是爱老实诚恳的男子，何况我虽不太富，总算有钱。更何况我虽不太漂亮，但也是不太难看呀。太漂亮的男人，心最不可靠。女人不是不知道的，谁不愿意嫁一个忠实的丈夫，有钱而多情呢？这样一说，汪晴澜爱我，是没有疑问了。

他把自己的优点全想出来之后，于是自己和汪晴澜的恋爱，在汪晴澜并不知道之下，他已确定为事实了。他把汪晴澜竟看作自己的情人，别人若是向汪晴澜多看了一眼，他都非常生气，以为侮辱了他一个样。

有一天，这堂先生请假，大家都跑出教室，或是到操场去玩，或是到图书馆去看书，或是在庭院里散步，或是到宿舍里闲谈。范统一个人在教室里写笔记，别看范统功课不济，但笔记却记得很详细，他拿笔记当作一种门面了。功课记在心里，有谁能看见呢？若是把笔记记好了，拿给谁看，也得说咱用功。寄回家里，爸爸一定喜欢，知道儿子在学校里，还写这么些样的字，怎不高兴寄钱？

他正在画笔记——他的笔记只可谓之画，照猫画虎地画，画完了连他都不知道这笔记是代数的方程式还是物理化学的方程式。他正在画着，忽然一个轻快的脚步声走进来，他听得熟了，这脚步声是汪晴澜的。屋里并没有别人，他心里跳起来，简直不敢抬头望她。就听见她好像在找东西，又好像故意逗留教室里不去——这时范统这样想着。

果然，汪晴澜走过来，他更心跳得紧了。就听汪晴澜说："范，不，密司特范，借我钢笔用一用可以吧？"说时笑了，这是头一次和范统直接谈话。

范统真不知怎么好了，忙把自来水钢笔双手递了过去。汪晴澜接过去，伏在另一个桌上，在一本书里好像写了几行字，然后把钢笔又递给范统道:"谢谢!怎不到院子里散散步?"

范统这时魂不守舍的样子道:"没,没有。"汪晴澜一笑,跑了出去,她是那样活泼袅娜。范统眼睛都直了。

这时又走进一个男同学来,范统才归了壳。那同学向范统道:"呵,你们两人倒真清静,在教室里谈起知心话来了。"那同学有意戏弄他。

他笑了道:"没有谈几句。"

同学道:"没有吗?我全都听见了,说实话,你们 Kiss 没有?"

范统笑得嘴都闭不上了,他道:"别瞎说了。"拿郑重的话当笑话说,仿佛又承认又不承认的神气。

那同学道:"最后那一个吻我可见了,以前的我可不知道,真的,你们接了几个吻,你要是不说,我给你们宣布去。"

范统笑道:"我说下课咱一块儿吃饭去,我请。"人家一说好话,虽然明知是瞪眼撒谎,也得有所酬谢人家,这话使自己多么痛快呀!

第二堂上了课,大家在听先生讲课,范统却一个人想着茌儿乐。嘴唇含着自来水笔,想到汪晴澜方才和自己借笔说话,多么动人心呢!这笔也是经过美人手泽的,吻在嘴边上去,他心里道:方才屋里没有人,她完全是想借着借钢笔的机会跟我说话,我应当跟她多聊一会儿才对。她不是还说叫我到院里散步吗,那就是有意约我陪着她,妈的,我那时怎会没想到。下堂找她说话,试一试。他一边想着一边乐,先生有时看见他都要吓一跳。

下堂后,范统想找汪晴澜说话,可是又不好意思,怕别人瞧着不大方。有几次倒是凑到汪晴澜的身旁,可是又不知说什么好,想了半天,没词儿,晃悠晃悠身体刚要张嘴,汪晴澜又跑到别处去了。后来勉勉强强、别别扭扭地找着几个机会,和汪晴澜谈上两句半话,谈话的工夫,还没有他转腰子的工夫长。结结巴巴、吞吞吐吐,三脚踢不出一个响屁来,汪晴澜也没大理会。

这一年的工夫就这么平平常常地过来了。但范统并不以为平常,他自己若是给他做生活史,这一年要算不平常的一页了。汪晴澜的名声是越来越大,几乎成了校里的皇后、校外的明星。在范统以为能和汪晴澜同学而同班，已经能增光耀祖，何况他们还谈过话，还心心"单"印呢？

在这一年里，不但范统这样平平淡淡过了，就是别的同学，也是马马虎虎地过来。第一原因是同学一年就谈恋爱，未免过急。第二是汪晴澜太神秘了，对于任何人——除了对黎士方有些不同——全都一样，不即不离的，叫任何人——连黎士方都算上，对她都是又爱又不敢爱。也有几个爱而碰钉子的，有的写信被退回来，有的请看电影被拒绝。

碰钉子最多的是杨胜仁，即求婚一次，就碰了两三回了。但他并不灰心，他总觉得有希望，汪晴澜对他特殊，所以给他钉子碰着，乃是在试探他能忍不能忍，他和范统一样做着这个美妙的梦。不过他和范统不同的是，就是他比范统有勇气，他有创造力。他有时又不太认真，他能够在台下演戏，又能在台上落泪，他是把真事当戏做，把戏又当真事演。说他没心，又有心；说他有心，又没心。看着他比范统机灵，其实也不免糊涂。把他们比作劳瑞哈代所串演的一对糊涂虫，那是最恰当不过了。

到了暑假，各自回家。杨胜仁一面对汪晴澜仍旧进攻，一面对范统说："胖子，你的机会来了。"

范统道："怎么见得，瘦子？"一还一报，你叫我胖子，我叫你瘦子。

杨胜仁道："我告诉你，暑假里全都回家了，这是给你一个独自进攻的机会，这个机会可不能放松呀！"

范统道："怎么进攻呢？"

杨胜仁道："先给她写信。"

范统道："写信往哪儿寄啊？"

杨胜仁道："寄到她的家里。"

范统道："她家住在什么地方呀？"

杨胜仁道："我知道。"杨胜仁已经写过两次信了。

范统道："到底是你成，我怎么就没跟她打听。"

杨胜仁道："跟她打听还成？学校有的是册子，一查就得。"

范统笑道："你倒有这个心，可是怎么写信呢？"

杨胜仁道："先写一封客套信，这封信可别写求婚的事，那太快了。这封信若是得了回信，你再写第二封信，约她出来，只要她出来，你就可以当面求婚。"

范统惊奇道："真的吗？"

杨胜仁道："屡试不爽。"

范统道："你替我写这封信成不成？我没有谱儿，尺牍大全里没有这类的，我找了很多次，也没有男学生给女学生的信。学生文库里倒有几封信，但又是男学生给男学生的，女学生给女学生的。"

杨胜仁道："好吧，我给你做一篇，明天给你带来。"

其实他哪里能做，也不过是抄。回家拿了一本《情书选》，打开选了半天，也没有合适的，那情书尽是外国人的，里面除了外国人名就是外国地名，不适用。拿了一本章衣萍的《情书一束》一看，倒是中国人做的，可惜不是情书，而是小说。他急得没办法，忽然看见报上文艺版里，登着一个《拾来的信》一篇文章。那正是一篇情书，不知道是谁给谁的。现代有为青年，想给心里想的人通信而又没有勇气，便把信前面写了一个题目，什么"拾来的信""寄不出的情书"，当作稿子投到报上去，拿报纸做媒介，一方面得稿费，一方面叫送报的把情书送到意中人的眼前，倘对方看了有回响，那是最好了，如果遭了对方白眼，那就只当作为一篇稿，好像于自己人格无伤。不过这种情书，十篇有九篇都是肉麻而不通的。杨胜仁见了这篇求爱的信，十分喜欢，抄总比自己做省力得多，不管三七二十一，他把那篇整个抄上了，马马虎虎地也没有看清楚，反正知道是情书。

第二天交给范统，叫范统看一看，范统说："没有错儿，你的文章我知道，比我强得多。"他看也没看，就把信发了，并且请了杨胜仁一顿晚餐。杨胜仁叫他应当再誊写一遍，范统也没有再誊。他不知道杨胜仁已经给汪晴澜写过多少次信，他的笔迹汪晴澜已经认识了。

信到了汪晴澜手里，汪晴澜正在无聊，接到了信，不胜欢喜，至少可以消磨一会儿光阴。但是她一看信皮上写着"大通公寓范统寄。"不由怔了，范统怎么也想起写信来了。她打开看里面，只见头一句便写的是"亲爱的晴澜。"她想道：怎么突然地这么不客气起来，真可气！她又往下一看才知道是杨胜仁的笔迹，她点了点头，知道一定是杨胜仁恨我了，故意假冒范统的名字写信，叫我好憎恨范统，范统那糊涂蛋，一定要对我起反感，我才不上他的当。她又往下看，只见下面写着"自从学校分离后，又不少日没见了，我没有一天不在想念你呀。你在家里都忙些什么呢？昨天姑母到家里来，淑秀说晴妹近来很健康的。"汪晴澜想：范统在公寓，怎么又跑出家来？淑秀又是谁呀？这更可以是杨胜仁胡造谣言了！底下她也不再看了，杨胜仁抄的时候也没有想到这里。

汪晴澜想到：杨胜仁真可气，故意给同学互相离间挑拨，他没准儿用我的名字给范统写信骂他呢。我倒给范统写封信的好，我说接到他的信了，他一定很奇怪，问我谁冒了他的名字写信，然后我把原信寄了回去，他非得和杨怀仁发脾气不可。对，我也该叫杨胜仁吃点苦子吧，反正我也装不知道是他写的，范统还看不出来吗？想罢，便写了一封回信，说信接到了，并且又问信上提的淑秀是谁。

信发了，第二天便由大通公寓的伙计送到三号范先生屋里。范统接到一看，差点儿抱着伙计接个吻，他一边乐一边打开信来看。寥寥几行，很客气的，这真是难得呀。不过她问淑秀是谁，自己也不知道淑秀是谁呀。信里怎么又跑出个淑秀来，回头问问杨胜仁再说。这两天杨胜仁天天来打听消息。今天来了，听见范统在屋里乐，他也乐了，晓得必来了回信，连他自己也莫名其妙，怎么会真来回信，难道她真看上范统了吗？

他过来先敲门道："哈啰！"这是外国人的规矩，杨胜仁永远行外国规矩的。

范统笑道："瘦子快来，范统万岁！"他一边欢呼一边把杨胜仁让进来。

杨胜仁先看了他手里拿着的信，便道："我看看，怎么样？咱们不是吹吧？"

范统把信递给他道："我真得感谢你呢。可是她问淑秀是谁，哪里有这么一个淑秀呢，你怎么跟她提起来？"

杨胜仁道："是吗？呀！"他摸了摸脑袋，把她的信看了，他自料到一定是抄的那封信里，有淑秀这么一个名字，自己没留心，也给抄在里面，遂道，"淑秀是一个古人，当然你也不知道，她更不知道了。我写信向来用典，淑秀是古时最钟情的一个女子，是希腊人，我拿汪晴澜比作淑秀，说她最多情，所以她喜欢了。"

范统道："淑秀很像中国人的名字。"

杨胜仁道："是呀，这是音译的，原名是淑特秀克。"

范统道："你的外国书倒是读得不少。"

杨胜仁得意了，他道："莎士比亚还拿她做了一个剧本，嘉波演了一个电影，可惜没到中国来。"

范统叫他唬得一怔一怔的。范统道："那么怎么回答她，还得你出主意。一事不烦二主，将来我们成功了，一定请你喝喜酒。"

杨胜仁这时真羡慕他，反而有点嫉妒了。他想：我给她写了这么多信，她连理也不理我，替范统抄了一篇，她倒写了回信，真是范统倒有这造化。想罢便说道："我再给你写第二封信，这第二封信只要简简单单，把她约出来，然后你就当面求婚，准成，没跑儿。"

范统道："那么给她写吧，这里有纸笔。"说着把纸笔拿了出来。

杨胜仁道："约她上哪儿呢？"

范统道："电影院。"

杨胜仁道："电影院里怎么求婚呢？公园里人太多，咖啡馆里没有下跪的地方，饭馆里求婚不大庄重，求婚是一件庄重的事呀，况且你的话还没说完，伙计进来啦，多别扭。"

范统道："最好约到公寓来，你看怎么样？"

杨胜仁真有点醋意，他道："公寓人是多的，也不大方便。"

范统道："人多还能上我们屋里跑吗，是不是？那天你也来，最好晚一点来，等我举行了求婚礼之后，你再来，然后你就同我们一块儿吃饭去，我们聘你为介绍人，怎么样？"

杨胜仁想了想道："也好，就这样办。"说着把信写了，约汪晴澜到公寓一叙。

信发了之后，范统说："还不懂得怎样求婚。"

杨胜仁道："我教给你，这是我自己造的求婚礼。"

这样，范统和杨胜仁学的求婚礼每天都在演习。在约定的头一天，他演习成功，可是杨胜仁还是给他挑出许多毛病来，并且告诉他："沉住气，临阵别害怕，见了她一晕场，那就糟了。"

他们把这件事看得和考试一样，自己固然温习得很熟，可是人家究竟出的什么题目，他们一点儿也不知道。杨胜仁又说："这屋里得变更一下，最低的限制，必须合乎艺术，叫她一进屋来，就起美感才成。"

范统问他怎么重新布置一下，杨胜仁说："得整个儿搬出去重新布置，屋壁的尘土，都得扫一下。"

范统一听，立刻叫伙计。伙计正在睡午觉，睡眼蒙眬的，仿佛听见叫谁，可是得不答声就不答声。范统见半天没人言语，又大喊一声道："伙计，谁来给谁五毛。"

伙计在梦中听见了五毛，立刻全惊醒了，精神奋发地跑了出来，说道："哪儿叫？哪儿叫？"

范统道："你们就听见钱了。"

伙计笑道："好，范先生叫谁敢不应。"

范统数了数人，全体动员了，连里院的伙计都跑出来。范统道："用不了这么些个，两个人就成了。老张跟李斗吧。"

老张跟李斗立刻卷起袖子道："范先生您干吗？"

范统道："把屋里的东西通通搬到院子来。"

伙计一听，这简直有点折腾，可是有五毛钱的外给，只得搬。连范统带杨胜仁一起动手，一会儿便搬尽了，院子里成了小市。伙计一边搭着一边说："这双鞋范先生不穿了，给我吧。"李斗说："这双袜子都破到上边来了，范先生我给您扔了吧。"说着，揣在怀里。老张道："范先生这把扇子不要了……"范统道："谁说不要了，你们跑这儿捡洋落儿来了？"伙计笑着，拿起蝇必立死的喷雾器，照着狗身上一打，说道："狗蝇大概也怕这水儿。"范统道：

"你给我搁下吧。"

杨胜仁站在屋里端详了一遍，便指定哪个地方搁床，哪个地方摆桌子，哪个地方挂画儿。把屋里的土掸了，立刻烟尘弥漫，呛得杨胜仁直咳嗽。

李斗道："床搁在犄角儿，顺着墙，多么宽敞呀。这么斜着搁着，不大是样儿。"

杨胜仁道："你懂什么，这叫作艺术，这必须合乎光线角度。"

李斗不懂什么叫光线什么叫角度，桌子都摆好了，还有点不平。杨胜仁道："胖子你把桌子抬一抬，我把桌腿儿再垫一垫就成了。"范统便把桌子稍微抬起一些，杨胜仁在底下垫木板儿。等到范统把桌子往下一落，就听杨胜仁嚷道："哎哟，留神我手指啊！"范统低头一看，好嘛，还压着手指头呢。他把桌子再抬起来，杨胜仁把手撤出来，他的手又是那么瘦，压得骨头节儿都是疼的。

范统笑道："我说怎么还活动不平呢，原来还有个手指头垫着，我还往下按了按呢。"

杨胜仁道："好，你可真损透了。"

范统道："先来两瓶汽水儿。"

杨胜仁道："干脆，来个西瓜吧，汽水儿喝得肚子都不合适了。"

范统遂给了伙计钱。李斗说："范先生干吗想起收拾屋子？"

杨胜仁道："明天范先生有贵客来临。"

李斗说："明天您是要买什么，您叫我李斗，我买准比别人便宜。"说着出去了。一会儿抱进一个西瓜来，说是一块五买的，别人买得两块，至少也得一块八。范统根本不较这真儿的，人逢喜事，干什么都可以原谅。

杨胜仁一边吃着西瓜，一边告诉范统，说明天汪晴澜来了，怎么让座，让她在哪里坐着，如此自己跪着才合适。教了他许多许多，范统一一记在心里。当晚一同吃了饭，临别范统嘱咐他明天最好晚一些去，因为他须得机会才能求婚，最好在四点以后。

杨胜仁道："新时间旧时间？"

范统道："咱们还是旧时间。"杨胜仁走了。

第二天范统起来，把屋里整理好了，又点了几根香水香，自己把胡子刮了刮，换了一身新衣服，不管热不热，老在身上穿着，谁知道汪晴澜什么时候来呢。虽然定在下午二时，万一她一高兴，早晨来呢。一切都整理好了，静等光临，一看，才上午九点，早得很，趁这时候先上趟厕所。由厕所回来，又叫伙计李斗买了些糖果香蕉之类。还没有来，看了看报，报也看不下去。一听院子里有女人说话，便连忙往外跑，一看，进里院去了，好几次都不对。本来还没到时候嘛，他自己安慰自己。想了想求婚的词儿，有一处打了磕巴，又赶紧拿出小抄儿来读了读，想了想姿势。十点多钟了，别的屋里放开了无线电，张傻子、绪得贵的相声，招得伙计都站在院里听，吵得范统无耐心烦。穿着衣服有点儿热，拿起一块糖来，看一看又搁下了，嗑了一个瓜子，把皮吐在地下，又拾了起来，没地方放，扔在抽屉里。痰桶是刚刷的，连唾沫都舍不得往里啐。十一点钟，公寓还不开饭，好容易李斗把饭端来，他急着把饭吃了。吃完，便把碟子碗端在院里，然后又开了门放放气味，顺便溜进几个苍蝇来，忙打了些蝇必立死，才重新把门关好。等了一会儿，汪晴澜还没有来。他出汗了，刚吃过饭，又搭着正午，哪有不出汗的呢？把上身脱了。看了看，十二点一刻，有点着急，又有点困，又提心吊胆，自己又把小抄掏出来读，试着背诵了几遍。想到今天就可以求婚了，不禁又有点兴奋。钟打了一点，离着约定时间还有一个钟头，心情有点紧张。这时杨胜仁给他打电话，问小汪来没来，他告诉他没来呢。杨胜仁又劝他沉住了气，别着慌。他的手都出汗了。

　　回到屋里，擦了擦，李斗笑着走进来道："范先生，有客人来找，跟我一同进来了。"

　　范统一听，说不出来的惊喜若狂，他手足失措的样子道："哪里？你拿几瓶汽水去。"

　　李斗往旁边一闪，走进一个乡下人来。范统一看，几乎晕了过去。李斗并不知道，他昨天听杨胜仁说今天有贵客光临，以为一定是范先生最喜欢的人，要不然不至于收拾屋子，所以今天一有人找，他连回禀也没有，直接就同进来了，他还以为这是一俏呢，其实范统大不乐意了。

来的这位是家乡里的一个老前辈，和自己的父亲很好，因为城里有买卖，时常到北京来。范统的父亲给他钱，也叫这个乡亲给带来，或是向他买卖里拨，他还负着调查和督促范统的责任。因为有这几种原因，还真不好意思得罪他，来了就得好好应酬，不然他给父亲奏一本，马上就不给带钱。今天是刚下的火车，因为给他带着钱，所以直接先到他这儿来。范统没有什么说的，只好强赔笑脸，老伯长老伯短。

范老伯还真拍老腔，仿佛他的父亲也得由他管。进到屋来，先把烟袋抽出来，坐在床上，一边抽着一边说道："你爸爸叫我看你在城里念书念得怎么样了。听说大学里男女合校，你爸爸可有点不放心，叫我调查调查你。"

范统道："是，老伯，我一向就知道念书，什么也不懂，男女合校不合校，咱们满不理。"

范老伯道："这话对，而今的女学生，简直不是那么一回事了。"

范统恨不能他马上就走才好，范老伯把钱掏出来，有五块一张的也有一块一张的，很多，都是范统的爸爸血汗挣来的钱。范老伯道："点点，五十块钱。"范统拿起来放在抽屉里道："老伯真会说笑话，那还有错吗？哈哈。"

李斗拿进四五瓶子汽水来，说道："打开吧？"他很想张罗张罗。

范统道："老伯不喜欢喝汽水，要不然您喝杯水再走，怪热的。"他是有点逐客的意思。

范老伯道："我还没吃饭，喝哪门子汽水？你给我叫趟饭去。"

李斗道："是，本胡同的小饭铺，挺干净，您吃什么，我给您叫去。范先生昨天为您现收拾屋子。"他还想买好儿，他知道这是范统的贵客。

范老伯道："你知道我要来？好孩子，倒是出来强得多了。"

范统笑了，可是跟着又皱眉，为了五十块钱，怎么不留人吃饭？李斗道："来个木须肉，一碗熬冬瓜，嘿，冬瓜可好，您喝酒不喝，我给您打去。"

14

范老伯道："来它四两吧，今儿我高兴，你随便收拾两个菜就得了。"李斗答应着出去了，范统恨不能踢他一脚。

范老伯把旱烟抽得满屋里烟气，抽完了把旱烟袋的灰都磕在地下，然后吹了吹，一口黏痰，一口啐在洗脸盆架子上，由架子上往下滴答。范统看着，心里这厌烦就不用提了。范老伯还是扯上没完，范统支吾答应，心里想着汪晴澜快来了，真是着急得厉害。

一会儿饭来了，范老伯先喝酒，一口一口地喝，一边喝着一边说着，酒一入肚，话是特别得多。他说："这五十块钱怎么也够花些日子的呀，这年头真得俭省着花。"

范统道："这五十块钱，不够买五本外国书的。外国原版书，一本都十几块。"

范老伯道："十几块一本书？我们乡里，一本《三字经》，才三大枚，现在贵啦，也才五分钱。洋书一卖就十几块？咱们乡下一年的学费也用不了啊！"

范统道："那不能这样说啊，这不是大学吗？"

范老伯道："《大学》也用不了这些钱，跟《中庸》一样，就是《论语》贵一点儿，分上论、下论两本。"

范统也不再抬杠，他是恨不能马上请他吃完就走才好。于是极力对付，他道："您还没到铺子去吗？"

范老伯道："没有，一直就到这儿来了。"

范统道："回头您就到铺子去吗？"

范老伯道："不，吃完饭，咱们爷儿俩洗个澡去。乡间没澡堂子，就是这样不好。我身体也不成啦，以前的时候，这热天早到河里去啦。"

范老伯一盅一盅地喝，范统一看钟，一点多啦，汪晴澜快来啦，若是这时候进来，多别扭呀。她要看见范老伯，不恶心才怪呢。这还不提，耽误了求婚大事，这是多么重大的牺牲啊。他这时好像热锅上的蚂蚁，不知怎么好了。他想：宁肯同范老伯一块儿洗澡，向汪晴澜失了约，也不能叫汪晴澜看见了范老伯。她一看见有这样的亲友本家，她非伤心不可。

15

范老伯好容易把酒喝完，又慢慢吃饭，吃饭总比喝酒工夫短些。可是钟已经敲了两下，和汪晴澜约会的时间到了。他想到汪晴澜不会准时到，多少要耽搁一些，为的是表示小姐的身份。可是范老伯吃完再不走，那可真是急了。他算计再有五分钟，范老伯可以吃完饭，再休息五分钟，走后再收拾屋子五分钟。假如汪晴澜一刻钟来，还不碍事。可是范老伯吃完了饭，并没有即刻就走的意思，拿起笤帚，折了一根细苗儿——就是范统给它戴戒指的那根，向牙缝里乱戳，剔出许多牙花子来，都吐在地下了。

范统看着恶心，要不是看他是老前辈，非给他一个耳刮子不可。范统把李斗叫来，把家伙拿出去，然后叫他扫地，为是给范老伯看。范老伯才不理会那个，仍是一边啐着一边说："洗澡去吧。"说着，又把烟袋拿出来。

范统道："我还有事，回头得到一个同学家里，现在人家正等着我呢。"他以为范老伯一定要走了。

但是范老伯抽足了烟，打了两个哈欠，困了起来，他道："坐火车真累人。"说着便歪在范统的床上，就想睡觉。吃饱了食困，再一喝点儿酒，大热的天，更想睡了。

范统越发着慌，他心里道：我宁叫汪晴澜白跑一趟，也不能叫他在这儿睡觉，遂道："要不然老伯咱们还是洗澡去吧。"

范老伯道："好，听你的。"

范统又叫李斗雇车，一看钟是两点一刻。他想汪晴澜一定快来了，至迟也就两点半来，不能叫范老伯看见我有女朋友，也不能叫汪晴澜看见有这本家，遂连忙扶范老伯走出来，把门锁上，坐了车到澡堂子。他想等范老伯睡着了，自己再偷着跑回来，大概还许赶得上。临走的时候，把钥匙交给李斗，说有人来找他，开开门让在屋里坐，等一会儿，马上就回来。

到了澡堂子，胡乱洗了洗，见范老伯睡着了，便慌忙穿了衣服。本来洗得就出汗，又一穿衣服，一着慌，汗越发出得多，衣服全都湿了。他给了澡钱，一看钟，三点了，匆匆往外便跑。伙计直疑心，怕他骗了范老伯的钱。

他坐了车又回到公寓，进门便问李斗道："有人找我吗？"李斗道："有一位，在屋里等着您呢。"范统一听，心几乎都要跳出来，擦了擦汗，脚步似乎求快，可是却往慢里走。一边心里乱想，也想不出一个什么来，求婚的词别忘了，恐怕背不下来了，现背也来不及。他不知道怎么才好，抓耳搔腮，又想着见面应说什么，又想着怎么求婚，又想沉住了气，可是结果却更着慌，他倒不敢进屋里去了。看见门开着，想着汪晴澜在屋里坐在床上，怎样地等着焦急，那种美貌，真动人呀！不知别的屋里客人看见没有，如果看见，一定要羡慕自己是怎样幸福呢。

　　他渐渐往近走，咳嗽了一声，屋里没有言语，他想一定是害羞。他到门口儿往里看，见床上躺着一个人，他立刻轰的一下脸红了，可是再一看，迎面伸着两只脚，穿着两只打了前掌的皮鞋。凉了，完全凉了，他觉得李斗欺骗了自己。他走进门来，床上的杨胜仁跳起来道："好呀，你还回来呀？敢则你们甜蜜去了，把我留在屋里，你昨天不是说同我一块儿玩去吗，为什么你带她独自走了？其实我也并不夺你的，干吗呀，我给你们弄成功了，你们又把我甩了，好呀！"

　　范统简直如丈二和尚摸不着头脑，他道："什么跟什么呀？"

　　杨胜仁道："你别跟我装傻，你以为我不知道吗？一进门李斗就告诉我了，说那位贵客来了，在这儿吃的饭，范先生给买的汽水儿、糖果，临完一块儿走了。好呀，刚求了婚就一块儿玩去啦，真是特别快车。得啦，你算是达到目的了，我呢，最低的限度，你得叫我见见。"

　　范统道："什么跟什么？我同着出去的是我家的一位老前辈。"

　　杨胜仁道："你别瞎说了。"

　　范统道："你不信叫李斗来。"

　　说着把李斗叫来，杨胜仁道："方才范先生同着出去的是男人还是女人？"

　　李斗知道他们这里有事，便道："是位先生。"

　　杨胜仁道："难道小汪没来？"

范统道："谁知道呀，你什么时候来的？"

杨胜仁道："我刚来的。我问你，李斗，方才有个女人来找范先生没有？"

李斗知道没有，可是如果回答没有，他们许不高兴，一不高兴，就许拿伙计出气，他回道："经我手可没有，可是刚才听他们说有个女的来了，也没提找范先生，在院子里转了转就走了，也许看你没在家，所以走了。"

范统着急道："那你没有问一问吗？"

李斗道："别的屋子叫我买东西去啦，我没看见，别人也不好意思问。"

范统突然坐在床上，叹了口气道："其命也欤？"

杨胜仁倒乐了，说道："你别转文了，没准儿是她不是呢？"

于是他们又问什么样儿，这李斗完全在撒谎，他只好随便比画比画，反正往漂亮里说吧。两个人一听，往汪晴澜身上一琢磨，确是有点像，范统更是后悔不迭。

杨胜仁道："谁叫你偏是她来的时候出去？"

范统这时把范老伯恨得牙咬得乱响，终身大事叫老梆子给耽误了。李斗赶紧躲开了，范统怔怔地站在那里。杨胜仁道："不要紧，还有挽救之策，慢慢想法子，不过这次骗了她，给了她一个最坏印象，挽回来比较麻烦一些。反正咱们得想法子，我再努力给你想个主意，绝不能叫煮熟的鸭子又飞了。"

范统得了安慰，道："走，咱们吃晚饭去。"

杨胜仁道："什么时候就吃晚饭，咱们先看电影去吧，看两场，看完电影再吃饭。"他们遂一同走了出去。

究竟汪晴澜来没来呢？不用说，她并没有来。她接到范统的信，冷笑了一下，扔在纸篓里了，根本她就瞧不起他们。她虽然是天真、活泼、大方，对谁都很和蔼，但是内心里却非常骄傲。她学的是西洋画系，她具有艺术天才。她爱美，她有时态度很严肃，有时又很顽皮，没有一个同学能够抓住她的脾气，没有一个同学能说出她的个性是什么。她好像是一个大宫殿，整个外宇是那样庄严壮丽，而

18

每一小部分如一椽、一檐、一瓦、一柱，莫不雕着小巧玲珑的花样。进到里面，感到她或是空洞的而却又被一种严肃伟大的环境罩住了。她是那样神秘啊！同学里面，不管是否同班，凡是男性，没有不想追逐她的。就是校外的学生，也要不远数里骑车跑来相看，一直追逐到她的家完事。这种追逐的法子，也不知其乐趣究属何在？有的老远跑来却并未见着，徒跑一趟，然而这也舒服，就如同上课一样，如果不来，就觉这天少办了一件大事。

汪晴澜每天接触许多生面孔，渐渐都变成熟识了。她对于这些人，并不感觉到憎恶，她有些可怜他们，同时把自己的骄傲无形中又养成好多。她在中学的时候，也是骑着自行车，戴着大草帽，头发直散着的，也并没有使人注意，觉得未来的皇后在那里。可是一入大学，虽然有时仍不免其天真，但环境使得她稳重了，同时和异性接触的时候多了，对于姿态容颜上，略加了些人工，再加上年龄的增长，春情发动，遂把她做成了一朵美丽的花，洁白而含情的圣处女。

暑假期间，追逐的人无法寻她的芳踪，也就只有忍着等着，等到开学，再演进一步的追求。汪晴澜呢，有时在家里看看书，有时到各先生家去学画，有时拿着写生的家什到中南海等处去写生。她有审美力，善于模仿的，而且有着天才，所以她学什么都是进步极快而且像极了。她最爱黎士方用粉笔在黑板上写着罗马体的英文字，她也时常去模仿，模仿得极像，同学们便拿这事来哄他们。

黎士方是他们这班的班长，虽然是二十一岁，可是比汪晴澜还显得天真稚气，他又聪明，又活泼，又漂亮，又有和小孩子一般的性情，他热烈地爱着汪晴澜。他给汪晴澜起了一名字，叫"Fiene Ripple"。他时常在黑板上写着罗马的英文名字，象征着她有拜伦所写的雅典姑娘那样的美好。他有时在上课间给汪晴澜画像，因为他们的座位是挨着的。汪晴澜动人的眸子，带着笑意地看着他。画得了，往往被同学抢去贴在黑板上，黎士方忙又揭下来，带在兜里。他们时常一块儿在图书馆看书，一块儿到饭馆吃饭，同学们遂时常地闹着吃糖的把戏。有时黎士方拿块糖放在汪晴澜的嘴唇上，她闭着眼睛把糖含在嘴唇上，她又偷偷给他塞了两块糖，他也高兴地吃了。他们就像小孩子一般地爱着。可是汪晴澜表面总是那样不大积极的态度，黎士方心里热烈地燃着爱火，而遇着汪晴澜这样渺茫的不可捉摸的、永远不沸也不冻冰的 Ripple，真是叫他没有办法。

有一次，同学故意和他们开玩笑，对汪晴澜说："你对黎士方真好啊。"

汪晴澜笑道："同学的不都是一样吗？什么叫好？"

同学道："你们能够不说话吗？"

汪晴澜笑道："那也没什么关系。"

又一个同学说道："我实在不敢相信。"

汪晴澜道："你瞧着的，我从现在就不理他了。"说完以后，便真个不和黎士方说话了。

黎士方立刻难过了，就像小孩子要他母亲抱抱的样子，要求汪晴澜和他说话。汪晴澜只是笑着不理他，黎士方却在旁边哀求祷告似的说："你理我呀，我真寂寞呀！"

汪晴澜仍是不言语，却用铅笔在纸上写着："你好好看书，明天我就理你了，跟你说话了。"

黎士方道："我不明白你这是什么意思，你究竟为什么不理我呢？"

她写道："因为你们都太坏了，坏死了。"

黎士方道："不，你不许不理我！"她笑着，只是摇头。

第二天，她仍旧没有理他，黎士方非常难过，一赌气把书放在一旁，也不看了。汪晴澜见了这样子，很觉好笑，便把书打开，又放在他的前面，说道："你不许不看，明天就考了，真的，好好看书吧！"

这回黎士方得报复机会，他也不去理她。汪晴澜又道："你瞧，干吗这么小气呢，快看吧！"说着又低声道，"我理你了。"

黎士方笑了，用铅笔轻轻打了她的眼皮一下，他们又快乐地好起来了。

他们就这样天真地爱好着。一直到暑假，汪晴澜不准黎士方去找她，也不准给她写信，她也不给黎士方写信。黎士方也摸不清她到底是怎么一回事，就这样分别了一暑假。这一个暑假里，就热闹了杨胜仁和范统两个人。

他们又在计划第二步进攻的方略。杨胜仁又愿范统尝试，又怕范统成功，所以故意延迟他的计划施行。不知不觉地就到了第二学年一学期的开始了，大家在家里荒芜了两个月的光阴，有时觉得在家腻了，真不如学校开了学，大家还可以凑凑热闹。

开学的头两天是检查身体，大家全去。黎士方也去了，到了学校便找汪晴澜。这一个暑假的闷，真要把他憋坏了，他恨不能立刻就见到汪晴澜。他看了各学校所发的榜里，并没有汪晴澜的名字，他知道她并没有转学，心里还有些安慰。但是等了许久，仍没有汪晴澜的影子，他有些苦闷了，垂头丧气地走回宿舍。躺在床上想她因为什么没有来，是不是退学了，怎么想也想不出个所以然来。

这时忽然听差走来，告诉他有人给他打电话，他连忙去接。那边问："喂，你是谁呀？"他一听是汪晴澜的声音，不由欢喜极了，便道："我是黎士方呀。"那边说："喂，我妹妹有几道代数不会算，请你给算算。"黎士方道："不，我不会算，并且我也不管算。"他知道这并不是重要的话。这边说："嗬，好大架子。"黎士方道："你在哪里呢，为什么不到学校来，我等你许久了。"那边笑道："我嘛，就离你不远，我要回家了，再见！"黎士方一听，晓得她一定是在学校里打的，急忙把耳机挂上，由宿舍到街上的旁门跑出来，又往大门那方向走，走到大门，果然汪晴澜在那里。

他们相见，全都笑了。汪晴澜一边走出来一边笑着说："你好啊，老没有见。"

黎士方一边和她走着一边说道："我老早就等着你，始终没见你来，我以为你不再来了呢。我很扫兴，跑到宿舍里纳闷，不想你却给我打电话来，你是什么时候来的呢？"

汪晴澜道："我呀，在你没有等我的时候来的。"

黎士方道："怎么知道我在宿舍里？"

汪晴澜道："算出来的。"

21

黎士方道："你还那样说话,我问你,你暑假里都做了些什么?"

汪晴澜道："我嘛,吃饭,睡觉……"

黎士方道："你真会捉弄人,你知道我这一暑假是怎样惦记你的一切呀!今天我恨不能见了你,就把你的一切都知道了才好,你总是这样打岔。"

汪晴澜道："真的,我暑假什么也没有做,只画了两张写生画,其余的也是每天去学国画,写文章。玩只是看了几回电影,去了两趟游泳池,别的什么也没有了。"

黎士方道："我希望都是你一个人这样玩。"

汪晴澜笑道："不,每次都是好多朋友跟着。"

黎士方见了她这样似说笑话似正经的样子,真摸不清是怎么一回事。他道："有人给你写信吗?"

汪晴澜道："没有,有,喂,我想起来了,我告诉你一件事。"

黎士方道："什么事?"

汪晴澜想了想道："不必说了,没有什么。"

黎士方道："你瞧,说告诉我又不言语了,人说半截子话不好的。"

汪晴澜道："告诉你,你又该瞎说去了。"

黎士方道："我绝对不说。"

汪晴澜道："明天再告诉你吧,汽车快来了,你回去吧。"

他们已经走到汽车站,黎士方道："等汽车来了我再走。我问你,你哪天搬到学校来?"

汪晴澜道："明天不搬来,后天一定搬来的,你回去吧,我不喜欢你陪我站着。"

黎士方道："等汽车来我就走还不成吗?"

汪晴澜道："不,你若是不听我的话,我就不理你了。"

黎士方道："那么你叫我好好看你一下!"

汪晴澜向他做了一个鬼脸儿,然后又笑了,笑得那么好看。黎士方满意了,这才告别回校。可是离开她不久,就猛然想起一个问题来:她一定雇洋车到别处去吧,为什么不叫我陪她等汽车呢?一直回到学校宿舍，也没有把这个问题解决了。他那时很想回去看一看她是否在等汽车，后来因为怕汪晴澜看见，反而显得自己小气，宁肯叫自己烦闷，也不愿使她不高兴。

第二天起便上课了，虽然名是上课，可是也还有许多教员没来齐，一天未必上两堂的课。黎士方和汪晴澜的光阴便全消耗在图书馆里了。他们在图书馆里，总是坐在一起看书，或是小声儿地谈话。那图书馆的管理员，坐在一进门口的地方，天天看见他们一同走出走入，便时常向着他们笑。管理员很瘦，爱咳嗽，汪晴澜时常背起手来学着他的咳嗽，像极了，同学无不笑。黎士方也笑，笑完更爱她了。

这天他们又到图书馆里，黎士方憋了许多的话要对她说，还有很多的问题要求她解释。自认识到现在，他所见所闻而对她生出的疑问，罗列了好多，准备一起提出来问她。他要求她坐在他的旁边，她答应了，便坐在他的旁边，而共看一本杂志。

黎士方便乘机想问她，但又不知为了什么，心里总是发休，而他对于汪晴澜的疑问，又全涌了上来。他道："听说你认识一个姓杨的吗？"

汪晴澜道："杨什么，我认识三个姓杨的呢。"

黎士方一听，不禁悲哀起来，他听别人说汪晴澜和一个姓杨的很好，现在竟有了三个姓杨的，其朋友之多，也就可想而知了。他不再问她了，只是默默的，汪晴澜也是默默的。

他叹息了一声，汪晴澜道："夫子为何发喟呀？"

黎士方本想说我难过，可是被她这话给说乐了，他道："看书吧！"于是两个人又看起书来。

黎士方见她很认真地看书，于是又道："我时常在教室里，看你听先生讲书，总是聚精会神的，你真用功啊！"

汪晴澜道："我没有用功，我是在打坐呢。别看我眼里看着他，可是心里却想着别的呢。"

黎士方笑道："想什么呢？"

汪晴澜一听，正色道："你管不着。"

黎士方又慌了，忙解释道："我所谓之想什么，只是直觉的，你不是说你想吗，当然有的可想了，我问的并不是曲折的。也许你想到欧战，想到报上的小说，我并没有别的意思。"

汪晴澜道："你坏死啦，你坏死啦！"

黎士方便学她的口吻道："你坏死啦，你坏死啦！"

她也笑了，说道："我不准你以后再问这个。"

黎士方道："好吧，我不再问这些了。"说着，两个人又看书。

看了一会儿，汪晴澜道："快黑了吧？"

黎士方道："不看了吗？"

汪晴澜道："不看了，可是我先走，你坐一会儿再出去。"

黎士方叫她这一说，反而更加疑虑，便道："不，我同你一块儿去。"

汪晴澜道："你若是不听说，我就不理你了。"

黎士方无法，只得叫她走去。他实在难过，不知她又赴谁的约会，为什么不叫我跟着她呢？他又多了一个疑问，书也看不下去了，呆呆地坐在那里。坐了会儿，把书还了，无精打采地走出来。他真有点恨汪晴澜。出了图书馆的门，便往宿舍那边走。过了拐角儿，就听后边叫道："喂。"他回头一看，却是汪晴澜。她出来之后，并没有走，却在拐角等着他。

他又欢喜了，想到她等的时刻，不算太短，不由欷然道："早知道你在等我，我何必又呆坐在那里一会儿呢。"

汪晴澜道："我宁愿在外边多等你一会儿，我不愿你随着我先后出来。"

黎士方道："这是为什么呢？"

汪晴澜道："不为什么，我就是这样嘛。"黎士方真摸不清她到底是怎样一回事。

他们一块儿走着，快到女生宿舍的时候，她笑道："明天见。"

黎士方道："Good night Ripple。"

她笑着，向他点了一点头，转身到甬道，进到宿舍里去了。黎士方有些怅然，望着汪晴澜那将消逝的影子，一种说不出来的寂寞

24

心情涌上来。她回到屋里，她就不寂寞吗？黎士方自己问着自己，走开了。一直回到自己的宿舍，邻舍正拉着胡琴，谈笑得很热闹。他便一个人躺在床上，想着汪晴澜。

第二天，黎士方听说饭厅里起了风潮，差一点闹了全武行。他一打听才知道汪晴澜有个很好的同学叫王玉坤的，时常跟她在一块儿。那王玉坤长得很有点像男性，身量很小，面相很忠实的。汪晴澜把别人给她的信，总叫王玉坤看，其中包括范统写的信。王玉坤又对别的女同学说，别的同学便用嘲笑的态度对范统讽刺，说："尽是白字，还要写情书，真是自己不知自己怎么一回事了。"范统听了，急不得恼不得。男同学听了，便哄起来，有个叫吴世飞的哄得最厉害，在饭厅里嚷着："哎呀，情书尽是白字儿呀，好难看。"杨胜仁有点挂不住了，因为信是他写的呀，遂怂恿范统道："揍他，妈的这小子，他搞破坏呢。"范统当真气上来，拿起一个碟子来，照着吴世飞打去，吴世飞躲开了，没有打着，可是他也急了，站起来要和范统冲突，大家急忙给拦住了。可是双方仍剑拔弩张地虎视眈眈。范统自那次以后，身上总带着一把锐利的刀子。大家看这情形，也全各自警戒着，不再理他了。

黎士方听了这消息后，想到汪晴澜曾说有件事对自己说，大概就是这件事吧。他觉得这时汪晴澜一定在图书馆呢，于是他也走来。到了图书馆一看，果然她在那里。他便拿了一本杂志，坐在她的对面。她抬头一看，却是黎士方，不免相视一笑。这时西文室里，只有他们两个人，他们便畅谈起来。黎士方这时便发挥他的议论了，把他的人生观和恋爱问题，谈得滔滔不绝，他认为这是极严肃郑重的事了。汪晴澜只是伏在桌上，把两只手支着下巴，望着他微笑，静静地听着。

黎士方讲了半天，她只是唯唯诺诺。等到他讲到深情的典型人物时，汪晴澜伏在案上笑了。他不由问道："你为什么笑？"

汪晴澜道："你的长篇大论，我并没有听见。"

黎士方一听，有些失望，窘态可掬，可是他觉得汪晴澜这时候又极可爱。他道："那你为什么嗯啊地答应着我呢？"

汪晴澜道："反正就是那样儿，反正有时候不是那样儿……"她有点转不回来了。

黎士方不乐意地道："哪样儿呀?"

她道："反正有时人跟我说话，我听着，可是也许一个字也没有听进去。"

黎士方道："我觉得你一定很难过。"

她道："我不难过。"她回答得是那么灵巧。

黎士方道："那么我很难过了。"

她笑着注视着他，也没有说什么。他怅然地望了望她，她表示出羞涩的样子。他站了起来，说了一声晚安，仿佛负气的样子走去了。她望着他的背影，笑了笑。黎士方走出后，又觉得后悔，可是回去究属有损自己尊严，终是颓然去了。

第二章　道是无情却有情

　　黎士方由图书馆出来，他在院里站了一会儿，以为汪晴澜或者随后就出来，可是等了一会儿，她也没有出来，他非常气愤，第二天，也不理她了。他本想不理她，可是又忍不住一阵阵想她，想她是那么可爱。到了晚上，也想汪晴澜必定又在图书馆，他要故意气她一气。和别人借了一顶帽子，戴着进了图书馆，一见果然汪晴澜一个人在西文室里。他便故意大声搬动椅子，坐在汪晴澜的对面，帽子也不摘，表示无礼貌的样子。汪晴澜抬起头来看了看他，却笑了笑，仍旧低头看书。黎士方见计不能成，坐了会子，又觉无聊。一生气，用手捻电灯上的电门，灯灭了，立刻屋里一片黑了。他以为她要质问他，可是汪晴澜并没有急，又把电灯捻亮了，仍是低头看书。黎士方这时撒起无赖，又把电灯捻灭，汪晴澜又把电灯捻亮，黎士方再想捻灭时，而汪晴澜的手却没有离开电门，她知道黎士方还要捻的。黎士方的手触到她的手上，就仿佛过了电似的，立时气全消了，又把手撤回来。

　　汪晴澜娇声娇气地说道："干吗呀？"

　　黎士方笑了，说道："你可以允许我坐在你的旁边吗？"

　　汪晴澜点了点头，他便欣然走了过去，把帽子摘了，两个人又并肩地谈起来。他还拿着笔记本，一边谈着一边用铅笔在本上写着。

　　汪晴澜道："你为什么要把灯捻灭？"

　　黎士方学她的口气说道："我就那样儿，反正我就是那样儿。"

　　汪晴澜笑了道："你昨天不是说这种人生观不好吗？你不是说对于人生态度，应当严肃吗？"

黎士方笑道:"我昨天的话,你不是没有听吗?"于是他们全笑了。

汪晴澜道:"你坏死啦!"

黎士方便用铅笔在笔记本上写道:"你爱我吗?"

汪晴澜一看,只笑而不言。黎士方又着急了,再三要她答复,她只是笑,也不说爱,也不说不爱。正这时电灯灭了,他们正自奇怪,只听各屋里都一阵骚动,他们这才知道是没有了电。黎士方这时以为汪晴澜一定要离开他走去,或者坐得远一些,可是她并没有动弹,她却说:"都是你捻灯捻的,这也不捻了吧?"

黎士方道:"这是电灯公司的毛病,与我何干呢?我觉得这样黑暗,也另有一种趣味,你说是不?"

汪晴澜没有言语,他们还是挨着坐着,在这黑暗里,仿佛另有一种力量袭来,使得他们都感到有些不自然。黎士方低声说道:"我可以握你的手吗?"

汪晴澜道:"不,好好坐着吧,不然我要离开你了。"

黎士方怕她离开,反而倒握了她的手。

她道:"你撒开我。"

黎士方道:"不,我不能撒开你。"

她道:"你不撒开我,我可要急了。"

黎士方道:"你急吧!"

她不言语了,由着黎士方握着她的手,而暗里却吹着口哨儿,仿佛对别人作一种烟幕弹。黎士方这时真有一种说不出来的快感。

一会儿,电灯又亮了,他把她的手撒开,仔细观察她的神色。汪晴澜这时只是低了头去看书,什么也没说,也不再理黎士方。于是黎士方越摸不清她是怎么一回事了,他有点不安,但又不好问她。汪晴澜偷看他的神气有些好笑,她本想照旧和他谈话,然为自己尊严起见,似乎应当给他一点小惩罚,不然他便拿握手不当一回事了。于是做出生气的样子,站起来就走了,连理黎士方也不理。黎士方见她这样,当真心里慌了。心里特别后悔,说不出来的懊丧。他也看不下书去了,还了书,走出来。汪晴澜也没有等他,他真着急了。

28

他想：晴澜一定生气了，我方才不应对她那样粗暴，我为什么一定要握她的手呢？这不是把自己的轻薄完全露出来了吗？他一个人沿着短松墙一边走一边想，又后悔又埋怨自己。转了许久，走回宿舍里。

和他同宿舍的同学叫郭实，是一个很诚实的同学，和黎士方感情最好。因为他是黎士方的好朋友，所以汪晴澜也拿他当作好朋友，她这是一种不自觉地把黎士方看作自己的一个样了。黎士方喜欢的，她也喜欢；黎士方憎恶的，她也憎恶。虽然这也是一种见解相同，但也是不知不觉地陷入爱网里的。这个，黎士方却一点没有理解清楚，甚至他有时见她和自己的朋友在一起，他觉得难过。

他回到宿舍，郭实却道："你怎么又犯小性儿了？"

说得黎士方一怔，问道："怎么？"

郭实道："方才汪晴澜和我一同走，见你由图书馆出来，她叫了你好几声，你都不理她。先是低着头儿走，怎么又恼了她了吗？"

黎士方一听，不禁又难过起来。方才已经给她一个不好的印象，这又叫她疑惑自己不理她，再也没有像这样大的罪过了。他便对郭实把方才的情形说了。

郭实便安慰他说："恋爱是越有波折越有味的。"

黎士方道："你不知道，我真怕有一点不好叫她看了去，我实在怕她极了，她又叫我爱又叫我怕，她真是神秘得很。"

郭实道："士方，假如你不认为我的话是冒昧的话，我可以告诉你，她不是神，用不着崇拜她，她不过比平常女人多一些聪明而已，她一样地需要爱与热情，甚或还迫切些。"

黎士方道："不过她的交际太广，态度那样叫人摸不清，假如痛痛快快地对我说，爱或是不爱，我都满足，她只是含含糊糊的，叫人不知道怎样好。"

郭实道："《茶花女》里不是说过吗，取得一个没有经世的少女的爱情，就如同进攻一座无守兵的城池一样的没有意思。努力吧朋友，不平凡的爱情才是真爱情！"黎士方一听，仿佛得了安慰，又高兴起来。

第二天一清晨，大家全到教室来上课，杨胜仁见了同学便道："我哈腰，勾杂一马斯。"杨胜仁是不论东西，只要是洋，他就要学。这堂先生没来，大家便在教室里闲谈，有的因为下一堂是西画写生，便把器具都拿了出来，有的画着前次尚未画完的画。这时，又传来一个消息，就是下一堂的先生也请假，西画是连着两堂的，两位先生一请假，上午便没有课了，大家莫不欢天喜地。

郭实道："这么好的秋光，多么醉人哪！"

大家听了，不由全向外看，阳光由玻璃射进来，真显得那么可爱，晴空蓝得像阴丹士林。黎士方道："这种美景良辰，到公园走走才好。"

吴世飞道："就是大街遛遛也是舒服的呀。中秋节到了，街上真透着那么火炽，究竟还是有钱的多呀！"

范统约杨胜仁道："走啊，到公寓吃月饼去。"范统知道杨胜仁是非有吃才去。

杨胜仁道："走，聊会子，月饼不月饼没关系。"

这时又有几个同学道："对呀，到公寓聊会儿去。"大家都听见月饼了。

吴世飞道："喂，听说这学期学校找个模特儿，就住在那公寓里，非常漂亮，咱们找她谈谈也不错。"

范统道："不欢迎你。"他还记着饭厅那个茬儿呢。

杨胜仁道："艺术是至高神圣的东西，模特儿是艺术的源泉，你这小子尽不安好心，对得起艺术吗你？"杨胜仁立刻就帮范统说话。

范统道："没那工夫费话，走。"他们一大群全吃月饼去了。

杨胜仁道："其实跟模特儿谈谈天也没有关系，都是研究艺术的，谈谈艺术，也没有什么，只要心里坦荡怕什么。"其实他也惦记着看模特儿呢。

黎士方见他们全走了，便向汪晴澜道："公园有几个画展，我可以陪着你去看吗？"

汪晴澜略一迟疑道："我不大想去。"

黎士方道："哦，你还没有原谅我昨天的粗野吗？"

汪晴澜笑了，低声说道："不。"

黎士方道："那为什么总不愿意同我一块儿玩呢？"

汪晴澜看了看王玉坤，黎士方明白了，她是怕王玉坤寂寞的。因为在她寂寞的时候，王玉坤总是陪着她玩，黎士方也觉得把王玉坤一个人抛下，怪不忍的。他道："那么我们三个人一块儿去吧。"

汪晴澜还没有说话，那靠窗户的一个女生把笔一扔，伏在桌上哭了。几个同学一看，不由全很奇怪地走过来。那哭着的女生叫吴燕，她的功课很好，平时很用功。外表上看，是一个极豁达老实的人，但是女孩子的心里，究竟隐藏一种说不出的情绪。吴燕是很聪明的，就是不美丽，其实才二十岁，但是人家望着总像三十多岁的样子，就是二十五六岁的同学，见了她都称呼她为老大姐。她自己知道自己的容貌是丑的，对于人家这样称呼自己，虽然觉得这是自己的缺陷，但终掩不掉青春的悲哀。女人美丽的而没有人追求，她是要悲哀的；而丑陋的也没有人追逐，她一样是悲哀的。吴燕她并不希求异性的追逐，不过她想到青春时代的一切快活，自己完全不能享受，这才是难过的呀！这样好的秋光，是不属于自己的；这样热闹的季节，也是不属于自己的。公园，是那些美丽的活泼的情侣的公园，自己好像没有福气去逛。虽然卖票并不禁售于丑陋的人，但丑的人自己先失了勇气，一个丑的人逛公园，多少总有人看两眼，说："这样的女人也来逛公园吗？"即或吃个月饼，也还会有人说："她也这样高兴吃月饼吗？"天地间，没有一样是属于丑陋的人，属于她们的只有嘲笑、讥谑而已，甚至于连"聪明"都不该是她们的。吴燕眼看着人家一对一对地全走了，谁来理会自己呢？这样的人生，是多么残酷呢！就这样把自己的青春断送了吗？她想到这里，不由把笔一扔，伏在桌上哭起来。

汪晴澜忙安慰她道："燕姐，你是想家了吗？"每逢佳节倍思亲的，所以汪晴澜想到这里了。

吴燕摇了摇头，仍是伏在桌上。汪晴澜又道："那么不舒服吗，是不是要叫校医看看？"

吴燕摇了摇头。汪晴澜道："你疲乏了吗，不愿意画了吗，我替

31

你画。"

吴燕仍是摇头。大家见问不出缘故来，便相继走去。汪晴澜见大家全走了，立时想了起来，她道："燕姐，你是不是感到寂寞的悲哀了呢？来，我们一起玩去好吗，有你，有玉坤，有我，还有黎士方，好不好？"

吴燕很感激她的慰问，但是她道："你们玩去吧，我不去的。"

汪晴澜道："要不然我陪你玩吧，我也不去了。"

吴燕对于她的温情，自然非常感动，可是她不愿意为了自己而耽误人家的快乐，她道："真的，你们去吧，我一点也不寂寞。"

假如黎士方这时候若说，一块儿玩去吧，她也就去了。但黎士方在和汪晴澜玩的时候，他不愿意别人参加的。假如汪晴澜非要拉着她一同去，那自己就去了。他只觉得吴燕可怜，男子不应该不爱她，可是他自己就先不爱她。他以为男子不给丑女人一些安慰是不对的，但自己就先不能安慰她，这是没有办法的事。如果一个丑女人再没有钱，再没有势力，她这一生休想得到幸福。光是说"我有灵魂，我有思想"那不成，没有人理会的，考个练习生人家都不会录取，人类的社会原是如此的。

汪晴澜对黎士方道："你们去吧，我不去的。"

黎士方对郭实道："要不然咱们也上公寓去，那里倒热闹？"

郭实道："范统的屋里装不下了。"

黎士方道："还有同学住在那里，咱们不一定在范统屋里玩。"郭实遂同黎士方去了。黎士方也是好玩的，郭实就比他沉静得多，可是他老听黎士方的。

他们来到公寓，一进门，就听范统屋里人声嘈杂，好热闹。杨胜仁的声音最尖，他说："黎士方老也不成，我跟你们打这个赌，他若是成功，我不姓杨。"

范统笑道："姓我的范。"

杨胜仁道："别玩笑了。"范统有时候也会抢个便宜什么的。

这时，偏巧黎士方走进来，说道："什么打赌不打赌？"

大家一看，便道："说着曹操，曹操就来了。"

杨胜仁立刻不好意思起来，捧过一个月饼来，道："正给你留着呢，来吧，这是你的。"

　　黎士方道："什么成功不成功？"

　　这时有多事的就说出来道："杨胜仁说你追求汪晴澜定不会成功。"

　　黎士方笑了。杨胜仁道："真的，我真敢打这个赌。我看出来黎士方并不爱汪晴澜，所以我才敢说这个话，你们看他笑了不是？切，他要是追汪晴澜，那一追一个准儿，可是他不爱她，你不信你问他，他准不爱汪晴澜。"

　　黎士方笑道："你们原来又谈汪晴澜。"

　　杨胜仁道："可惜老范的机会，假如暑假再延长一个月，范统准可以成功了。你说是不是老范？"他借着机会又拿起一个月饼来，范统面现得意之状。

　　黎士方看了，觉得是侮辱汪晴澜，准知道他们不会追求成功，汪晴澜不会爱他们，可是他们这种态度却越叫人难堪。虽然汪晴澜未必属于自己，可是自己爱汪晴澜，就不愿意汪晴澜的名字在他们这群人的嘴里当作谈话资料而加以诙谐玩笑。他觉得这是对汪晴澜的一种侮辱，他总想叫汪晴澜不必给他们种种口实，但自己又不能对汪晴澜说这种话，所以他认为这是一种苦恼，因为汪晴澜并不是属于他的，莫可奈何。有一次，汪晴澜和别的同学用粉笔头儿互相打"怕司"，一个工友看见了，背地里说："这哪叫大学生，简直是流氓。"他听了难过极了，便去对汪晴澜说，汪晴澜只是对他笑，她也不恼，她也不听从，只是笑，笑得黎士方一点办法没有。所以他们这样谈汪晴澜，他虽然生气，可是也没可奈何。

　　他道："我们不谈这个事，谈点别的吧。"

　　郭实是向着黎士方的，就是他知道黎士方和汪晴澜的关系。他道："对啦，不谈这个，给我一个月饼吧！"

　　大家笑道："你合着是借机会要月饼。"

　　杨胜仁道："这里就剩下一个了，这是你的福气。"

　　郭实转了过来道："难道就站着吃？"

杨胜仁道："都坐满了，有什么主意？"

范统道："坐在我的腿上吧！"大家笑了，范统有时也能俏皮两句，虽然俏皮得那么不漂亮，可是大家看在月饼面上，也得笑一笑。

黎士方道："本来地方就小，这床和桌还斜摆着，岂不更占地方。"

范统道："这是艺术。"

杨胜仁道："我说，吃渴了就得喝，叫李斗沏茶。"范统遂扯着嗓子一喊李斗。

李斗一见屋里这些人，就有些晕了，看这样子，三壶开水未必够。他一进门，被郭实搅着，简直都转不开身了。

郭实道："我得坐下，诸位里升啊，里升里升！"

李斗道："李升是我兄弟，我叫李斗。"大家一听，便都笑了。

李斗不知他们笑的是什么，说道："跟你们诸位说，我李斗的名字可叫开了，比李升强。"说着一伸大拇指，差点儿把壶掉在地下。

杨胜仁低声道："我说李斗，里院的孙姑娘在不在？"

李斗道："说不清，大概没出去。"

杨胜仁道："请来咱们跟她谈谈怎么样？"

李斗道："我给你请去，可是来不来我不管，人家还有老太太，管得挺严呢。"

郭实道："那就不必叫她来了，碰了钉子，也不好看。"

杨胜仁道："不会碰钉子，她的饭碗在咱们手里握着，咱们说不要她，她也没办法。她现在不能不巴结咱们。"

郭实道："那样一来，有点不人道了。我们叫她来要她的愿意，而不是被什么条件逼迫来的，那也就没有意思了，根本咱们就不该存这种心理来谈，交个朋友，也倒无妨，不必做什么要挟。"

杨胜仁道："你别跟我抬杠，我也是这么一说，当然咱们把心眼放在正处，并没有看轻了她。找她谈，为是调剂调剂气氛，也没有什么的，你又太道学了。"

黎士方道："我们这样谈着还不热闹吗，何必找她？明天上课不是也见着她吗？"

范统道："不但见着她，而且看到她的裸体，哈哈！"

黎士方道："你们这种态度，实在对于艺术是不敬的，根本你们考这系就怀着别的心的。"

杨胜仁道："你不能这样说，人必须看环境，这个环境是支配行为的，有这环境，就有这思想和行为，识时务者为俊杰。随遇而安，适可而止，这才是大丈夫。"

黎士方笑道："不怨你叫洋圣人，说得那么好听，就是你的话和你的行为不一致，我看你什么环境都是这种思想。"

郭实怕他们为这件事吵起来，反而不美，遂含含糊糊地也不知说了些什么，一边暗中把李斗掀了一下，李斗走了。他又说："爱美是人人都有的，老杨的理论也不错，本来'为艺术而艺术'与'为人生而艺术'两种见解不大相同，可是胜仁的意思，比较笼统些。他把艺术和人生看得分不清了，他把艺术看作人生，把人生看作艺术。比方他要在台上演戏，他非要把女角的一哭一笑都看成真的而下台必求婚不可。又比如现在吃月饼，他能看成这是艺术，这是他的独到处。"郭实的这些话，表面是夸他，暗中是讥讽他，他也没听出来。大家借这机会，也一哄而散，回到学校里吃饭。

郭实对黎士方道："你说话真直，究竟你还是天真的。别看我老实，可是却比你世故多了，以后说话还是谨慎些好，犯不上得罪人。像你这样率真处事，人家偏说你是讽刺、是毒辣。像我这样心理劲儿，人家偏说我老实，没办法。天下有几个看透人生的，像他们那一群糊涂虫，就叫他们去吧！"

黎士方见郭实这样说话，很觉奇怪，这是他第一次和自己发表他的人生观。虽然他对于人生的态度和自己不大一样，可是知道他完全是好意，并且说得也很有道理，遂也不再说什么。按着他的意思，是非叫那些糊涂虫弄成明白不可。人的聪明当然是不齐的，那没有受什么教育、知识浅薄、思想过钝的人，也没有什么不可恕。最使他生气的是这种人偏偏把自己井蛙之见，认为比别人对，这种人如果不叫他明白过来，自己起心里不痛快。

到了正午，大家都去吃饭，黎士方因学校距离家里很近，每天都是回家里吃。可是虽然回到家里，心却在学校里。回家吃饭，吃完饭便往学校跑，连歇也不歇。家里姐姐时常骂他，说他把家当作饭馆，饭馆还有算账的工夫，有时也沏壶茶喝。回到家里连这点工夫都没有，便往学校跑。其实哪里知道他的心已经没有一时一刻不萦绕在汪晴澜的身上呢？

今天方要回家吃饭，走在大门，正好赶上汪晴澜和王玉坤、吴燕也出去到饭馆吃饭去。汪晴澜道："你哪儿去？"

黎士方道："我回家去。"

汪晴澜道："是不是吃饭去？"

黎士方道："对啦。"

汪晴澜道："跟我们一块儿吃去好不？"

黎士方道："好吧。"他们便一同出了校门，到附近一个饭铺里去吃饭。

黎士方虽然很快活，可是他并没有说什么话，只是谈了些学校的功课。吃完了饭，他们又往学校回来。走在半途，汪晴澜道："你怎么好像不爱说话了？"

黎士方道："要说的话有很多，可是我不知怎么说好，能不能允许我陪着你在大街多散散步？"

汪晴澜道："我们一块儿走走也好。"

吴燕明白，便道："我和王玉坤先回去了，你们散散步吧，我还有笔记没有整理呢。"

王玉坤也道："对啦，我也回去了，你们散步吧。"说着便和吴燕匆匆去了。

汪晴澜望了黎士方一笑道："你看，都是你这一句话，叫人家都离开我们了。"

黎士方道："她们跟咱们一块儿，她们也不舒服。"

汪晴澜道："没有你不是很好？"

黎士方道："不是你叫我和你们一同吃饭的吗？"

汪晴澜道："你总有的说，还有什么话，说吧！"

黎士方道："我真不喜欢同学们在背地里谈论你，给你起外号什

36

么的。"

汪晴澜道："他们要谈论我有什么办法，我能跟他们说，你们别背地里谈我，成吗？"

黎士方道："不是那样，至少你须做得无法叫他们来谈你才好。"

汪晴澜道："怎么样才能不叫他们谈我呢？"

黎士方道："只要你把自己做得再平凡一些就成了。"

汪晴澜道："我现在不是很平凡的吗？"

黎士方道："不，你是太神秘了。或者你自己以为平凡，但是别人看着你总是怪神秘的。"

汪晴澜笑道："还有这些事？我却不信了，我觉得我一点也不神秘。"

黎士方道："你能够做到叫人不注意就成了，或者是在服装上、动作上、言语上……"

汪晴澜道："你先别说，我现在穿着蓝布大褂，和你一个样，有什么惹人注目的？"

黎士方道："反正有一种说不出来的神气，你总是被人注意的。"

汪晴澜笑道："这都是你的多疑、你的自私，一切男子对女子所有的不平等的思想表现，这只是暴露了男人残忍的本性。我不希望你对我有这种观念。"

黎士方道："我是尊重你的，因为尊重你，所以才不愿意别人轻视你，看他们说你怎么美丽、怎么追逐，但是他们的心里只是想玩弄你，根本就没有一个真心爱你的……"

汪晴澜道："够了够了，我都明白。可是我是一个女人，我没有多大的力量，来叫人不玩弄我，何况你又叫我平凡，我怎么办呢？反正我有我的心计，不管人家如何轻视我，想玩弄我，可是我不落在陷阱里，我不受愚弄，也就成了。士方，谢谢你的好意。今天算是我们坦白地诚恳地互相暴露着心曲，我很高兴有你这样一个知己，我接受你对我的好意的劝告。不过我要声明，我不希望你拿着尊重我的盾牌来限制我的自由。"

黎士方见她今天忽然很庄重地和自己说话，知道她已经把爱情

37

这件事加以重视了，至少她对于自己的爱情不像以前那样看得无关痛痒，或者她已经感到两性安慰的迫切需要了。他很喜欢。可是他又为了难，以前虽然态度是嬉戏的而不太庄严，但是他可以毫无忌讳地去进攻。现在情形好像严重了，却多少给进攻的机会以不便利。恋爱真难啊！可是为什么又有爱呢？他默然地走着。

汪晴澜道："呀，我们该回去了，快上课了。"于是他们又往回走。

黎士方的意思是痛痛快快地叫汪晴澜说出"我爱你"这句话来，甚至还说"我永远爱你，我不再爱别人"他才放心。可是汪晴澜不管是嬉戏的、庄严的，表现得都不那么真切。

他们往回走着，汪晴澜说道："吴燕是很可怜的，她太寂寞了，你应当给她一点安慰。你是正班长，她是副班长，她的功课又那样好，性情又那样稳重，为什么大家都不喜欢她呢？"

黎士方道："你是想叫我爱她吗？"

汪晴澜道："难道非得爱人才安慰吗？朋友就不应当安慰吗？同学就不应当安慰吗？都是同学，为什么大家都欢笑而叫她单独着呢？再者说，她也并不算难看，她只是老实就是了。你们男子，永远看人家美丑来交朋友，这是太不对了。"

黎士方道："好，我听你的，本来平时还就是我常和她谈谈，不过我老怕……"

汪晴澜道："你怕什么，你不会忘掉她是个女性吗？为什么要把男女的界限分得那么清楚呢？她实在可怜，一个朋友也没有。你脑筋这样清楚，为什么也会有这种思想？告诉你说，她只是比那些妖艳的姑娘丑些罢了，比那些丑的却是好看得多。我要是男人，我就交那样的朋友。凡是自己知道自己丑的，她多一半是不丑，那真正丑的却永远以为她是相当的漂亮，真恶心。她们不但外形丑，连心都是丑的了。"

汪晴澜的话，的确不假，越是丑的女人，才越爱搔首弄姿，男人也是如此。那自己觉得不漂亮的，只是不漂亮而已，却不是丑。可是一般男人交女朋友，还是以貌取人，女人交男朋友，总以贫富为定，这好像是天下定律了。即或怎样的清高，而男人有钱的，女人好看的，总要占上风。那见钱不动与见美不动的"心"除非是铁打的。黎士方被汪晴澜这一说，心里很觉惭愧，觉得汪晴澜实在比自己伟大得多。可是汪晴澜是不是拜金主义，这却是自己始终没有体验出来呢。

他们回到了学校，刚刚打着上课钟，他们无暇再到宿舍，便一直到教室里去了。黎士方因为没有带书，便要求与吴燕同看一本书，吴燕欣然允诺了。因为同学都知道他们两个人绝不会有爱的可能性，所以也并不以为意。等到先生写笔记的时候，黎士方便拿过她的笔记本和钢笔，替她抄写，说给她抄写好了，明天再抄她的。他的钢笔字写得是那样秀丽整齐。

下课之后，一起到宿舍去了。男生到男生宿舍，女生到女生宿舍。范统又约杨胜仁到公寓计划第二步进攻的办法。据杨胜仁说这次要用电击作战法，向汪晴澜进攻。第一先封锁汪晴澜的周转环境，使各个同学都无法接近汪晴澜；第二用半磅重的情书，向汪晴澜做有效投掷，让她燃起爱情的火焰；第三毅然做快速部队般地向汪晴澜求婚。他这次用的是最新战法，保范统得最后胜利。范统听着很像那么一回事，所以这两天净要求着杨胜仁，叫他赶紧想办法。别看杨胜仁说得那样好，他是一点办法也没有。今天又被范统拉去研究去了。

黎士方和郭实回到自己宿舍，吴世飞却由后边赶来。因为吴世飞尽注意这些闲事，范统和杨胜仁商量二次进攻汪晴澜的话，他全听见了，特追出来报告黎士方。

他们一同进到宿舍，吴世飞道："我说，范统又要进攻汪晴澜了。"

黎士方道："叫他进攻他的。"

吴世飞道："你说人的智愚相差为什么这样远？像范统这样执迷不悟，怎么会像个大学生呢？"

郭实道："人的智愚本来差不多的，何况又同在一班。不过人一遇到钱和女人，就仿佛迷了本性似的，利令智昏起来。即或是大聪明人，到这时候都不免糊涂，何况根本就不聪明的人呢！"

吴世飞道："这要是跟范统开个玩笑，他一定上当。"

黎士方道："怎么开玩笑？算了吧，他那样一辈子也成不了事。"

吴世飞道："我说，今天吴燕可高兴了，跟你坐在一块儿看书，你还给她抄笔记，她今天晚上睡觉一定把那笔记本放在枕头上，挨着她的脸。你信不信？"

黎士方笑了，他道："那倒不一定，她知道我是不爱她的。"

吴世飞道："那可别说，老郭刚才不是说嘛，人一遇到钱与女人便迷惑，女人遇到男人也一样迷惑呀。"

郭实道："这话倒是有理，士方还得谨慎，不要太大意吧！"

黎士方道："这是汪晴澜叫我这样做的。"

郭实道："她叫你这样做不成，如果勾起吴燕的爱来，你又要感到摆脱之苦了。"

于是，他们又谈到恋爱问题，他们都觉得恋爱又神秘又不神秘，做起来容易的随手而得，难的却怎么也弄不到好处。比方两方都有了爱，按说就可以遂了两个人的心意地那么爱就得了。可是偏不，里面总有一些别别扭扭的心绪，可是谁也不愿意别扭，谁都愿意一帆风顺，但是结果总要出点毛病。弄得圆满，便可结合；倘若稍一不慎，即致决裂，甚至弄成相思病，而把命饶在里头的往往有之。两个人的事，两个全希望好，而结果却总不好，你说这不是像冥冥之中有人在操纵一样吗？神秘就神秘在这儿。这个玩意儿，简直不是尝试的事，没有恋爱的人趁早儿别想它。现在风气大开，初中的学生也全讲起恋爱，这是多么危险的呀！三个人你一句我一句地说着上面的话，也不知哪句是谁说的了。说了一阵，叹息一阵。可是说过之后，自己爱人的影子，又摆到脑子里来，想着爱了她才好。"神秘就在这儿。"这是吴世飞说的。他听见饭钟响了，一边说着一边往外走。黎士方他是骑了车回家去吃。到了晚上回来，大家又聊了一阵。

第二天上课，有人体写生，大家看到这个模特小姐了。她的身体是那样好，各部曲线都恰到好处。说也奇怪，在这种环境里，男女同学看到这一丝不挂、玉体斜立，竟会引不起一点猥亵的心。他们都被那至神至圣的艺术所感应，而不敢有一点邪念了。不但男女同学间不会有那轻薄的意念，就是对于模特孙小姐，也并没有什么可以引起欲念的动机。不过那不懂得艺术的，不免有一点冲动，这种冲动好像是下意识的，只略一现出便逝去了。在这种伟大严肃的环境里，虽然那红润的肉色像冬天果店的电灯下照耀着薄皮柿子似的美好动人，但是彼此也不会递个眼色，或是往某一部分多看几眼。青年人之有性欲冲动，多半是一种好奇心理所驱使，倘若真个实行自然的裸体的生活，则司空见惯，也倒不会有什么不良的印象。所以下课后，孙小姐着上她那短的旗袍，披上风衣，反而叫杨胜仁和范统之流想到她那肉体的曲线以及不能见的部分，而引起追逐的念头来了。

有许多女人都说不嫁艺术家，因为艺术家好像没感情的，不会温存。其实不然，艺术家正是极富于感情的，不过他们对于肉的美的敏感，要超过平常人多少倍去。他们把那极平凡的爱，看得实在不重要。他们要在这里发挥他们的天才而创造人间至伟不朽的艺术。只有杨胜仁和范统这种没艺术天才而只想混个文凭了事的半瓶子，时常作一种艺术之外的肉之争逐。

下课了，杨胜仁似乎想把这功课延长时间才好，可是他说不出，看看同学，同学竟没有一个谈到这种问题，对于方才那模特儿，仿佛放下笔就连影儿也不存在。在这下课休息的当儿，大家都走到院外来活动，有的仍在屋里画。那汪晴澜的书袋就放在桌上，有一本笔记还在袋外放着。

吴世飞专门爱调查人的秘密，假如能知道人家的一个不公开的消息，就如同发现新大陆似的。他见汪晴澜没在屋里，便走过来翻那笔记本。一翻，却见里面夹着一封信，信纸在信皮外边，他便把那信纸打开一看，只见上面写着：这封信不给大姐看，不给二姐看，我请你吃糖，你怎么不请我呢？给二姐两块，三姐两块，不给大姐，给你五块。以外还有许多话，他零零碎碎地记着这么几句，他又看信皮，见上面写着：章缄。他知道这一点已经够了，便仍旧把那笔记本合上，离在一边。找到黎士方说道："我说，我报告你一个好消息。"

黎士方道："什么消息？"

吴世飞道："我方才翻汪晴澜的笔记本，看见她那本里夹着一封信，信皮写着章缄，信里写着请吃糖什么的。"于是他便把信里的话，背给他听。

黎士方听了，不觉难过，可是他仍装着镇静的样子，点了点头，也不言语。见了汪晴澜，也不问她，和平常一样的不动声色，心里却再也安置不下了，燃烧着嫉妒的火焰，功课也听不下去了。他又喜欢吴世飞，他又恨吴世飞。喜欢吴世飞告诉自己一点不知道的事，恨的是他竟把自己的愁恨引了出来。他说不出的难过，一方面盼望吴世飞的话是假话，一方面又知道吴世飞不是假话。这一天他都是不痛快的。

到了晚上，他想到汪晴澜一定在图书馆里，便走进图书馆。一见果然她和王玉坤在那里。他一见了她，气就消了好多。

汪晴澜一边抄着笔记，一边说道："你是由家来吗？"

黎士方点头道："是的。"说着，便坐在她们的对面。他一见汪晴澜还拿着她的书袋，那本笔记本放在外边，他晓得吴世飞说的那封信一定在那笔记本里，因为王玉坤坐在旁边，他不好意思问，坐了一会儿，可耐不住了，便假装不知道的样子，拿她的笔记本道："我看看。"

汪晴澜把手一按道："等一等。"

黎士方一看，越发疑心，立刻显出不痛快的样子。

王玉坤看他们的神气，便站起来走开了道："回头再见吧。"汪晴澜也没拦她，她出去了。

黎士方坐在她的旁边道："你们研究什么？"

汪晴澜道："没研究什么，我想写一封信。"

黎士方道："给谁写信？"

汪晴澜道："你问这个干吗？"

黎士方道："不干吗，随便问问，难道你疑心我问得不坦白吗？"

汪晴澜便由笔记本里拿出一封信来道："我给一个小孩子写回信。"

黎士方拿过信来一看，确是吴世飞看的那封信。他恍然了，一切的愁恨全没有了。他道："那么你写吧，我不打扰你。"

汪晴澜道："你看着我写，不要离开我，我马上写完的。"黎士方便坐在一旁，见汪晴澜笔记本上撕下一张纸，把信写了。她写了一篇，便给黎士方看。写完装入一个信封里，说道："咱俩一块儿送信去吧。"黎士方高兴地答应着，两个人一同出来。汪晴澜道："你等我一等，我把书袋放回去。"黎士方便在大门等着，一会儿汪晴澜便出来了，两个人一同走下去。

遇到一个信筒子，把信装到里面去。又往下走着，走到景山大街，月亮升上来照在故宫的护城河，照在殿的一角，照在道旁的树梢。

汪晴澜道："我就纳闷，人们一到秋天为什么爱伤感？其实现在这气候，不是正令人爽快高兴的时候吗？"

黎士方道："那是环境的不同。我以为这是空间问题，不是时间问题。比如秋天在戏院里在跳舞场里，在家里过中秋节，不都是快乐的吗？假如换在一个寂寞的地方，或是清凉的地处，他就要感到悲哀了。可见人的情绪还是因为空间而变化的。"

汪晴澜道："不，比如这条大街，不是很清凉寂寞吗？再配上这月色，再配上这故宫，再配上这崇祯殉国的景山，不是更可以使人伤感吗？为什么我并不那样觉得，我只觉得很快乐的呢。"

黎士方道："因为我在你的旁边，所以你就没有悲哀了。"

汪晴澜道："哎哟，把你自己抬出来，你值几个钱呢？"

黎士方道："我知道你为什么这样不尊重我。"

汪晴澜道："为什么？"

黎士方道："因为你爱了我。"

汪晴澜道："呀，我才不爱你，你有什么可爱呢？"

黎士方本来是说笑话，可是汪晴澜也是说笑话，这样的说笑话，竟使黎士方无法转圜了。他接着往下说道："当然，我哪里有什么可爱呢，我既不穿西服，我也没有钱……"

他还没有说完，汪晴澜却生气道："我回去了。"

黎士方又慌了，连忙拉住道："我说我自己呢。"

汪晴澜道："说你自己不该冲着我说，你说这个是什么意思呢？"

黎士方道："我是随着你的话说的呀，你不是说我不可爱吗？"

汪晴澜道："那是你不可爱，我说了，又怎么样？"

黎士方道："准你说，不准我说吗？"

汪晴澜道："不准你冲着我说。"

黎士方道："那么我冲着天说。"

汪晴澜道："你说吧，我回去了，再见。"

黎士方连忙拉住道："得啦我错了，我不说了，我方才是说笑话，故意气你呢，请你骂我几声坏死啦吧！"

汪晴澜笑道："讨厌，真坏死啦！"于是他们又好好走下去。把景山的周围绕了一个圈儿，他们全不顾得累。

黎士方道："听说范统又要向你进攻了，你怎样应付他呢？"

汪晴澜道："我不理，你们都是一样，不值一理。"

黎士方道："你又把我说在里头，只准你侮辱我，不准我说你。"

汪晴澜笑道："你们都坏。"

黎士方道："可是我绝不和他们一样，我不能跟他们相提并论。"

汪晴澜笑道："嗬，知道您是大班长啦，功课第一……"

黎士方不等她说完便道："知道您是皇后啦，真美丽……"

汪晴澜站住道："你再说！"

黎士方笑道："你先说的我呀。"

汪晴澜笑道："坏死啦！"

他们就这样一边谈着一边走回学校，汪晴澜回到女生宿舍，黎士方回到男生宿舍。因为今天是礼拜六，所以大门关得晚些，电灯也熄得晚些，可是宿舍却清静得很，原因是大家全跑出去玩。明天是礼拜，后天是中秋节，连着放两天假，大家把功课全放在一边，值此佳节，谁不热闹热闹呢？或是看电影，或是听戏，即或到北海玩玩，也比在图书馆看书强。一年不是才一个中秋节吗？一年不是才五十二个礼拜吗？一年不是才一次暑假吗？一年不是才一次寒假吗？一年不是才一个阳历新年吗？一年不是才一个阴历新年吗？那谁唱过：人生难得几回醉，不欢更何待？这不结啦，人生不是才几回醉吗？应当醉时就醉，读书多没劲哪。怨不得"何日君再来"这个歌儿会这么流行。大家全出去了，有的醉在饭铺里，有的醉在咖啡馆里，有的醉在城外的姑娘怀里，姑娘唱着"何日君再来"，多么沉醉呀！

黎士方进到屋里，一个人躺在床上，想到和汪晴澜方才的夜之游行，真是甜蜜。与其现在这样无聊不如方才多同她走一走，这时候她不知做什么呢？他想着想着便入到梦中去。

第二天的早晨，宿舍里热闹起来。杨胜仁昨天看了电影，今天见了谁都要唱一唱电影里的曲子，可是他并不会，只是哼哼那个调儿。所谓那个调儿也是一句两句，就是那一句两句也是他自己觉得像而翻来覆去地哼个没完，根本他就没有音乐天赋，不过他以为这样就算摩登，可是他不管别人怎么肉麻了，他一边说着一边走了出来，一直奔大通公寓。

李斗见了道："您来啦，范先生还没起呢。"

杨胜仁走到三号门前，一拉门没拉动，哈啰哈啰叫了几声，范统也没答应。伏在窗外，顺着一个小窟窿往里看，那个小窟窿是范统平常往外看的。见范统睡得正香，杨胜仁道："什么时候了还不起？"使劲敲了几下门，范统也没应，这家伙睡得真死。

他把李斗叫来，李斗也没有办法，他说："范先生有时开午饭还没起，怎样叫都不醒。"

杨胜仁想了想，想出一个法子来，说道："咱们两个人合作，我问你答。"说着，便故意弄窄了嗓音学着汪晴澜的声音说道："李斗，范先生在屋吗？"

李斗笑道："在屋睡觉呢，您贵姓？"

杨胜仁道："我姓汪。"

李斗道："是，汪小姐，回头您再来一趟吧，范先生这时起不来呢。"

这时就听范统在梦中惊醒道："李斗谁说我起不来呀，千万别叫汪小姐走。"

李斗笑道："是，汪小姐来半天啦。刚走，大概还没出大门。"

范统道："你快去追，我就起来。"

说着慌忙爬起来，把门开开，杨胜仁走进来，倒把范统骇了一跳，擦了擦眼睛道："怎么回事?"

杨胜仁道："姑得猫宁。"他故意弄窄了嗓子说的。

范统道："刚才是你呀?"

杨胜仁点头笑道："耶司。"

范统道："你可真损，我睡得正香。"

这时李斗走进来道："范先生，客人走远了，不见了。"

范统道："妈的什么走远了，还跟我来这一套。"

李斗看了杨胜仁一眼，一吐舌头，笑道："范先生，杨先生是怕您睡大发了，要不然谁敢叫您?"

范统道："别废话了，快叠床打洗脸水。"

李斗道："嗻。"过去一拉被子，被窝的空气，真得把人熏倒。

范统打了一个哈欠道："吃烟瘦子。"

杨胜仁点着了一支烟道："我说，这就真是汪晴澜来了，你这样现起也不成，屋里待不住，她以后就不来了，以后还是得早起。礼拜怎么着，越是礼拜她才来呢。"

范统又打了个哈欠道："以后早起，一定要早起，不早起不是人。李斗，你先把夜壶提出去。"

杨胜仁道："屋里不通空气，汪晴澜进来，一见夜壶她就得跑，你真得想法子，说不定她早晨还来一趟，我看好像是她上这儿来了。"

李斗道："对啦，我也一晃儿看见一位密司……"

范统道："没你的事。"他也明白了。

李斗向杨胜仁做个鬼脸提着夜壶走出去，把夜壶倒在厕所，走回来道："我给范先生沏茶去。"说着又抓茶叶，装在茶壶里，拿了出去。一会儿把茶沏来，茶叶也就刚才抓去的一半儿。

杨胜仁道："你刚提完夜壶，洗手没有就沏茶呀？"

李斗道："洗啦洗啦，好，给范先生办点儿什么不得洗手呀。"说着又给范统打洗脸水。

范统一边洗着脸一边说道："怎么着了，小汪有消息没有，你给我想的主意怎么样了？"

杨胜仁道："别忙，欲速则不达，慢慢的有，快快的不行哪。我的说话，你的明白？"

范统道："大大的明白，小小的不明白的有。" 范统也能学几句中外合璧的话。

洗完了脸，又漱口，把牙膏沫子全吐在洗脸盆里，杨胜仁看着真恶心。他又接着吸了一支烟道："我说，明天中秋节，咱们哪儿玩去？"他把来意这时才说了。

范统道："不管上哪儿玩去，就咱们两个人多没劲，最好约上小汪。"

杨胜仁想了想道："好吧，我去约，明天一清早我给你话儿。"他暂时先敷衍他，其实他哪儿约汪晴澜去呀，他准知道约也不去。慢慢地再想办法，今天先玩一天。其实碰钉子不要紧的，自己也常碰，不过替别人碰起来，有点不合算了。这是可以和他经济合作，他出物资，自己出精神，这就能成功了。成功是两个人成功了，恋爱不能多角，只应有一个成功的。于是一方面要合作，一方面还得订互不侵犯条约。

他越想越麻烦，道："咱们今天干什么玩吧？"

范统道："找老张打牌去吧。"

杨胜仁道："打牌我没钱。"他的意思好像说干别的就有钱了，其实干别的一样没钱。

范统道："我借给你。"

杨胜仁一听他借，自然允许，赢了是自己的，输了是他的，所谓借就是送，根本不打算还了。他道："好吧，我回学校吃饭去。"

范统道："干吗这么客气，这儿吃完了一块儿去找老张。学校的伙食越来越不像话，吴世飞的炊事，厨子也是他荐的，敢则他有朋

47

友来开客饭不花饭钱了。我上回跟他闹别扭，我就退出饭团了，虽然这里费点儿，可是自己爱吃什么就吃什么，你说是不是？"

说着把李斗叫来，开两份儿饭，另外再叫两个菜，买点熟肉，肉买不着的话，就买鸡蛋，打点儿酒，不要多，差不离六两就够了，要不然就来他半斤吧，也别多喝，喝多了回头不能打牌了。范统把这些话都向李斗说了，李斗也分不清哪句重要哪句不重要，全都答应着，走了出去。

杨胜仁道："按说吃饭还早一点，可是，还有走着的工夫，再者时候也不算早了，架不住你起得太晚，以后可别这么晚起了，有时真能耽误事。咱们朋友交得实在，所以我就这样照直说，不管你爱不爱听。"

范统一听，像这样的朋友，真是难找，友直友谅友多闻，像杨胜仁这样的朋友，可谓毫无遗憾了。他们又谈了一会儿话，范统感激他是个知己。吃完饭后两个人便到老张家去打牌。打了半天，老张输了，并没有留吃饭的意思，他们只得走出。

范统回到公寓，杨胜仁回到学校。他一进学校，总是目不转睛地望着女生宿舍，可巧这时汪晴澜由宿舍出来，他便在要路口上等着，但是装着徘徊不经意的样子，等到汪晴澜来拦着她说话。谁知汪晴澜却由别的路上到图书馆去了，杨胜仁还低着头徘徊着，以为汪晴澜一定走他跟前，谁知抬头一望，汪晴澜却往那边去了。他连忙撒腿便追，在后面叫道："密司汪。"

汪晴澜站住了，笑着，仿佛知道杨胜仁在那里等她，而她故意躲着他走似的。杨胜仁道："姑得猫宁，不，姑得衣温宁。"

汪晴澜笑道："您好。"

杨胜仁道："明天中秋节，打算上哪儿玩去？"

汪晴澜道："大概到城外去玩。"

杨胜仁道："香山吗？"

汪晴澜道："对啦。"

杨胜仁道："几个人？"

汪晴澜道："两个人吧，和王玉坤。"

杨胜仁道："什么时候去？"

　　汪晴澜道："九点钟吧。"

　　杨胜仁一听，十分欢喜。马上别了她，便给范统打电话，说道："我已经约好了汪晴澜，她说最好上香山，那里清静，清静不是才得谈呢吗？她告诉我早九点钟汽车站见，如果赶不上汽车，鬼见愁山顶上等。她因为咱们是两个人，所以她又约上王玉坤。请您买一点面包果子酱，明天一清早我就找你去。"

　　范统一听，欢喜不尽，立刻告诉李斗明天早晨叫他，买东西。他以为杨胜仁当真约了汪晴澜，其实杨胜仁是打听来的。杨胜仁以为到了香山之后，然后约在一起玩，她还不答应吗？她们一定会感到没有男性跟着的寂寞与恐惧，杨胜仁以为绝对有把握，当晚睡了一个安稳的觉。

　　范统这一夜倒睡不着，翻来覆去地想，明天如何玩法。第二天一清早，他还在睡梦蒙眬中，听得门外有人叫，叫上没完。他以为是李斗，便喝道："知道啦！"他又睡去，可是门外还在敲，他想到这是杨胜仁，遂道："瘦子呀，等一等，你可真是早班儿，我正在做梦，梦见跟汪晴澜接吻呢。"说着，打了一个哈欠，坐了起来。门外站着的不是杨胜仁，而是范老伯。

　　范统一边穿袜子一边道："我说瘦子，告诉你说吧，虽然是做梦，但是也真甜，妈的，说不出来的劲儿，我想真 Kiss 也和这样差不多，你说是不是瘦子？"范老伯没有言语。

　　范统道："你别装听不见，告诉你，昨还梦见她好几次，有一次我就不知道怎么都掉床底下去了，在床下就做开了梦，梦见跟小汪接吻，我觉得她的嘴唇又大又凉，真奇怪，醒来一看，才知道抱着夜壶接吻呢，你说多泄气，怨不得接吻的时候，我觉得汪晴澜口臭呢，敢则是夜壶，哈哈，好倒霉了。"范老伯也不言语。

　　他穿了裤子下了地，一边结着裤腰带，一边说道："瘦子，劳驾给喊声李斗。"范老伯在外边没有言语，可是又不能说我不是什么瘦子，我是你老伯。范统在屋里扯开嗓子喊李斗，范老伯恨不得他马上开了门，叫他看见自己是范老伯，可以止住他的放肆，不然两方面都闹得怪僵的。

范统见门外站的始终没有言语，他忽然想到这一定不是杨胜仁了，也搭着他从梦中醒有多时，想到昨天杨胜仁的话，以为一定是汪晴澜来了呢，他心里立刻跳起来，自己埋怨自己，为什么昨天还说早起，今天又不早起呢？妈的这个记性，打了自己脑袋一下，说道："密斯汪吗，请等一等，就好！"说着先把被子匆忙叠起来，点了香水，提着夜壶没地方放，放在墙角，上面用昨天买的大蒲包果子、面包等等都盖在上面，然后来开门。

门外咳嗽了一声，他听出来不是汪晴澜，他笑道："你这小子，又来蒙事了。"说着，开了门，伸手便抓，一抓才知道不是杨胜仁，却是范老伯。他骇了一跳，连忙让进来，叫李斗。范老伯倒原谅他不知道，不知者不怪罪，可是他不明白抱着夜壶接吻是怎么一回事。

李斗来了，范统道："昨天告诉你今天早晨叫我，你为什么不叫？"

李斗道："嗬，叫你可有会子了，连街坊都叫醒了，您还没醒。"说着便找夜壶，说道："夜壶哪儿去了？"

范统道："你先给打洗脸水。"李斗只得先打来洗脸水和漱口水。

范老伯道："你爸爸来信，知道你这儿不能过节，特意写封信来，叫你到我那儿过节去，我特意来找你一趟，回头走吧。"

范统心里这懊头就别提了，人家每逢佳节必思亲，自己却每逢佳节必倒霉，又遇见这糟老头子，人家的好意还不能辜负人家，说道："不忙，我过节不过节倒是没关系，回头也许有同学来找我玩。"他想，杨胜仁一来，自有妙法可以使范老伯走，他先不顾虑这问题。

范老伯道："什么同学，这年头儿狐朋狗友都要少交，简直没有什么益处，搭着这年头儿太乱，什么人都有，咱们就老老实实地念书，你爸爸供给你真不容易，别那么花天酒地的。"

范统道："没有，我在学校里就属我老实。"他一边漱口一边说。嘴里含了一口水仰着脑袋在嗓子跟儿上，咕噜咕噜地响。他正要开门喷了出来，这时杨胜仁走来，在院子里就嚷："哈罗，起来了吗？谁来了，小汪吗？"范统一开门要喷，一见杨胜仁走进来，他没有喷

50

出来，他又怕杨胜仁提汪晴澜的事，一着急，把漱口水全咽下去了。这叫漱口带涮肠子。

杨胜仁一见屋里坐着一个老头子，便不言语了，可是心里也怪别扭的。范统连忙给介绍了，范老伯那劲头儿真拿得稳，杨胜仁越讨厌他了，可是关于范统的面子，又不好不应酬。他道："老伯是打哪儿来呢？"

范老伯道："我是由铺子来，找他来过节，下午带他听听戏什么的。"

杨胜仁一听，看了范统一眼，范统一皱眉，表示你得想法子。杨胜仁也有些着急，这时候汪晴澜她们也许登了汽车出了城也未可知。他转了转走出去了。

一会儿，李斗进来说："范先生您的电话。"

范统走了出来，到了号房，杨胜仁却在那里等着他，说道："你倒是去不去，你要不去，我可一个人去了。"

范统道："哪个说不去的，这走不了了怎么办？你得想法子把老梆子撵走才成。"

杨胜仁道："要不然你就直接说了也没有关系，跟同学出城去玩，优雅得多，总比嫖窑子强，他一定答应。"

范统道："叫他白跑一趟，他能乐意吗？"

杨胜仁道："说你饭桶你真是饭桶，你应当昨天买点礼物，自己给他送去，说明天到您这来过节，他不是就不来了吗？"

范统道："谁想到这里了呢？"

杨胜仁道："要不然你就跟他说，下午到他那儿去，上午学校里还有个聚餐会，不得不出席，叫他先回去，这不就得了吗？"

范统道："那他下午等我我没有去，岂不冤了他？"

杨胜仁道："你真死凿儿，你得会通权达变，不能为了信而误了大事。"他觉得找汪晴澜的事，比什么都重要。

范统道："好，你得帮助我说。"

杨胜仁道："你就去吧，就说方才学校来电话，催你快去呢。"

范统遂走回屋来，照着杨胜仁的话说道："老伯请先回去吧，我给你雇车，我下午跟着就去。皆因上午我们学校有个会，非到不可，方才打电话来催来了，那个姓杨的同学也是找我来开会的。"

范老伯道："学校近期晚儿尽爱开会，这也开会，那也开会，我看一到头儿，简直上不了几天的课。"

范统赔笑道："可不是，可是不去又不成，扣分就受不了，我这里还没缺过一次席。"

范老伯一听，也无办法，把烟袋拿出来，先抽一袋烟。杨胜仁这时又走进来，做出焦躁的样子说道："老范，时间可快到了。"

范统道："别忙。"遂叫来李斗，给范老伯雇车。

范老伯抽着烟走出来道："倒是正事要紧，我也别耽误你的正事，不过我想着你没地方过节，一定想家，所以我才来的，回头去呀！"

范统道："回头就去。"说着，把范老伯送出门外。

范老伯把烟袋扬起来道："二格，我可告诉你，少贪玩，听见没有。而今这年头儿，洋面这么贵，多怕得慌呀！"

范统道："是的。"范老伯又嘱咐了几句才坐车走了。

杨胜仁笑道："原来你的小名叫二格呀。"

范统道："你别瞎说了。我说老头子刚才来的时候，我以为是你呢，幸而老头子不懂得什么叫吻，要一说亲嘴儿，这个娄子可就大了。"

杨胜仁一听，又笑了起来，说道："快走吧，汪晴澜这时候许都到了香山了。"说着匆匆走进屋来。范统连忙洗脸，连口都不漱了，把衣服穿好，他还想刮脸，杨胜仁道："不用刮了，挺光溜的。"于是范统穿上西服。

杨胜仁指着墙角的蒲包道："这果子面包都是吗？"

范统道："都是，你看够吃不够？"

杨胜仁道："足够吃的。"说着便走过去拿，把蒲包拿起来一看底下，原来放着夜壶。杨胜仁道："怨不得我看着很多，原来底下垫着夜壶，可是这果子还吃不吃啦，都熏得臊气哄哄的。"

范统道："没告诉你吗，我刚才以为是汪晴澜来了呢，怕夜壶叫她看见，所以用蒲包遮上了。"

杨胜仁道："你不会放在床下吗？"

范统道："我又怕有味气，用果子遮着点，不是还可以解解气味嘛。"

杨胜仁道："可是面包却吃不了啦，你这叫置一经损一经，快走吧，这要是汪晴澜在山上等咱们，老等不去，她们一定着急呢。"

说着，两个人提了蒲包往外就走，杨胜仁道："你提着夜壶做什么？"

范统一看笑道："我都糊涂了，叫你催的。"说罢，把夜壶放下，把蒲包提起来。两个人出了门，叫李斗把夜壶倒了锁上门，两个人一直奔汽车站。

车站上等车的人还真不少，他们等了许久许久，越等越着急。杨胜仁道："你看，头辆车都过去了，汪晴澜一定坐那趟车去的，我们等这辆车来，至少比她们晚一个点钟。她们这时候已经在山里玩起来了，到时候咱们找不着她们，可别怨我。"

范统一听，也真着急，直骂汽车怎么还不来。又待了一会儿，汽车来了，大家都想上，谁知车上满满都是人，车到站连停都没停，就走去了。杨胜仁道："看这情形，我们必须从东华门上去了，不然在这里等一个钟头，来了之后仍是不能上，多么冤呢。"

范统道："随你。"于是两个人提了蒲包，先坐车到东华门总站。

到那里一看，车上都满了，车底下还挤着许多人呢。杨胜仁道："我们现在已经耽误了两趟车，两趟车就是两点钟，这趟车再上不去，汪晴澜也等急了，没准儿上哪儿去，咱们更不好找了。"范统一听，非常着急，不能上也得上，可是也得上得去呀。

幸而公司体恤乘客艰难，也搭着外国人多，又开了一辆临时加车，饶这样儿还把范胖子挤得喘不出气来。后腰顶着不知是谁的文明杖，肚脐挂着一把日本小姐的蝙蝠伞，脚底下不知踩着谁的脚，而又不知谁的脚踩在自己的脚上。车篷挺低，站在上面还要歪着脑袋，一走快了就撞头。手里提着蒲包挤得成了菱角形。一看杨胜仁没有影儿了，扯嗓子一喊，才听见杨胜仁答了声。声来自人家的肋头间。好容易杨胜仁钻过来，两个人站在一起。坐中国汽车，没有相当训练不成。车开了，这回还好，因为是加车，不绕西单了，一直出北池子走景山，车开得还是挺快的，一会儿就过了景山。范统和杨胜仁都很高兴，以为一会儿的工夫就可以和汪晴澜见面了。他们都默默地想着，脑海里跑开了马。一面向窗外望着，一边得意地想着，一边还受着罪。

车到了北海门前，车里的人同时都要往外望望，看逛北海的人有多少。范统和杨胜仁两人一看，只见有两个青年男女往北海走着，女的是汪晴澜，男的是黎士方，两人并肩进了北海，那甜蜜的样子，令人沉醉。他们全看怔了。车忽然腾了空，原来是过御河桥。他们这才醒过来，差点儿神不守舍。可是当时脑筋得到眼睛的电报，知道黎士方和汪晴澜一块儿上了北海，可是对于他们上北海这件事，应当怎样判决，取什么态度，脑海里因为有点着慌，无暇及此，以致两个人你看我我看你的谁也没有言语，而车已经开到西直门了。

到西直门要下车检查，检查完了，一起开到城外去上车，他们就这样随着潮流走下去，又挤上车，车开到野外。这时范统的脑筋安定一些了，有一点余暇来整理这个问题，于是他道："汪晴澜已经进了北海，咱们还往山里跑干吗呢？"

杨胜仁一时答不出来，他纳闷道："昨天说好的，今天上香山，怎么她又不去了呢？"

范统道："是约好了吗？"

杨胜仁道："没错儿，说得确而又确。我想一定又是黎士方这家伙弄手段，把她约到北海去了。"

范统道："不管手段不手段吧，咱们还是得下车，若不然越走越远，汪晴澜既然没有来，咱们还到山上干吗去呀？"

杨胜仁无法，遂嚷要下车，卖票的说："您等到站下吧。"一会儿到了五塔寺，他们才下来。可是下来又后悔了，还不如坐下去，这里上不着村儿下不着店儿，往哪里去都没有车，在那站着再等汽车回来，又实在无聊，走回来，真怪累的。

范统道："真倒霉，这怎么办？"

杨胜仁道："不是有这两个蒲包吗，咱们坐在这里先吃了它，吃完了，顺着河沿儿，慢慢溜达着就回去了。"

范统没办法，只得跑到田地里，掏出手绢儿，和杨胜仁坐在地下，打开蒲包儿一看，全都碎了。吃完面包，再吃梨，剩下的栗子、罐头等拿回城里吃去。

杨胜仁一边吃一边说道："这一定是黎士方一清早就找了她，硬把她拉了去。"

范统道："你的电击战计划得怎么样了？"

杨胜仁道："你别忙。"

范统道："不忙，倒是几日呀？要是到六十岁，那也就没劲了。"

杨胜仁道："不能，最近一定实现，我跟你说，女人一样爱钱，你有钱，终究要到你这里来，不信你瞧着的。钱就是你的实力，就是你的部队，就是你的降落伞，来吧伙计，保你成功。"

范统一听，又欢喜了，他道："但是有钱也得有进行的办法，光等着也不成。"

杨胜仁道："是呀，咱们得进攻，我现在不是正想着办法嘛。"

他们在野地谈着他们的战法，许久许久，越谈越高兴，仿佛汪晴澜已经被他们夺到手中似的。范统道："呀，什么时候了，太阳快到正午了，咱们在这儿待一天，多没劲。"

杨胜仁道："那时候还不如就到香山去呢，走吧，进城，找小汪去跟他们搅搅乱，反正也不能叫他们玩好了。"

范统道："对，吃饱喝足，溜达回去吧。"

说着，他们便沿着河畔，走进城来。一见电车在那里停着，连忙三步并作两步跑上去，范统跑得还直喘，抓上电车，又等了好半天才开。范统道："要知电车要等这些时候，咱们跑哪门子。"

杨胜仁道："谁说不是哪。"

他们决心到太平仓转车到北海。打了票，两个人往外望着，杨胜仁道："这回见了他们，你就把票子亮出来，准能使她动心。"正说着，只见马路上有两个男女生骑着自行车往城外走着，不是别人，正是黎士方和汪晴澜，一边骑着一边说，非常得意。他们是早晨到北海划船，下午骑车到郊外玩。不想又同范统他们走了个碰头，可是他们并不知道。

范统扭过脖子看他们的后影儿，杨胜仁道："你不会这么扭过脖子去看，九十度总比一百八十度好受。"范统一听，也不看啦，看了杨胜仁一眼，杨胜仁不大是味儿，把帽子摘了，搔了搔脑袋，没辙！

到了太平仓范统都忘了下车，杨胜仁道："该下啦。"

两个人随着人走下车来，范统又想起来道："咱们上哪儿去？"

杨胜仁道："北海呀，哟。"他也想起来了，上北海没用，人家都出了城了。

范统道："干脆我回公寓，你回学校。"

杨胜仁道："这样吧，范老伯不还约你到他那里过节吗？"

范统道："我不去了。"

杨胜仁道："我告诉你呀，我也陪你去，到那里我帮你说，求家里多给你寄钱来，咱们经济充实后，一定能和平解决。咱们这回是以经济做后盾的，况且，也不失了老伯的约，他一欢喜，一定答应，你看怎么样？"

范统笑道："你这家伙，我要当了大元帅，非让你当参谋长不可，走。"于是雇车到范老伯那里去了。

这时的黎士方和汪晴澜呢，却早到了农事试验场。黎士方道："今天这里人也不少，中国人对于玩上老是这么高兴。"

汪晴澜道："你不是中国人吗？"

黎士方笑道："所以我也跑到这里来玩。"

进了门，黎士方便要往东，汪晴澜道："我不愿意上动物园，尤其是这里的动物园，真可怜极了，那些动物个个都像快死的样子，只有几只猴儿还好，可是猴儿也只有两三只，还有一个瞎子，看着叫人心里堵得慌。本来动物圈在园里，已经失去自由，看着就可怜多了，还养得不好，更看着难受。"她一边说着一边往植物园里走。

秋天的天空是那样明阔，很高的乔木也显得那么矮小。他们走在寂寞的路上，是多么渺小啊。黎士方道："你看，有的叶子已经黄了，想西山的红叶，一定快要红了吧？红叶是那么好看，虽然在秋天里，也觉得它是很艳丽耀目的。不过这种艳丽，乃是它临死的回光返照，像它由自然里变成妖艳，正是告诉人说它渐渐走入衰老凋零之途了，这是多么可悲呢！"

汪晴澜笑道："你又讲起人生，这是植物，它没有意识，这意识都是诗人们硬给它安上的，它哪里懂得什么叫自然，什么叫造作？你真仿佛诗人一样地发起感慨来了。"

黎士方笑道："我这是借题发挥，假如看到叶子而感觉不到什么意识，那就没有诗意了。比方今天中秋，到了晚上，诗人不免'举头望明月，低头思故乡'，这个就是诗人的意境，假如举头望明月，低头吃月饼，那是多么俗气呢？"

汪晴澜道："嗬，你现在又是诗人了，可是他原就在故乡，他思什么呢？"

黎士方道："那就思美人的嘴唇儿了。"

汪晴澜哼了一声，还没说话，他们就走过了畅观楼，来到了挹翠亭。那里非常寂寞，没有一个人，亭的四围都是树，他们并坐在亭的栏杆上谈话，黎士方道："晴澜，你能叫我相信你吗？"

汪晴澜道："你怎么忽然又谈起这种话来？"

黎士方道："因为我太爱你了。"

汪晴澜道："爱我就应当相信我。"

黎士方道："爱与信不能并谈，普通以为爱需要信，其实不然，爱是爱，信是信。除非两方面都是真正的爱，才能谈到信字。"

汪晴澜道："你不相信我什么呢？"

黎士方道："其实，我不应当这样猜疑你，可是，晴澜，我难过看见你常和别人接近。"

汪晴澜道："我所接近的都是老实人。"

黎士方道："是的，都是最老实而年轻的人，也是最有钱而有势力的人。"

汪晴澜道："什么，你以为我……"

黎士方道："不，你当然不是一个拜金主义者，不过我觉得，今天我们到这里来玩，固然我很快乐，但是这快乐并掩饰不了我的悲哀。爱情本来是一种自然的，就好像我们到时候就会说话一个样。一般人总是想着爱情这件事难研究是怎么一回事，这就等于研究说话是怎么一回事，我现在同你说话，是在表白我的意思，我并没有想着'我现在是跟她说话'呢。爱情也是如此，我爱他，我就爱他，在爱他的时候却想着：我现在和他讲着爱情呢。这种爱就失却价值了。一般人总是如此，以为我和他讲了爱情，假如我要和别人也讲爱情怎么样呢？我应当把我的爱情给一个人吗？这样一想，便是大错了。爱情并没有什么度量衡，只有'有'与'没有'这种区别。估计着他的爱情分量的人，那就是没有爱，真正有爱的，他一切也不顾，也没有空暇来想到自己在和谁谈着爱情呀！"

汪晴澜笑道："你听那小鸟儿叫着多么好听！"

黎士方道："我是在和你讲话。"

汪晴澜道："我是在听小鸟儿叫唤。"

黎士方走了过来道："你真捉弄人呀！"

汪晴澜道："我又怎么了？"

黎士方却把她抱住道："我坏吗？"

汪晴澜道："你坏！"

黎士方道："那么我就坏到底吧。"说着便出其不意地和汪晴澜接了一个吻。汪晴澜在惊慌甫定的时候，黎士方已经离开她的嘴唇儿。她又要笑又要生气，眉头儿是皱着的，而嘴角是开着的，那脸蛋儿上表现着又羞、又喜、又怒、又爱的情绪。

黎士方初次尝到少女的吻，他也没料到接吻后却只是紧张、心跳，两个静默了一会儿，这静默好像是快乐的回忆机会。

汪晴澜道："你是怎么一回事？"

黎士方道："我爱你！"

她又低下头去了。树上的小鸟儿，叫得的确好听，仿佛庆贺他们的甜蜜。他们又坐在栏杆上，慢慢谈起来。

黎士方道："我现在仿佛老有一种忧虑在心里似的，可是细想起来，又没有什么可悲哀的因子。"

汪晴澜道："你快乐吧，你相信我就快乐了。"

黎士方握着她的手道："晴澜，我希望我们对于爱，应当取着比较严肃的态度，虽然我们现在年轻，但我觉得我们这样嬉戏着，实在于我们爱情上有些影响。"

汪晴澜道："你说得也很好，但是你这样不相信我，却正是不大严肃的地方啊！"

黎士方道："我相信了！"说着又抱了她，她仰着头，闭了眼睛，黎士方便在那温柔的嘴唇儿上吻起来。这个初恋的吻是那样的火炽、甜蜜，他们全身的血液都加了速率循环起来，他们紧紧地抱着、吻着，尽可能地延长他们的吻。

鸟儿叫得更好听了，在枝上跳起舞来，黎士方笑道："那个鸟儿都有嫉妒的，何况人呢。"

汪晴澜笑道："没有像你那样嫉妒得厉害。"

黎士方笑了，他们又谈了许久。这时有别人走来，他们不得不离开那里。走过幽风堂，黎士方还要在那里坐，汪晴澜道："我该回家了，大节下的，家里还等着我吃饭，我跑出来和你玩一天，再晚回去，家里一定要说了。"黎士方遂陪了她走出来，又骑了车进城，各回各的家。

黎士方回到家里，他的四姐埋怨他道："大节下的不知在家里玩，又出去了这么一天。"

黎士方笑道："我同汪晴澜出城玩去了。"

四姐道："对啦，把功课都扔在一边，尽谈恋爱，连家里都不愿意回来了。"

黎士方道："那你呢，不也是这样过吗？"

四姐气道："娘，你看他尽胡说。"

黎老太太道："你们都是孩子气没有脱掉，这时候正是用功的时候，光是爱爱的挂在嘴边儿上。就是爱也得有个时候，不能把用功的精神和光阴都放在恋爱里。恋爱可以辅佐自己用功，如果妨碍自己用功，这种恋爱便没有什么价值，我想它是不会长久的。"

四姐道："该该，这也不说了吧！"

黎士方笑道："也不是我先说的呀。"

黎老太太道："吃饭吧！"

于是叫老妈子开饭，大家在一起吃，吃完饭，大家搬椅子到院里看月亮，沏了茶，切了水果，摆了月饼。有人主张打牌，四姐说："打牌多俗气，这时应该赏月。"

黎士方道："四姐，我把汪晴澜的经过和她的气度跟你说一说吧，你听一听她到底是怎么一个人，你可以给我判断一下，我对于汪晴澜真是猜不出她是怎么一回事。"

四姐道："好，你说吧，我给你评价她的好坏。如果我说好，你就交她；如果我说不好，你就趁早和她远离。你必须听我的话，我才替你想主意。"

黎士方道："一定，我现在很坦白地说吧，我爱她，可是我又恐惧怀疑。我对于她的怀疑，不在她是不是另外还有爱人，我所怀疑的是她所爱的人，都是什么样的人。一个女人朋友多，并不算坏，她是一个非常活泼的人，当然朋友少不了，假如她所交的朋友都是有学问的，她所爱的都是有为而用功的青年，那我一点不难过，我还更热烈地爱她。倘若她所交的朋友都是有钱有势力的人，我知道她完全是虚荣心，我就不再理她了。"

四姐道："这是对的，可是她所爱的人都是什么样的人呢？"

黎士方道："不知道呢，所以我才怀疑。我知道的，她爱着一个人，这个人是我极清楚的。"

四姐道："这个人是谁呢？"

黎士方道："是我。"

四姐笑了，大家也笑了。四姐道："除了你以外。"

黎士方道："除了我以外，在学校外边的我不知道了，在学校里的，我知道她对谁都一样。不过我非常留心她，在早操散了时，我常看她在别人的面前做出一种极美的姿态来，这种姿态我学不出，但是那极诱惑人的姿态呀。有一次，同学们联合说上一个音乐会场

60

去，汪晴澜也要去的，我听了汪晴澜要去，我也去了，但是她并不知道。到了那里，她突然见了我，你猜怎么样?"

四姐道："怎么样后来?"

黎士方道："先等一等，我喝碗茶。"

后来怎样，第三章里再说吧!

第三章　多情早被无情恼

黎士方倒了一碗茶，喝了，然后又拿起一个月饼来，四姐道："你倒是渴还是饿？"

他笑着，一边吃一边说道："她初没料到我会去，但是我竟去了，她一见了我，马上变了颜色，仿佛不好意思似的。我也没表示什么，只是暗暗察看她的神色，可是也没有什么。"

四姐道："我看你就歇了你的心吧，不然苦恼要在后边呢。"

黎士方道："真奇怪，对于一个女人，如果发生了爱，任何言语都阻止不了的，比如拿礼教、拿法律来禁止他爱这个女人，都不会生效，世间悲惨的剧，都是这样发生。再比方拿女人本人的弱点来减少他的爱，也仍是无效。说她不美，而情人眼里出西施。说她心地不美，而世间爱，爱仇人、爱敌人的事还非常的多。甚至你拿宗教的意识来劝，也是不成，仍是要爱。说她将来就是骷髅，令人可怕，而现在还是肉的、活的，便仍然而爱。即或把她运到医院，用X光一照，照得她只现出一副骷髅，知道她本人不过就是这么难看，但是X光一撤，又现出她的肉体，那温而香的肉体，她仍是要爱。西子蒙不洁，人皆掩鼻而过，如果把不洁去掉，谁不是热烈地爱她呢。"

四姐道："那么你是爱定了她了？"

黎士方道："不，我有利器可以把感情驱走。"

四姐道："你用什么利器？"

黎士方道："就是我的理智，我有丰富的理智，并且我可以用科学知识来培养我的理智。感情就如同河水，理智就如同堤防，理智一缺少，感情马上就泛滥不可收拾。知识就如同土呀、树呀等等，使堤非常坚固，河水不能改道。"

四姐道："你说得很好，但就怕你到时候不能自拔。"

他们谈了许久，才进到屋里休息，黎士方也没有回学校，住在家里了。

第二天一早，他起来漱洗已毕，四姐还没起呢。他便从果盘里挑选昨天供月的大苹果，又大又美的，一共四个，装在兜里到学校去了。下了早操，他们从操场赶往教室里去，这时黎士方把那大苹果拿了出来，给汪晴澜，道："给你两个，我自己两个。"

汪晴澜道："呀，真好呀，我要那个大的，那个大的美。"黎士方便递给了她。

谁知刚递给她的手里，却叫吴世飞在旁边一伸手就抢了去。汪晴澜道："不成，你抢的不成，给我。"

吴世飞拿在手里，笑嘻嘻地说："嘿，真香！"他再也不肯给。

汪晴澜噘嘴道："你给我！"

黎士方道："我这里还有。"说着把自己那两个也拿了出来。

汪晴澜道："不，我偏要那个。"

黎士方道："这个也不错。"

汪晴澜道："不，我认为那个好，我非要那个不可。"

黎士方遂向吴世飞道："咱们换一下成不成？"

吴世飞道："不换。"他成心气他们，他又接着说，"要换的话，把那两个都给我。"黎士方无法，为了博汪晴澜的欢心，只得把手里的两个递了过去，吴世飞才把那个大苹果给了汪晴澜。汪晴澜欢喜了，放在鼻子尖地方，笑着、闻着。

黎士方一见她那样美丽，那苹果配上那脸蛋儿，就如是三个一样，他神往了，站在那里眼睛都看直了。这时别人又把他手里的那个苹果抢去，他才惊醒，一笑置之。

汪晴澜拿着苹果，一边嗅着一边笑，她是那样可爱，黎士方道："把它吃了吧。"

汪晴澜道："不，我要把它挂在我的屋里闻香。"

黎士方道：“你的屋里我想一定很整洁，桌上摆着花瓶，墙上挂着西洋的名画，床头还有一张相片，这相片是你个人的……”

汪晴澜道：“不，我的屋里乱死啦，不准你说这个了。”

黎士方道：“说说屋子也没有关系。”

汪晴澜道：“不，我的一切都不准你谈。”

黎士方笑道：“真是个神秘的小姐。”

这时他们走到教室里面，只听楼上有人在唱，他们一听，是郭实的声音。汪晴澜在下面叫道：“郭实。”郭实听见有人有叫，歌声立刻止住，问道：“谁呀?”汪晴澜道：“人哪!”郭实一听，也微笑了。黎士方见汪晴澜这样又天真又神秘，又大方又玲珑，他想再也没有女人像她这样美好的了。他知道世界上的美女人多得很，他知道世界上有学问有能力的女人多得很，他知道世界的女人有魔力的也多得很，但是他不去想，他只是爱汪晴澜。即或世界上最好的女人见着他，他敢保他的心连动也不动，他觉得汪晴澜的魔力虽然不见得比嘉波、柯尔柏、桃乐珊等那么大，但是汪晴澜的电波的周率，正恰好感应到自己这个度数上。他不会为外力所扰，他完全融化在了汪晴澜的电力里了，他细胞里的电子，都受了汪晴澜的感应，而所生的爱神经，使他不见汪晴澜或是一想到汪晴澜便紧张起来。

上课了，范统来晚了，昨天累得今天早晨起不来。到了下午，他还没起，幸而想到今天下午还有裸体写生，他赶紧爬起来赶到学校。模特孙化珍孙小姐已经裸了玉体，在同学环围中，做了美丽的姿态，预备叫同学画了。离着模特儿最近的有个学生，姓耿，名字叫怀民，他的天才也还不错，可是他不知是受了刺激还是用脑过度，他有一种畸形的思想发达，也就成了一种较轻的歇斯里特，谈起话来，在他个人以为是人生的真理，但是在别人听着，都好像他有些神经质似的。我们对于他的思想实在没法儿批评，在圣人言论支配下的两千多年的道德思想，都以为虚伪的礼教是人生大道理，有时人们过于率真，反而被指为有违人情，因为人情就是虚伪。

比方耿怀民说过，圣人总叫人说实话，在现在教育法里，诚字是最重要的训育法则，可是我们细想起来，人们打算在社会上活着，

64

就永远不能诚实，如果诚实起来，非要失败不可。就拿我说，本来我是想考理科学校或农业工业学校，但是都没有考上，因为他们出的数学题太难，没办法，只好考这个不太注重理科分数的学校来，可是先生出题"我为什么要考本校"，那么我这时就不能说怕理学院考不上，所以才考这个学校。假如这样说了，必定不取，是可断言的。那么这时候我们必须要撒谎，说什么自幼就喜欢外国画，然后再说画怎样可以冶人、陶情、治国、安邦。先生一看，明知道这是说瞎话，但是认为说得实在有理。这就是真真假假、虚虚实实。社会就是这种社会，你这样虚伪地做，人家倒认为是真实。爱一个女人，明明每天每夜都想得到她的肉体，但是口里却偏说，恋爱是灵的呀，不是肉的呀。人人都这样做，你也得这样做，多屈心呢！

他的思想，差不多就是这样，大家觉得他的话很有理，可是又偏偏说他是神经病。他的确有点神经质，不过有时好有时犯，在感情冲动的时候，往往理智压制不住，而有一种过度紧张的意念，那时候他把一切都忘掉了，他不顾社会、不顾法律、不顾人情，他把他的感情非要发泄出来不可。这也可以说是原有人类的蛮性爆发，也可以说是他超时代的急先锋。他相信未来的世界，非要恢复远古时代的状态不可。他对于恋爱，也抱着这种思想，他说恋爱完全是肉的，无所谓灵的，主张灵的就是虚伪。有的同学就赞成他这种论说，有的就反对这种论说，时常谈起来就抬半天杠，也不能解决。

他对于模特孙化珍，是非常垂涎的。每当画写生时，看了孙化珍的肉体，实在动心，她的身体很好，保养又适合。圣人——不知是哪位圣人说道："饱暖思淫欲。"耿怀民也不能例外了。他对于爱女人是绝对感情的，丝毫没有一点理智。爱就热到极点，不爱就冷到极点。别人都以为冷酷、残暴是理智的，没有感情的，其实不对。越是残暴喜怒无常的人，越是有感情的。他如果有理智，就可以把他的爱情发乎礼而中乎节。富于感情的多是自私的，耿怀民就是极端的个人主义者。他见到孙化珍的肉色，真有点目迷五色，拿着那支笔，光是画着两条腿，他猛然起了一种逞念。这种逞念是人性的爆发，但究竟他的神经还受控制，逞念只是念而已，他没有表现出

65

来，别人当然不知道他在想什么，孙华珍当然更不知道了。他老是这么念着念着，就要出毛病了。世界上疯狂的人，都是这么念着的；世界上的罪恶，也有一半是这么念着念着发生的。在堂上这样地念着，下了堂到宿舍里，尤其念得厉害。孙化珍小姐的影子，那肉的颜色，老在脑子里盘旋着。因想而迷，由迷而渐入魔了。

有了魔鬼，上帝就要惩罚他了。这是后话，暂且不提。提什么呢？这两天孙化珍请假没有来，有的很纳闷，明白一点的就知道这是例假，每个月总有这么几天。过了几天，正赶上下雨，秋雨最容易叫人扫兴，大家又全知道孙化珍不能来，所以都在宿舍里闲聊天儿。先生也告假，大家乐得玩乐一会儿，消磨这无聊的寂寞。于是大家凑在一起，抓大头买栗子吃，泡上一壶酽茶，大家坐在床上围着一谈，也倒有意思。

这时耿怀民却跑到教室里去，谁知孙化珍却来了。他一见，十分欢喜，便要求孙化珍脱去衣服，叫他写生，并且说同学在开会，一会儿就来了。孙化珍一想，反正坐一个钟头是一个钟头的钱，十个人也是画，一个人也是画，这是人家的功课，自己当然不能执拗。她把衣服脱了，耿怀民也把画具安置好了。他一看到孙化珍的裸体，心旌摇曳起来，在这种静的空气中，只是他们一男一女，而女的又是全裸者，他的神经不由又刺激起来，心痒难耐，他道："你稍等一等，我拿点东西就来。"孙化珍答应着，他便跑出教室，回到自己屋里，把他平时自己配合的麻醉药拿出来，完全洒在手帕上，然后揣了手帕来到教室。他恐惧着，大胆着，矛盾地进了教室，他几乎失了常态，但表面极力压制自己。虽然他外表很镇静，但是他竟不知道他嘴里说了些什么。他来到孙化珍的跟前，作为指点姿势，掏出手绢儿来，在孙化珍的鼻子前来回地摇。他的手触到孙化珍的身上，他醉了，而孙化珍也醉了。她昏迷得什么也不知道了，而倒在他的怀里。

大概经过了很多的时候，她渐渐醒了，睁眼一看，自己仍自倒在画台上，她不知怎么就失了知觉，一阵迷糊。现在屋里一个人也没有，她微觉有点冷，自己起来，穿衣服，似乎还有点头晕。她在

66

椅子上坐了一会儿，起来走了走，她觉得这样的环境里，似应出了什么非常的事件，但是竟没有，什么也没有，仍是和自己初来似的平静。奇怪，也许这里隐伏着一个惊人变动，但是怎么想也想不出。她又想到最初的情形，她有些恐怖，也许方才经过一个不平凡的暴动吧，可是自己完全昏迷过去，一点也不知道了。走起来，微觉几分不合适，她仿佛是受了侮辱、受了欺骗、受了委屈，由恐惧而悲哀。她哭了，她莫名其妙地哭了。

一直待下班的同学走了进来，她还哭着。便有人问她为什么哭呢，她也说不出来。有人问："是不是因为别人都不知道你来?"她摇了摇头，说不知怎么一阵昏迷过去，醒来之后，老觉得有大祸临头似的。于是有人说她大概身体不好，精神不够，有人说她受了什么刺激或感冒，有人说她是精神失常，应当休养，大家把她送出去，雇辆车回去了。

她回去之后，偶尔想到一件极可耻的事，可是她又不敢去那样想，是不是应当到医院检查一下，可是又检查什么呢? 也许是自己的神经过敏，她实在不敢想了。不过存在心里的这件事，却永远盘踞着。过了些日子，她看了看耿怀民的神气，他仍是照以前的态度，渐渐地，她也就安宁了。

然而，这里却埋伏着一个大问题、一个大变动，这个变动还在潜藏着，没有露出来。这是一个惊人的大事件呀! 耿怀民自经过教室那一幕之后，外表还很镇静，但是他终究掩不住他的恐惧与惭愧，他觉得做了一件不该做的事，虽然他自己认为这是一种人类的自然的本能。甚至于事后也还说男女的恋爱，完全是肉的。吃人的礼教，仍然是为人所信仰，有信仰就有力量。虽然觉得旧礼该打倒，可是又觉得它的力量是这样大，好像古时一个被皇帝赐死的人，心里满怀着反抗、不平，但是那种力毕竟使得他垂头不语，甘心就死。

过了一个多月，孙化珍有些纳闷了，因为每一个月必有的例假，这个月竟没有一点消息，这是什么缘故呢? 她渐渐有些恐惧，也有些疑虑，她想到也许身体有什么变化，当真是一种病态吗? 她不敢同她母亲说，她也不去医院检查，她这时只有恨，恨自己为什么那个时候要昏迷过去，她一筹莫展地挨延着日子。她不知应当怎么好，她不晓得上帝给她那未来的命运又是如何。她只有追索探求耿怀民是不是真的爱自己，她想慢慢找机会和他谈谈，但是机会永远不来，他总是那么冷冷淡淡的样子。她有时着急得真要哭起来，有时又自己安慰自己，想着也许自己神经过敏吧。

她的心是宽一阵紧一阵，又过了一个月，她实在不能安稳度下去了，她为了不被愁与惧的空气所包围，她非要求她生活得明朗不可，她再也忍耐不下去了，因为她这个月的例假仍是没有消息，她不得不向医生去检查。她满含着羞赧、愧恨的心情进到医院，没有一秒心安地等着医生的判断。医生检查了许久，然后对她说："身体是没有什么变化，并不是血经的毛病，可靠的是已经有了身孕。"她一听，一阵抖颤，天哪，这是人间的喜剧呢，还是人间的悲剧呢？她战战兢兢着走出医院，仍不敢确信。

她又进到一个中医大夫的家里，大夫诊了诊脉说道："你是几个月不见了呢？"她道："两个月。"她用惊奇的眼光看着大夫，大夫并不看她，只是说："按说一两个月不见，不能号出是喜脉不是，两三个月不见，也是常事，不必有什么忧虑。"她道："先生，我以前，都是按月来的呀。"大夫道："是，您的身体各部分都没病，脉走得很好，开具方儿，抓一剂吃吃看，如果吃了没什么，大概是喜了。"她一听，几乎哭了出来，这是喜吗？这是孽呀，这是终身洗不掉的孽障呀，她震惧地别了大夫。

回到家里，躺在床上，静静地想，在一团乱丝里，慢慢地想出点头绪，后来她想还是到耿怀民那里解决吧。第二天，她像平常一样又到学校。到了下课之后，同学便全走出教室，她却把耿怀民叫住了，说道："我希望和你谈一谈。"

耿怀民一听，吓了一跳，可是他表面还镇静地说道："好吧。"

她道："那么我在景山等你好吗？"

他道："可以。"她出了校门，当真跑到景山，一会儿他也去了，满怀着犹豫去了。

她就在一进门的地方等着他，见了他来，然后一同往后面走着。

他道："有事吗？"

她道："是的，有一件很重要的事，关于我个人的生命的事。"

他吃惊道："怎么？"

她道："真是想不到的事，我或者要同崇祯帝一样地吊死在这里了。"

他勉强道："什么，有什么值得这样悲观的事呢？"

她道："假如我要是这样死了，我相信我的母亲也必这样死的。"

他有些不安了，可是还问道："到底是什么事呢？"

她停了停，两个人走到后山，登了山坡，他始终保持着镇静。走到一个椅子上坐了，他道："这里是真静。"

她道："我现在有一句话要问你。"

他道："问我什么？"

孙化珍静了一会儿，皱了皱眉，说道："你真的爱我吗？"

耿怀民吃了一惊道："什么？你这话从何而起？"

她道："请你再不要装傻了，我实在忍耐不住了，我这两个月来所受的痛苦太大了，假如今天这事再不能解决，我是非要自杀不可的。"

他道："到底什么事呢？"

她道："你还不知道吗，请你明白告诉我吧。"

他道："那么也请你明白告诉我吧，我真不明白你是什么意思。"

她道："哼，那天，下雨的那天，教室里只有你一个人，你，你用了什么方法，把我迷昏了过去？"

耿怀民一听，又愧又悔，可是他仍自倔强不承认道："我不明白，我只见了你忽然昏倒，便连忙把同学都叫了来。"

她道："哼，你还要撒谎吗？你想想，你做了什么事？"说着她又气又悲哀，但还强忍着，和平地同他谈判。

他为了自尊，仍是不承认，他道："我的确是像我所说的那样做。"

孙化珍有点变了颜色，她的嘴唇跳动着，她道："你就是说了实话，我也决不拿法律来同你解决。我今天完全是同你商量我们将来

69

的归宿，假如没有我母亲，我早就死去了。我现在只问你，你要不要我，你做出那种事，我原谅你，我知道你那是爱我，我愿意把这件事圆满解决了。我想了两个月，我也没想出一点好办法来，我觉得只有这样办比较于我们全合适些。"

耿怀民听了她这些话，终是犹豫。他道："你有什么证据说我做了那件事？"

她道："我不希望你再于我们谈话的目标以外去找遁路，事实摆在那里，我是属于我母亲的一个清白的女儿，自从那天之后，已经两个月不见，我两次找大夫检查，都证明我的身体已经不属于我的母亲了。我很难过，我虽然做了这种职业，但我的心是洁白的，倘像这样闹出去，我是只有一死，可是你的人格、你的前途，恐怕也不会好的。在我死以后，我当然要把被骗的经过表白出去。但是你如果能够不放弃你做父亲的责任，那么这件事就要被认为伟大而真挚的爱了，你将有极美满的报酬，我将极忠实地抚养着我们的孩子了。"

耿怀民一听，神经病又犯上来了，他道："不，我跟你一点关系没有的，你不要跟我说这个话，我不信。"

孙化珍一听，十分伤感，说道："你真不要我吗？"

他道："我不能要你。"说着起身便走。

她把他拉住哀怨道："你真狠心哪，你连你的人格都不要了吗？"

他道："你不要拉住我，阿拉弗要你拉住。"他急得连他的南方话也带出来了。

孙化珍哭道："你这个禽兽呀，你以为你毁了我就没事了吗？告诉你，我并不爱你，并不是巴结你，你是一个南方人，我连你的一切都不明了，我为什么要这样牺牲嫁你呢？我完全是为了我的名誉，为了你的人格，你既然完全为了你的兽性，我也不顾惜什么廉耻了，反正我只有一死，我明天把以前的经过，我要在大众的面前暴露出来，请你明天接受着大家的公判吧。我看你还能在学校里读书，我看你还能在社会上立足！好，明天见！"说着，撒了手，倒在地下，看着他径自去了。

她要哭没哭出来，她完全剩了抖栗。她慢慢爬起来，咬着牙，叹着气，她想回到家去，写一封遗书，第二天服了毒，然后到学校，把他的罪状公布出来。她走到崇祯帝殉国处，不禁泪如雨下。她想，世界上还会有耿怀民这样的人存在吗？老天为什么没有眼睛呢？想到这里，不由跪下了，道："请老天爷裁判了他吧！"过了一会儿，她心里略为宽放些，擦了擦眼泪，慢慢地往外走，她唯恐人家看出自己哭来，所以又停了会儿，这才走出。

绕过了东角门，她忽然看见大门里，有好多人围了一大群，还有几个警察，她以为是检查行人，走了过去，警察把她拦住了，问道："方才是你同他一块儿进来的吗？"她顺着警察的手往地下一看，她竟叫了起来，原来地上躺着的不是别人，却是耿怀民，口吐着鲜血，已经死了。

她骇得抖颤着道："怎么一回事呀？"

有人说道："他是从那最高的亭子上掉下来的。"原来耿怀民别了孙化珍，心里很乱，不知怎么他不愿意出去，偏要往上走，才到最高处，一阵神经病犯了，竟由上面跳了下来。

孙化珍一看，又惊又喜，她流下了感激之泪，她道："老天爷裁判了他呀，报应是这样的快呀。"

警察道："他是怎么一回事呢，看门的说看着他同一个女的进来的，你既然认识他，那你同我们走一趟吧。"

孙化珍道："好吧，这个官司我一定要打的。"

警察道："他是怎么落下来的？"

她道："我不知道，我是同他在山坡椅子上坐着，他单独走了。"说罢，便把过去的事，详细一说，大家一听，全都叹息道："报应真快呀！"孙化珍便同警察去了。

警察一面通知法院验尸，一面通知死者家属，死者在北京并没有家属，他的家在南方呢。于是又通知学校，这里先备棺掩埋。孙化珍无罪，当然也就放了出来。

第二天，这个消息传遍了全校，大家议论纷纷。有的说耿怀民怎么不对，有的说孙化珍的方法不对，有的说是社会的风化不良，有的说教育有缺陷，种种言说，不一而定。但是大部分人都是同情孙化珍而痛骂耿怀民的，不过说他死得也怪惨的。这里杨胜仁又大发议论，他说："这么干一下，死也值得。"大家都说他也有神经病了。范统虽然也跟着大家骂，可是他想起这件事来，也怪羡慕的。

　　不过，经过这件事情后，学校便严厉取缔学生的不轨行为，一方面对于学生生活逐一调查，一方面又加以指导。同学方面，也唯恐招来闲话，都不免有些小心起来，大家都做得道学十足，又颇有些因噎废食的样子。黎士方和汪晴澜也就无形中渐渐疏远了些，同时，他们俩之间，又生了一点小意见，汪晴澜不理他了。黎士方非常苦恼，他又不好追着她问，甚至在图书馆里，汪晴澜都不和黎士方坐在一块儿。黎士方这几天精神特别不好，老好像闷闷不乐似的，他已经失去了活泼。见了汪晴澜，仿佛有许多话要说可是又说不出来，机会是叫他们疏远了，可是他们的心或许更接近了吧。黎士方几乎没有一秒不在想念汪晴澜，想念着以往的快乐。汪晴澜见了他那愁闷的样子，也知道他是在燃烧着热烈的爱火，心里不知涌着多少丈的浪花，但是自己又不能接近他，不能再像以前那样坦白地爱着他，这是没有办法的事。学校里的空气，整个儿沉闷起来，黎士方每天心里在爱恋着汪晴澜，外面是苦闷的，内心是复杂而热闹的。

　　他早晨起来，漱洗完毕后，必先心里暗念着"今天祝她一天都是快乐的"。睡着的时候，也必暗中祈祷"请给她一个快乐的梦，一夜的安睡吧"。在上课的时候，若是先生或是别人叫汪晴澜的名字，他心里必对她致敬，仿佛是叫着神仙的名字，如果看见地方碎报上有个"晴"字或是"澜"字，他必要拾起来，不叫人践踏，甚至于他对于汪这个姓都有极大的好感。他有时候在纸上写着汪晴澜的名字，然后放在嘴唇上吻着，他觉得这样精神的爱恋，虽然汪晴澜并不知道，可是他心里却是非常快慰的，他觉得这样想念着汪晴澜，这样真诚纯洁的爱恋，终究有一天能够感动天神。于是他的生活，简直是为汪晴澜而活着的了，这生活的意义是多么伟大呀！

　　在这岑寂的空气中，忽然宿舍里喊着闹鬼来，大家虽觉有些害怕，可是多少又感到一点兴味，因为这几天太沉闷了，何况喊着闹

72

鬼的又是吴世飞呢。大家都知道吴世飞专门无事生非，可是有着他也颇不寂寞。于是听他说："我可不住在这个宿舍里了，大概耿怀民要拉替身，每天夜里总是听到窗外唧唧的声。"大家笑道："你真正是见鬼了。"吴世飞道："真的，我老听见是从杨胜仁那里过来的。"

杨胜仁和吴世飞是住在隔壁，他一听真可着慌起来。别看杨胜仁是大学生，但是他非常怕鬼而且胆小，他也知道现在科学昌明时代，根本不会有鬼，可是一到夜里，不由得就害怕。他自己给自己解释说："别听吴世飞瞎说了，有鬼也不能跑到大学来，这是什么地方，能闹鬼吗？"

吴世飞道："你当是什么鬼，鬼如果是大学生，他就能往大学里跑，并且专找熟人，再者说活着有神经病，死了一样有神经病，鬼若是有神经病，更闹得欢。"

杨胜仁一听，简直越想越怕，他想和耿怀民平日的感情不错，虽然他时常和同学动刀动斧子的，可是自己还没得罪过他，他也许不至于找到自己来。他一边宽慰自己，一边说道："没有的事，灵魂之说，那是十九世纪的学说，现在不信了，人死了就完了，哪有什么灵魂？"

吴世飞道："人死虽然没了灵魂，但也须看怎么死的，凡是横死的都是冤魂不散，所谓精神不死，便是这个意思。况且科学也说，物质不灭，物质不减，精神更不灭了。"

杨胜仁一听，虽然觉得他的话不十分可信，但终究头发根发麻，他暗祝道："我可和你不错呀，可别找我的碴儿呀，明儿我给你烧个小船，你干脆回家得了。"杨胜仁迷信起来比谁都厉害，这都是小时候他爸爸吓他，吓破了胆子。可是他究竟知识还多，他道："老吴这家伙存心吓我，没关系，我杨胜仁不再怕了，咦，青年人要有二十一世纪的脑筋，这种陈腐的话，趁早别说。"

郭实道："科学虽然昌明，可是对鬼一说，始终没有解决，究竟有没有不能确定，英国还有灵学研究会呢。"

大家是拿杨胜仁开心，知道他胆小，便拿了这个吓他。同时又知道他虽然是说得很维新、思想很摩登，但是科学知识并不坚固，常识的底子还浅得很。他光知道外国的摩登、中国的陈腐，他永远拿着趋时代的话来说，但究竟科学是怎么回事、宇宙是怎么回事，他都不大清楚。他不但什么叫唯物论，什么叫形而上学都说不清，就是人怎么会有神经病，他都不知道怎么回事。飞机怎么会在天上飞，潜水艇怎么会在水里走，他知道这是科学的，但原理他不知道。甚至于城门洞儿怎么会不往下塌，他也知道是物理学上的原理，但他说不清。什么是"感情伦理说"，什么叫"印象派"，什么叫"机械的法则"……一切的名词，他都记得很多，但就是不了解是怎么个内容，所以有人对他说什么他都以为是对的。听了救世军的讲演，他相信有上帝；看了佛化小说，他相信人有因果报应，顶香看病之可能。社会主义者和他谈了一会儿，他便大骂资本家；道学家同他谈了谈，他便要维持旧道德。总之，他对于是非、真假、善恶，都辨别不清楚。对于一切事态都是直觉的，没有反省的能力。

大家知道他的毛病，便你一言我一语地说个没完，说得杨胜仁当真觉得闹起鬼来。他表面上镇静，心里头嘀咕。到了晚上，他一个人不敢出门，由教室里走到宿舍，都得同着别人一块儿走。进了宿舍，可就更嘀咕了，因为他这屋里就剩了他一个人了。以前是耿怀民同他住一个屋，现在耿怀民虽然不在，可是看着他的床，仿佛他仍在那里躺着。他的东西都由学校收拾起来，他的床却没有人愿意住，他看着老是那么别扭。

于是他找到范统，他想搬到公寓，但是他又不愿意花钱，他想同范统商量，他也搬到范统屋里和范统一起住。可是范统有点犹豫，因为一个人住究竟自由得多。他道："我睡觉有毛病，如果撒癔症，能够打人一顿，碰巧抄起什么家伙就许照着脑袋来一下，危险得很，所以我劝你别跟我住一块儿。"

杨胜仁一听，这倒好，一个死鬼，一个撒癔症。可是他以为范统是冤自己，他道："撒癔症我倒不怕，并且我还会治，一治准保去根儿。"

范统笑道："那不成，你睡在梦里，你一点都不知道，没给我治成病，你再受了伤，多么冤枉！"

杨胜仁道："不会，我头一宿不睡，光看着你，把你的毛病治好，以后就好办了。"

范统道："可是我撒癔症不是天天的，抽个冷子没准儿是哪一天，连我都不知道。"

杨胜仁道："要不然你也搬在学校里住，咱们住一屋里好不好？学校里就咱们两个人谈得来。我想，你搬在学校里住是最相宜了。再者说，汪晴澜不是住在学校吗，你在学校住，守着多近呢。"

范统一听汪晴澜，心里活动了，他道："这么样吧，公寓的房我不退，我在学校先住一个礼拜或是三天，若是住得合适，我就搬到里面，你看怎么样？"

杨胜仁道："好吧，你一搬到学校，我保你一住就住下去。"

范统遂锁了公寓的门，和杨胜仁同到学校。范统说："最好先别告诉舍监，今天我暂且睡一夜，如果舍监知道，就说天晚了，回不去，只好睡在学校。舍监一看我是本校的学生，他也就不说什么了。"

他们一边说着一边走回学校，大家都在自习室里，他们到宿舍。范统道："你给我一个被子，我自己有个毯子，也就成了，好在天气还不算冷。"

杨胜仁道："这种钢丝床，不用褥子都成了，他这个厚褥子足成，像我这么瘦，睡着都很绵软的，你这么胖，更舒服了。"

范统道："得，你不用管了，我睡着了若是打呼什么，叫我一下，我虽然不是择席，可是抽冷子换个地方睡觉往往要做梦。"

杨胜仁道："有我呢，我睡觉特别警醒，你上自习去吗？"

范统道："不，通学生没自习，你去吧，我先睡了。"

杨胜仁道："好吧，我去了。"他高兴了，有范统在屋里，他再也不怕了。范统还是吃得饱睡得香，躺下就着了。

同学们正在商量怎么吓杨胜仁，见杨胜仁这么趾高气扬毫不害怕的样子，越发要吓他一下。有的糊了一个白纸帽子，剪了一张红纸条当作红舌头，然后再披上一个白单子，足可以吓得他发晕。杨胜仁一点儿不知道。下了自习，杨胜仁回到宿舍，见范统睡得正香，他不愿意叫他，怕他生气不住了。自己睡在自己的床上，看了看范统，仿佛有了安慰，带着笑意把灯熄了睡去。因为这几天总没睡好，所以睡得还挺香。

这时，有几个同学准备来吓他，有一个戴好了纸帽子，披了白被单，他们来到杨胜仁门前。他们商议是先把杨胜仁弄醒了，可是怎么弄醒呢？如果把他叫醒了，他也就不信了，于是有个同学，抓起一把土来，向着杨胜仁的窗上一撒，只听唰的一响，连自己都吓得头发根儿发麻，可是杨胜仁没醒，连范统都没醒。

他们等了一等，屋里没响，有个扒在窗外，戳个窟窿往里看，黑咕隆咚，他低声向大家道："我说，我怎么看见耿怀民的床上似乎有人躺着。"别人道："你别瞎嘀咕了，没吓成人，自己倒吓了自己。"那个道："真的，也许是我眼差了，不至于呀，我看得清楚的，不信你们去看。"大家一听，也有些毛咕，有个大胆的道："把门给他开开，就看清了，同时风一进去，他也就醒了。"大家道："对，你去开门。"那大胆的走上去，伸进一只手去摸里面的丫棹儿，忽然觉得另有一只手摸到自己的手上，他吓得叫了一声，拔腿便跑。

大家一看，大胆的先跑了，大家全跟着跑起来。跑到很远，大胆的站住了，大家问他是怎么一回事，大胆的说："有只手正摸到我的手上。"那个胆小的道："是不是？刚才我看着就不大妙，别回头，假鬼再引出真的来。"有个不信鬼的，他绝对不相信，他说："这一定是杨胜仁知道咱们吓他，他又来吓咱们。走，回去看看。"

正走着，只见从屋里走出一个人，把他们真吓了一跳，连忙都伏在墙角，仔细一看，却是杨胜仁。原来范统睡到半夜，做梦梦见范老伯找了他来，他还记得是在公寓，他又仿佛是在做梦，又仿佛是真的，迷迷糊糊去开门，一摸摸了一只手，他也未曾经意，把门开了，也没有走进人来，他又躺在床上睡觉。门这么一开，凉风一进来，杨胜仁醒了，他打了一个寒战，仿佛要小解，爬起来一看，对面躺着一个人，吓了他一身汗，后来他想这个是范统，他又踏实了，便走出门去小解。门开着，他想这一定是范统出去解手，回来没关门，自己在睡梦中，仿佛觉得范统从外边进来，又躺在床上睡

76

觉。他出来，咳嗽了一声，便到厕所去了。

不信鬼的道："是不是，他是出来解手，我们这时进到他屋里去，藏在他的床底，叫戴纸帽子的睡在对面的床上，你们看怎么样？"别人道："好极了。"于是他们便全溜了进来。这时范统在梦中要小解，他似乎在做梦，又似乎是真的，他仍以为是在公寓里。这时有个腿快的已经钻到范统的床下，他不知床上会有人，范统也不知床底下又钻进一个人来，他伸手便向床底下摸夜壶，一摸正摸在那人的脖子上，那人吓得一阵凉气，从毛发孔一直到后脊梁，他连动都不敢动，木在床底下了。范统觉得凉，披了白色的毛毯下了地，便到床底下摸夜壶，床底下的那人一看，吓得再也待不住了，他出来便往外跑。

这时外边的往里跑，双方撞在一块儿，滚到院子里，大家忙问怎么回事。那床下跑出来的连话都说不出来了，结结巴巴地说道："有、有、有鬼！"大家一听，看屋里果然走出个白色人来，吓得拔腿便跑。那戴纸帽子的跑得最快，本是为吓人的，反而被吓得最厉害的就是他。他们一群人一跑，范统也说不清是怎么回事，他就在后边跟着，大家一看，越跑得快了。这时杨胜仁从厕所回来，猛然见那戴纸帽子的扑过来，吓得转头就跑，他也不知往哪里跑好，而后边的老是追。

宿舍里的人全被吵醒了，杨胜仁同那戴白帽子的便往女生宿舍跑。女生们一听宿舍一阵乱也全都醒了，不知怎么回事，以为有了火警，便全开门来看。一看一个吊客追着一个人，吓得她们各往里跑，这个跑到那屋，那个跑到这屋。杨胜仁也要想往她们屋里跑，吓得她们连忙把门全关上了。这时范统走着走着，他又回去了。他好像醒了些，又好像困乏了，回去睡觉了。后边有许多同学跟着呐喊，见他转回来，又全四散奔逃。范统回到自己屋里睡觉，不料走错门，里面的同学都叫唤起来，他又转身走去，好容易摸着回到自己屋里，躺在床上，又呼呼睡去。

大家又渐渐探头出来，一看戴纸帽子的走来，又慌得叫起来。有的大胆，用绳子把他绊倒，方要过去捆，那同学忙嚷道："是我，别捆。"大家把帽子扯下来，舌头揪下来，他又把脸上的粉笔末擦去，露出真面目来，大家才知道是同学，不由说道："黑天半夜的你们这是做什么呀？"那同学遂把几个同学想吓杨胜仁的话一说，杨胜仁听了，不由说道："好呀，原来你们是吓我的呀，好，你们真可以。"大家问道："你睡觉时不觉得你旁边有人吗？"杨胜仁一听，又毛咕了，他道："我比你们有福气，胆子大，所以我不怕。"大家道："你别吹了，一个纸帽子就把你吓得满处乱跑。"大家都笑了。

这时舍监走了过来，他听见大家喊了，走来见大家在说笑，不由生气，问他们为什么不去睡觉，半夜闹什么，大家道："闹鬼。"舍监道："胡说，哪有闹鬼的。"大家道："您不信去看。"杨胜仁想起范统在屋里，怕舍监查出来又要记过，遂道："没有这么一回事，都是他们想吓我。"大家道："确实有，真的。"舍监怕他们闹什么诡计，倒要看一看，遂往杨胜仁屋走。大家随着，有的是故意随着起哄，准知道是没有鬼的。

这时范统第二次又走出来，大家看了，转身便跑，把舍监都撞了一个跟头。舍监倒是沉得住气，爬起来，站在那里，范统便奔了过去。

杨胜仁怕惹出娄子来，过去打了一下道："胖子醒来，舍监来了。"

范统一听是舍监，吓得从梦中就惊醒了，一看，自己也不知怎么会跑到这里来。大家一听是范统，便又围了上来。舍监便问范统怎么会到学校里住，范统说："杨胜仁叫我来的。"

舍监又问杨胜仁，杨胜仁遂道："他们尽说闹鬼，我一个人害怕，所以把他找来做伴。没想到他们要吓我，反而吓了他们。"

舍监一听，只得说道："好，去睡吧，哪有什么鬼，都是你们自己捣鬼。"说得大家笑了，舍监走去，大家才又各自安歇。

范统和杨胜仁进到屋里来，范统埋怨杨胜仁说："你瞧瞧，多倒霉，碰上舍监了。"

杨胜仁道："你方才出去，你知道不知道，阿嚏。"杨胜仁着了凉，打起喷嚏来。

范统道："我一点也不知道。"

杨胜仁道："好，你都绕——阿嚏——绕了一个圈。我才冤呢，平常不好运动，今天竟来个八百米赛跑，满院里都跑——阿嚏——都跑到了，出了一身汗，又一着凉，坏啦，伤风了。"

范统笑道："谁叫你跑，阿嚏，妈的，我也伤风了。大概你传染上我。"

杨胜仁道："你也着了凉，我说我找你来为是做伴，没想到还是——阿嚏，阿嚏，阿嚏，嗬，好痛快，连着打了三个。"

范统道："谁叫你瞎嘀咕，阿嚏，瞎嘀咕。我说，有阿司匹林没有？"

杨胜仁道："没有，明儿得买阿，阿……"阿了半天，这个喷嚏没打出来，张着个嘴，鼻子一酸，这劲儿更难受。他又接着说："回头你还出去不？"

范统道："那我哪里知道，不由我呀。"

杨胜仁道："要不然我给你捆上点怎么样？"

范统道："捆在床上？"

杨胜仁道："阿嚏，那可不是，用绳子，我这里绳子倒是富余，捆行李的。捆在床上，只捆中腰就成，比方你要起来，一起不来，你自己也就能够醒了。"

范统道："好吧，这一来我倒睡个结实觉。"

杨胜仁一边打着喷嚏，一边找绳子，把范统和床捆起来。捆完，两个人全安心去睡。杨胜仁想，他再起我也不怕了。钻到被子一睡觉，被子一盖，一出汗，明天伤风就许好了。阿嚏，想着的时候也会打喷嚏。

他刚刚钻被子，被窝一暖，立刻感到舒服。先还是流鼻涕，后来鼻子竟塞住了。虽然有点别扭得慌，可是不用擦鼻涕，却省事多了。

他刚要睡，范统嚷起来道："不成，我得翻身哪，你捆得太紧了。"

杨胜仁道："不用翻身了，这么睡不是挺好吗？"

范统道："我睡不着。"

杨胜仁道："你一数数就睡着了。"

范统遂数道："一、二、三、四……"

杨胜仁道："心里数，嘴里数不但你睡不着，连我也睡不着了。"

范统遂闭目合眼地数起来。杨胜仁算着也就数到二十多，范统的鼾声起了，体胖气粗，睡得还真是香。可是杨胜仁睡不着了，而范统的鼾声又不按规矩，如果高低一律、优扬有致，自己也可以拿它当作催眠曲，偏偏他的鼾声一阵大一阵小，自己仿佛刚刚要迷糊，又被范统的鼾声呼得一激灵。这个劲儿，比伤风还难受。这时心里不大合适，头有些晕，心想：真糟心，那时还不如不找他来，幸而自己还没有搬到他那里去。好容易耗到范统没声儿了，他才渐渐睡去。睡得自己晕头转脑的，做梦都仿佛坐在飞机里打旋儿。

这时范统又起来了，他今天是特别，撒癔症撒得邪行。他竟把床背了起来，往门外便走。走到门口地方，他倒是出去了，可是床却出不去，他使劲拽。这时杨胜仁又醒了，他听见哐当哐当的，睁眼一看，范统无踪，连床都没了，不由大惊失色。一看门黑乎乎还关着，他还纳闷范统怎么会把床背出去了呢，忙爬了起来，往外便走，头却撞在了床腿上。他吓了一跳，擦了擦眼，仔细一看，原来床整个堵在门口。他知道范统还在床上捆着，他想出去，又出不去，往回揪又揪不回来。范统在门外头，他在门里，一点办法没有，他急得直嚷。隔壁的同学全都听见了，不知怎么一回事，全都跑了出来。他们初看是门上绑着一个人，吓了一跳，后来，杨胜仁在屋里一嚷，才知道范统背着床跑出来。他们一见，全都笑了。

这时范统也醒了，不知怎么又会背着床跑出来。他遂叫同学把绳子解开，同学把绳子一解开，床便倒了下去，整个把杨胜仁扣在床底下。大家进门一找，杨胜仁没有了。声儿由床底下传了出来，他们又笑了。

把床抬开，杨胜仁爬起来道："真倒霉，胖子可别睡了，捆上都不成。"

范统道："叫我在这里睡也不成了，我还是回公寓睡去吧。"

大家看天已经快亮了，有的就睡不着了。等到学校一开大门，范统先跑回去，他道："瘦子，你给我请半天病假，我回公寓睡觉去了。"

杨胜仁道："你睡，我还睡呢。"范统回去了，杨胜仁又躺在被窝里睡。

到了上课时，同学到了教室，大家谈到昨夜的事，不觉又笑起来。汪晴澜也高兴地谈着，她就把昨天杨胜仁被戴纸帽子的追得东逃西撞、范统在后边跟着的情形学了一番，大家听着全都笑起来。黎士方看到汪晴澜今天这样高兴，不觉也高兴起来。这些日子来，他还没见她这样谈笑过，她又恢复她一个月前的活泼了，他也跟着笑。这时汪晴澜猛然看见黎士方也站在旁边，她立刻不言语了，笑容也收敛回去，又静默地走向一边。黎士方一看，不觉痛苦万分，他不晓得为什么汪晴澜见了他竟这样不高兴。他悲哀了，他也退到一旁去，不言不语。他独自想着，假如汪晴澜真是为我不痛快，我自杀了都可以的。可是我必须要明白她为了什么对我这样冷淡了呢？她是听了别人的话了吗，她是为了环境，她也许另有了恋人，她或者发现了我的短处？可是我并没有给她一点不好的印象呀。

他莫名其妙地上了课，这堂课上讲的是什么，他也没有听进去，他的精神，越发恍惚起来。下了课，进到宿舍，想拿起一本书看，可是又懒得看。一看郭实床上放着一本《西厢记》，不由拿起来读了读。这本书自己在中学也读过，小学好像也曾读过，可是小学读《西厢记》时是什么心情，这时想不起来了。想到中学读这《西厢记》时，确实与现在不同。那时就拿小说来读它，后来才注意到它的辞章。可是对于金圣叹的批，也不大十分了解。今天看了看，觉得它给了自己一种意会不到的情调。名著到底是名著，一般写情小说都是写着故事，而不注意到情调，所以看了总是味如嚼蜡。

他一边想着，一边翻着。猛然看到"你有心争似无心好，我多情早被无情恼"，忽然有所领悟。他想到汪晴澜对于自己的冷淡，也许是受了环境的影响，他爬了起来，便给汪晴澜写了一封信。很婉转柔情地写了几篇，他说：爱多是自私的，可是我敢自信我的爱是

81

有理智掺在里面，我爱你外形的美丽，同时我也爱你内心的美丽，我爱你的纯洁人格，我又爱你的名誉，所以我敢在这里发誓，我绝不使你有一丝痛苦与烦恼。你对我冷淡避忌，我并不伤心，我知道你有你的环境，但是我所顾虑的是你的痛苦，我知道你这样是有不得已的苦衷说不出来，现在我坦白地告诉你，我爱你，我永远爱你。但是我并不强迫你爱我，你如果不爱我，我也是爱你的。请你告诉我，我怎样才释去你的不欢，我一定遵从你的意思去做。我想你一定疑虑我在拼命地追求你想占有你，不，我并没有那种奢望，我只是每天能够看见你快乐，我就高兴了，我就安慰了。你这些日子，完全是为了我而不快乐，我觉得我有罪，所以我也不敢再向你亲近，就是希望你快乐起来，像你刚入学时那样的快乐。但是你近来越发沉默了，究竟为了什么呢？你痛痛快快地说了吧，甚至你斥责我，我都是满意的。只要你把你的抑郁发泄出来，心里再没有一点芥蒂，像安琪儿那样天真活泼，我的罪也就赎过来了。晴澜，我最爱的人，我最敬的天神，再也没有像这样使我痛苦的，除去你那愁容了。倘若你仍是这样不欢，那些爱你的同学，恐怕都要来斥责我了。晴澜，快乐吧！最后告诉你一句：我永远热烈地爱你！

他写完了，装入信封，封好，又揣在兜里。到了晚上，他便到图书馆去等汪晴澜，他知道汪晴澜必要去的。果然，不久，汪晴澜便去了。她走到西文图书馆的门口，看见黎士方在屋里，她便站住脚步，仿佛要撤转回去。

黎士方一见，心里越加难过，他用那沉重的声音，叫了一声道："晴澜，请你来看书吧，我可以马上离开这里。"

汪晴澜一听，也觉得有些难过，她没有言语，坐在一个桌旁。

黎士方道："为什么我反而不如一般同学能够见到你的悦色呢？"

汪晴澜看着桌子道："我嘛，我永远不会快乐了。"

黎士方道："为了什么呢？"

汪晴澜道："不为什么。"

黎士方道："你能允许我多跟你谈一谈吗？"

汪晴澜道："请你原谅我！"

黎士方遂掏出那封来道："这里有封信给你，如果你答应我的请求，完全看了，我便拿十二分的诚恳来献给你。"

　　汪晴澜道："好吧！"

　　她把信接了过来，黎士方道了一声"晚安"走出去了。汪晴澜慢慢打开了看，看得自己难过起来，说不出有一种委屈似的。她也懒得再看书了，便走回宿舍去了。一个人躺在床上，又把他的信看了看，她觉得现在和黎士方闹了很大的别扭，可是细想起来，又没有什么意见。但为什么要对他冷淡呢？与其说是冷淡，毋宁说是避讳吧。男人哪里知道女孩子的心事呢，连女孩子自己都说不出来，男孩子如何能知道呢？

　　她想了想，怎么回答黎士方，是痛痛快快地和他谈一谈呢，还是仍旧守着沉默？想了想沉默总是不好，还是坦白地和他说了吧，那样于双方都没有什么痛苦的。可是说什么呢？她便想出下面的一篇话来："士方，我感谢你的好意，我也明白你的意思，但是你始终没有了解我，你以前总说我太神秘，那正是你不了解我的缘故。我现在很悲哀，悲哀我失去了孩子的天真与活泼。环境是叫我往端庄大方里走，可是我认为那是给我加了徒刑，但我也得听从社会上的裁判。人到了成人的年龄，就起始走入狱里，来消磨她的刑期了。除非到死，才算执行完毕。我一个人没有力量来做社会的叛徒、监狱的逃犯。我只能老老实实地做了模范犯人，等待着有大力量的人来解脱人类的桎梏，来开放人人自缚的牢狱。那时我或者可以得到减刑或大赦。在一切一切都不原谅中，我只是一个弱者而已。我不是不爱你，我也不是不爱我的自身，别人之不能同情我，就如同他们之不能自救，是一样的。士方，你明白这个吗？世界并不是我们两个人的世界，而我们又不能离别这世界而活着。人们并不是不知道我们现在内心的痛苦，青年们也不是不知道他们自己的痛苦，但是一遇到别人的事，他们便拿那自己还要想挣脱斩断的铁镣来锁在别人的项上。你是聪明的，你一定能够了解我个人的心情，我并不是故意做得神秘，我也不是故意来冷淡我们的爱情，我也不是为了你而不快活，我现在唯一的希望是马上毕了业，在我们经济能够独立的时候，我们再谈到一切。现在，我们把我们的爱先埋藏在心底吧！"

她想了想自己的话，觉得如果对黎士方说了，想他一定可以谅解自己的。这时候她一个人躺在屋里，忽然听见窗外有人说话，一个说："近来汪晴澜忽然对黎士方冷静起来，不知为了什么？"一个说："黎士方近来仿佛受了什么刺激似的。"一个说："你看他们结合有可能吗？"一个道："这只是看他们的毅力如何了，假若因畏而生退心，那就越来越坏。现在看着他们两个人的情形，也怪可怜的。别人还在跟着破坏，多么没心呢。《西厢记》最后一句，但愿天下有情的都成眷属，这是伤透了心的人才能说出这句话来。青年人只知道自己的痛苦，而不知道别人的痛苦，这是个大缺点。"汪晴澜在屋里一听，不由眼泪流了出来，她哭了，她决心明天早晨要同黎士方说自己所要说的话，她是想叫黎士方免除了他的痛苦。

到了第二天，她起来随着同学去上早操。她把她昨晚想说的话，预备和黎士方去说。到了操场，练了徒手操，大家陆续往教室跑，黎士方因为心绪不大好，不愿意和同学在一起，上课是没有办法，除了上课时间，他总是孤独地待着。他又回到宿舍，他今天见汪晴澜看了自己好几眼，不知是什么意思，他现在想解脱自己，都解脱不了。他想，何必这么苦恼呢，见了汪晴澜，就和开学时一样不成吗？干吗要想她呢？想也可以，而为什么要苦恼呢？他怎么想也想不出是怎么一回事。他这时真想自杀，他觉得这个世界里，已经没有他的位置了。

他进了宿舍，刚刚坐下，因为门是开着，他看见汪晴澜走了进来。他不由一惊，跟着又要喜，又要悲，又要惧，他不知道是怎么才好，怔怔地等她的命令。

汪晴澜一见他这个神气，自己又难过起来。她强自镇静，庄颜正色地对黎士方道："你的信，我已经看过了。"

黎士方道："是吗，那么你明白我的意思吗？"

汪晴澜道："我明白的，可是你并不明白我。"

黎士方道："是的，所以我才寄信问你，可是……"

汪晴澜道："可是什么？"

黎士方道："我已经知道你所要回答我的话了。"

汪晴澜道："我要回答你什么？你说。"

黎士方道："不，我怕说出来，我也希望你不要说出来。因为一说出来反而苦恼的。"

汪晴澜道："没有的话，我一说你就明白，你就不再苦恼了。"

黎士方道："不，一定不。我希望你保留我这点朦胧吧，我不愿意弄清楚了。朦胧着虽然有点苦恼，但是也有它的快乐。我宁肯吃点苦，而我愿意有着回味恍惚的意境。我怕明朗，我怕你说出使我绝望的话。我的意思我明白，但是我不希望你说出来，你也无须给我暗示。我现在只希望你快乐，你把我抛开到九霄以外，把我踢出你的意念中吧！你不要为我而苦恼我就满足。我自己却愿意永远这样朦胧着，我好像做着一个快乐的梦，虽然是梦，但也有它的乐境。倘若醒了，便更感到空虚了。晴澜，你别打断我的幻想吧，你叫我自由地幻想着，就等于给我快乐。我真怕你说出连幻想都不可能的话，那无疑是给我的快乐判了死刑。你去吧，我从此绝不打扰你，我也绝不叫你对我有什么可挂虑的，你放心吧！"

汪晴澜一听他的话，完全不是自己的意思，她不由难过起来，而自己一肚子话，也不能说了。待了一会儿，她道："好吧，我没什么不快乐，你也放心好了，再见。"说着她走了出去。黎士方见她走后，真是说不出自己是怎么一种滋味，经她这一来，自己反而更苦恼起来。

过了两天，又是月考。这回月考是很有关系的，因为有一门是微积分，这门微积分如果得九十分，寒假后第二学期便有免费希望。这里只有黎士方和汪晴澜两个人的分数是差不多的，他们只要再交了这门答题，下学期便全可以免了。黎士方和汪晴澜，全是好胜的，不但免费可以省下许多钱，而名誉是最好的，谁不愿意博得优等免费生的名义呀！不过这门功课是最难的，汪晴澜知道自己不如黎士方有把握，可巧这回的题目又非常难，黎士方费了很大的力，一天一夜的工夫，完全弄了出来，绞了若干脑汁，费了若干心血。

第二天便得交卷，他这时见了汪晴澜，问道："微积分你算了吗？"

汪晴澜道："连一半也没有算得。"

黎士方便把自己所算的递给她道："这是全部答题，你交了吧。"

汪晴澜一见，不由惊喜道："那么你呢？"

黎士方道："我的分数已经够了。"

汪晴澜道："真的吗？"

黎士方点头道："真的。"

汪晴澜真是喜欢不置，她望了望黎士方，黎士方毫无表情地走开了。而黎士方的内心却是非常紧张，他心脉的血液在沸腾着，他高兴，他感激，他甚至落了泪。他想到汪晴澜不爱自己，可是自己能够爱她，也就满足了。他想这些题算得什么，分数算得什么？比这再大些，以至于性命都可以为她牺牲，只要她快乐，不难过，自己是多么荣耀呀！在上课的时候，他在旁边暗暗观察她，他永远把她放在自己的视线里。比方画写生画的时候，汪晴澜当然要找她的角度和光线，但是黎士方也找那光线角度合适的地方，然而他的光线角度并不是对那被写生的静物，而是他的汪晴澜。他一边画着，一边看着汪晴澜，看她拿着彩笔在画，她的手是那样柔腻纤美，那只玉手，是曾经被自己握过的呀。他一想到这里，他就心跳起来。他又看她的脸似乎瘦了一些，可是怎样都是美丽的。他这样观察她，可是他又怕她看见自己，他把她放在自己的视线里，而自己却躲避在她的视线之外，他是这样矛盾，他唯恐她见了自己而不高兴。

外面下起雨来，天气是很冷，大家不由都往外看。汪晴澜却看见了黎士方，黎士方刚要躲开她的目光，但汪晴澜却向他一笑。这一笑，就好像一张希腊美术书上的天神，也太美丽了。她不是人，她是神，她的身体不是肉，也不是玉，是天地间的秀气所铸，上天所赐的灵与骨。若她的头一动，她那蓬松的头发也一颤动，而送来一阵发香，使人沉醉，使人神驰，使人匍匐在她的脚下，而不敢抬头。

天暗得屋里的光线不足了，下了课，各人拿着书具往外走。黎士方等到大家全出去，却见汪晴澜在门外站着。他低了头往外走，汪晴澜道："我们一块儿走。"黎士方便和她一起走着。

汪晴澜道："你怎么不高兴的样子，是不舒服吗?"

黎士方便借着台阶儿下来道："可不是，有点不舒服。"

汪晴澜道："你穿的衣服少了，天气是这样，回头穿上毛衣吧。"

黎士方见她这样温存，真是感激得说不来什么。汪晴澜道："别忙，地下滑。"说着揪了他一把，他真不知怎么好了，他仿佛傻了似的。她又道："我给你拿着画具吧。"

黎士方道："不，我能够拿着。"

汪晴澜道："你看你，瘦得多了。"

黎士方道："你也……"底下没有说出来，眼睛里好像挂了水珠，他往天上看了看。

汪晴澜道："别伤感呀，我现在已经快活了。我到宿舍了，回见，好好多穿上一点衣服，听见没有?"说着，向他笑了，然后跑回宿舍。跑到宿舍门口站住了，回过头来，用手挥他，叫他赶快回去。

黎士方怅然回到宿舍，伏在床上哭了。情这个东西，真是神秘呀！有时候它像一把小刷子，在你的心坎上轻轻地刷，刷得你心痒难耐；有时候像理发馆的电脸器，麻酥酥的叫你皮肉微微颤动；有时候像焚身烈火，使你横冲直撞，只求一碗冰心剂；有时候像一把利剑，刺到心里，往外渗血。这个东西千变万化，捉摸不透，任你是搏虎弯钩的大力士，也把它掷不出去；治国安邦的大英雄，也是斩不断它的缠绕。即或有超人的大智者也一样被它支配得神魂颠倒。多少青年得着它的快活，多少青年为它丧了性命。一般人自己被它缚得紧紧的，还纳闷青年们为什么这样癫狂若痴的样子。他们并不是不了解青年的心，却是不去了解他们。情好像是洪水，洪水来了，他们叫青年去堵，堵得住的，创伤遍体。堵不住的，把命饶在里面。没有人能够把它引成河流，灌溉爱情的田地。古往今来，葬在情海洪流里的大英雄大名士，不知有多少。

这时，郭实走了进来。见黎士方这样，不由问道："怎么了，又是你们恋爱的事，对不对? 我这些日子，看出你们的情形来了，双方都那么冷淡的样子，我还暗赞你有骨气，谁知今天竟鼻涕眼泪的了，你可真泄气到家了。起来，说一说是怎么一回事。"

黎士方道："恐怕再也没有一个人可以了解我们的了，不但别人不了解我们，就是我们都不了解自己。"

郭实道："我研究心理学，你跟我说吧，我能够完全了解的。"

黎士方道："我真不明白她为什么忽然对我冷淡起来，昨天她找到我，要同我说什么，我并没有叫她说，我怕她说出不爱我来。可是今天她忽然又对我好起来，她极力安慰我。你说这是什么缘故呢？"

郭实道："她安慰你，当然是好了，你应该当喜欢，可是你为什么倒伤感起来？"

黎士方道："我以为她这样安慰我，或是她不爱我的表现。"

郭实笑起来道："你真正是一个书呆子，她这样安慰你怎么会不爱你呢？"

黎士方道："她怕我苦恼，所以假意安慰我。"

郭实道："她怕你苦恼就是爱你，她若不爱你，她还不安慰你呢。"

黎士方道："她为什么忽然又爱了我呢？"

郭实道："她根本就没有不爱你，先对你冷淡，那不过是环境关系，你还不知咱们学校的同学，脑筋就和十九世纪的差不多，个个都有点道学味儿，别看学艺术的应当有点浪漫劲儿，可是自己浪漫成啦，人家要一浪漫，就觉得不可恕了。你不是也知道咱们学校，出了多少档子事，写情书也闹一阵，其实写情书求爱算什么？不爱就不爱，告诉他，我不爱你，这不就完了，非要把人家骂个狗血喷头，图什么呢？再者说，被追求的人还没有表示，别人先不答应，这新鲜事全出在咱们学校。没办法，她虽然聪明，可是她没有力量来转变人家的谈论，所以她不得不对你冷淡了。"

黎士方道："她要对我说话，说什么话呢？"

郭实道："那一定是告诉你，她爱你，请你放心，别误会她，一定是这意思。"

黎士方听了，不免有些宽心，他道："可是我有时又一阵阵觉得她如果为我而爱我，真是委屈了她，我真怕她苦痛，怕她委屈，宁肯叫我心里难过，我也不叫她难过。"

郭实道："这是你伟大的爱情，爱情到了极峰，才有这种现象，是值得赞美的。不懂爱情的人，他不会了解你的心情。世间之怕老婆，正是爱老婆啊！"说得黎士方笑了，郭实又道："以后，你最好还别对她太追求厉害了，总得面子上叫她过得去。"

黎士方道："我现在就是极力避远着她呢。"

郭实道："太远了也不好，总之别叫她疑惑你对她冷淡了爱情。还是照着平常的样子，跟同学一样，这样双方便都得了安慰。"

黎士方道："我对于她，还有一件事使我莫名其妙的，到现在还不甚解。"

郭实道："什么事呢？"

黎士方道："有一次，我送她到汽车站，她却再三不叫我送她，她非叫我回去不可。还有一次，我们在图书馆里，临走的时候，她却叫我等着，不叫我和她一块儿出来，可是我出来后，她却在门外等着我呢。你说这是什么缘故，我简直不明白？"

郭实道："这都是她的避忌，女孩子初恋的时候，矛盾的心情很厉害，她又要安慰，又怕别人知道。比方你同她玩去，回去的时候，你送她回家，假如你不送她，她一定不高兴，可是你送她去了，离着她家很远很远，她便不叫你送了。"

黎士方道："这是应有的避忌，她们怕舆论。"

郭实道："不然，这完全是矛盾。她们有时候是这样，有时候又不这样。你以为她们愿意在人前表示冷静，在背地里热恋着、狂吻着，但也有不是这样的，她们愿意你在人前表示热烈地爱着她，甚至公开地叫她爱人，她都不恼，假如在没有人的时候，你想吻她一下，她都会不高兴，她们完全是矛盾的，连她们自己都解释不出是怎么一回事。汪晴澜是比较有理智的，越是有理智的人，越是感情增厚，矛盾就矛盾在这儿。你现在或者也许怀疑她对于你是一种手段，其实不是，这足以证明她这是初恋。有经验的，不会这么矛盾，她能操之裕如。别看她朋友多，你看她对同学，不都是一样吗？唯独对你不同，可见她只有对你有了爱。鼓起你的勇气吧，没有什么可烦恼的，没有什么可忧虑的。你细想一想，你这样啼笑无常，不是小孩子吗？"

黎士方笑了，他道："你仿佛很有经验似的。"

郭实道："我倒没有这个经验，不过我爱研究心理，别看我说的这样好，这都是旁观者清的缘故。我若掉在网里，和你一样颠倒神魂，你若拿旁观者的态度，你也一样看得很清楚。别人对你不谅解，也正是他们都在旁观的位置的缘故。"

黎士方道："别人也许是嫉妒。"

郭实道："不，嫉妒固然人人有，可是不谅解是不谅解，并不是嫉妒。比方一个人饿极了，他抢了一个馒头吃，大家都不原谅他的饿，一致地批评他该死，他们就是不想想他们饿的时候多么难受。青年们的恋爱，也是如此。一般道学家总对青年们的自由恋爱加以痛诋，可是他们却各处去捧伶嫖妓，姘女人，真奇怪，他们在责斥青年的时候，自己就不想自己所做的事。中国的社会，是不属于青年的。"

郭实又发了牢骚，黎士方觉得他虽然好发牢骚，可是永远是平和的。中国人大概都是如此，这也是东方精神文化的特色。他们谈了一会儿，黎士方觉得松快多了。从此以后，他和汪晴澜见了面，只是互相一笑。有时也在一起谈谈，有时也跑到图书馆看看书，和别的同学一个样了。可是他们心里却深藏着爱，外面不表现出来。

天气渐渐凉起来，汪晴澜有时候拿着毛线，在上课中间休息的时候，她坐在教室里，打着毛衣。黎士方一看她那姿势，真是美丽极了。两条黛维丝的腿伸长了，把右腿放在左腿上面，两只纤纤素手，来回穿那红的毛绳。低着头，有时候头发落到前面来，或是用她的小指往后撩，或是把头抬起来微微向后一摆，那头发便蓬松着一颤动。那种柔静、轻娴，简直太美丽了。黎士方又高兴又心痒，这样美丽的人儿，能够叫自己爱，这是多么难得呀。他都要替她向全世界的男人和女人骄傲了，他想跪在她的脚下说：美丽的女神，你知道你怎样地倾倒众生吗？你是多么美丽呀，你不知道吗？你为什么一点也不骄傲呢？你知道有人看了你的美丽而要疯了吗？你拿着那两支针来往地穿着，你知道一下一下地在刺着别人的心吗？你为什么一点不觉得你是美丽的呢？他看着，他简直要跑过去吻她。可是他并没有动，一直到上课，他还站在旁边怔怔地看她。

这时汪晴澜猛然抬起头来，见黎士方那种神气，不由一笑。可是跟着脸一红，说道："你看什么？"

黎士方笑了，他道："我看你打毛活儿，打得真快。"

汪晴澜笑道："我一边打一边拆，你看见了吗？"

黎士方道："看见了。"

汪晴澜道："嗯，你瞎说。"

黎士方笑着没有言语，半天才道："你再那样坐一会儿。"

汪晴澜道："干吗？"

黎士方道："那姿态太美丽了！"

汪晴澜道："坏死啦。"

黎士方许久没有听到这句话了，今天听了，不觉为之神驰。如此又恢复了以前的美好！

又过了许多天，天冷得很了。河里已经冻了冰，小姐们准备溜冰了，她们都把冰鞋拿了出来。黎士方想到去年和汪晴澜一块儿溜冰的情景来，那时他们还没有谈到爱情，但是已经心心相印了。有一次汪晴澜对别的同学说："下午到漪澜堂溜冰去，好吗？"说完，向黎士方看了一眼。黎士方明白了，下了课，他便到北海去，果然看见汪晴澜和两三个女同学在溜冰。黎士方想到她们溜冰技术也许不大好，便走了下去。刚刚到冰上，几乎摔了一个跟斗，她们都笑了起来。

黎士方忸怩地问道："汪小姐早来了吗？"

汪晴澜道："刚来。"说着，她便坐在木栏上，看着黎士方。

黎士方溜到她的前面道："汪小姐，溜呀，我还想学一学呢。"

她低着头脸红了些，眼睛看着他，趁机却走开了，飞快地溜出了圈子。黎士方在席篷往外望，见她像小燕子似的溜起来，有时轻轻一转，那极美丽的姿势，竟使黎士方呆住了。他同时觉得有些难为情，他追出去看她溜。她溜着花样是那样轻快圆通，她跑着又是那样飞快。一会儿，又溜进圈子去。等到黎士方进去时，她已在缓步溜行。一会儿，又坐下了。

他道："汪小姐再溜一个我看看好不好？"

汪晴澜道："嗯，我可不会。"说着，她又溜起来，黎士方便注视着她。她有时拿起一块碎冰，用手在冰面上击来击去，显出她的天真活泼、玲珑娇巧。她只穿着蓝布大褂，罩着一件小红毛衣，又朴素又美丽。一会儿，她又跑到人少的地方去溜。黎士方心里道：她真想教我吗？他遂跟了过去，汪晴澜也不说教，只是溜着给他看，他便在旁边跟她学。天色很晚了，他们都没有走的意思，在那走过的冰迹上，一道一道地刻画着两个人的心迹。它们是那样缠绕在一块儿，剪不断理不断。可惜黎士方还没有学会，把眼镜摔碎了。回到学校，一闭眼睛，便有一个红毛衣蓝大褂的姑娘在舞蹈着。

今年呢，追怀着去年的快乐，想到未来的变化，他有些恐惧与抑郁。还是朦胧着好呀，去年虽然没有谈到爱，而赤子之心，是怎样融在愉快轻松里呢？雅典姑娘，是不是仍要像去年那样天真地溜着？这谁能知道呢？黎士方在冷静地等待着，等待着冬季的到来。

这时却忙坏了杨胜仁。杨胜仁和范统说："汪晴澜她们又把冰鞋预备出来了，咱们也得赶快准备。"

范统道："我一点不会怎么办？你还好，去年练得也能在冰上站着了，我现在练也来不及呀！"

杨胜仁不会溜，总得拉个垫背的。他道："你学吧，准学得快。我是胆小，你身体好，摔在冰上，碍不着骨头，我要一摔，骨头得酥半天。"

范统道："我有这瘾吗？反正摔跟头没有好过的，不管身体胖瘦，摔一下就是一下，硬叫人和冰碰，我干不了。再说，我这身体，一摔还不瘫痪呀。"

杨胜仁道："没有的话，叫你这么一说，胖人就不用学溜冰了，有的胖人故意学溜冰，好把身体运动瘦了。你这么胖也不好谈恋爱，我说，还是决心学。告诉你寒假里有许多好机会，你不会溜冰，如何能够跟汪晴澜接近？"

范统一听："干！"还是这个灵。

杨胜仁又添了一个理由道："再者说，你把溜冰学会，准教你不再撒癔症。你这撒癔症完全是不喜欢运动的缘故。"

范统道："成啦，你不用说那么多理由，有一样就成啦。明天你跟我买冰鞋去。"

杨胜仁道："对，刀子用中国刀子，便宜，一样能滑，初学用不着什么好刀子。"

范统道："我老怕摔，摔一下多难看。"

杨胜仁道："不，冰场上摔跟头那是常事，多么会滑的也免不了摔跟头，所以你就是摔多少跟头也没人笑话。彼此一样，并且溜冰是从摔跟头练出来的，不摔会不了。"

范统一听，又有点发怵，他道："这么牺牲，我可干不了。"

杨胜仁道："不，不摔也成，也能练得出来，不过慢一点，咱们只要会在冰上溜就得，也不必练什么花样，是不是？我告诉你，越是不会的越好了，在冰上撞上密司，一起倒在冰上，人家能原谅你。"

范统一听，说道："得，咱们现在就去，哪儿有？"

杨胜仁道："体育商店有，市场也有，咱们上市场买去，就手儿逛逛市场，回来吃晚饭。"

范统道："走。"

他们说着便穿了大衣走出来，坐了公共汽车到市场。进到一个鞋店，进门说买冰鞋，伙计道："哪位穿？"

杨胜仁道："他穿。"

伙计看了看范统的脚，拿了一双鞋来。范统坐在椅子上一试，不成，小。伙计又拿了一双，穿上一试，仍是紧。范统道："拿肥一点的，你没看我的脚吗？"伙计遂又挑了一双特别肥的拿了过来。范统一试，仍是紧得厉害，他道："不成，不合适。你们鞋铺就不做肥的吗？"

杨胜仁道："溜冰的脚本来就没有像你这样肥的。"

伙计道："要不然定做一双，一个礼拜就得了，现在还没有到溜冰的时候，等到鞋得了，也就正溜上了，您瞧怎么样？"

范统是打着主意来买的，今天买上才痛快，买不上仿佛起心里不痛快。就是不溜冰，买回去放在屋里当摆饰，也是好看的，拿在手里也可以充英雄。他一犹豫，伙计怕买卖黄了，连忙又拿出一双来道："您看这双许合适，这是人家定做的，还没来取，您要穿着合适，您先拿去，我们再给人家做。"

范统一试，仍是紧些，可是叫伙计这么一说，仿佛略松些似的。伙计又道："穿冰鞋是穿紧的，松的不好，在冰上不稳，人家有的特别要紧的呢。"

杨胜仁也在旁边怂恿道："可不是，冰鞋都得紧，有的用皮绳紧，我时常结好了还得用带子绑在脚上呢。"

范统一听，"好，就这双吧。"

把冰鞋买了。又买刀子，刀子省事，不必试什么大小，马上就钉在鞋上。买好之后，也不必装在纸匣里，扛在肩上，就回来了。

回到公寓，李斗就先嚷："范先生买冰鞋了。"

看着亮光光的冰刀，实在耀眼，范统高兴了，还没溜就先受人家的恭维。进到屋里，范统拿着鞋来回看，他道："穿上试试，这要是在平地都站不稳，到冰上就更不成了。"

杨胜仁道："可别说，这种东西，站在地上不稳，可是站在冰上却是稳极了。"

范统道："真的吗？"

杨胜仁道："真的，这种冰上的玩意儿，只能到冰上才行。"

范统道："这要是在地上站得稳，到冰上更没什么不稳的吧？"

杨胜仁道："当然，可是在地上站得稳的很少。"他是极力叫范统安心。

范统把鞋穿上，好不容易把鞋蹬下去，没有紧绳儿就紧紧地箍着呢，把绳儿紧好，范统还弯不下腰去，杨胜仁帮着他穿。穿好了，范统道："妈的真叫受罪。"

杨胜仁道："溜着溜着乐趣就来了。"

范统扶着桌子站起来，脚底下有点晃，脚脖子往两边摆。杨胜仁道："不坏呀，你真有这个天才就结啦，我在穿的时候休想站起来，你居然能够站着，真难得。你小时候一定会溜冰，对不对？"

范统一边扶着桌子，一边摆摇道："我小时就会打冰出溜，老太太钻被窝什么的。"说着，有点得意，可是脚真受罪。

杨胜仁道："我说，挺好，明儿到冰上准保你能溜，打头你先有根底，比我强，强得多，敢则。"

范统越发高兴，他道："这要溜起来，是不是跟打冰出溜一样呢？"

杨胜仁道："一样一样，太一样了。反正你得按好重心，溜的时候，脚要这样，你看，两脚成直角形，比方左脚往后一蹬，右脚便直着往前一冲，右脚溜的时候，左脚就提到前边来了，你看，就成了这样，这个时候比较难一点，因为左脚一提高，身体就容易往后仰，结果非要摔个仰八叉不可。"说时，一边比画着，自己几乎真摔了一个仰八叉。

范统道："你慢着。"

杨胜仁道："不要紧，我这是比方呢。再比方，这时左脚不是跑到前边来了吗，然后右脚再蹬，这么一蹬，也是成直角。注意，这样的直角，这时候溜，是用里刃儿，你看那刀子当中不是一道沟儿吗？"

范统想抬起腿来看，一抬腿，也几乎摔了一个跟头，幸而扶着桌子，差点儿把桌子按翻了。杨胜仁道："回头再看，你看看我的。这里刃儿好溜，初学都用里刃儿，等到里刃溜好，再学外刃儿，学外刃儿可难多了，身体得这样歪转着，两只脚这样来回倒。"说着便来回倒起来，一下没倒利落，把自己绊了一个跟头。

范统哈哈笑起来道："没穿冰鞋就摔倒了，这要是到冰上，还不更摔跟头吗？"

杨胜仁爬了起来，范统一看，更笑起来了。原来杨胜仁的头栽到痰盂上，把痰盂碰倒了，脑袋几乎进到痰盂里去，可是痰却流了一鼻梁子，杨胜仁这恶心就别提了。范统笑着连忙去弄痰盂，他忘了穿着冰鞋，一迈腿，站不稳了，又栽倒在地下，弄了一脸一嘴的鼻涕黏痰。

这时李斗走了进来，见两个人都摔在地下，不由笑道："溜冰哪有在屋里溜的。"

范统爬起来道："少废话，去打脸水去。"

李斗道："嘛。"拿着脸盆出去了。

范统道："真他妈。"说着，先闭着眼换鞋，那鞋又找不着了，他问杨胜仁，杨胜仁嘴里嘟囔，不敢张嘴，一张嘴黏痰就进到嘴里去了。他们用纸先擦了擦，李斗倒了洗脸水来，范统叫他扫地，杨胜仁过去先洗，擦了三遍香皂，恨不能使下半块去，可是鼻梁子上还挂着腥味。这种腥味，能够绕梁——鼻梁——三日。范统又换水再洗，洗了半天，又用香水喷，两个人喷了半天。

范统道："都是你，要出这主意，何致吃黏痰。"

李斗笑着说道："范先生，您要在冰上摔一下可不轻呀，可有一样好，冰上没痰盂。"

范统道："去你的吧，没那些说的。"

杨胜仁道："我还得漱一漱口。"说着，又用范统的漱口盂漱口。

范统道："到不了嘴里，这都是你的疑心病。"

杨胜仁道："我三天也吃不下饭去。"

范统道："你别想它就成了，你越想它越恶心。"

杨胜仁道："不想不成啊。"

范统道："你一想这是汪晴澜啐的痰就成了。"

杨胜仁道："你别闹心了，就是您这汪晴澜？"

范统道："谁叫你想我，叫你想黏痰。"

杨胜仁道："想你就怪恶心的了，还想黏痰。"

范统道："你就直当是汪晴澜的黏痰。"

杨胜仁道："这要真是汪晴澜的痰，我真能咽下它，可是，我这么久也没见汪晴澜吐过一口痰，人家到底是人家，你到底是你。这黏痰，你自己吐的都嫌脏，不用说我了。"

范统道："得啦，别提了，越提越恶心，咱们还是提别的，提溜冰吧。"

杨胜仁道："溜冰也别提了，回头再摔一个。"

范统笑道："我说，这在平地还这样摔，要是在冰上还不更摔得厉害吗？"

杨胜仁道："不，这地不是溜的，所以容易绊倒，冰是滑的，这么一迈就过去了。"

范统道："得啦，你不说我也明白，别比方了。"

杨胜仁道："汪晴澜溜得不错，学好了和她拉着手儿溜。"

范统道："黎士方溜得怎么样？"

杨胜仁道："不成，你一年就能赶上他，他不用提了，现在和汪晴澜又有点裂着，你看出来了吗？这是你的好机会，你若把溜冰学会了，我保你成功。"

范统喜道："真的吗？"

杨胜仁道："你还没看出这步棋来吗？"

范统道："我倒看出点儿来。"

说着，又叫李斗。李斗进来道："范先生打洗脸水吗？"

范统道："废话，打那么些洗脸水干吗？杨先生在这儿吃饭，你给叫点儿去。"

李斗道："嚄，喝点儿酒？"

范统道："不要。"

李斗道："喝酒解解味气。"

杨胜仁道："来点酒也好。"

李斗道："来一斤？"

杨胜仁道："一斤喝不了，四两吧。"

李斗道："四两少一点，半斤合适，半斤不算多。"他是极力对付，因为他想在这里赚下一点儿。

他去了，杨胜仁又和范统谈着。杨胜仁道："香水呢，我再喷喷，怎么老仿佛还有腥味。"

范统道："都是你的疑心病。我这里有点鼻烟儿，你闻一闻，还是我老伯那天来搁在这里的。"

杨胜仁道："闻了打喷嚏，我不要，我的伤风刚好，还叫我打喷嚏。"说着，便又拿起香水瓶，往自己的鼻子尖儿上打了打。

范统道："我也打一打。"杨胜仁过去便把香水对着范统，一下打在范统的眼睛上，范统的眼泪立刻流出来了。范统道："得啦，你别多事了。"

这时李斗带着饭铺伙计走进来，李斗帮着收拾桌子，把菜都摆好。李斗道："这酒真不坏，我给您斟上。"他便用茶碗倒了两个半杯，他看了看，然后走了出去。回到自己屋里，又吃又喝，原来他早把菜拨下一点儿，酒也倒出一点儿来。这里范统擦了擦眼泪，和杨胜仁喝起来。

两个人的酒量都不大，本来也全不会，喝着是没有什么，到了肚子就仿佛烧了膛似的。李斗也不能喝，二两酒就把他支使得晕天黑地。

范统和杨胜仁正在喝着，李斗走了进来，酒气喷人的。范统道："我喝酒，你怎么会酒气喷人的？"

李斗道："天儿凉，喝点酒暖暖肚子。"说着走了出去。

杨胜仁道："这小子干吗来了？进到屋里转了一圈又出去了。"

范统道："大概看咱们吃完没有，剩下他好端走。"

过了一会儿，李斗又走进来道："范先生，有人来电话，刚才我来告诉您，您一跟我说话，我忘了，方才我回去，看那电话还挂着呢，我又想了起来。您的电话。"

范统道："姓什么的找？"

李斗道："姓王呀是姓汪呀，一个女士。"

范统站了起来道："你这家伙，刚才可不说，耽误这么好大工夫。"

杨胜仁跑出去道："我替你接去。"

范统道："别价，我自己接去吧。"说着也跑了出去。李斗搛了一口菜又喝了一口酒，也走了出来。

杨胜仁早把耳机拿在手里道："喂，你是谁呀？"

那边果然是一个女人的声音道："我是兰呀，你是谁呀？"

杨胜仁道："我是杨胜仁，我正在范先生屋里喝酒呢。"

那女人待了一会儿道："劳驾你找他说话。"

范统这时已经走过来，不给他耳机子，他也要抢了。杨胜仁捂着机口道："是汪晴澜的，她说她是澜呀。"范统得意地接了过来，把杨胜仁往旁边一推，面有得色。杨胜仁这时心里好生难过，没想到汪晴澜真给他打了电话来。

范统道："喂，你是谁呀？"就听那边说了一声"错啦"。仿佛挂上了的样子。范统急道："喂喂，不错，我就是范统，刚才是杨接的。"可是说什么那边也没声儿了。他这着急，恨不能给杨胜仁和李斗揍一顿。

他把耳机挂上道："你瞧，都是你！她一听不是我，给挂上了。"

杨胜仁很觉抱歉，可是更有点嫉妒，他道："我说你就来了，我是怕她等着呀。"

范统道："真他妈。"

杨胜仁道："不要紧，她一定在学校呢，你不会往学校给她打电话吗。"

范统一听，还有一线希望，便摘下耳机叫学校，电话局道："有人叫等一等。"打电话若是碰上有人叫，特别急得慌，一会儿，又摘下来叫，司机生仍说："等一等。"一连叫了三回，都说等一等，

等一等就等一等，等到第四章再给他们接上吧。

第四章　一片幽情冷处浓

　　范统见打了三次都有人叫着，气得三魂咆哮，他恨不能大骂司机生一顿。杨胜仁劝他别急，也许汪晴澜也往这里打呢，多忍耐一会儿。范统只得等着，这个工夫约有二十分钟了。这才叫通，叫通一找汪晴澜，这个工夫又不小，因为还得往宿舍里找呢。他们都耐心地等。

　　一会儿，那边耳机一响，范统的心一跳，那边说："汪小姐刚出去，不在宿舍。"

　　范统大失所望，怅然把耳机子挂上，叹了一口气道："真是命就结啦，偏偏李斗给耗了这么多时候。"

　　杨胜仁道："也许她亲自来也未可知。"

　　范统道："来什么吧，来，她就不打电话了。这一定是在学校给我打电话，约我出来玩，等了半天没接，你又这么一吵，她生气了，她一个人出去了。"

　　杨胜仁道："也许回头她在约会的地方再给你打电话，学校里打电话究竟不方便，是不是？"

　　范统道："也许什么吧，完啦，这一来全完啦，走吧，先吃饭，菜也凉啦，真倒霉。"

　　说着两个人往里走，走了没有几步，电话铃又响起来，两个人转身便跑了过去。范统一把抓住耳机道："喂。"就听里边一个男人问道："你是哪儿？"

　　范统道："我，我是，什么来着，喂，那什么，大通公寓。"

　　里边道："我找李先生。"

范统一气道："没在家。"说着把耳机挂上了。

杨胜仁道："找谁的?"

范统道："管他找谁的。"

说着两个人无精打采地又往回去。进到房里，刚拿起筷子，李斗又走进来道："范先生电话，说是汪什么澜，打了快一个钟头了，老没打通。"

他们两个人一听，扔下筷子，又跑了出去。这回杨胜仁不敢去接了，由范统摘下耳机，心里跳着，口里喘着，问道："喂，你是谁呀?"

里边道："我是王淑兰哪，你是谁呀?"

范统道："你是汪晴澜哪，我是范统。"

里边道："什么，饭桶? 哈哈，什么呀，又不对了。"

范统道："对对，我的确是范统，刚才是杨胜仁接的，这回是我。"

里边道："我找饭桶干什么呀?"

范统道："你别叫人着急了!"

里边道："你到底是谁呀?"

范统道："我是真正的范统。"

里边又笑起来道："你姓什么?"

范统道："我姓范。"

里边道："不对，我找姓樊的，樊先生。"

范统道："你是不是汪晴澜哪?"

里面道："不，我是叫王淑兰。"

范统一听，满拧，遂大声叫李斗，李斗急忙跑出来道："范先生什么事?"

范统道："什么电话，胡乱八糟的，你问问到底找谁，就跑到我那儿送信。"范统说完，把耳机子一扔，气哼哼往回走。

杨胜仁道："怎么回事?"

范统道："找姓樊的给我送信。"

两个人走到屋里，菜也凉了，两个人一熬心，谁也不言语，只管喝酒。范统也吃不下去饭了，躺在床上睡着。杨胜仁本来不会喝，喝了之后，心里又不痛快，不由喝醉了。他一见范统睡了，他也想回到学校去睡，方一站起来，两只腿发软，又坐下了，扶着桌子站起，头晕得打旋，看见什么都模模糊糊的，往外一走，两条腿拌蒜。他向范统一举手道："哈罗，回见，姑得拜，撒腰那拉。"范统睡着了，呼呼地直吐白沫子，像螃蟹似的，什么也听不见。杨胜仁道："回见，我回去了。"走到镜子头里，往里看了看，翻了翻眼睛说道："妈的，你当是我不认得你，见鬼啦！"说着推门走出来。

门一开，差点儿栽了出来，幸而扶住门框了。他叫道："李斗，李斗，我走啦。"李斗也没言语，他迤逦歪斜地走到院子里，拉开门便往人家屋里走。屋里住的是一个女人，见了他走进来，吓得她嚷起来，大家全都跑出屋来看，一看就知道是喝醉了，遂把他推了出来。他道："哈罗，胖子，回见！"说着看了女人一眼，看着仿佛不是范统，但也无暇细究了，他走了出来，大家一直送他出了大门。

他慢慢走下去，走五步退两步。口里还说着："哈啰，回见，姑得拜，撒腰那拉，洋胶！"拉车的走过来，一看是醉鬼，都不愿意拉，躲他挺远。也有专门爱拉醉鬼的，下车来迷迷糊糊地可以多要几个钱。洋车拉了过来，他还不坐，他说："大大地开路，洋胶的不要，哈罗，回见，姑得拜。"他一边说着，一边往回走。好在学校和公寓离着很近，一拐弯儿就到了，杨胜仁又没有拐错，嘴里一边嘟嚷着一边进了学校。

有的同学见了他，不觉笑了起来，他道："哈啰，姑得拜。"大家道："瘦子在哪儿喝的酒，喝得这么醉。"有一个说："一定在范统那里喝的。"杨胜仁道："我早认识你，见鬼，我喝醉啦，骂哪个喝醉了的，哈啰。"他一直回到宿舍，他走错了门，却进了黎士方的屋子。躺在黎士方的床上，便睡着了。

黎士方回家了，郭实也没在屋。一直到晚上，郭实走了回来，一看黎士方的床上躺着人，以为是黎士方，便道："这么早就睡了。"说着，给他又盖上了一层，走出去了。黎士方回来，一见有个人在自己床上睡着，不由惊讶，捻开灯一看，却是杨胜仁。他不知杨胜仁为何跑到自己屋里来睡，一见他流出许多哈喇子，把枕头都脏了，他推杨胜仁道："起来，起来。"却怎么也推不醒。真糟心，打了他两下，只翻了一个身，说了一句"哈啰"又睡去了。他把同学们叫了进来，同学们一看，也没有办法，叫也叫不醒。后来有个同学出主意，说把杨胜仁抬到舍监屋里去。大家一听，鼓掌赞成，便先派人去看舍监在屋里没有，如果在屋，便用调虎离山计，给调到别处去，然后把杨胜仁抬到舍监的屋里，放在床上，又用被子盖上，然后把门一关，大家跑了。

舍监回到自己屋里，已经很晚了。他一进门就听屋里有人呼吸出气，不禁吓了一跳，急忙把灯捻开，一看床上躺着一个人，还盖着被子，过去一掀，一阵味气扑鼻，又是香水味，又是烟味，又是呕吐的味，打开一看，却是杨胜仁。吐得一被一褥一枕，连他的衣服都脏了，他还在睡呢。

舍监一看，不由大怒，立刻捂了鼻子去叫他，他总是不醒，使劲打了他一下，他才转了转身，说道："胖子，给我一碗水，真渴！哈罗。"说着吧唧吧唧嘴，又睡去了。

舍监把听差找来，问谁叫他进来的。听差道："不晓得，大概许是喝醉了，认错了门。"

舍监大怒，立刻叫听差的把杨胜仁搬到他自己屋里去。听差无法，只得背了他，他道："哈罗，姑得拜。"舍监这个气就大了。听差的把杨胜仁放在他自己的屋里，又过来收拾舍监的床铺。被子褥子枕头都得拆洗，今天没得盖，现又跟别人借了一床来。舍监等到明天，非要训他一次不可。

杨胜仁睡了半夜醒了，口渴，说道："胖子，给我一碗水喝，哈罗。"没有言语，把灯捻着了，看了看没人，又睡着了。第二天起来，头晕得厉害，因为昨天一夜没盖被子，又因为酒喝得太多了，心里也不好过。

范统倒是睡了一觉，好了。第二天来到学校，一打听，杨胜仁病了。昨天喝得醉了，回来躺在舍监的床上，吐了很多，把舍监的被子都弄脏了。舍监正要罚他呢，打算申斥他一顿，因为他病着，所以也饶恕他了。

范统一听杨胜仁病了，笑着便走到宿舍，进了杨胜仁的屋就喊道："瘦子怎么样，趴下啦，你可真乏，比我差得远，哈哈。"

杨胜仁病态可掬的神气，说道："坐下，我病得厉害，头晕，恶心，难过极了，在家的时候，早有人伺候汤药，这里竟没有一个人来问我，只有你一个人，唉，现在我才品出朋友来。"

范统原本乐着，经他这一说，竟把眉皱着，故意做出愁容道："老杨，不要紧，你想吃什么，我给你买去。"

杨胜仁道："唉，你有这句话，我已经很感激你了。朋友交在知心，我们是已经换了心了，我对你，我敢说是一百一，你对我也很不错。老范，我不是瞧不起他们，他们简直不够朋友。"

范统道："你这时渴不渴，想吃什么？"

杨胜仁道："吃倒不想吃什么，老是想吃点梨橘什么的，不吃也成。"

范统道："我叫他们买去。"说着，喊了听差来，拿了一块钱道："你给买点水果，多要梨。我说老杨，一块钱的够不够？"

杨胜仁道："够啦够啦，谢谢你。"听差拿了一块钱出去了。

杨胜仁道："朋友非得在这时候才分得出来，所谓患难相交，就是如此。一块钱倒没有什么，就在乎这人心。老范，我不是当着面捧你，你真叫够朋友，其实咱们昨天一样喝多了，可是你竟来瞧我来，这年头少有。"

范统似笑非笑地道："我没有像你这样病倒不是嘛，这有什么的，朋友应该互相安慰。我说，你不吃点儿什么吗？饼干鸡蛋糕什么的？"

杨胜仁道："这时候不大饿。"

范统道："买来摆着，什么时候饿了什么时候吃。"

杨胜仁道："回头再说吧，我回头叫他们买就是啦。"

范统道："你还客气什么。"

杨胜仁道："我真过意不去。"

范统道："这有什么，等你病好了你再请我，不是一样吗？"

杨胜仁道："好吧，病好了，好好请请你，咱们真得往深里交交。"

这时听差买了水果来，范统又叫他买鸡蛋糕。听差也愿意买东西，买一回赚一回。范统道："最好请个大夫看看。"

杨胜仁道："那倒不必，躺两天就好了。你歇着你的去吧，不必管我了。"

范统道："回头听差买回来，先吃点东西，肚里没食不成，我回去了，明天再来看你。"

杨胜仁道："谢谢你，明天见，哈罗。"范统出去了，一会儿听差买来点心，杨胜仁得吃得喝，病霍然痊愈了。

过了两天，杨胜仁又跑到公寓做一种答谢。见范统拿着一本书躺在床上看，旁边还堆着几本书，杨胜仁心里道：范统没有这样用功过啊，今天怎么了？

他道："哈罗。"

范统道："请坐。"他坐了起来。

杨胜仁道："真用功呀！"

范统道："没事，昨天到市场看了几本书，觉得不错，买回来看看。"

杨胜仁拿起一根纸烟说道："我看你倒是用用功也好，我这个朋友最好说实话，这样好极了。我早想劝你多看看书，固然，到溜冰的时候也得溜冰，不过书若是不读，究竟差点事，你说是不是？开卷有益，一点不错。"说着，拿起烟火，点着烟吸着。

范统道："真的，从此我也多看书了，以前我见人看书，手不释卷，总是纳闷他怎么会有这么大瘾，现在我一看，却是看书有瘾，越看越起劲。"

杨胜仁道："当然。最近我也想看看书了，老范你这样能看下去，真是难得。有许多人乍一看书，总是看不下去，你能一看就不忍释手，真不容易。"

范统道："书中自有黄金屋，书中自有颜如玉，一点不错。"

杨胜仁一见范统这样用起功来，自己真有点惭愧，也有点嫉妒，他道："我真佩服你，拿得起来放得下，文武全才，说干什么就干什么。"

范统有点得意，他道："你若是不来，我真想把这一本书全研究下去。"

杨胜仁道："可也别太累脑筋，到时候也得歇一会儿。"说着，走了过来，拿起书来一看，一本性典，一本卫生宝库，一本如何辨别妇女贞与淫，一本是男女卫生须知。

杨胜仁道："你原来看这些书。"

范统道："不错，说得满有理，我看着挺上瘾。"

杨胜仁道："倒是这种书也可以看，借我一本看看。"

范统道："随便拿一本看吧。"

杨胜仁拿起一本来，看了看，说道："回见，我拿回去看了。"

范统道："别借给旁人。"

杨胜仁道："当然，回见，哈罗。"

他又回到学校，拿着那本书，跑到宿舍，躺在床上看了起来。一晚的工夫，他全看完了。他明知这不是好书，可是他却又喜欢看，看得第二天腰酸腿软，眼前冒金星儿。上课的时候，在教室里打盹。吴世飞在纸上画了一个乌龟，用针扎在杨胜仁的背后，杨胜仁一点儿也不知道。

等到下班，他还在那里睡，吴世飞把他叫醒了道："还睡哪，都下课了，校长叫你去呢。"

杨胜仁一听校长叫他去，不知做什么，不由说道："校长找我做什么？"

吴世飞道："谁知道，大概为组织剧团的事。"

杨胜仁最爱演剧，一听组织剧团，自然非常喜欢，他道："真的吗？"

吴世飞道："你问同学的！"

同学们都道："倒是有组织剧团的事。"

杨胜仁道："但是他为什么单找我呢？"

大家道："也许校长素来知道你有演剧天才。"

杨胜仁一听，当真以为是真的，便走了出去。许多女同学一见他背后画着一个王八，全都笑起来。大家在后面跟着，杨胜仁还直得意，以为校长刚找我，她们就追我起来。堂堂而进，进到校长室。

校长正在看着一本书，见杨胜仁进来，便把书放下。杨胜仁鞠了一个躬道："校长是不是找我要组织剧团？"

校长道："可以呀，课外活动是很好的，你同训育主任去说吧。"

杨胜仁鞠了一躬，又退回来。校长一见他背后画着一个大王八，又好气又好笑，没有说话。他已经走了出来，外边的同学全都笑了，他也向同学们笑，一直又找到训育主任。

训育主任刚出来，还没有下台阶，就见杨胜仁带着许多同学走来，他以为有什么事件发生，遂站在那里等着。杨胜仁走过去道："先生，校长叫我组织剧团，和先生说一下。"

训育主任一听是校长叫他组织的，不胜奇怪，遂道："你先拟个大纲我看看，我一定交到训育会议上讨论的，大概可以通过，不过你必须请几位先生帮忙。"

杨胜仁道："当然的。"

训育主任见后边同学都看着杨胜仁的背后发笑，知道必有缘故。等到杨胜仁一转身，训育主任一见他的背后画着一个纸王八，要笑没笑出来，他知道一定是同学们和他开玩笑，遂把杨胜仁叫住道："回来！"杨胜仁回来了，训育主任下了台阶，从他背后揭下那张画来，大家全笑了。

杨胜仁一看，训育主任从自己的背后揭下一张王八画来，不知是谁画的。训育主任一看上面还写着几个字，是"王八上课睡觉"。训育主任道："你上课睡觉了吗？"

杨胜仁道："没有。"

训育主任道："没有？人家给你画这个你都不知道，去吧，以后不准在教室里睡觉。"

杨胜仁道："我没有睡觉，只是一迷糊。"大家又笑了。

训育主任把那画撕了走去，杨胜仁道："好呀，这是谁干的事？"大家又是笑。

杨胜仁并没有生气，反而更高兴了，因为许多女同学还有汪晴澜都追着他笑，他以为能够叫她们乐，就是自己的胜利。

他又找到范统，范统也在睡觉。他把范统叫醒，就说成立剧团的事，并且说："剧团成立，先邀汪晴澜加入，这是绝大的机会呀！"

范统道："剧团可不大容易。"

杨胜仁道："怎么不容易，人家艺术学院什么的都成立剧团了，我们就不能成立吗？"

范统道："人家有好导演。"范统倒明白这个，他觉得他演剧的天才没有，所以对于剧团表示不大热心，他以为杨胜仁演戏天才要超过他多少倍，剧团成立，还不是他占绝对优势吗？上回他教自己求婚画面，多么深刻呢，他对于剧团表示悲观。

杨胜仁道："我们也可以请名导演呀，不管你有没有天才，一样能够导演成功，来吧，胖子，你一定要一跃而成为剧坛的明星，话剧的健儿，范统的名字，要和汪晴澜一块儿用鸡蛋糕这么大的铅字登在报上。"说着，拿起一个鸡蛋糕来，搁在嘴里。

范统又高兴了，他道："成吗？"

杨胜仁道："没有什么不成，我说，我回去就召集去，你听信吧！"他又拿了一个鸡蛋糕，一边吃一边走出来，说道，"上回你给我买的鸡蛋糕，我还没给你道谢呢。"

范统道："得了吧，这还值得提。"

杨胜仁又回到学校，到各处约角儿。有些同学知道是男女合演，所以加入的很多。郭实知道他们弄不好，他劝黎士方别加入。

黎士方说："当然不能加入。"

郭实道："我看汪晴澜也不会加入的。"

黎士方道："当然。"

可是杨胜仁却拿汪晴澜的牌子向各处游说。吴世飞道："瘦子，我参加，我给你们拉胡琴，唱两段儿也成。"吴世飞的胡琴是名闻全校，他的旧剧天才很好，学谁像谁，每次茶话会他是免不了拉两下儿，连汪晴澜都喜欢听他的胡琴，也时常对外宣传说："我们同学吴世飞的胡琴拉得好极了。"吴世飞要参加剧团，却是一半玩笑的性质，他并没有诚意。

杨胜仁道："我们是话剧不用胡琴。"

吴世飞道："话剧里一样可以加入胡琴，你看现在各名伶不都是唱《纺棉花》出名的吗？我们要自编剧本，把旧剧加入两段，一定卖好座儿。光是话剧没劲，你看哪个剧团卖过一百张票？"

杨胜仁一听，便道："对，有你的。"杨胜仁再也没有像这样高兴的了。

黎士方和郭实研究，对于剧团应抱什么态度。郭实道："随他去吧，他也闹不起来的。"

黎士方道："这不是校长叫他办的吗？"

郭实道："你别听他那套了，这完全是吴世飞的坏，哪里有这么一回事。现在天冷了，同学们一要求学校立冰场，这剧团就不成了，学校哪还有余力管剧团。"黎士方一听，也有道理，遂也就不再过问。

这天吃过了午饭，阳光很好，他们正在教室里等着上课。忽然听差走来，说先生这头一堂请假了，大家一听便全往宿舍跑。

黎士方和汪晴澜走了出来，汪晴澜道："我们到校园晒太阳好不好？"

黎士方道："好极了。"

他们来到校园，在一个椅子上坐了，虽然上面有树，可是树叶全都脱落，只剩下了枝干，所以得的阳光也很足。

黎士方道："你要加入剧团吗？"

汪晴澜道："我没有这天才。喂，我跟你说，我妹妹方才来了一封信，说我家的小猫儿死了，真可惜，我最爱它了。你有地方寻个小猫送我吗？"

黎士方道："我们那儿就有一个小猫儿，可爱极了。"

汪晴澜道："真的吗，送我吧！"

黎士方道："不，我还要呢，我最爱她了。她天天跟我在一起，有时候同我一块儿看书，有时候同我一块儿散步，有时候同我坐在一块儿谈话，有时候见我不高兴就哄着我，她太遂我的意思了。她还会叫，叫的时候仿佛是说：你坏死啦，你坏死啦！"

汪晴澜笑道："你真坏死啦，不成，你为什么说我呢？"

黎士方道："我说猫呢。"

汪晴澜道："你拿猫比我不成，你还得比你自己一回。"

黎士方道："拿我比作猫？"

汪晴澜道："对啦。"

黎士方道："比方我是个猫，有个小姐非常爱我，时常把我抱在她的怀里，吻着我……"

汪晴澜道："讨厌，谁爱你，不说这个。"

黎士方道："我给你说两个故事吧，全是猫的故事，一个是人变猫，一个猫变人。"

汪晴澜道："又是你瞎编吧。"

黎士方道："不，这是一个古代寓言里的。话说古时候玉皇大帝曾养过一个女猫，那猫可爱极了。有一次太上老君上折本，可巧玉皇大帝没在宫，那猫却自己画了一个像，并自称为玉皇大帝。太上老君一看，不由大惊，忙奏明了玉皇。玉皇大怒，立刻把它贬入尘间，受尽清苦。那猫便托生柳员外家，给她起了一个名字叫柳露堤，长得真是出水芙蓉一般。柳员外爱如掌珠，但是她偏偏不愿享福，跑到西北学开垦去。在那里又遇到一个高僧，这个高僧就是太上老君变的，特化名萧立波来点化她，使她成为正果，同登仙境。"

汪晴澜笑道："得啦，我知道啦，我看过这本小说，你是借着那个瞎编的。"

黎士方道："还有一个故事，也是天上的故事。天上有一个美丽的仙女，别提多好看了，又聪明又伶俐。这时有个仙童，见了仙女的美貌，不觉动了尘心，向仙女挑逗，两个人竟发生爱情。有一次，两个人正抱着接吻，不料被太白金星遇见，奏明玉皇，立刻贬入尘间，并且叫仙女托生一个女人，叫仙童托生一个狸猫。虽然他们都贬入人间，可是他们仍是互相有爱恋的心。小姐最爱那狸猫，一时也离不开；那狸猫也总离不开小姐，饭非小姐喂不吃，水非小姐饮不喝，小姐到哪里，它也跟在哪里。后来小姐年岁大了，入了书房。

书房在一个花园子里，每天上午下午去两次。狸猫也跟在脚底下，有时小姐也抱了它，一同上书房。有一次，狸猫在小姐怀里叫唤起来，先生一听，书房如何能带着猫呢，立刻把它打了出来。那狸猫舍不得离开小姐，小姐在书房里念书写字，那狸猫便在窗外等着，等着小姐下学。那天下学晚了，狸猫在窗外等了两个钟头，刮着多大的风也不走。人家都说这个猫奇怪，后来又感动上帝，又叫狸猫变了人，和小姐配为婚姻。狸猫变了人，还应当有个姓才对，于是便用一个与狸同音的黎做了姓。那小姐你猜姓什么？"

汪晴澜忙捂了耳朵道："我不听。"

黎士方笑道："我不说了。"

汪晴澜便把手放下来，黎士方道："你猜那小姐姓什么？"

汪晴澜道："你成心怎么着？"

黎士方笑道："不说了，今年你溜冰吗？"

汪晴澜道："哪年不溜冰呢。"

黎士方道："寒假在哪里溜，咱们一块儿。"

汪晴澜道："我没准儿呢，也许在北海也许在太庙，也许在别处。"

黎士方道："你定出来，哪天在北海，哪天在太庙，这样，我也可以去的。"

汪晴澜道："不，我没准儿呢。"

黎士方道："那么我们通信约会好吧？"

汪晴澜道："不，我不准你给我写信，我也不给你写信。"

黎士方道："我到你家找你去。"

汪晴澜道："我也不准你找我去。"

黎士方道："那么我在学校等你。"

汪晴澜道："我也不找你来。"

黎士方不觉凄然道："那么我们寒假就不见面了吗？"

汪晴澜道："对啦，这寒假谁也不见谁。"

黎士方道："这是干吗呢？"

汪晴澜道："不干吗，就是这样儿。"

黎士方不言语了，他想起来，想到汪晴澜一定还有爱人，她正是利用这寒假和她的爱人一块儿玩。他又想出一个情敌来，虽然他并不知道这情敌是谁。他想到这个人在寒假里和汪晴澜一块儿溜冰，那种快乐，他不由愤怒起来，恨不能找到那男人痛殴一顿。可是这个男人是谁呢？

汪晴澜见他这个样子，不由笑道："你怎么这种神气呢，想什么呢？"

黎士方道："我想和他决斗。"

汪晴澜道："谁呀，想和谁决斗呀？"

黎士方想了想，就没这么一个人，自己也不知道是谁，他也笑了，说道："我真嫉妒。"

汪晴澜道："你嫉妒什么呢？你以为我还有爱人吗？"

黎士方道："是的，因你对谁都是这样。"

汪晴澜道："胡说，你怎么这样神经病似的。"

黎士方道："我看你对别人说话那样亲近，我特别嫉妒，为什么对我反而不如人家呢？"

汪晴澜道："你真糊涂，我对别人亲近是表面的。我们心里都彼此相信，何必表面上那样亲近呢？"

黎士方道："我需要安慰。"

汪晴澜道："你只要心里想着我爱你，你就安慰了。"

黎士方道："我想着不成，非得实际有安慰才成，光是心里想着，这不是和阿Q一样吗？"

汪晴澜道："我们双方都是这样的呀。"

黎士方道："那也不成。"

汪晴澜道："那你说怎么办呢？"

黎士方道："我希望每个礼拜我们一块儿玩一次。"

汪晴澜道："那是可以的。"

黎士方道："就像我们在农事试验场里的玩。"

汪晴澜不言语了，黎士方一见她低头不语，不知她心里的委屈，总以为她是不爱自己。他为了自尊，待了半天，说道："我也不勉强你。"他仿佛有很多的话，却说不出来。

两个人静默了一会儿，汪晴澜道："怎么还没下堂？"

黎士方道："你觉得无聊吗？"

汪晴澜道："不。"

黎士方简直抓不住她的心，不知道究竟是怎么一回事。

这时，杨胜仁走了过来，说道："哈罗。"

他们一齐回答道："哈罗。"

杨胜仁道："嘿，你们这儿倒是不错，太阳一晒，挺暖的。"

汪晴澜道："来，一块儿坐。"

黎士方一见汪晴澜这么毫无拘束，一来嫉妒，二来又有点恨。杨胜仁便坐在汪晴澜的旁边，汪晴澜往黎士方这边挤了挤，黎士方却站了起来，看了汪晴澜一眼。汪晴澜心里明白他的意思，可是她心里是坦荡的，不能说表面亲近，心里便算爱了他。黎士方也晓得汪晴澜的意思，可是他以为汪晴澜虽然对人坦荡，但是却容易引起别人的误会，而叫人疑惑有意，所以他主张如果心里不爱，根本表面上也不能亲近。

杨胜仁道："汪小姐得加入剧团呀，我代表全体团员特来请你加入。"

汪晴澜道："好，可是他加入，我才加入。"说着一指黎士方。

黎士方对于这句话略为满意，他不言语。他以为杨胜仁一定要约他了，而他便给他一个钉子碰。但杨胜仁却道："各人有各人的天才，老黎的天才我知道是长于理科方面，他对于戏剧是不大感兴趣的，是不是，哈罗。"

黎士方一听，心里气大了，他也不言语。汪晴澜道："谁说，他的天才也很好呀，他要加入我才加入呢。"

杨胜仁道："密司特黎当然要加入的，剧团里是不可少他的，像什么布置道具这一类的人才，现在很缺乏，密司特黎是很能胜任愉快。"

黎士方一听越发不愉快起来。他想：这种人，汪晴澜为什么还要理他呢？他再也待不下去了，他道："再见。"说着转身要走。

汪晴澜道："别走，再谈一会儿。"

黎士方道："快上第二堂了，我还得拿笔记本去。"

汪晴澜道："我们一路走，杨先生也一块儿走。"说着站了起来，一块儿走着。汪晴澜到了女生宿舍，她道："回见。"跑去了。

黎士方站在那里道："回见。"

杨胜仁道："哈罗，姑得拜！"他的双眼直直地望着汪晴澜，一直看到汪晴澜进了宿舍，他才喘了一口气。回头一看，黎士方正在看他，两个人对看了一眼，谁也没说话，走开了。

黎士方回到自己屋，又琢磨起来。郭实正在看书，见他不语，便问道："上哪儿去了？"黎士方道："同汪晴澜往校园里谈天，后来杨胜仁去了，真讨厌，那种人连我都不愿意理，为什么汪晴澜却和他招呼。真是，我不明白汪晴澜到底怎么一回事。她不是不知自重的人，但是为什么要招惹他们那些人呢？"

郭实道："难得你是大学生，一点处世之道都不懂。你这个人不能处众，换而言之，就是能处君子，不能处小人。往好里说，是你的清高；往坏里说，就是极端的个人主义。圣人说：唯女子与小人为难养，小人就是没有知识的细民，难养就是难以相处、难以对付。因为难对付，所以就根本不对付起来。汪晴澜对于杨胜仁，不是像你那样猜忌的样子，她只是一种敷衍而已。"

黎士方道："我知道她是敷衍，可是我以为不必理的人，根本敷衍都不必敷衍，只是不理他而已。在汪晴澜以为这是一种坦荡的，怕什么。可是别人却不那么想了，他能够胡思乱想，甚至胡说八道。"

郭实道："随他去吧，谁也知道他的把戏，也就不再听他那一套了。"正说着话上课了，他们便全走向教室去。

第二天，忽然看见报上有了一段新闻，说学校剧团组织成立，由天才剧家杨胜仁自编剧本，自任导演，自充主角，如杨胜仁君，可谓多才多艺之人也。剧本首为《求婚》。剧本为杨氏自著，内容系述一青年爱一女同学，女同学酷嗜艺术，二人因演剧之关系，而发生爱情，中间因发生波折，青年失恋自杀被救，女感其诚，遂允嫁之，一对情人，终成眷属云云。杨氏自任青年主角，女主角由汪晴澜担任。汪女士美丽多才，定能与杨君相衬，杨君少年英俊，充此青年艺术家恰合身份云。

大家看了差不多都要把鼻子气歪了。杨胜仁更扬扬得意，他竟向汪晴澜表示亲近。这堂下了课，他随着汪晴澜走出，叫道："晴澜。"

汪晴澜回头一看，是杨胜仁，心里有点别扭，问道："有事吗？"

杨胜仁道："我有一句话要问你。"说着，往四下里看了看并没有人。

汪晴澜见他那种神情，鬼鬼祟祟，不由更不高兴，她道："什么话？"

杨胜仁道："我们到那椅子坐一坐成不成？"他想好了，汪晴澜坐在椅子上，他可以下跪的。

汪晴澜道："就在这里谈吧，我还有事呢。"

杨胜仁憋得没办法，便硬着头皮说道："你知道我已经爱了你了吗？"

汪晴澜道："不知道。"

杨胜仁道："现在我告诉你，我爱你。"

汪晴澜道："对不住，我不爱你。"

杨胜仁有点窘，他道："那我怎么办呢？"

汪晴澜道："随你便，我管不着。"

杨胜仁道："假如你不爱我，我要自杀了。"

汪晴澜笑道："这是你的高兴。"说着，她便走开了。

杨胜仁待在那里，他一想，汪晴澜是以为我不会自杀的，这回，我给她一个真自杀，她一定念我之诚，就许爱我了。想罢，便计划自杀。可是当真自杀死了，爱也爱不成了，还得想法叫人救自己。可是怎么叫人知道呢，他想了想，便找到了范统。

范统道："你可真抖起来了，话剧明星，嗬，真棒！"

杨胜仁道："我真看不起这些，我说，我跟你商量一件事。"

范统道："什么事？"

杨胜仁道:"明天一清早叫我去。"

范统道:"到哪儿叫你去?"

杨胜仁道:"到我的宿舍。"

范统道:"你自己不会起吗?"

杨胜仁道:"我要写一夜的信,我非自杀不可。"

范统道:"你要自杀我还叫你干吗?"

杨胜仁道:"我自杀我的,你叫你的,我没准儿呢。"

范统道:"好吧,明儿一清早,我一到学校便去找你。"

杨胜仁道:"对啦,你先到我屋里。"

范统道:"成。"

杨胜仁去了,买了些安眠药片。到了夜里,先写遗书,写道:"晴澜,我那最可爱的晴澜,我为你而死了。"以外,又给家里写了一封遗书,给学校写了一封遗书,说他完全是为艺术而牺牲的。写完了,拿起药片,不敢吃,算计着时候,非得范统来了,自己还没死才好。假如范统还没来,自己已经死了,多么冤呢!他耗着时候,想着汪晴澜,他想他自杀之后,被抬到医院,汪晴澜恻然心动,跑到医院看我去,多么好呢!想着想着,天已经快亮了,他觉得这时候可以吞毒了,约计等到范统来,药性大概可以发作了。他拿了药片看了看,又怕当真吃死了,这不是闹着玩儿的,还是少吃为好。他越想越害怕,结果倒吃得挺少。

到了第二天,范统起晚了,来到学校,刚刚打上课钟,他连忙跑到教室里去,把叫杨胜仁这件事忘了。上了两堂课,先生正在讲着书,他忽然看见没有杨胜仁,他才想起来,该叫他去了,要不然他还睡呢。想着便站起来往外跑,大家一看,也不知是怎么一回事,全都笑了。

范统来到宿舍,见杨胜仁的门还关着,扒窗看了看,见杨胜仁还在睡着,他便在门外叫道:"瘦子,快起来呀,快起来呀,瘦子!"叫了半天,杨胜仁也没有答言,他自言自语地道:"横竖我来叫你,你不醒有什么办法?"说着,在地上捡了一块粉笔头儿,在门上写道:范统叫你你不醒,回头怨我可不成。范统题。他看自己写得很

116

像两句诗，很得意，走回教室。

杨胜仁呢，躺在屋里，也不言语。他自己吃了安眠药片之后，因为怕死，所以吃得太少。吃了之后，倒是睡了一大觉，醒来已日上三竿——无线电竿——他尚未睁眼，以为是已经来到医院，同学都在旁边看自己，大夫很忙地配药。汪晴澜也来了，流着眼泪。谁知睁眼一看，还躺在自己被窝里，他不禁恨起来，恨范统没有叫自己，要不然这时候还不已经在医院？还落个自杀的名义。越想越生气，妈的，自杀都遇到坏运，范统真是个小人。怎么办呢？计划完全失败，没法子，起吧。他刚要起，就听门外范统叫他，他一听，反而又躺下了。他想，莫如借这个机会，假充一回自杀，愣给他装糊涂不醒，他不是就得慌了吗，他一慌嚷了出去，大家看了药片和遗书，还不把我抬到医院去吗？自己高兴了，不言语。谁知范统叫了几声，不叫了，骂了一句："这家伙昨夜里也不知干什么来了，还不醒。"写了几个字，走了。

这真大煞风景，很好的计划，全叫范统耽误了。可见干什么事，所托都得得人，不是那个人才，叫他办什么事都不成。拿起遗书来，自己看了看，伤心得都要落眼泪，妈的就是范统给闹坏了，很好的一个机会失去了。起吧，爬了起来叫了一声听差的。听差的走来了，他在屋里说道："你把范先生找来，你跟他说，快去找杨先生去吧，杨先生不好啦。可别提是我说的。"听差一听，也不知怎么不好啦，只得去找范统。杨胜仁又躺下等着范统来叫。

一会儿，范统和听差全来了。杨胜仁躺在被窝里听着，就听范统说："我方才叫了他一回，他不理呀。"

听差道："醒啦，刚才还说话来着。"

杨胜仁心里骂道："两个笨蛋！"

范统遂又叫道："瘦子，还不起呀？"

杨胜仁还是不言语，心想，你们还不踹门进来吗？但是范统却说："叫他睡去吧，昨天跑马啦大概。"

杨胜仁这气就大了，他叫了一声道："哎呀，胖子呀。"

范统道："瘦子，你怎么了，还不起，我叫了你有六趟了。"

杨胜仁道："我自杀了。"

范统一听他自杀了，不由大惊，说道："那怎么办呢？你开开门叫我进去！"

杨胜仁道："这么急的事，你还不踹门吗？"

听差道："先生，可别踹门，回头庶务先生不答应我。"

杨胜仁道："笨蛋。"他不得不起来，给开了门，然后又躺在床上。

范统进来道："你怎么自杀了？"

杨胜仁道："你看桌上！"

范统一看桌上，嗬，一瓶药片，几封遗书，不免大惊道："你真要自杀？"

杨胜仁道："我已经吞了毒，你知道吗？"

范统一听，大惊失色，不觉流出眼泪来道："你，你怎么吞毒了呢？那咱们还见不见了呢？好好的同学……"

杨胜仁心里骂道：简直是饭桶。他说："你不会救我吗？"

范统道："怎么救呢？"

听差的这时机灵，他懂得救吞毒的法子，他道："范先生，您快舀屎汤子去，一灌就好，吞毒的就拿屎来灌，灌下去一吐就好了。"

范统一听，说道："咱们两个人盛去，用什么家伙好？"

杨胜仁一听，爬起来道："算了吧，算了吧。"

范统道："咦，怎么你又怕了吗？"

杨胜仁道："遇见你就算没办法，我若命小，早就丧了命，幸亏我吃毒吃得少。"

范统笑道："那不是越少越好嘛，以后再吞毒可别多吃呀！"

杨胜仁道："以后我也不吃啦，真糟心，一件轰轰烈烈的事，完全过去了。"

听差见没事了，便道："杨先生您要吐不吐？"

杨胜仁道："去吧你，没用的东西。"

听差走出去了。范统道："究竟是怎么一回事？"

杨胜仁道："不怎么一回事，得啦，这事就不用提啦，就算我走背字就完了。"说着，拿起遗书来，真不禁可惜。一生气全撕碎了，扔在炉子里。计此次计划自杀，共用去信封三个，信纸三张，安眠药片两枚。等于自己演了一回戏，差一点儿还吃了屎汤子，真倒霉。告了几堂假，尤其冤枉，范统还直安慰他。

他道："你知道我为什么自杀不知道？"

范统道："是不是为汪晴澜？"

杨胜仁道："不，我是为艺术而自杀，我是想研究自杀的表情，是怎么样的深刻，是怎么样一种心理与痛苦。我现在已经成功了。"

范统一听，十分惊讶地说道："真的吗？我佩服你就结啦，这样研究的彻底的精神，非天才不能办的，你将来一定成为大艺术家，世界上的大艺术家，将来你一定得到什么贝尔奖金来着。"

杨胜仁道："诺贝尔奖金。"

范统道："对啦，诺贝尔奖金。喂，现在又发行奖券了，你不买一条儿吗？"他也不知怎么一转会由奖金转到奖券上去。杨胜仁先还觉得他还有可取，现在又有点鄙视他了，心说：俗气，刚谈着伟大的艺术，忽又想到奖券去，就知道发财了。

其实杨胜仁也愿意发财，听了奖券，也自一动。可是奖券究属没有把握，奖金倒还有点希望，还是谈艺术吧。他道："大作家时常为了一件事物的描写，亲身去体验一次，可是还没有尝试自杀的，我这次是首开记录，胖子你说对不对？"

范统道："可不是。我说，这回奖券若是中了头奖，我先娶个女人。"

杨胜仁道："艺术是至大至神圣的，我成功了，我可以骄傲一切了！"

范统道："如果我中了头奖，我也骄傲一切。"他是始终忘不了这档子事。

杨胜仁有点看不起他，到底是自己的艺术要紧。他道："艺术成功，就有女人。"

范统道："可是这样，究竟还是钱灵，艺术不成。等到你成了名了，也就老了。你看奖券，这月买了，下月就可以发财，发了财女人就来了。别听女人说爱艺术爱艺术的，真正爱的还是钱，没钱你试试，姥姥也不成呀！"

杨胜仁一听有点动摇，究竟艺术也是建筑在经济上。不用说别的，就拿这次自杀，没钱买药片儿成吗？剧团，没钱能成立吗？他没言语，范统又道："瘦子，我劝你买奖券，奖券是具体的，艺术是抽象的。"他居然还会说两句新名词。他又说："马上发财，不管是什么人，三六九等，都得巴结你，有灵魂的女人怎么着，她准不爱钱吗？艺术就不成了，只有爱好艺术的才佩服你。不用说别人，就拿我范统来说，我若是女人，我就不嫁艺术家，嫁个有钱的，得吃得喝，比什么不强呢？瘦子，先买彩票，艺术还照样研究着，若是发不了财，再研究艺术，多自杀几次都没什么。若是发了财，妈的艺术，有钱就是艺术。我说的对不对？"

杨胜仁投降了，还是彩票力量大。奖券和奖金一比较，还是奖券好得，奖金是全世界的人来夺，奖券不就是限于华北吗？况且奖金要费多大力气呀，老这么自杀也不是玩儿的。奖券只消耗一元钱，干！奖券能够消磨人的志气，但又有什么办法呢？话说回来，有志气的也不依靠着奖券来发财了。

他们在商量买奖券，听差却跑到各处宣传杨先生自杀，被他用大粪给灌救了过来。这话说出，立刻传为笑柄。同学都知道了，见了杨胜仁便问大粪是什么滋味。杨胜仁假如不承认吃大粪，就等于不承认自杀，因为要表示自杀，所以也就承认了吃大粪。

黎士方见了汪晴澜便道："你看虽然是他闹了笑柄，可是提起来，总不能离开你，所以我希望你如果不爱他，一点颜色也不能给他的，稍微不慎，便容易终身洗不清。爱本来是自然的，可是像他们这样没思想没灵魂的人，完全是拿爱当作娱乐。一个女人，为什么要给男人娱乐呢？"

汪晴澜道："嗬，你又发挥你的哲学了。"

黎士方笑道："原谅我吧，别生气，别苦恼，别不理我，我的哲学是三别主义。今天晚上，能不能给我们一个谈话的机会？"

汪晴澜道："如果你高兴那样做。"

黎士方喜道："那么我在图书馆等你吗？"汪晴澜点了点头。

到了晚上，黎士方便到图书馆去等她。等汪晴澜来了，两个人便对面坐了。西文室里，就是他们两个人，非常清静。黎士方道："我这样缠绕你，你不感觉烦恼吗？"

汪晴澜道："不。"

黎士方道："真奇怪了，我自认识了你之后，我没有一天不想你，没有一分钟一秒钟不想你，甚至于在睡眠初醒时，第一个入我脑海的就是你。我想你，我爱你，我愿意不离开你，我的理智竟这样压不住我的感情。有时候我虽然苦恼，而大多半是快乐的，在我感到空虚或是有了愁哀，如果一想到我还有我的晴澜，我马上便快活了，我如获至宝似的，我应当向别人怎样的骄傲呢！"

汪晴澜笑道："你真像小孩子。"

黎士方道："你可以把你的手给我吗？"

汪晴澜略一迟滞，但终于把手给了他。他握了她的手，是那样的柔腻细润，他真爱不忍释。渐渐地，握着她的手往上提高，同时他低下头去。汪晴澜知道他要吻自己的手背，她不由往回一撤，黎士方不觉抬头看了看她，她的两只眼睛，仿佛凝住了神地望着他。他道："你，难道这点安慰都不给我吗？"汪晴澜眼泪流了出来，低下头去，把手任凭黎士方的摆布。

黎士方遂把她的手背，放在自己的唇下，深深地吻了一下，说道："晴澜，我是如何地感激你呢？我并不要你勉强给我安慰，我知道我以前所得到你的安慰，都是我勉强你做的，我知道这是不对的。我现在希望你高兴对我这样做，晴澜，你为什么要哭呢？"

汪晴澜拿出了手绢，自己擦着眼泪。黎士方又道："你是不喜欢我吗？"

汪晴澜道："不。"

黎士方道："那么你为什么这样悲哀呢？难道你不快乐吗？"汪晴澜没有言语，黎士方道："唉，我早知道你已经不爱我了，这两三个月以来，你待我也够冷淡的了，你还记得从前的图书馆，你还记得中秋节到农事试验场，你那时多么快乐呢，那时……"

汪晴澜道："我不许你再提起以前的事。"

黎士方道："为什么呢？"

汪晴澜道："我不喜欢听。"

黎士方道："好，我不提，我什么也不提，我就这样寂寞无聊毫无生气地活下去，直到死。我完了，我现在就完了。"

说罢，他悲哀地低了头，把两只手支了额。汪晴澜又难过了，她道："你是不了解我的。"

黎士方道："与其说我不了解你，不如说你不叫我了解吧。"

汪晴澜道："你，唉，我真恨！"

黎士方道："恨，恨我吗？"

汪晴澜道："不。"

黎士方道："那么你恨你自己吗？"

汪晴澜道："不。"

黎士方道："那是说我们的恋爱不可能，或是你另有了恋人，或是你家里已经给你订了婚事？"

汪晴澜摇了摇头，黎士方道："真难，你为什么不爽快地告诉我呢？"

汪晴澜道："我现在感觉着可怕。"

黎士方道："怕什么？"

汪晴澜道："危险！"

黎士方道："有什么危险？"

汪晴澜道："因为我们的感情都是太热烈了，我们两个人竟没有一个比较理智的。"

黎士方道："爱情还需要理智吗？"

汪晴澜道："我现在需要冷，不需要热。"

黎士方道："为什么？"

汪晴澜道："我没有说吗？我怕。"

黎士方道："你不必怕，我是有理智的。"

汪晴澜道："理智，在感情冲动的时候，它就一点影子都没有了。"

黎士方道："哦，我明白你的意思，可是你并不明白我的意思，我现在所要的安慰，只此而已，虽然我也曾希冀着更多得一些，但是你只能给我这一点，我就满足的。"

汪晴澜凝着两只眼，望着他，半天没有说话。黎士方道："现在窗外的月色很好，我们到校园走走吧。"

汪晴澜站了起来，两个人走出去了。月亮刚升上来，寒星也在眨着眼，树林儿枯了，那松墙底下，落着许多叶子。干的叶子风一吹，哗啦啦地响。黎士方拾起一片枯叶来，一节一节地掰折，又扔在地下。他是没有主意，仿佛有千言万语，竟说不出来。

汪晴澜道："寒假里打算怎么过呢？"

黎士方道："我吗？我没有打算。"

汪晴澜道："为什么呢？"

黎士方道："我打算的都不能实现，我还打算干吗呢？"

汪晴澜明白他打算的是什么，她不再言语。黎士方却等着她问，自己好把自己的希望说出来，可是她没有问，自己又有点失望。他叹了口气，想自己说了出来，可是又怕失了自尊心，他道："我知道我是走错了路。"

汪晴澜道："你走错了什么路？"

黎士方道："我不该把我的爱向不爱我的人表现出来。"

汪晴澜道："谁不爱你？"

黎士方道："我爱的人不爱我。"

汪晴澜道："你爱谁？"

黎士方道："我爱的人不爱我。"

汪晴澜道："怎么知道她不爱你？"

黎士方道："她说了她不爱我。"

汪晴澜生气道："是她说了吗？是她说不爱你吗？你这是什么意思？"

说得黎士方闭口无言，怔怔在那里。汪晴澜道："我现在要知道你是什么意思。"

黎士方道："我没有意思。"

123

汪晴澜道："你为什么说她不爱你？"

黎士方道："我这么猜。"

汪晴澜道："你拿什么理由这么猜？"

黎士方真没办法了，他信口说了一句话："她爱别人。"

汪晴澜一听，气得转身便走。黎士方一看着慌了，连忙拉住她道："我错了，我错了，得了，你饶恕我吧，我绝不再说了。"

汪晴澜道："我没有受过这样的侮辱，你太瞧不起我了。"

黎士方行礼不送地道："我错了，实在是我错，我不该说这样的话，饶了我这次吧，下一次我绝对不再说了。"

汪晴澜道："你不说还不成，你心里是不是还那样地想象我？"

黎士方道："不，根本我就没有这种心，不过是伤心到极点才说这句话来。以后我绝不拿这种话来刺激你了，我本来想要知道你对于我的真意，所以才拿这种来刺激你，现在我已经知道你的真意了。虽然你表现得使我难堪，但我喜欢得了你的真心了。假如你真爱了别人，便不会再向我生气了，你越生气越使我难堪，越证明你的人格。晴澜，我真爱你，我见了你，我就油然生出爱来，我现在已经很压制我的感情了。我真爱你，我这时恨不能向你说出一百句我爱你来。"

汪晴澜笑了，她道："你说吧，我给你数着。"

黎士方见她这样活泼可爱，不觉猛地紧紧地抱住了她道："我吻你，我非得把你吻得出不来气我才解恨。"他们便接了一个很长很长的吻，吻得两个人心脉都跳起来。

黎士方道："你还生气吗？"

汪晴澜道："是的，我永远不能饶恕你这一次。"

黎士方道："别记它吧，记它足为我们爱情的前途多了一个坎坷。"

汪晴澜道："谁叫你胡说。"

黎士方道："我不再胡说了，以后我小心就是了。"

汪晴澜道："我们该走啦，我已经离开宿舍很久了，她们各处找不到我，她们又要给我说什么谣言了。"

黎士方道："他们能猜到你是和我在一起吗？"

汪晴澜道："除了你还有谁呢？"

黎士方道："你坦白地告诉我，你以前是否爱过别人？"

汪晴澜："没有。"

黎士方道："那么我是第一次了，也是最末一次。"

汪晴澜笑道："以后却不一定。"

黎士方知道她是在说笑话，也就一笑置之。而她这种活泼，越发增加她的可爱了。他抱住了她，她却用手一推他的臂，他道："我可以吻你的香腮吗？"

汪晴澜低头道："不。"

黎士方也不勉强，遂让了路，叫她跑去了。

黎士方站在月下，不禁魂也跟着她去了。想到她的可爱，自己真要天天抱着她吻她才合意。他一个人徘徊在校园里，看看天气似乎要变的样子，他才回到宿舍。躺在被窝里，温习方才的甜蜜，带着笑到梦里去了。

第二天一清早醒来，见窗纸大白，仿佛今天亮得早些。起来推门一看，见门外一片洁白大雪，雪花也正在飘飞，他大喜若狂，不禁喊了起来道："老郭，快起来，下雪了！"他这一喊下雪，有的便连忙爬了起来，有的倒反而钻到被底。

郭实起来，出到门外，长呼吸了一口气道："啊，真好玩，今天又可以写生了。"

吴世飞在屋里喊道："老郭呀，雪有多厚？"

郭实道："起来看！"

吴世飞道："起来看我还问你？告诉我冷不冷，我好多穿衣服。"

郭实道："不冷，可是光脊梁不成。"

吴世飞道："那多废话。"

杨胜仁也喊道："冷吧，现在雪还下得很大吗？"

郭实道："大极了，一会儿就一寸。"

杨胜仁道："哎呀，回头还不埋到雪里呀。"

郭实叫黎士方道："走啊，到操场看看去。"

黎士方道："好极啦。"

他们便踏着雪，来到操场。今天早操不成功了，遍地皆白，没有一点脚印儿，树枝也挂上了白花。而天空中，无处不飞着雪。

郭实吸了一口气，吸得鼻子尖儿落了几片雪花，他道："真有意思，这天到郊外才好玩。"

黎士方道："城门关着出不去，到北海，登塔上去玩，倒也不错，望到故宫一片琼宇，埋在雪里，北边什刹海，一片冬林，也很有意思。"

郭实道："对，咱们上北海呀。上午是什么课呀？"

黎士方道："上午是写生，干脆就要求先生上北海，你说好不？"

郭实道："对。"

一会儿，上了课，大家便要求到北海写生，先生答应了。各自拿了画具，到北海去了。有的怕冷怕动弹便在宿舍里聊起天来，不愿出去，范统却在公寓里睡觉。

黎士方和汪晴澜等到了北海，那雪下得很大了。他们一进门便往山上走，公园里连鸟儿都不叫唤了。就听见雪唰唰地下在树上，下在山石上。他们到了一个亭子里歇了，站在那亭子里，南望南海，一片白色。而图书馆的绿顶，也都戴了白的帽子，雪花远的近的都一齐落着，一望无际。好大雪！

黎士方道："多好玩啊，我们快可以溜冰了。"

汪晴澜道："你作一首诗好吗？"

黎士方道："我还作诗吗？我不是诗人，我就会说雅典姑娘，我的雅典姑娘，我的爱人，我的灵魂，我的汪晴澜！"

汪晴澜道："你又来了。"

黎士方道："我给你掸一掸，你的头发上好多雪呢。"

汪晴澜道："下雪就是这样好玩。"

黎士方走过来，用手抚摸着她的发，说道："真动人啊，我的亲爱的。"

汪晴澜道："你知道这堂是写生不知道？"

黎士方道："知道，我现在写生呢。"

汪晴澜道："在哪里你的画?"

黎士方道："这不就是一片好画图吗? 衬着这个雪景，还有个美人!"

汪晴澜道："不准你瞎说。"

黎士方道："我可以吻你的发吗?"

汪晴澜道："你好好坐着，咱们谈谈话多么好，为什么总是吻吻的。"

黎士方道："我爱你!"

汪晴澜道："爱我就爱我吧。"

黎士方道："我爱你我就想吻你。"

汪晴澜道："非得吻才能表示爱吗?"

黎士方道："有爱就要吻。比如我们爱一个小猫，我们就要吻它。"

汪晴澜道："我不是猫。"

黎士方道："我是猫。"

汪晴澜道："你是猫我也不抱你。"

黎士方道："那么我抱你。"说着便抱了她吻起来。

这时候，忽听得真有猫叫唤。他们很纳闷，便趴栏杆往下看，一看，却是吴世飞在底下学猫叫呢，他们全笑。

黎士方道："老吴，上来。"

吴世飞走了上来道："你这猫也太淘气了!"汪晴澜脸却背了过去，望着远处。

黎士方道："你这猫跑到这里来叫唤，哈哈!"他们全笑了。

吴世飞道："老郭在底下，真画一气，再过两个钟头雪要把他埋到底下了，那家伙真用功。回见吧。"

黎士方道："一块儿玩会儿。"

吴世飞道："不打扰你们清兴，回见，喵，喵—!"他们笑着分别了。

汪晴澜道："你看，都是你!"

黎士方笑道："这又有什么的，走吧，我们到塔顶上去。"

于是他们又往上走，一直走到塔上，往四外一望，天地打成一片，被雪花给连起来。那天好像漏了一样，像筛笼一般地往下落雪，把全城都埋起来。

黎士方道："你瞧，多么好玩，那些房屋，那些林木，那些人物，都戴了白的帽子，真成了我们的玩具了。"

汪晴澜道："你知道我们站在这里，一样被埋着，一样被人家看作玩具呢。"

黎士方道："我们是两个玩具，你是个小布人儿。"

汪晴澜道："你是小泥人儿。"

黎士方道："小泥人和小布人摆在一起。他说：'我叫这个小泥人和小布人接吻吧。'于是小泥人走了过来抱了小布人 kiss！"两个人又接起吻来。

这时又听底下有人说："谁把我的猫抱走了，换了一个小泥人给我！"他们一看，却见吴世飞已经走得很远了。

黎士方笑着叫道："老吴。"

吴世飞嚷道："雪太大了，别叫小泥人融化了啊！"说着走了。

汪晴澜道："我不想再爱你了。"

黎士方道："为了什么？"

汪晴澜道："不为什么。"

黎士方道："哦，你不愿意我吻你吗？只要你说，你怎样快乐，我怎么样去做，我决不使你有一丝痛苦。"

汪晴澜道："我愿意我们冷淡些。"

黎士方道："为什么呢？"

汪晴澜道："如果你愿意我们的爱情久远，你就这样做。"

黎士方道："我当然愿意久远，不过我们这时候能够尽情安慰，能够多得一些快活，为什么不去享受呢？"

汪晴澜道："将来我们总有享受的日子。"

黎士方道："现在的青春，就这样白白地过去吗？"

汪晴澜道："我觉得太热了总有不利于我们未来的幸福。"

黎士方道："我不明白你的意思。"

汪晴澜道："你终有一天要明白的。"她停了一会儿又道，"走吧，我们别淋着了，别看你回头真融化在这里，哈哈！"

她是那么活泼可爱，他们下得山来，又回到学校。范统已经把冰鞋扛上，扛进教室里去，表示他有冰鞋。那冰刀子锃亮锃亮地发光，正告诉人说，它还没有下过冰场。

杨胜仁道："胖子，这么早就把冰鞋扛了出来。"

范统道："得空儿就溜啊。"

杨胜仁道："你溜一定溜得好，身体胖，倒好找重心。明儿咱们一块儿溜去。"

吴世飞又起哄道："我说洋圣人，圣诞节快到了，咱们怎么叫学校来个游艺会，大家快活一阵，你来话剧，我来个京剧，有人再来跳舞唱歌，郭实来段双簧，范统表演溜冰，你看好不好？"

杨胜仁道："哈罗，歪来姑得。"

吴世飞道："每年圣诞节都举行游艺会，今年更得举行了，咱们把花样儿弄多一点。"

杨胜仁道："可是范统的溜冰表演比较困难，台上没冰怎么溜？"

吴世飞道："不必真溜，把冰鞋扛在肩上在台上走一周就成了。"大家笑了起来。

吴世飞道："我给拉胡琴。"

杨胜仁道："溜冰也拉胡琴？"

吴世飞道："那不正好，咱们叫中西合璧溜冰舞，就说是中国贵妃式的溜冰舞，连外国人都得来看。"

杨胜仁道："那范统还得化装。"

吴世飞道："当然，范统这么胖，化装出来还真像杨贵妃。我说，我给他拉《夜深沉》的曲牌子，我再找个打鼓的，准能叫座儿，卖票都成。卖的票，咱们给报馆做冬赈。你说怎么样？"

杨胜仁道："干。"

吴世飞道："离圣诞节还有半个月了，要是预备，现在就得着手了，你的话剧怎么样了？"

杨胜仁道："还短个女主角。女同学谁也不愿意干。"

吴世飞道："她们不干，你自己来，你要化装成一个女人，我看比她们还活动，瘦瘦的身材，白白的面孔，再一烫发，谁要不说是女的，挖了我的眼睛。来吧，没错儿，你这身量借女人的衣服还准保合适，你走路比她们都好。"

杨胜仁一听，喜不自胜道："真的吗?"说着，自己就扭了扭。

吴世飞道："好极了，叫范统给你做配角，你们两个人真是珠联璧合。"

杨胜仁道："我倒是把我那套都教给他了，他满熟的，不信可以当面试验。"

吴世飞道："我信我信，留着在台上表演吧，你现在就招呼起来，叫教职员也得参加一两次，以表示师生共乐。你是大会主席，风头全是你的。"杨胜仁一听，越想越乐。

吴世飞又附在他的耳朵低声说道："你如果化装女人之后，女同学见了，一定要追逐你的。"

杨胜仁笑得都闭不上嘴了，他道："你说咱们化起装来，一定不错吧。"

吴世飞道："敢则，看怎么不错了，不用化装就非常漂亮，尤其你这一副天然的尖嗓儿，像女人极了。"

杨胜仁咳嗽两声道："我说，我要唱两句青衣合适吧。"

吴世飞道："好极了，在求婚这出戏添上就得，时装表演，合话剧京剧之精华，好极啦。你算是剧界的革命先锋，来吧，瘦子!"

杨胜仁道："我有一样短处，就是瘦一点。"

吴世飞道："你别听我叫你瘦子，其实你一点也不算瘦，不过和范统比起来，你是瘦子就是了。要扮起女人来，你还算丰满的呢。"

杨胜仁摸了摸腮帮子道："最近我吃着鱼肝油呢，我想多吃点，到圣诞节也就差不多了。"

吴世飞道："对，多吃一点。"说罢，又大声对同学们道，"同学听着，杨胜仁同学在圣诞节游艺会里，要自扮女主角，我们一致拥护。"

大家知道是开玩笑，便一齐鼓掌欢呼起来，杨胜仁得意得眼睛都不知道看什么地方好了。

吴世飞道："杨同学是我们学校的梅兰芳，是剧界的明星，是世界上的美男子，万岁！"

大家又一阵欢呼。范统看着杨胜仁这样出风头，实在有点羡慕。杨胜仁一边向着欢呼的同学鞠躬致谢，一边笑着说道："哈罗，哦。"这回后边加个尾音，立刻就带出女人的味儿来了。他说："戏剧男女合演，有种种的不便利，这回我们尽我们的人力，来打破这种难关，我们不但就革旧剧的命，并且也要革话剧的命！兄弟年纪很浅，有什么不到，还求同学们指教！"

大家又是一阵鼓掌，他又向各方面点头致谢。吴世飞又道："这回还请范统同学表演中国古装，名贵、华丽、庄严、伟大的贵妃醉酒舞。我们也一致欢迎鼓掌。"大家又欢呼起来，范统也笑了。

吴世飞道："还请黎士方同学表演小泥人舞。"

大家一听，不知怎么一个典，都怔起来。

黎士方道："你别挨骂了，这骂你还挨不够吗？"

吴世飞道："黎士方还表演口技。"

杨胜仁道："他会学什么？"

吴世飞道："会学猫叫。"大家真以为他会猫叫呢，都鼓起掌来。

黎士方嚷道："别听他的，胡说八道。"

汪晴澜这时早绯红了脸，低头织起毛衣。杨胜仁越想越得意，当真和范统研究起话剧来。

学校当局也正筹划着新年举行个师生俱乐会，由训育会议和学生生活指导委员会议联合学生自治会，开了一个筹备会议。议决在圣诞节开一个师生俱乐游艺大会，定名为"圣诞节之夜"。游艺项目分歌舞、魔术、杂耍、话剧等等，均由本校师生分别担任，谁愿意表演什么，谁就在筹委会报名，由筹委会分配秩序。议决案公布之后，全校都紧张起来，有的好玩儿的，便报名游艺项目，有的报名说相声，有的报名变魔术，有的报名练套武术，女生有表演独唱，口琴独奏什么的。筹委会一算计这许多游艺，由晚七点起，一直可以到夜里十二点以后。秩序都定好，大家在筹备各项游艺。

杨胜仁和范统整天在公寓里研究话剧，他化装女主角，教范统怎么向他求婚。范统有点肉麻，可是杨胜仁说："这是艺术，艺术是至圣而伟大的。你要表演贵妃舞的时候，还得扭扭捏捏的，你别拿我当着杨胜仁，你就拿我当作一个女人，一个美貌动人的女人，你最爱的女人才成。"

　　范统道："我一阵阵老仿佛鼻子头还挂着痰盂的痰，老是那么恶心。"

　　杨胜仁道："那不成，艺术是艺术，人生是人生，为艺术而艺术才成。你得为艺术而牺牲才能有价值的表情。"

　　范统道："我表演不出来怎么办？"

　　杨胜仁道："等我一化装出来，就可以了。再者你表情一深刻，女同学一见，就许能动心，而就爱了你也未可知。暑假里你怎么向笤帚求婚来着，你就拿我当作笤帚还不成吗？"

　　范统一听，立刻高兴了。两个人就表演起来，那求婚的词句，还是暑假杨胜仁教给他的。那时背得挺熟，现在虽然有点忘了，可是一提起来，还能背得。杨胜仁把嗓子憋得尖尖的，像个出嫁十五回的处女声音，连李斗听着都肉麻得慌。而杨胜仁还故意大声卖弄，连隔壁屋里都捂着耳朵怕听得难受。

　　这天，范老伯又来找范统，走到范统门前，就听有男女说话的声音，不由站住了脚。最近听说学校里风气不好，尽闹什么恋爱的事件，范统在这里难免有风流事，听说范统近来花钱花得太多，他爸爸都纳闷了，叫我今天来说说他，今天一听，他爸爸倒还猜对了。我还说这孩子不至于，并且也没什么女人勾引他，谁知人不可以貌相，这个孩子，真得好好教训教训他。范老伯想着，便站在台阶上听，他不好意思就进去，因为里边坐着堂客呢。

　　这时就听范统说："我太爱你了，我简直说不出来我怎样地爱你来，你是美丽之花，你是我生命的源泉，我爱你，我永远爱你！"范老伯心说：这孩子真泄气，什么样的狐狸会把他迷得这样。就听女的声音说："我真感谢你给我这样贵重的爱情，可是我不知怎样来答谢你的盛意。"又听范统说："亲爱的，我实在不能忍住我的爱弦的振动了，我要奏出一句最后的歌调给你听，这是伟大的歌调。亲爱的，你能允许我吗？一个伟大的诗人，必须要有一个美丽的女人来安慰他，我现在需要你嫁给我，只有我能娶你，只有你能嫁给我，亲爱的，世界上再没有像我们俩结合这样幸福的。"范老伯一听，有一半不大懂，可是琢磨他的意思是要想娶那个女的呀。又听那女的说："不，我真抱歉，我不能嫁你，愿意我们两个人终身为友吧。"范统道："为什么呢？"那女人道："因为我们双方的家庭的关系。"范统道："哦，你嫌我的家庭旧吗？你说我的父母是顽固吗？那怕什么？我一句话便可以和那老梆子脱离关系，我要家庭革命。"

　　范老伯在外边一听，吓得一怔，气得浑身乱哆嗦，起来一想：这孩子可是真要造反，这我要是进去，说不定要给我一个难堪呀，我非得给他爸爸写信不可，叫他爸爸来管他，我犯不着惹这么大气。他正想着，就听那女的说："只要你能够脱离家庭，我或者可以倒在你的怀里。"范老伯一听这话，也不知哪儿来的骚女人，说话跟老母鸡叫似的，难得范统这孩子会爱她，真是反了。回去，给他爸爸写信，叫他爸爸来管他。我不管了。想着，一怒而去。范统和杨胜仁在屋里对剧本，一点都不知道范老伯在门外站了会儿走了。

　　范老伯回去一写信，写得又过火一点，什么"鄙卑之言，声达户外"这些话，他为的叫范统的爸爸赶快来。范统的爸爸范老头子一见这信，可真火了。一想这孩子要起家庭革命，明儿受那女人蛊惑，还不杀了我呀。他立刻整理行装，要亲征北京。范老太太总是心疼儿子，怕他们爷儿俩闹起来，伤了谁也不合适。儿子是自己的命，丈夫是自己的命根子，谁也伤不得。她拦阻范老头子不叫去，范老头子道："你还向着这孩子哪，他连你都不认了，你看看信上说的，他骂咱们是老梆子，骂咱们是顽固虫，他要家庭革命。"范老太太听什么都不搁心，准知道儿子是自己的说什么他也不会那么做，可是一听到革命两字可骇得浑身哆嗦了，她就怕革命两个字，她觉得儿子一革命就不认得妈了。她道："他，他为什么？"范老头道："为什么，为女人，为一个破女人，他连家都不要了，他迷着心壳哪，浑蛋孩子越活越糊涂了。妈的，这大学上的，反倒连爸爸都反

133

对起来，我非得把他弄回家来好好管教他一顿不可。这还了得，简直是疯了。"

范老头子一边骂着一边收拾行囊，范老太太也要去，怕老头子万一有个闪错，总是不大好，自己跟去，也可以给解个围，万一有个下不来台，说好说歹，先把当时凶险岔开了。范老头答应她一同走，老夫妇打了车票，竟起程到北京来了。在路上，他们老夫妻还直抬杠拌嘴。

而范统呢，这时却在学校里和杨胜仁在努力排演话剧。他们把杨胜仁自编的剧本，已经排得熟而又熟了。这天杨胜仁想化装排演一下，旧剧谓之彩排。他和范统说了，范统也倒无可无不可。

杨胜仁便去各处借女人的衣服，范统说："我穿什么呢？"

杨胜仁道："你就平常这样就成。"

范统道："我可以不可以扛着冰鞋求婚？"

杨胜仁道："可以的，更好。"范统欣然了。

杨胜仁跟谁借女人衣服谁都不肯借，同学都没有富余，校长的太太又是旧式的，衣服不摩登，结果跟女教员和别位先生的太太七拼八凑借来一套衣服。他同女同学借点脂粉之类，头发虽然背后背些，可是一戴洋式帽就瞧不出来了。都借好之后，拿到公寓里去，化装起来，先看一看好不好。杨胜仁道："我化装之后，你如果看着哪一点不像女人，你就言语一声，我好再改，这回咱们要尽美尽善。"

说着，先洗脸，洗完脸，然后擦粉，抹胭脂，自己照着镜子，立刻就好像特别漂亮似的。他道："你看咱们擦得怎么样？"

范统心说：像这样的女人，我还向她求婚，还不是恶心我吗？他摇头道："你这是乡下刚进城的女人的样子，你应当按着摩登女人那样打扮，不是女人都抹胭脂，你看汪晴澜，多咱抹过胭脂呢？你这两个脸蛋像万国旗。"

杨胜仁道："那么我再洗了去，可是也有一点儿才好。"于是洗了去，又淡淡抹上一些。这回看着比方才强些，可是仍不顺眼似的，杨胜仁道："因为你看惯了我，所以你总觉得我不像女人，同时我还

134

没有换衣服，假如一换了衣服，叫别人一看，他就得动心。"

说着，便脱了衣服，只穿了一个短裤，而后又穿起借来的女人的服装，女人的衣服是各处借来的，上下身全不相配。人家没有旧裤子，穿西服裤又不成，只得穿短裤吧，女人不是也有穿短裤的吗？可是短裤又真冷，冷也没方法，这是为艺术而牺牲。光膀子穿一件夹旗袍，棉袍人家都穿着，不借，况且女人也不穿棉袍，越是摩登女人越不穿棉的。杨胜仁穿了直哆嗦，脸上起着鸡皮疙瘩。他道："你说人家女人怎么穿来着，她们就不怕冷吗？你说真怪了。"

范统道："你的身子骨儿也成了骷髅人了，浑身没一点血，怎么有不冷的？"

杨胜仁道："你别瞎说了，没血，怎么活着？我说，这高跟鞋我穿着有点不合适。"

范统道："谁的高跟鞋？"

杨胜仁道："训育主任太太的，训育主任的太太比你还胖，她的鞋连我穿着都觉得紧得慌。"

说着，全都化装好了，站起来走几步。敢则高跟鞋穿着不舒服，脚折着不好受，走起来总往前探着，越走越快，不走它催着你走。

杨胜仁道："这真得练习练习，要不然在台上走不上步来多么笑话呢？"他真想到院里子走一走，叫人家看看自己多么漂亮。

范统道："你别把身体往前探就好了，那样也不好看。"

杨胜仁挺了挺腰，忽然发现一个缺陷，他道："呀，这乳房怎么办呢？平平的多不好看，最好叫它凸起来。"

范统道："里头衬两个茶碗就好了。"

杨胜仁道："搁不住呀。"

范统道："用绳子捆起来，套在脖子上一挂就成了。"

杨胜仁道："我想起了，用手巾兜起来，往胸前一系，不就成了吗？把茶碗扣在里面，用羊肚手巾一包，还看不出碗足儿来。"

范统道："也好。"说着，便把洗脸手巾拿下来，杨胜仁又脱了衣服，拿起两个茶碗，放在胸前用手巾一勒，茶碗略微高些，手巾系不过来。

这时范统的父亲范老头子已经到了前门车站。出了站台，先奔范老伯家里。范老伯出去了，大概在柜上，说叫人找一趟去。范老头子说："不必，我去到铺子里找他去吧。"范老夫妇又同来到铺子，铺子伙计说："刚出去，大概回家了。"又有一个伙计说："没有，大概在剃头棚找刘师傅摆棋去啦，叫徒弟找一趟子。"范老夫妇无法，只得等着，恨不能马上找到范统，先打他一顿才合适。可是他北京的地理不熟，不知哪儿是哪儿，非得范老伯跟着不可。他们只得在铺子里等着。

这时杨胜仁的茶碗还没系好，后来范统说："再接上带子就好了。"于是又把碗拿下来，重新接带子。

杨胜仁一边接一边说："这真得想办法，到演戏的时候，再这么麻烦，可就糟心了。"

范统道："最好先缝两个茶碗兜子，到时把茶碗往里一塞，就成了。"

杨胜仁道："对啦，听你的。明儿就做去，裁缝铺做，一天就得。"说着把带子接好，又塞上茶碗，用手巾在胸前一勒，两个茶碗正扣在乳上，后面一系带子，得，成功啦，于是又穿衣服。

这时范老夫妇在铺子里等范老伯。等了会儿，范老伯没回来，徒弟回来了。

伙计问道："东家在那儿吗？"

徒弟道："在那里，说一会儿来，正跟刘师傅摆棋，刘师傅使个卧槽将，东家拿车一扭马腿，刘师傅又拼车，东家正着急呢。"

范老头子道："他着急不成，我还着急呢，我有要紧的事，非叫他来不可。"

伙计道："徒弟再去一趟吧，你就说有要紧的事，家里有人来了。"

徒弟去了。等了一会儿，徒弟又走回来，说道："东家刚才那盘输了，这回非胜一盘不可。"

范老头子可真急了，说道："摆棋要紧还是我的事要紧，你带我一块儿找他去。"

伙计道："你领着去吧。"徒弟遂领着范老夫妇去了。范老太太直嚷腿疼，腿疼也得去。

这时杨胜仁已经把衣服穿下去，可是纽子扣不上，因为茶碗太高了，他又不像真正女人的乳房有弹力，扣不上扣子多别扭。

范统道："衣服太瘦了，最好撕一点儿，开一开就成了。"

杨胜仁道："那不成，好容易借来的，你给毁了还成？这茶碗太高了，你看，简直太凸了嘛。"

范统怕他毁茶碗，他道："不凸，今天先将就一下，明天再想法子。"

杨胜仁道："你有手绢儿吗？把这腰间的扣子连接起来，又省得开，又可以当作装饰。"

范统道："也好。"于是又找了一条手绢，在扣纽地方系起来。

这时范老夫妇已经找到了范老伯。范老伯正在和刘师傅摆棋，他手里拿着车，使力往棋盘上一拍道："将，这回是双车错，你就递子儿吧！"

刘师傅道："能够救，有办法。"

范老伯道："外甥打灯笼，没舅（救）了，你就认输吧。"

刘师傅道："不能，我这里还有一车一炮呢。"

范老伯道："看你的，这盘非赢你一个心服口服不可。"

这时范老头子走来，叫道："二哥，你先别摆棋啦，跟我走一下。"

范老伯一见范老头子来了，忙道："老三，你什么时候来的，三弟妹也来了，干脆你们到铺子等我去，我就去，我就剩两步了，现在将着呢，卧槽。"

范老三道："二哥，什么卧槽，你就走吧，我还有急事。"

范老伯心里怪别扭得慌，赢到手的棋牺牲了。这口气不出，不成，刘师傅那家伙什么屁都拉，非得赢他心服口服，不要他说我不局气。他道："你们要不然在这儿站一会儿，这盘就完。"

刘师傅道："就是走一点钟也走不完，您先办你的事去，这盘我给您摆着，早晚是赢了。"

范老伯一听，越发不肯走，说道："你就来吧，跳马是不是?"

刘师傅道："我干吗跳马，我这儿还有一手高棋，这一摆就得一个钟头，别耽误您的事。"他见范老三直催范老伯，他越发这样说了。范老伯越发气不出，非叫他走棋不可。

范老三道："二哥，您先等等成不成，我心里都快堵死了。"

范老伯道："我心里全快堵死了，老三，你就等两步棋工夫。"

范老太太扭动金莲也过来道："二哥，您为我们的事先辛苦一趟，回头再摆。"

刘师傅道："得啦，这盘我让您，算和棋啦。"

范老伯道："什么和棋，赢了你了，我看你怎么走。"

刘师傅道："别耽误您的事，满打就算您赢啦，还不成?"

范老伯道："干吗满打就算，本来就是赢棋。"

范老三道："二哥，得啦就算你啦。"

范老伯还有这个别扭劲儿，就算赢啦不成，得名实相符，名不正而言不顺，算自己赢了不成，非得摆在棋盘上，你没得可走了，才算自己英雄，范老伯永远不要那精神胜利。可是范老三却等不住了，他道："二哥，你再不走，我可掀盘啦。"说着，过来用手一胡噜，把棋子儿都弄乱了。

范老伯可真有点挂火儿，方才输了一盘，已经有点气不出，这回赢的棋，被范老三胡噜了，心里着实不痛快，可是嘴里不好说什么，遂道："有什么事这么急?"

范老三道："跟我找那忤逆孩子去，我非得揍他不可。"

范老伯正没处出气，遂道："走，这孩子再不管教他，可真是无法无天了。"范老伯带着范老夫妇一直奔公寓。

到了公寓，范老伯来熟了，一直就往里走，范老夫妇跟着往里走。这时范统和杨胜仁正在表演话剧，把剧本放在一边，完全背着表演。范老伯来到门前，一听里面有男女说话的声音，他们正在讨论婚姻的问题。范老伯如果把摆象棋的脑力放在这里，他也就感到奇怪了，因为今天范统所说的话，和那天所说的是完全一样，两个人虽然隔了好些日子，可是他们说的话仍是那一套。但是范老伯气还没出，他没工夫想到这里，他把范老三一拉，低声说道："听，这孩子。"范老夫妇在门外一听，果然范统在哀求地说："亲爱的，爱我吧，我决定把那老梆子全轰出去，我把他们饿死，和他们永远脱离关系。"

范老夫妇一听，气得浑身乱哆嗦，这样的忤逆子，再不给他一个厉害，自己这条老命还算活几年呢？他们把门一推，便一拥而进。范统正跪在那里，床上坐着一个女人，瘦女人。范老头儿气可大了，过去就踹了范统一个跟头，把范统踹了一个"大马趴"——也可称是"狗吃屎"——范统还不知道是怎么一回事，起来一看，才知道自己的爸爸来了。他连忙作揖、鞠躬，他不知道应当怎么好了。他也没有料到他爹妈全会来到这里。

他道："爹，什么时候来的？"

范老头子气得大骂道："你他妈还肯叫我爹呀，你这忤逆子，不必等你不要我，我这条老命还是不要了。"说着，揪着范统就打。

范统道："爹，这是怎么一回事？"

范老头子道："怎么回事？揍你，浑蛋！"

范老太太一见父子两个人吵起来，儿子一挨打，心里有点难受，多日没见，见着便一顿打，怪伤心的，于是她迁怒于杨胜仁身上。她抄起掸子奔杨胜仁来道；"都是这女人，他妈的把我的孩子引诱坏了。"

杨胜仁一看来势很凶，不知是怎么一回事，马上跑开。他认识范老伯，便拉范老伯，想叫他给劝一劝，可是范老伯却不认识他。本来范老伯也恨女人，可是好男不跟女斗，杨胜仁一拉他，他马上往院里跑，杨胜仁也跑了出去。范老伯虽然跑不快，可是杨胜仁穿着高跟鞋，他也跑不动。杨胜仁追着范老伯，范老太太追着杨胜仁，三个人在院里跑开了走马灯，招得公寓的人全都跑出来，看杨胜仁那打扮，怪好玩儿的。

这时范老太太一边追一边骂，杨胜仁知道她误会了，想站住和她分辩一下，范老太太哪里听这些，过去一把把杨胜仁拉住，照着杨胜仁的乳房低头就是一口。老太太专会咬人，以为这一口下去，得叫那女人疼死，谁料杨胜仁的乳房却是茶碗，老太太的牙正咬在碗足儿上。本来老太太的牙就不太结实，嘎嘣一下，乳房分纹未伤，牙倒掉下一颗来。范老太太可更急了，不知那女人的奶头怎么会这么硬，她更闹起来。杨胜仁怕把跟人借来的衣服弄脏了，又赶紧跑，范老太太在后哭着喊着追。

范统的屋里也是喊声大震，屋子几乎都要塌了，茶壶都飞了出来。杨胜仁一躲茶壶，高跟鞋不利落，自己摔了一个"爬虎儿"。叭的一下，乳房碎了一个，茶碗的碴儿扎在肉里怪疼的，他也喊叫起来。可是还得爬起来跑，因为范老太太并没放松。杨胜仁的乳房碎了一个之后，手巾掉了，那个乳房也掉下来，哗啦一声，范老太一看，是个茶碗，看热闹的都笑起来。

范老太太道："好呀，你这个女人，跑到我儿子屋里偷茶碗，你个要饭的女人。"说着又追。

杨胜仁简直没地方跑了，跑到男厕所里去。厕所里有人解手，一见有个女人跑进来，骇得提起裤子便往外跑。范老太太追到这儿一看，是个男厕所，有男人走出来，她也不好意思进去了，站在门外叫骂："你这个坏女人，快出来，跑到人家男茅房，不要脸！"杨胜仁蹲在厕所里，虽然臭味扑鼻，究竟可告偏安。

李斗这时跟了来，他怕打架打到别人屋里去，自己要挨骂的，他道："老太太，这是男厕所，你可别进去，你回到屋里去吧。"

范老太太又惦记自己的儿子，连忙又跑到屋来。见范老头子还在打范统，范老太太可真急了，抱着范统哭了起来。乖乖宝贝地一哭，说道："孩子，我可真对不起你呀，你可受了委屈啦！"越哭越伤心。

范老头子气还不出，坐在床上喘息，大声喝道："问他，这败家子，还要爹妈不要了？"

范老伯这时又走进来，说道："老三，你先消消气儿，弟妇也别哭上没完，问问孩子到底是怎么一回事，看看他是回家呢，还是要脱离，问好了，我有办法，老这么打也不是事，万一出了人命，谁担得起。"

他们正说着，巡警走进来。巡警是掌柜的叫来的，他看着闹得太凶了，再不叫巡警，公寓里出了大乱子，自己担不起这责任。巡警进到屋来，大家暂时静默，可是范老太太还哭着。

巡警道："怎么一回事？"

范老太太道："那个女人跑不了，不能叫她跑了。"

巡警道："怎么还有一个女人？"

李斗道："我给你找去。"说着，跑到厕所，叫道，"杨先生，没事啦，您就出来吧。"

杨胜仁冻得直哆嗦，跟着李斗来到屋里，他一见巡警不禁大吃一惊。

巡警道："怎么回事？"

杨胜仁把帽子一摘，大家一看，不由惊了。杨胜仁跟着把衣服也脱了，鞋也脱了，换上了西服。大家不知道怎么一回事，连范老太太也吃惊了。

杨胜仁道："警察先生来了，好极了，你给评判一下吧，这些人进门就打人，不知为什么。"

警察道："你们为什么打他？"

范老伯道："呀，你不是杨先生吗？"

杨胜仁道："可不是，范老伯，怎么他们进门就打我，怎么回事？"

范老伯道："咳，满拧。我告诉你吧，是这么一回事，简直我也说不上来了。他这个，我先给你们介绍一下，这是范统的父亲，老太太是他母亲，这是范统的学伴杨先生。"

巡警道："你们别谈闲话儿，倒是怎么回事？我还得交代差使，要不然你们都跟我走一趟得了。"

大家一听，不由一怔，范老伯道："得啦，警察老爷，您多恩典吧。"

杨胜仁道："我们没有打官司，把我们带走做什么，你有什么理由带我们，我们打架也没打到街上去。"

巡警道："你如果那么说可不成，我是掌柜的把我找来的，有了原告，我就得带被告。"

李斗一听，这可糟心，连忙说道："您先等一等，我把掌柜找来。"说着跑出去了。

一会儿把掌柜的找来，巡警道："你把我找来，我现在请你们都跟我走一趟吧。"

掌柜的一看这房里情形，不明白是怎么一回事，他作揖赔笑道："没关系，您先到柜上坐一坐，喝碗茶，没关系。"

巡警道："什么叫没关系呀，至少你得跟我走一趟，把我找来，稀里糊涂地叫我走了，这不像话。"

掌柜的道："我们错了，他们既然已经私了，也就不必经官，您算是给他们调解啦，叫他们谢谢您，还不成吗？"

杨胜仁道："谢谢，谢谁呀？我挨了打挨了骂，还叫我谢，我不能干。"

巡警道："你若是不说这话，倒也罢了，你一说这话，我先带你。"

杨胜仁道："凭什么带我？"

巡警道："你男扮女装，有伤风化。"

杨胜仁一听，也有点傻了，不过他还说："我们这是化装排戏，我也没招摇过市。"

巡警道："那不成，你在公寓里就不应该。"

大家怕事闹僵了，真要带到局里去，也怪难看的，只说好的，把巡警让到柜房去了，掌柜的赔了一包茶叶、一盒烟卷儿。

这里大家一看范统，已弄得鼻青脸肿，少一半是打的，多一半是自己碰伤的。其实他要是睧着叫他爸爸打，倒也打不到哪儿，他这么一躲不要紧，胖脑袋在桌腿上、床角上、墙壁上一乱碰，撞得这么鼻青脸肿。

范老太太刚才没有看清楚，现在这么一看，可心疼坏了，她又大哭起来，抱着范统宝贝心肝的一通叫。她哭道："都是你这老头子，把孩子打成了这个样儿，你真毒手呀，好狠心的老不死的，你看你把孩子打成了什么样儿！"

范老头子先还不知怎么一回事，后来听范老伯一说，他们这是排话剧，排文明戏都是这样，男扮女的，女扮男的。范老头子心里好不后悔，他又一看儿子被打得鼻青脸肿，心里更觉难过。范老太太这么一哭，他也落了眼泪。

范统一看，他倒有了理，说道："我们招着谁了，进门不问青红皂白，给人打了这么个鼻青脸肿。"他居然说了这么一句俏皮话，自己又要笑，没笑出来，反把嘴噘得更高。

范老伯道："你瞧瞧，那时候看我摆棋，也就没有这回事了。"

范老头子道："还不是你给我写的信，这总还是怨你。"

范老伯道："他这，说真格的，上一回我来听见你们在屋里说话，是不是也在排戏？"

杨胜仁道："是呀，我们排了有一个礼拜了。"

范老伯道："我可没进来看，如果进来看一看就好了。"

杨胜仁道："那没错儿，您听那声儿是不是这样？"说着，他便憋细了嗓子说了两句话。

范老伯笑道："是是，杨先生，你先洗洗脸吧。"

杨胜仁道："我全吓糊涂了，进门这一通追，真倒霉。"

范老太太也乐了，说道："谁知道你们是排戏呢？可也是，你们怎么排这个戏呢？"

范统道："学校叫我们演的。"

范老太太道："学校也不是东西，尽叫人演这个戏。"

范老伯道："得啦，杨先生多憋屈啦。"

杨胜仁倒水洗脸，说道："我们也没有给您沏茶。"

范统道："我叫李斗沏茶。"

范老伯道："不用，咱们澡堂子喝去吧，喝完了吃个馆子，我请，一来给你爹洗尘，二来给杨先生压惊。"

杨胜仁这一来倒占了便宜了。他洗完了脸，又叫范统去擦。范统的脸平常那么肿肿的，今天这么一来，越发显得肿。范老太太一阵一阵地直心疼，直埋怨范老头子，恨不能叫范老头子给孩子跪下赔不是才合适。

他们都收拾了收拾，范老伯叫李斗雇洋车拉澡堂子，范老太太不能去，叫她直接到家里去等。范老太太叫范老头子给范统点儿钱，说今天打得不轻，给他钱叫他养病。

范老头子也觉亏心似的，拿出几十张票子给了范统，说道："先花去，省着点花，不够上你大伯那儿去拿。"

范老伯道："用钱就跟我要，没错儿。"他也觉得有点对不住范统。

他们走了出来，坐上车。范老太太到范老伯家里去了。他们四个人来到澡堂子，范老伯最爱上澡堂子，他倒不是为洗澡，只是想脱得赤裸裸的，躺在暖烘烘的屋里一睡，伸出脚来叫修脚的一捏，那才舒服。杨胜仁方才冻了半天，这时在池子里一泡，出了一身汗也觉得松动多了。他们洗了半天，一边串着脚丫缝儿，一边喝着茶。差不离的肚子饿了，直叫唤，这才穿上衣服，又出门找个馆子，爷儿四个一喝酒一吃菜。杨胜仁方才在院子跑了半天，和范老太太运动了会子，这时也真饿了，足吃足喝。范老伯还真有点对不住杨胜仁似的，再三道歉。杨胜仁却希望常来这么几回才合适。

吃饱喝足，范老伯和范老头子回家，范统和杨胜仁回公寓。范统道："爹哪天回去呢？"

范老头子道："我也许在城里住两天，买点年货回去，你得好好用功，钱总要少花，该花的也得花，不该花的俭省着点儿。"

范统道："这一到新年，听差的都要节钱，朋友也短不了联络，都是费的。"

范老头子道："那么再给你点儿。"说着，又掏了些票子来，给了范统。杨胜仁在旁边看着，直替范统喜欢。

范统接过钱来，对杨胜仁道："你跟我买点药去。"

杨胜仁道："好好。"

范老伯道："尽累人家杨先生。"

杨胜仁道："没关系，我们哥儿俩，最投缘了。"说着和范老头儿告别，他们走了。

杨胜仁道："咱们上哪儿买药去？"

范统道："马马虎虎，买不买没关系，这点儿青肿算什么，抹点药膏就成了。"

杨胜仁道："这一来你倒合适了。"

范统一吐舌头笑道："马马虎虎。"

说着，他们进了西药房，买了药膏，当时就抹上了些。杨胜仁道："咱们上商场玩会儿去，新开的正热闹，可是价钱并不便宜。"

范统道："当然，你没打听租金多贵呢，他不赚出来成吗？我说，咱们买点什么点心回去呢？"

杨胜仁道："随便，买不买没什么，来张彩票是真的。胖子，你买一张，我买一张，你借我一块钱，这个得不得我都还你。"

范统道："得啦吧，你怎么老说这话，一块钱的交情还没有吗？"

杨胜仁道："亲是亲，财是财，别看这一块钱，下月就是两万，到时候我真得了两万，你说这钱怎么办，反而我倒为难了。这样算清了呢，那么我得了头奖，白送你一万，你得搭我一万的情不是。"

范统道："这倒也是，我想咱们这两条都能得，这是幸钱，你说是幸钱不是？"

杨胜仁道："当然是幸钱，告诉你说，一月来这么几回，我看倒不错。"

范统道："那我可受不了，虽然不算多疼，可是抹这么一脸药膏也不大好呀。"

杨胜仁想着这个茬儿乐。范统道："你乐什么？"

杨胜仁道："我乐我的艺术成功了。"

范统道："怎么？"

杨胜仁道："你看，当然我化装得像，他们才打的你，要是不美的话，他们能这样动心吗？"说着，笑不可抑，又道，"你还得感激我，没有我，你能白进这么些钱吗？"

范统道："咱们咖啡馆去，我请你喝一杯咖啡去。"

他们进了咖啡馆喝了杯可可茶，然后又到了商场玩了玩，买了点心和彩票，一人一张，出来一同回到公寓。杨胜仁肚子已经满上加满，可是看着点心不吃又觉得怪委屈的。吃了两块，几乎都要溢出嗓子来了。倒是范统的肚子消化力比杨胜仁强得多，他又吃了好几块。

杨胜仁又把彩票拿出来，念了念号码，说道："我这张准得，你那张也得。"

范统道："你要得了头奖，我就不能再得了。"

杨胜仁道："头奖两个，各得两万元。"

范统道："是吗，那敢则咱们一人一个，可是怎么那么好两个头奖都叫咱们得了呢？"

杨胜仁道："那可不一定，咱们有这命运就许都得。"

两个人又谈了些话，杨胜仁觉得肚子直闹得慌，方才喝了不少凉风，现在有点不合适。他道："明天见，我回去了。明天咱们化装照个相，留作纪念，你说好不好？"

范统道："好极啦，明天见。"

杨胜仁道："姑得拜，哈罗。"杨胜仁非得在这时候才想起来说外国话。

他走出来急急忙忙往学校跑，肚子一阵作痛。进了校门直奔厕所，才觉得无官一身轻。杨胜仁自己都乐了，像这样蠢，还要装女人，真"改"透了。女人是多么秀气呢。

出了厕所，回到宿舍，想到自己今天化装成功，十分得意，明天非照个相片不可，乳房还得想法改，茶碗太不合算。今天范统损失不少，茶壶茶碗都碎了，明天买两个橡皮球搁在里面，橡皮球还有弹性，软乎乎的倒像个乳房。他一边想着一边睡着了。

第二天起来上课，大家都问他话剧怎么样了。杨胜仁道："成啦，气死《雷雨》，不让《日出》，莎士比亚的作品也不过如此。昨天为了化装，还惹了一场大祸。"

大家问道："怎么？"杨胜仁遂把昨天的事说了一遍，说得大家全笑了。

吴世飞道："我说，把这些事情也编在剧本里，多么热闹呢，我去（扮演）范统的父亲。"

范统道："你别找便宜了。"

146

杨胜仁道："我说老吴，求你一点事儿成不成？"

吴世飞道："什么事？"

杨胜仁道："给我们化装照个相。"

吴世飞道："成成，这还有不成的吗？下午，我把像匣子带来，你们化装，化好了装，在校园里照。"

杨胜仁道："在学校照，好极啦，我还得买两个橡皮球去。"

吴世飞道："橡皮球干吗？"

杨胜仁道："弄乳房呀。"

吴世飞道："网球就成，学校有网球，借两个来。"

杨胜仁道："对。"

商量好，到了下午，杨胜仁便在教室里化起装来。同学们全跑来看，女生围了一大群，仿佛在看稀罕儿似的。大家说说笑笑，杨胜仁好不得意。大家给他出主意，说哪一点该涂红，哪一点该抹白，你一句我一句。等到杨胜仁化完装，大家一看，活像妖怪，就都笑起来，跟着又全夸好。杨胜仁又穿上衣服，借来两个网球，放在胸前，然后穿上高跟鞋，走了出来。大家都随着看，杨胜仁还故意一扭一扭，招得女同学都掩着嘴乐。

范统扛了冰鞋，吴世飞道："你这冰刀子反光反得厉害，最好别扛着，挎着吧。"

杨胜仁坐在椅子上，说先照一个求婚的姿势，叫范统跪在前面，大家看着这两个宝贝，真叫好玩。吴世飞开了匣子，便给他们照，一共照了几张。也不知谁说了一句："再照一个接吻的吧！"杨胜仁道："照接吻的也不含糊。"

吴世飞道："我没有片子了，有了工夫再照吧。"

杨胜仁道："今儿不叫你白照，叫范统请请你，我作陪。"

他们又回到教室，这时赶上上堂钟打了，先生走了来。杨胜仁换衣服来不及，大家说："你就这样上着课，没关系，这堂是国文，老先生不认识咱们。他又近视眼，怕什么？"

杨胜仁真的化装上课了，国文老先生是个近视眼，也看不出谁是谁来。不过他看看杨胜仁总有点眼生，他打扮得又与别人不同，有点刺眼，他道："这位小姐是新来的吗？"

杨胜仁用着女人的声音说道："Yes！"

老先生没有听懂他的话，看他那样子怪特别。别人说道："先生，他不是中国人，由安南来的。"

老先生也没见过安南人是什么样，说道："安南人上课是不摘帽子吗？"

学生道："是的，女人是可以的。"

老先生道："你叫什么？"

杨胜仁可想不出来了，想了半天才道："我叫希多里诺夫。"

老先生道："倒像俄国人的名字。"

大家全笑了。这一堂，马马虎虎地过去了。杨胜仁给他一个不言语，也就算了，老先生也不十分深究。下堂课是体育，这堂课老先生晚下了十分钟，下了国文便上体育，杨胜仁还是没有换衣服的工夫，同学们把他一直牵到操场。

体育是男女生分开来上的，杨胜仁站在男生队里，体育先生一看，男生队里跑出个女人，便叫道："女生和女生站在一起。"

男生一听，便推杨胜仁，杨胜仁不肯过去。体育先生说："你为什么站在男生队里，过到这边来。"

杨胜仁刚要过去，女生都喊了起来："我们不要他，我们不要他。"

体育先生道："这是什么缘故呢？"

女生道："他戴着帽子呢？"

体育先生道："你把帽子摘去，上体育课哪有戴帽子的呢。"

杨胜仁道："先生，我今天请假，不能上体育。"

先生道："为什么？"

杨胜仁道："有病。"

先生一听有病，只得叫他站在一旁。

可巧这时候训育主任走来，杨胜仁一看，吓得撒腿便跑，连体育先生都骇了一跳。训育主任认识那件衣服，是自己太太的。太太怎么会跑到这里，为什么见了自己又跑了？他便追了下去。杨胜仁同训育主任转了影壁，同学们都无心上体育，也全跟着跑下来。杨胜仁跑到教室，大家也追到教室。杨胜仁急忙脱了衣服来换。可是训育主任已经走了进来，他一见大怒，说："这是愚弄师长，应当受处分的。"杨胜仁便辩白说是化装表演话剧来着，被同学拉到操场。训育主任一听，也无法了，只得说道："以后不准这样胡闹，你不知已到上课钟点，为什么还化装？"说着训了他一顿，走去了。大家全笑起来，于是全不叫他洋圣人，而叫他希多里诺夫了。

这天是圣诞节，白天放了一天假，没事的都跑到溜冰场溜冰，有事的正忙着布置游艺会的会场。黎士方和汪晴澜已经约定好了，这天要一块儿玩。他们一清早见了面，便拿着冰鞋到北海去溜冰。

天气是很好，溜冰的人非常多，黎士方道："啊，早晨的空气是多么好啊，假如每天早晨给我们这样一个溜冰机会，那真是幸福极了。"

汪晴澜道："你真是一个享受主义者。"

黎士方道："我真羡慕太古时候，那时的人民，无拘无束，什么叫国家，什么叫社会，完全不理会。每天只是在大自然里过生活，没有忧虑，没有苦恼，不必去求知识，不必去谋职业。这是多么快活呢！"

汪晴澜道："那时的生活简单，可以说都是为了个人。"

黎士方道："溜冰的事呀，还得慢慢温习，你再教教我。"

汪晴澜道："来，我们拉着手儿溜一溜。"

于是他们便拉着手儿溜起来，一直快溜到正午才上岸。这时人越发多了，拥挤不动，连换鞋的地方都没有了。汪晴澜在换鞋的时候，不知谁一挤，几乎把她摔倒，手却按在冰鞋上。黎士方道："人太多，没办法，我们还是快些走吧。"于是他们走了出来。

坐车到市场，进一家饭馆子。在一个单间里坐了，要了饭菜，他们仍旧谈着。忽然汪晴澜"呀"了一声，黎士方道："怎么了？"

汪晴澜道："这手的小指破了，大概是方才手扶在冰刀上一划，划伤了一点儿，当时没理会，现在一暖和，血液流出来了。"

黎士方道："买点药去吧。"

汪晴澜道："不要紧的，仅仅一个小口儿，只要用布裹上它就成。"

149

黎士方道："我看看。"

汪晴澜便举着手给他看，她那意思是不叫黎士方握着，但黎士方却一把握住了，他不即刻看伤痕，却抚弄着她的手，又低下头去，吻她的手背。

汪晴澜道："我看你真有点色情了。"

黎士方惭然道："我太爱你了，呀，我想起来了，我这里有布带，干净的，本来是为擦鞋的，但是没有用，扯开来给你裹上吧。"说着，掏出一块白布，撕了一个窄条，说道："我给你裹上。"说着，便握过她的手，给她裹那布。

他只想多握一会儿，真有点不忍释手了，所以他故意慢慢地裹。

汪晴澜道："我自己裹吧，你做这么一点事都不成。"说着，她只用了另一手，把那布条裹好，然后又极利落地结了一个结子。

她还要再紧一个结子的时候，黎士方道："这个结子我给你紧吧。"汪晴澜又把手交给了他，他揪着布条的两端道："结一个活扣呢，结一个死扣儿呢？"

汪晴澜道："死的好。"

黎士方道："是的，我也说死结子比活结子好。"说着，慢慢地结了一死扣儿，又道，"底下这个结子是你结的，上面这个结子是我结的。这是我们的同心结，愿我们的爱情，永远像这个结果！"说着，把结子结好，又吻了一下，深深地吻了一下，她的手是那样柔腻细润，触在他的唇上，有一种说不出来的快感。他陶醉了。

汪晴澜道："你今天吃得好吗？"

黎士方道："吃得很好，我真高兴。"

汪晴澜道："我看你今天吃得很少似的。"

黎士方道："今天我还算吃得多呢。"说着，掏出纸烟来。

汪晴澜道："你吸烟吗？"

黎士方道："我有时候吸一支的，但是我不吸也成。现在有时候，在问题解不开的时候，一个人静坐着，吸一支烟，倒是可以增加一点兴味。另有一种说不出来的幻境，脑子里一活动，问题也许就解开了。"

汪晴澜道："给我一支。"

黎士方道："你为什么要吸呢？"

汪晴澜道："我也想慢慢领略那种滋味，我有时也一个人静想，可是什么也想不出来，反而苦恼，有纸烟帮助我，我一定可以悠然得一种朦胧的愉快。"

黎士方道："那么我把我这支未吸的给你吧，最好在你吸着的一端，用墨笔写上黎士方三个字，然后再含在唇上。"

汪晴澜笑道："你倒比我想得周到。我们上哪儿去呢？"

黎士方道："看电影去。"

汪晴澜道："时间还早。"

黎士方道："我们先在街上散步。"

汪晴澜点头道："好吧。"

他们出了饭馆子，仍在街上走着。黎士方道："快放寒假了，我们先约定一下，寒假里在哪儿相见？"

汪晴澜道："不，寒假里我们不能在一块儿，像今天这样，已经是很过了。"

黎士方道："你为什么总是这样冷，难道你一点不觉得我们在一块儿的时候的快乐吗？"

汪晴澜道："我知道，我也愿意成天在一起，可是你得知道我的环境。"

黎士方道："一来就环境，两来就环境，究竟什么环境，我也不知道，可是我的寂寞的心情，你也永远不会知道。"

汪晴澜道："女人如果得着一点安慰或甜蜜，她能够想许久，够许多日子的回味。男人就不然了，得了一点还想多得一点，永远不满足，永远无厌。"

黎士方道："这是男人比女人热情的缘故。"

汪晴澜道："不要拣好听的说了。"

他们一直走到电影院，时间还早些，他们买了票，坐在里面又谈起来。黎士方道："明天元旦节，我们上哪儿玩去？"

汪晴澜道："今天玩了一天，明天还玩吗？"

黎士方道："快放寒假了，我们为什么不趁着这几天先玩玩呢?"

　　汪晴澜道："这些日子越玩得快活，到了寒假越寂寞了。所以我们不如这几天先冷着点儿，到寒假也就不嫌冷清了。"

　　黎士方道："不，我宁肯寒假里寂寞得死，而这时候却不能不享受热爱的快活。我是这样的积极主义。"

　　汪晴澜道："什么时候又积极，什么时候又消极，你的人生观，须没有一定了。"

　　黎士方道："在你爱我的时候，我就积极；不爱我的时候，我就消极。"

　　汪晴澜道："我问你，假如你失恋的时候，你怎么样?"

　　黎士方道："你干吗问这个?"

　　汪晴澜道："问着好玩，我们反正也是谈天。"

　　黎士方道："你猜?"

　　汪晴澜道："你再爱一个去。"

　　黎士方道："胡说。"

　　汪晴澜道："我若是失恋的时候，我就再爱一个人去，我决不自杀，我也不当和尚。"

　　黎士方道："你永远没有失恋，骄傲永远是属于你的。"

　　汪晴澜道："是吗?"

　　黎士方道："是的，我问你，你真的爱我吗?"

　　汪晴澜道："你问这个干吗?"

　　黎士方道："问着好玩，反正也是谈天。"

　　汪晴澜道："我还不知道呢。"

　　黎士方道："你瞧，说着说着又说笑话了。"

　　汪晴澜道："不是你说的反正也是谈天吗?"

　　黎士方笑道："我真爱你，你是这样聪明而美丽。"

　　汪晴澜道："小一点声，人家都要听见了。"

　　他们说了一会儿，电影便开演了。他们便止住话头儿，看着电影。等到电影散场，他们又到西餐馆吃西餐，吃完饭之后，回到学校。这时已经灯光遍校，人声嘈杂，有的出来，有的进去。那大礼堂更显得拥挤热闹，虽然还没有开幕，可是会场里已经满坑满谷。杨胜仁带着一个红绸条儿，出来进去，表示他是演员，回头还是他的话剧。话剧之后，还有两出旧剧。来宾非常之多，凭票入场，概不收费。学校印的票很多，每人三张。本来那个大礼堂，也就能容全校同学，现在要装三倍的人，怎能不挤呢？别看戏不好，可是不要钱就有人看，所以还没开会，台底下便大人喊小孩子哭的乱嚷嚷一片。黎士方和汪晴澜好容易找了两个座位坐了。

一会儿，摇铃开会，大家略为镇静一些。一开幕，便是主席致开会词。主席真能说，说上没完了。台底下的本来是为看戏，摇铃开幕，以为是戏上场了，所以暂时安静会儿，可是跟着一听是演说，台底下又乱起来。孩子直哭，要回家。本来小孩子每天到晚上就困，这时候就该睡觉了，但大人为听戏，不得不叫孩子醒着。孩子如何熬得了这种精神，直叫"妈走，妈走"。妈妈说："你瞧，开戏啦，那个人出来了。"小孩子一听开戏，便伸起头来，往台上看，看了半天，见那人也没有动弹，不禁说道："妈，走！"于是台底下又乱起来。台上讲的是什么，越发听不见了。

好容易把那人耗下去，游艺开幕了，先是音乐，广东音乐，大家有不爱听的，可是究竟带响儿比那讲演的强。音乐下去，又是西乐，有的更不爱听，闹得一团乱。等到魔术上场，还有个意思了，虽然变得那么笨手笨脚，可是究竟是戏法儿。戏法儿下去是跳舞，跳舞来劲了，人们都振起精神来，尤其是男宾，鼓掌不绝。他们并不是懂得舞蹈，乃是对跳舞的小姐起哄，起哄最容易长精神，于是小孩子也乐了。

到杨胜仁和范统表演求婚这幕怪剧了。杨胜仁早已化好装了，在后台坐着，有时候穿着高跟鞋来回地扭。

黎士方看着游艺，不感兴趣，他道："还不如在外边谈天好。"

汪晴澜道："走，我也觉得没意思。"

于是他们两个人走了出来。会场里的人非常多，又全注意台上，所以他们两个人出来，就没有人理会。

要知二人来到何处与怪剧的表演，请看下章。

第五章　人到情多情转薄

　　黎士方和汪晴澜走出来，到了校园，那里非常清静，离得会场较远，几乎什么声音也听不见。黎士方道："真无聊，弄那些游艺，乱七八糟的，越看越没精神。"

　　汪晴澜道："真是，倒不如躺在屋里看看书好得多。"

　　黎士方道："我们谈天更好。"

　　汪晴澜道："你看，这天气多好，一点也不冷。"

　　黎士方道："如果冷的话，我把大衣脱给你。"

　　汪晴澜道："不，这样很好，在大礼堂我都热得出汗了。"

　　黎士方道："你不累吗？"

　　汪晴澜道："不累。"

　　黎士方便一臂抱了她，而同时倚着一棵大树。他道："你看他们真是一群傻子，哪里有我们快活呢？"

　　汪晴澜道："各人有各人的志趣，假如……"

　　黎士方道："假如什么？"

　　汪晴澜道："假如你不认识我，你不是和他们玩得很高兴吗？"

　　黎士方道："如果……"

　　汪晴澜道："如果什么？"

　　黎士方道："如果我不认识你，那么今天不知道你是在什么人的怀里。"

　　汪晴澜一听，马上就走，黎士方忙拉住她道："你又生气。"

　　汪晴澜道："我不生气。"

　　黎士方道："不生气为什么要走？"

汪晴澜道："我从此不理你了。"

　　黎士方道："得啦，我错啦，成不成？"

　　汪晴澜道："你错不错我不管，反正我不理你。"

　　黎士方道："你瞧，干吗生这么大的气？"

　　汪晴澜道："我不生气了，我永远不再生气，回见。"

　　黎士方道："不，你生这一回气吧，下次我绝不叫你生气了。"

　　汪晴澜道："别下次了，这一次就够了。我还没见过像你这样不听话的。"

　　黎士方道："可见还有比我听话的呀。"

　　汪晴澜道："讨厌，我真不想理你了。"

　　黎士方笑道："我宁愿你打我一顿，也别不理我。"

　　汪晴澜道："我打你干吗呀，我们都是同学，我无缘无故地打你干吗？"

　　黎士方道："不，我希望你打我，你打我之后，一出了气，也就好了。"

　　汪晴澜道："我没有气，我以后遇到这种情形，我就一笑置之了。"

　　黎士方道："那么，你还爱我不爱我呢？"

　　汪晴澜道："冲你说话这样放肆，我也不能爱你。"

　　黎士方道："得啦，爱我吧，以后我就不这样说了。"

　　汪晴澜道："必须有担保。"

　　黎士方道："如果我以后不惹你生气，你叫我吻；如果我惹你生气，我叫你吻，好不好？"

　　汪晴澜笑道："敢则你上算，以后你再同我随便说，说什么我也不理你了。"

　　黎士方道："我绝不再说了，我们散散步好吗？"

　　汪晴澜点头，便和他沿着道走起来。他们走出校园，绕过了办公大厅，走向教室楼前。白天那里是常热闹，现在都一片死寂。楼里是很黑，他们无声地并肩走着。

　　黎士方的手抱着汪晴澜的腰，低声说道："白天你不是还坐在栏

155

杆上打毛衣?"

汪晴澜道:"耿怀民也曾在这里坐着,你看,他仿佛还坐在那里,靠着柱子。"

黎士方道:"你别瞎说了,你不害怕吗?"

汪晴澜道:"不,我一点儿都不害怕。你看,那角上有个黑影,是不是耿怀民在那里。"

黎士方紧紧抱着她道:"你不要瞎说了,你胆子真不小,不要说了,我都有点害怕,你看那里多么黑呢。"

汪晴澜道:"你敢进去吗?"

黎士方道:"进去做什么?我们何必拿这光阴来试胆子,我们在这寂静庭院里走着,是多么有意思呢!"

汪晴澜突然止住脚步道:"你听。"黎士方便站住听。汪晴澜道:"你听教室里仿佛有什么声音。"

黎士方道:"也许是老鼠。"

汪晴澜道:"老鼠会上教室里去?什么吃的也没有。"

黎士方道:"怎么没有,花生,栗子,哪天不包一大堆。"

汪晴澜道:"咱们进去看看。"

黎士方道:"门锁着呢,走吧,别把这精神放在这无用的地方,说说你怎么爱我吧!"

汪晴澜道:"我不爱你。"

黎士方道:"不爱我为什么跟我一块儿走,跟我接吻?"

汪晴澜道:"我回去了,我不同你走。"说着转身便要走,黎士方也不拦阻她。

她走了几步,黎士方道:"呀,你看那,前面不是一条黑影吗?是不是耿怀民?你看,还动弹呢。"汪晴澜便站住脚步,黎士方道:"哎呀,那大楼后边,多么黑呀,仿佛有个大眼睛、大血嘴的东西在那里伏着。"

汪晴澜又跑了回来,倒在他的怀里,用那小拳头打他道:"讨厌,不准你吓我!"

黎士方道:"亲爱的,有我保护着你呢。"说着,便和她吻起来。

夜是那样的静，两个人的气息，虽然在吻的时候极力减低，可是也听得非常清楚。黎士方道："我真爱你，你太美丽了，我为你死去，我都情愿的，只要能够给我幸福。"

汪晴澜道："你可别死，不然你四姐跟我要人命，我却没法还哪。"她永远把极度紧张的局面，化为轻松幽快，黎士方越发紧紧地抱住了她。

这时，远处的锣鼓传来，他们知道旧剧已经上场。黎士方道："听到远处的热闹，越发显得我们这里寂静了。"

他们又走着，汪晴澜道："我怎么老觉得什么东西跟着咱们。"

黎士方道："疑心生暗鬼，什么也没有。"

说着，他们走过一条长廊，黎士方道："在这里，曾经吊死过一个女人。"

汪晴澜道："你又瞎说了。"

黎士方道："真的，你如果记忆好的话，大概我们那时还在初中或小学呢，报上不是登着一个女人，被一个大学生骗了，带着身孕被弃，她竟吊死在这里吗？"

汪晴澜道："对啦，我想起来了，有这么一回事，那个女人是多么可怜呢，男人永远是负心的，可恨极了。"

黎士方道："我除外。"

汪晴澜道："你也可恨。"

黎士方道："我们不定谁可恨呢？反正男女都有负心的。"

汪晴澜道："男的多。"

黎士方道："女的多。"

汪晴澜道："偏是男的多。"

黎士方道："快走吧，那吊客的灵魂还在那里呢。"

汪晴澜打了一个寒战，倚在黎士方的怀里道："你再吓我。"

黎士方道："不怕，有我呢，我有灵光万道，一拍脑门子就把那邪物都吓走了。"

汪晴澜道："你拍一个我看看。"

黎士方道："肉眼凡胎看不见。"

汪晴澜道："我现在有点冷。"

黎士方道："我把大衣给你穿上吧。"说着，把大衣脱下，给汪晴澜穿上。

他们一直走到快到会场的地方，可以听见些人声嘈杂了。汪晴澜道："这我就不害怕了。"

黎士方道："你不是说你不怕吗？"

汪晴澜道："都是你吓的。"

他们正要回到会场，忽然一片喧嚷满地，原来已经散戏，大家都走出来了。汪晴澜道："我们分开吧，要不然叫人看着不好。"说着，把大衣脱下来，给了黎士方，她说了一声明天见，就跑回自己宿舍去了。

夜里是真冷，汪晴澜进到屋里，脱了衣服，盖着被子就睡起来。一会儿，人全走尽，各种灯都熄灭，立刻显得那么冷静。汪晴澜躺在被窝里，似乎听见王玉坤走进来，又似乎听见她还说了一句："猴子都睡了。"她并没有言语，睡魔压制自己，竟使自己一点力量都没有了，以后就迷迷糊糊地不知怎么就睡了。

她正睡得香，忽然听见黎士方在敲着窗户叫自己，她不由大吃一惊，生怕别人听见，想不叫他敲，可是自己却动弹不了，就是眼皮这么薄薄的东西，竟会没有力量把它睁开，喊也喊不出来。等了一会儿，黎士方仍是在窗外叫，她有点生气，把被一掀就爬起来，走出门来看，并没有黎士方。她很奇怪，仿佛黎士方又在校园等着自己，便往校园走去，电灯灭了，一点人声也没有，那校园里好像许多日子没有打扫了，地下许多的屎堆，各处都挂着蜘蛛网，飞着游丝，几乎不能走步。回来也没有路了，只得钻进一个假山石里。里面有个洞，又窄又低，又潮又湿，她爬着钻了进去，风吹来很冷。天色是很黑，看各处一片黑漆漆的，她有点害怕，但也得走。又走到教室里，黑沉沉，越发怕人，阴森森仿佛一团鬼气，她吓得发颤，她叫了声黎士方，叫不出来，自己使了多大力量，也是喊不出，真奇怪了，叫得她自己头发根儿都发麻。这时教室门开着，她便走了进去。屋里很黑，只有那火炉的门开着，透出一点光亮来。只见有

158

个人坐在炉旁烤火。

她以为是黎士方，不禁喜道："我找你半天，你也没言语，我叫你两声，你听见了吗？"

那人没有言语，把两只手支着额，一声不语。她很奇怪，低头一看，不是黎士方，却是耿怀民。她道："呀，耿怀民哪，你看见黎士方了吗？"

耿怀民站了起来，头发长长的，两只眼发光，两只瘦骨如柴的手，由兜里拿出来，大衣的领子是向上翻立着的，没有戴帽子，头发一直到脖子。她想起来，她道："你，你，你好吗？"她不敢说他已经死了，可是她的腿发颤，她的浑身都发冷，冷飕飕地从脊椎骨一直到头发尖。她退了两步道："我找黎士方，怎么找不着，他叫我来的，回见，你烤火吧，我找他去。"说着，她转身就走。她觉得耿怀民在后面要追赶她，她往外就跑，可是不知怎么一回事，总跑不开，使多大的力气，也举不起步来。有时跑三步倒退两步，任你抓住什么，也是往后退，她吓得喊起来。一边喊着一边跑，跑出了教室，转过弯去，才不见了耿怀民。

这时却见那长廊下坐着一个女人，她以为是同学，心里略为安下，可是跟着又想到她是鬼，她正害怕，那女人却站了起来道："这儿来坐，我很寂寞呢！"

汪晴澜走了过去，道："你一个人在这里坐着，你不害怕吗？"

那女人道："唉，我已经在这儿坐了七八年了。"

汪晴澜道："什么，七八年？你，你也是……"

那女人道："不要怕，我已经死了多年，我活着的年龄，也要比你大些。我告诉你呀，无论是你多么爱的人，你切不要把你的贞操给了他。男人们在爱你的时候是真的，不爱你的时候，也是真的。我是上过当的了，我再也不能恢复我的灵魂了。我更没有方法报我的仇恨。"

汪晴澜却无心听她闲谈，只是觉得和鬼在一起是害怕的。汪晴澜又想跑，那女人似乎知道汪晴澜的意思，不由冷笑道："你要知道，人是比鬼更可怕的！"而汪晴澜无论如何是不想等待下去，她必须离开这儿。可是汪晴澜越想跑越跑不动，她着急地喊着："黎士方，黎士方。"连哭带喊。

这时猛觉有人推她，她醒了，睁眼一看，仍躺在床上。

王玉坤说："你做梦呢吗？"

汪晴澜道："对呀，我做了一个可怕的梦，到现在还觉害怕。"

王玉坤道："你做了什么可怕的梦？"

汪晴澜道："哎呀，可怕极了，你听见我喊了吗？"

王玉坤道："没有，只是哼哼来着，仿佛叫着黎士方的名字。"

汪晴澜一听，脸红了，有点不好意思，她道："我们先别睡呢，我真害怕。"

王玉坤道："你究竟做了什么梦？"

汪晴澜便大概向她说了一遍。王玉坤道："那你为什么不叫我呢？"

汪晴澜道："在梦里我也不自主呀。"

王玉坤道："但是也可见你心里总不惦记我呀！"

汪晴澜道："梦是和事实相反的。"

王玉坤见了她那样美丽，脸红红的真如苹果似的。她不由说："你真会强辩，你以为我不明白你的心呢。"说着便伏在她的被子上，说道："我睡在你被窝里吧。"

汪晴澜便掀开被子道："来，我们说话儿。"

王玉坤便和汪晴澜躺在一个被子里。王玉坤道："怨不得人人都爱你，多么好看呢，连我都爱了你。"

汪晴澜笑道："姐姐，你也有人爱的。"

王玉坤道："我呀，就是你爱我，哈哈。"她笑起来。

汪晴澜道："人家全在睡觉呢，别嚷了。"

王玉坤道："究竟你同黎士方怎么样结局呢？"

汪晴澜道："我也不知道。"

王玉坤道："什么都不知道，我要拧你的脸蛋儿了。"

汪晴澜道："真的，我说不出来，我是爱他，还是不爱他？我真不知道。"

王玉坤笑道："还有这样的事，你尽瞎说。"

汪晴澜道："我一点也不瞎说，以前我是很爱他。"

王玉坤道："近来就不爱了吗?"

汪晴澜道："近来还是爱，可是，总没有以前那样的坦白。以前爱他，只是爱而已，别的什么情绪都没有。近来除了爱他之外，又间杂着许多忧虑、恐惧、猜忌。你说这样是怎么一回事呢?"

王玉坤道："这是你爱他太深的缘故，以前的爱，并没有想到将来种种，爱就爱，不爱就不爱。现在感到密切了，所以眼光放得远些，于是猜忌、忧虑，种种问题都来了。这些问题，一样一样地把爱情的空间侵占了去，所以爱情却反而显得薄了。"

汪晴澜道："你说得很对，可是解决这许多问题，非常的不容易。黎士方的家庭，我还不大十分明白，我的家庭，他是一点都不清楚，因为我就没有提到过我的家庭，我也不愿意提到我的家庭。我们的爱情，似乎和家庭一点都不发生关系，但是家庭的环境啊，我相信是足以影响爱情的。"

王玉坤道："那怎么能够呢? 你简直是个弱者呀!"

汪晴澜道："我承认我是个弱者，但是在我理智强盛的时候，我比谁都有大的力量来驱逐情感。我现在的痛苦并不是理智与情感之争，而是情感与情感之争了。我现在把父母的爱，爱人的爱，放在一个天平上，两端是平衡的。但是我不需要平衡，我需要无论哪一方面可以加重一些，我的理智便可以把轻的那端抛掷出去。但两端却是平平的，你说怎么办呢?"

王玉坤道："人类有感情，就是一种痛苦，后来有了理智，尤其痛苦。圣人教人培养理智，并不是为减少痛苦，而是叫人忍住痛苦。越有理智的人，其痛苦越深也越远。完全感情的人，爱了刺激，固然很痛苦了，可是马上就过去，就像小孩子，在哭的时候给他一块糖，马上他就可以止住悲哀。有理智的人便不然了，他忍住的痛苦，是无时能忘。受了一次刺激，便划了一道伤痕，永远磨灭不掉。宗教的忏悔的办法，给富于理智的，便毫无效力。不过你的情形呢，在我看是一点问题也没有的，完全是你自己过于多虑。"

汪晴澜道："我由刚才做的梦，使我想到感情冲动的危险。"

王玉坤道："这却怨认识不清楚，只要认识清楚，就不会有那遗憾。不过世事太复杂，不但爱情是个谜，连人生也是个谜，甚至宇宙都是个谜。这个谜解不清楚的时候，用任何的方式，也解不脱悲惨的人生剧，历史给予我们的例子，没有一个能够给我们解除险途。事实虽然相似，而时间空间却不一样。即或时间和空间完全一样，而每个人所得到的遭遇也不能一样，因为人的个性不一样啊。"

汪晴澜道："谜，永远解释不了的谜。"

墙外的钟声，敲着五下。汪晴澜道："呀，都快天亮了吗？"

王玉坤道："可不是，游艺会散场已经一点多了。"

汪晴澜道："我们睡吧，我现在有点不合适，大概着凉了，浑身有些发冷，所以我才做了那样的梦。你摸摸我的脸，是不是在发烧？"

王玉坤摸了摸她的脸道："果然有点烧，烧得更像苹果了，多么可爱呀！"说着，在她的脸蛋上拧了一下。

汪晴澜道："睡吧，倚着我点。"于是他们便互相倚着睡着了。

第二天王玉坤醒来，时候已经很晚了，都快到了正午。而汪晴澜还在熟睡，她不愿惊动她，轻轻起来，可仍是把汪晴澜惊醒了。

汪晴澜醒了之后，觉得不合适。她道："什么时候？我还在睡。"

王玉坤道："快正午了。"

汪晴澜道："是吗，我也得起来。"可是头嗡地一下子，仿佛有多重的样子，她又躺下了。她道："不好，我头晕，大概病了。"

王玉坤一边穿着衣服，一边走过来道："是没有睡好吧？"

汪晴澜道："不，我直发烧，你摸摸我的头。"

王玉坤一摸她的头，可不是很热，便道："可不是，大概昨天着了凉。"

汪晴澜道："昨天就有点凉，我现在浑身都有点发烧。"

王玉坤道："回头吃一点阿司匹林就好了，你喝水吗？"

汪晴澜道："不喝。"

王玉坤道："感冒多是因为缺觉，你还是多睡一会儿吧。"

汪晴澜道："我想回家去，因为我怕病重。"

王玉坤道："不要紧，我侍候你，回头到校医那里看一看去，吃点药，出出汗就好了。你现在先睡，你要什么你言语一声，好好地睡吧！"说着，坐在她的床边，又给她盖了盖，在她的头上吻了一下道："可怜的孩子！"

汪晴澜笑道："你倒像长一辈的人了。"

王玉坤笑着叫女仆打水，说道："你吃什么不吃？"

汪晴澜道："不，什么也不想。"

王玉坤道："你先睡吧。"说着拍了她两下。

汪晴澜道："回头……"

王玉坤道："回头什么？哦，告诉黎士方，你有什么话呢？"

汪晴澜道："没事，回头叫我一声吧，你可别走。"

王玉坤道："我不走。"汪晴澜又翻身睡去。

王玉坤便整理衣服。到了正午，看汪晴澜还睡得很香，便轻轻走出来，到食堂吃午饭。食堂里不像每天人多，吃完走出来，却遇见黎士方，她道："没回家吗？"

黎士方道："没有，晴澜怎么没有来吃饭？"

王玉坤笑道："你真惦记她呀，她病倒在床上了。"

黎士方惊讶道："是吗，昨天还好好的。"

王玉坤道："就是昨天着了点凉。"

黎士方着急道："叫大夫看了吗？"

王玉坤道："没有，一直还没有起床，现在还睡着。"

黎士方一听，想到她那娇小的身体，如何能禁得住病，真替她难过。他想看她去，但是女生宿舍向来不准男生去，他急得无法。

王玉坤看着好笑，便道："你有什么话，我给你传一下。"

黎士方想了想道："叫她好好养病，还是请校医看一下才好。"

王玉坤道："今天放假，校医未必在，她想回家去呢。"

黎士方道："不必回家了，叫校医先生看看吧。我去告诉先生一下去。"

王玉坤笑道："我回头同她去，用不着你告诉，你觉得那样合适吗？别什么事都感情化了。"

说得黎士方脸红红的，道："怎么办呢？回见吧。"

说着，他跑出校外，买了水果之类，包了一大包，提进来，想叫听差给汪晴澜送去，但又怕闹出笑话，提着果子正无法放，站在那里转磨。这时杨胜仁却走了出来。说道："哈罗。"杨胜仁自昨天演戏之后，增加了一层骄傲，而同时对任何人都和气了似的，原因是他高兴了。在骄傲里透出和气，这实在不大容易做，要不是杨胜仁福至心灵，哪里办得来？黎士方回了一句"哈罗"。杨胜仁走了过来道："怎么样？昨天咱们的话剧，成功了吧？"他见着谁都问这一句，他虽是问，可是希望人家回答他好，如果回他"不怎么样"，他马上不高兴。

黎士方道："我昨天没有看。"

杨胜仁有点扫兴，没有看，多么别扭。这么有价值的戏不看，交臂之失，未免可惜。他有点看不起黎士方，他道："你昨天上哪儿了？"

黎士方这时想起自己说话有点太率直了，对于这种人，应当世故一下，遂道："你们的戏我看，别的我全没看，你们一下场，我也出来了。"

杨胜仁一听，喜道："是吗，你看着哪一点儿好？"

黎士方根本没看，如何能说得出来？本为敷衍他，谁知他却爱刨根问底，便道："我看哪一点不错，末尾那一点儿。"

杨胜仁惊喜道："是不是自杀那一点？"

黎士方顺口答应道："可不是。"

杨胜仁抱住他道："你真是大批评家呀，你太是我的知己了。你说得一点儿也不错，走，咱们上老范那儿玩去。"

黎士方道："你先去吧，我先把这个放在宿舍里。"他是推诿他。

杨胜仁道："这个是什么？"

黎士方道："随便。"

杨胜仁道："什么随便呀，我问你这是什么。"

黎士方道："这个呀，是东西，买点果子。"

杨胜仁道："走，拿老范那里去吃。"

黎士方道："不是我的。"

杨胜仁道："谁的？谁的也能吃。"

正说着，忽然宿舍女仆走了出来，黎士方一见，赶忙跑了过去道："你把这个给汪小姐吧，这是她托我买的。"

女仆道："你是谁？"

黎士方道："把这个交给她，她就知道了，我姓黎。"

女仆道："什么？"

黎士方由包裹拿出一个梨来道："我姓这个，黎，你记住了吧？"

女仆笑道："记住了，记住了。"黎士方又把梨扔进包裹里。

这时杨胜仁又追了过来，问道："什么？"

黎士方道："一个同学托我买的水果。"

杨胜仁道："走，上老范那里去。"

黎士方一来因为事已办了，心里放下；二来这时也没事，遂同杨胜仁走出来。杨胜仁一边走一边说："你说是不是，我那最末的表情不错吧？"他还是戏剧那套。

黎士方道："真不错，我看得几乎流出眼泪，我还看见好多人在哭。"他说完，几乎要笑出来。

杨胜仁喜道："真的吗？我说老黎，这个表情一由你批评出来，那才是真正的好，别人好多人说好，我都不信，唯有你说我才信，你的眼光比他们高得多。真有许多人哭了吗？"

黎士方道："可不是，我看见有些人都用手帕擦眼泪，咱们女同学尤其多。"

杨胜仁这时真爱黎士方了。他道："我在台上也看见很多人在哭呢，你说，咱们这艺术够得奖金的资格了吧。"

黎士方道："够，足够。"

杨胜仁道："咱们就是人微言轻，你说咱们好，人家不信，没办法。"

黎士方道："可以请求学校发给奖金。"

说着，他们到了公寓，进到里面，一直奔范统的屋子。范统还

165

没起呢，杨胜仁把他叫起来，开了门，他们走进去。

黎士方闻着一股臭气味，说道："先开开门吧。"

杨胜仁道："胖子，你可真能睡呀。"

范统道："早就醒了，就是没起是了。"

杨胜仁道："你真懒惰。叫李斗先生火要紧。"

范统遂喊李斗，李斗走来，先把夜壶等物提走，然后生火。把炉子燃着了，屋里暖和了。李斗沏了茶来，范统叠了床被，又洗了脸，一切都忙过了，然后大家才安然落座。

杨胜仁道："我说我那最后的表演成功了不是，你问黎士方，他都说最后那一段好，他说还有许多人都哭了呢。"他见谁都是这一套，恐怕在一两年是不会忘的。

范统对这个不大留心，昨天怎么现的眼，今天他全忘了。他道："昨天我回来就睡着了，真困。"

杨胜仁道："你这人真太那个了。"

范统道："怎么？"

杨胜仁道："你这个人没有思想。"

范统道："我怎么没有思想？"

杨胜仁道："到晚上躺在床上，什么也不想，呼呼睡着了，就是没思想。"

范统道："谁说呀，我天天躺在床上想，刚才你们没来的时候，我还想来着呢。"

杨胜仁道："你没有灵魂。"

范统道："没有灵魂还会活着吗？"

杨胜仁也说不出来了。黎士方道："所谓没思想没灵魂，不是这么讲法。"

杨胜仁道："对啦，老黎说得对。"其实他也不知道老黎说得怎么对。

范统道："我就不明白，常听人说，这个女人没灵魂，那个女人没灵魂，可是她们也活着。后来我琢磨出来了，凡是妓女、姨太太、野鸡，这些女人都没灵魂的，剩下是都有灵魂的。"

杨胜仁道："你这句话说得倒还不错。"

黎士方道："也不尽然，妓女也有有灵魂的，女学生、小姐，也有许多没有灵魂的。"

范统道："那么到底应当怎么分呢?"

黎士方道："一个女人，如果不是太享乐主义的，就是可取。比方女人爱有钱的、爱漂亮的，如果这有钱的、漂亮的，足以毁灭她的一生，而她看不出来，只图眼前的快乐，非要爱他，这种女人多半没有灵魂。那忍痛或为生活压迫而操皮肉生涯的，但是她的心里满怀着不平、奋斗，这就是有灵魂的。那些有钱的小姐们，天天滑冰、听戏、吃馆子，一点也不理会社会的事，就好像行尸走肉一样，虽然有钱，也不能算是有灵魂的女人。"

范统道："男人差不多都有灵魂了。"

黎士方道："这不一定。"

杨胜仁道："我同黎士方是有灵魂的，你同李斗是没灵魂的。"

范统道："嗬，你真往自己脸上贴金呀!"

杨胜仁道："不是这么说法，比方昨天演了那伟大的戏剧，感动得人流泪，你应该多么得意，但是你却回来就睡，多么糟心。再者说，有灵魂的男人，必须时时刻刻留心于社会，顾念到群众的幸福，不能光注意到女人身上，每天尽琢磨女人是不行的。"

正说着，忽听院子里有人说话，是女人的声音，杨胜仁不由自己地走到门外，把头探出去看。

范统道："嘿嘿，这真叫有灵魂，院子一说话，灵魂就飞出去了。"

范统说了这么一句俏皮话，杨胜仁转身笑道："这叫英雄本色，名士风流。"

范统道："到你身上怎么全有的可说。"

杨胜仁道："我说，这个小堂客真不坏，比那个孙化珍还美。也不知是谁的太太，怎么一个人在这里住着，我来过多少次，总是见她一个人出入。"

范统道："野鸡。"

杨胜仁道："不能，野鸡她就得拉客了。"

范统道："她在外边拉客你知道吗？接到转当局去了，你看见了吗？"

杨胜仁道："哪天咱们追踪一下，我看她怪神秘的。如果说野鸡，难道她就没有一个亲戚什么的吗？"

黎士方道："那个孙化珍哪里去了，怎么许久也没有得到她的消息？"

杨胜仁道："你想她了吗？你可留神耿怀民找你不答应。"

黎士方道："我是随便一问，那个女人怪可怜的。"

杨胜仁道："孙化珍绝对饿不死。"

黎士方道："你怎么知道？"

杨胜仁道："你看，女人就没有饿死的，何况孙化珍又长得那么漂亮呢？"

范统道："别尽谈天了，我还没有吃午饭呢。"说着，站在门口喊李斗，喊了半天也没来。

杨胜仁道："这家伙没准又上哪买东西去了。"

范统道："他不想着我没有吃饭呢。"说着，又喊。

杨胜仁道："你这时候吃午饭，晚饭在什么时候吃呀？"

范统道："什么时候吃都吃得下去。"

杨胜仁道："不如你先随便吃点点心什么的，回头请我们两个人吃顿小馆，好不好？"

范统道："吃馆子单说吃馆子的，反正我这顿午饭是非吃不可。"

杨胜仁道："假如我们不来，你现在还没起，你吃不吃呢？"

范统道："我睡着没办法，只要我离开床，就得找饭碗。"

杨胜仁道："你可叫名副其实了。"

范统又叫李斗，这回把李斗喊来，手里拿着许多东西，说道："范先生什么事？"

范统道："叫了你这么半天了。"

李斗道："我买东西去了，给先生们买东西，您瞧，这是四号的烟卷，这是六号的明信片，这是七号的烤白……"

杨胜仁道:"我说胖子,你也吃点烤白薯就成了。"

范统道:"拿白薯当饭哪里成?"

杨胜仁道:"怎么不成,白薯里有维他命,你问黎士方。"

李斗道:"您想好了吃什么,我先给人送东西去。"说着他出去了,一会儿走来,道:"您想好了吗?"

范统道:"白薯就白薯吧,来它二斤半。"

李斗道:"三位全没吃呢吗?"

黎士方道:"我们吃过了,给他买一斤得啦。"

杨胜仁道:"一斤半吧,我也吃一点儿。"

范统道:"其实我一个人也能吃二斤。"

李斗道:"吃不了,白薯跟饭不一样,硬头货,吃多了放屁。"

范统道:"滚,哪儿那么些话。"把一块钞票一扔,李斗拾起来走了。

杨胜仁道:"吃完白薯上哪儿玩去?"

黎士方道:"我回家。"

杨胜仁道:"咱们一块儿玩去,溜冰去,好不好?"

范统道:"对啦,我该溜冰了,自从买了鞋,还没溜过一次。"

黎士方道:"我没拿着冰鞋。"

杨胜仁道:"我的冰鞋也在学校呢,回头叫李斗取一趟去。"

黎士方道:"叫他取哪儿成?"

范统道:"写个条儿,交给同学,叫同学找出来交李斗带来。"

黎士方没法,他也想到冰场去溜一会儿,遂各写了条。李斗买回来白薯,找回几毛钱,范统道:"那钱全给你了。"李斗喜欢了,说道:"谢谢范先生。"

范统道:"你到学校给取两双冰鞋来,这里有条儿,你去到门房,他就带你去了。"

李斗道:"是是,范先生。"范统把两个条交给他,他去了。

过了会儿,取回来一双。他道:"杨先生那双鞋没找着。在地下、床铺底下都找了,没有。"

杨胜仁道:"真笨,就在墙上挂着呢。"

169

李斗笑道："好嘛，谁叫你把鞋挂在墙上？"

杨胜仁道："为是叫人看得见，你们倒看不见了，真笨，再拿一趟去吧。这块白薯给你啦！"

李斗道："您先放着吧，取回来再说。"说着又走去了。过了一会儿，才又拿来。

他们三个人穿起大衣，走出来。

黎士方道："哪儿滑去呢？"

范统道："哪儿人多上哪儿去。"

黎士方道："越人少越得滑。"

范统道："不成，人少摔跟头看得出来，人多了，就是站在冰上老不动弹，也没人理会。"

杨胜仁道："对，同时人多迷司多，挨挨磕磕的，也助余兴。"于是他们上了北海。

范统把冰鞋扛在肩上，说道："好看吗？我怎么老照影子，手里拿着吧。"于是又提在手里。

杨胜仁道："没关系，你别瞎嘀咕，闻鼻烟抹唾沫——假行家。"

他们到了北海漪澜堂，看见里面人都堆满了，冰场上圈里圈外的人差不多有好几百，栏杆站着好多人在看着。好容易等了一个地方腾开了，他们坐下换鞋。范统的鞋有点紧，带子都系不上，茶房有专伺候穿鞋的，用铁钩子钩。平常的人像那样钩法，都能使血液不流动，于生理反而有妨碍，何况范统的脚又肥呢。茶房钩紧了带子，当时不理会，可是一站起来，脚趾都吃不上劲了。杨胜仁道："走啊！"他们脱了外衣，交给茶房换了牌子，然后往冰场走。

范统走了几步，虽然不大稳，可是绝无摔倒的意思。他欢喜道："怨不得人家全要鞋带系紧，敢则紧了是稳当些，大概下冰场也就没有什么了。"

杨胜仁道："到冰上更稳当。"

范统道："你们别急，等一等我。"

他们走出了门，下台阶，这时上来下去的人，摩肩接踵，拥挤得很。范统扶着杆子，一步一步往下走。这时那石头阶上冻了一块

170

冰，走在上面，差点滑了一个跟头，把旁边的一位小姐吓了一跳，范统道："哎呀，石头上还这么滑。"

杨胜仁道："你是没有注意，注意之后，就不会滑倒了。"

走到快下冰的地方，那里站了好多小姐，范统有点眼花缭乱。他以为一下到冰上便稳了呢，他就和平常下台阶那样迈在冰上，不料脚刚一着冰，底下不由得就一滑。这一滑，就要失去重心，失去重心便要摔倒，要摔倒就不由去抓什么东西来救这种倾斜。他伸手一抓，却抓住一位小姐的外衣，那位小姐慌得叫起来，可是范统并没有撒手，因为他本能地感到一撒手便要摔倒了，把那位小姐也带着摔倒了。

那位小姐又生气又害羞，嚷道："你是怎么一回事呀，会不会呀？"

范统也觉得太不合适了，知道与其终究要摔倒，何必还抓人家一把。他想起来道歉，可是刚爬起来还没说话，脚底下又一滑，又不由自主地去抓那位小姐，那位小姐吓得往后一退，退在杨胜仁的身上，把杨胜仁撞了一个跟头。范统没站住，伏在杨胜仁的身上了。大家一看，全笑了起来。

杨胜仁在底下喊着："胖子，快起来呀。"

范统哪里起得来，刚起来，又栽倒在杨胜仁的身上。如此好几次，才慢慢爬起来，杨胜仁也爬起来了。那小姐其实在这个时候马上离开也就好了，但是她还站在那里想责备他们，同时看他们滑倒的样子，也忘了走开。范统倒觉得怪不好意思的，想给她赔不是，他想鞠个躬、道声歉也就算了，谁知，他刚一动弹，却往前一弯，他又要往后一闪，脚底下一滑，他竟跪下了。大家一看他给那女人跪下，更笑了起来。那小姐羞得满面飞霞，啐了一口，转头而去。

大家笑得前俯后仰，杨胜仁忙过去扶他道："没到年下就磕头呀。"

范统也不好意思了，他道："是刚一上冰的都是这样吗？"

杨胜仁道："可不是，这不算什么。"

黎士方也走了过来，两个人一起扶，范统这才站稳。他道："好费劲，真叫活受罪。"

杨胜仁道："走往当中间去。"

范统道："干脆我来个黄花鱼溜边吧，别往当间儿去了，到那里更挨摔。"

杨胜仁道："不要紧，我同黎士方扶着你。"

于是两个人架着他，他一步也溜不了，由着杨胜仁两个人往前拖，就好像拖猪一般，拖到当间儿，说道："这不是也成啦嘛，就这么慢慢地溜，一会儿就成了。"

范统这回好像站住了，可是还不能动弹，一动弹就要摔，可是能够站住就成了。站在冰场上，也足以骄傲于岸上的人呀！杨胜仁始终没闲着，眼睛没闲着，专门看女人。看见那初学的人，他就装着会溜的样子；见着那漂亮一点的，他就装着不会的样子。其实他就跟不会差不多，不过就是借着酒撒疯地往人家身上撞而已。撞了再道歉，好说话的，跟人家多说两句；不好说话的，马上就走。

这时不知怎么竟和一个女人撞在一块儿，的确不是他故意撞的人，而是相撞的，撞个满怀，可并没有倒下。两个人都互相道歉，互相笑着。杨胜仁看那女人，二十多岁，虽然并不太漂亮，可是也风致不错。打扮不大像学生，介乎学生与小姐及鼓姬之间。脸上搽着粉，烫着头发，指甲涂着红，像个小姐。穿着西式大衣，态度活泼，像个学生。而一团媚气，谈吐俗庸，却像个唱大鼓的。而杨胜仁爱女人并不在谈吐精神，只要长得有一眼，打扮摩登，他就爱，什么叫灵魂，什么叫思想，一见了女人，全抛到九霄云外。

他一见这女人向他一笑，当时抓住了机会。他连忙道："真是对不住，我没有看见。"

那女人道："我也对不住，我也没看见。"

杨胜仁道："哪里，这个怨我。"

那女人道："不，这还是怨我的。"

杨胜仁道："不不，是我不对，我太拙笨了。"

那女人道："你是没有看见的。"

杨胜仁道："不不不，是我太浑了。"

那女人一听，假如再说下去，他就许连他三代都起誓出来了。她笑了，笑得杨胜仁灵魂都要飞上九天。他见机会不可错过，忙想着往下拉住，别放走了人家，可是自己又想不出应当说什么，他笑了半天，那女人也笑了笑，又溜了起来。

　　他庆幸自己有这机会和福气，同时又骂自己太笨了，为什么不用话拉住她，和她谈谈呢。现在既然放走了，但机会仍是没有完全失去，因为一个冰场上，仍然有碰上的机会，何况还故意想往一块儿碰呢？于是他找着那个女人，便追了过去。可是，自己还没溜到，人家已经溜远了。那女人似乎知道他在后边追，所以越发引逗，杨胜仁真疯狂了似的在后边追。

　　范统站得脚有些痛了，是由麻木变成了痛。他直喊杨胜仁，杨胜仁道："等一等，我现在忙不过来了。"范统也不知道他怎么忙不过来，忽然见他跑到那里，忽然见他跑到这里。杨胜仁这回是迎着她去的，果然，两个人又打了照面，彼此又一笑。

　　杨胜仁道："实在对不住，方才……"他又提那句话。

　　那女人道："您为什么这样客气呢？"

　　杨胜仁道："不是客气，我想您是很好的，您是很伟大的，我想认识您这么一位朋友，现在社交不是很公开的吗，谅您不至于驳面子吧？"

　　那女人道："哟，我是一个没有学问的女子，哪里配呢？"

　　杨胜仁着急道："如果您这样说话，那您等于骂我浑蛋一样。"

　　那女人笑了起来道："我看您也是很诚实的，我不会交际，我也没交过朋友，我简直不知怎么才好。"

　　杨胜仁道："您太客气了，您贵姓呀？"

　　那女人道："我姓苏，叫班洁。"

　　杨胜仁道："哦，苏，久仰久仰。"说着他又掏出自己的名片，新印的，上面印的是私立东方大学艺术系高才生，仁统话剧团团长，擅长英、日文，时代青年，中间是杨胜仁三个字，下面是祖籍台湾，生于香港，长于北京。

　　那女人接过片子来，只见一大片黑字，她认识没有几个，她倒认识杨字，因为木易驸马是姓杨的，她最喜欢唱戏。

杨胜仁道："我叫杨胜仁，姓杨。"

苏班洁道："我知道，《四郎探母》里有个杨延辉坐宫院不是吗？"

杨胜仁道："对对，要是考证起来，杨令公还是我们祖上，杨令公在台湾打了一次败仗，后来不是碰碑了吗？"

苏班洁道："您对于戏上很有意思？"

杨胜仁道："话剧旧剧上都有点研究。您府上是哪里？"

苏班洁道："我们家住在十八半截儿胡同，您呢？"

杨胜仁道："我就住在学校，有工夫您找我去。"

苏班洁道："学校方便吗？"

杨胜仁道："方便，我在大通公寓还有一间房间，不过我不愿意住在那里，叫一个同学住着呢，到那里找我也成，不过我在学校时多。"

这时范统还直叫他，他心里道："真讨厌，早知道还不同他来了呢。"不过看着他那公寓的房间将来可以利用，所以不得不敷衍。

苏班洁道："那个，是谁？"

杨胜仁道："是我一个同学，我们到上边谈谈去好不好？"

苏班洁道："好吧。"

杨胜仁跑到范统前边道："溜了吗？"

范统道："我还溜哪，我的脚都麻了。"

杨胜仁道："走，我扶着你。黎士方呢？"于是又把黎士方叫来，两个人又扶了范统，上了岸，走到漪澜堂，找到一个空桌子坐了。这时苏班洁也走了上来。

范统叫来茶房扒了冰鞋，立刻就好像被释放一般的轻松，血液马上流动，还感觉有点痛。穿上自己的皮鞋，竟显得大了许多。他嚷道："茶房，这不是我的鞋，怎么会这么大呢？"

杨胜仁道："你的鞋你还不认识，大概你的脚箍得过紧，所以穿原来的鞋，有点大了，等一会儿就好了。"

范统道："妈的，以后再也不溜冰了，简直叫受罪。"

正说着，杨胜仁站了起来道："密斯苏，这里坐。"

范统抬头一看，走过一个女人来，挺漂亮，不由暗暗佩服杨胜仁，倒是不虚此行，认识这么一位密斯，谁说溜冰不好呢？妈的，还是干。

苏班洁果然走了过来。杨胜仁道："我给你们介绍一下，这是我的两位同学，这是范先生，这是黎先生，这是苏小姐。"

大家见过礼后，又全坐下。黎士方一见这苏小姐虽然漂亮，但是总带着一股妖艳浮动的神气，所以不大喜欢她。可是范统却两只眼直勾勾地望着，非常羡慕杨胜仁。杨胜仁得意了，可是一看苏班洁的时候，她却正凝目看着黎士方。他有点酸，可是还得故意表示大方，但是苏班洁总是看着黎士方，甚至于杨胜仁说什么话她都没有听见。

杨胜仁有点吃醋了。他道："老黎回头上哪儿？"

黎士方道："我回学校。"

杨胜仁道："忙什么，咱们全回公寓好不好？"

黎士方道："不，我现在就回去了。"他是想即刻就离开他们，而杨胜仁也想即刻把他撵走，他是自己恋爱之路上的障碍。

苏班洁道："忙什么，一块儿玩会儿。"

杨胜仁道："叫他去吧，他是非常忙的，他的女朋友太多，应酬不过来了，哈哈。"他表示黎士方的女友太多，叫苏班洁打消她的意念。

黎士方道："回见。"

黎士方走了。苏班洁道："他叫什么？"

杨胜仁道："他的人别扭着哪，性情不大好。"他极力批评黎士方不好。

范统一见苏班洁这么开通，真羡慕杨胜仁福气不小，难得他怎么会勾搭上的呢。他道："我怎么溜不好？"

杨胜仁道："别忙，你这大块头更不容易了。"他嘲笑范统是个大块头。他现在很喜欢范统，因为有范统才可以衬得起自己的聪明伶俐来。

175

苏班洁换了鞋便要走。杨胜仁道："我们一块儿吃饭去吧。"说着，看了范统一眼，范统正想着他们两个人一玩儿，把自己抛下，觉得怪孤单的。现在杨胜仁看着他，仿佛他有意把苏班洁介绍给自己似的。他受宠若惊地说道："对，吃饭去，我请。"他直怕碰钉子，可是苏班洁并没有拒绝，连杨胜仁都没想到。

　　他们赶紧把衣服取出来。杨胜仁道："叫你请客怪不好意思的。"

　　范统道："那有什么的，咱们润明楼好不好？"

　　杨胜仁道："客随主便。"他先占了客的地位。

　　范统道："走吧，我的确不大舒适呢。"

　　他们一边说着一边走出来，范统和杨胜仁今天头一天和女朋友一块儿走路，真是高兴极了。三个人出了门，依着范统的意思是打电话叫辆汽车，才对得住苏女士，可是杨胜仁说："洋胶的开路吧，汽车有这叫的工夫，洋胶的也到了。"于是雇了三辆车，到市场来，进了饭馆。找了一个单间坐了，一边谈着，一边叫着菜。

　　范统道："苏女士在哪儿住？"

　　苏班洁道："十八半截胡同八十号。"

　　范统一见她竟跟自己一问一答，真是浑身都软酥了半截儿。他又道："苏女士在哪个学校？"

　　苏班洁道："现在没有念书，以前在小学校毕业。"

　　范统一听小学毕业，虽然程度低一点，可是现在找女朋友实在难，小学毕业怎么着，哪里找去呀？范统他心里盘算，他不知道杨胜仁是不是真能把苏女士介绍给他，虽然杨胜仁也是刚认识。但是杨胜仁却连一点给范统介绍的意思都没有，他只是想叫着范统玩，出点钱什么的。

　　吃完了饭，杨胜仁道："我们上哪儿玩去？"

　　范统道："看电影去，我请。"他得把请客的意思表明出来，好打动杨胜仁。

　　杨胜仁道："不成，学校关了门，回去太晚了进不去。"

　　范统道："不会住在公寓？"范统极力将就。

　　苏班洁道："不，我还得回家去呢，晚了怕家里不放心。"

杨胜仁道："要不然到公寓坐一会儿去？"

苏班洁迟疑了一会儿说道："明天再去吧。"

杨胜仁道："明天早些儿去，我们可以玩一天，先看电影，然后吃西餐。"他把范统那里看成他的会计处，一切都由那里取支，自己没钱，都敢说这大话，他琢磨透了范统的心，只要一见女人，不管是谁的，他都能花。范统也赞成，定规好了，他们走出饭馆，又进了咖啡馆，各喝了咖啡。范统仍嫌花钱太少，不够主人的意思，他又要了两盘点心，虽然刚吃过饭。

在咖啡馆坐了一会儿，范统给了钱，由兜里掏出很多的钞票，苏班洁的眼光，在不经意似的态度里瞟了两眼。走出市场，范统还要给她雇洋车。杨胜仁一看，再也没有什么花钱的地方了，遂道："胖子，你先回公寓吧，我送苏小姐回家，一会儿我再到公寓找你去。"范统无话可说，真有点羡慕他们，自己只得答应回去等他。

杨胜仁陪着苏班洁走下去。他道："饭后散步是最有益于健康的。"

苏班洁没有说什么。少顷，她却问道："那个范先生不是北京人吧？"

杨胜仁道："对呀，还有点土里土气的是不是？"

苏班洁道："我看他家一定很有钱。"

杨胜仁道："也没有什么，说起来还是我家有钱，不过我不愿意叫人知道，跟人家说我家有钱有什么好处呢？"

苏班洁对于他这话没有通过，保留起来，等以后调查再说吧，事实胜于雄辩，今天他就一文也没有花呀。她又打听黎士方，杨胜仁一听她提黎士方心里不就舒服，说道："那个人更没有可谈的了，以后找我最好先给我打个电话，或是到公寓找我，我若不在，叫那姓范的给我送个信，我就来的。"

他们往南走着，而苏班洁脑子里只有两个印象，一个是黎士方的漂亮，一个是范统的钞票。对于杨胜仁，除非他追着自己，向自己诌媚以外，是没有什么可取的。

他们走到电车站。杨胜仁道："我们坐电车回去吧。"他们上了

177

电车，挤得出不来气。苏班洁想，如果是那胖子陪着我走，真许能叫辆汽车。这个瘦子，冲他这一手儿，就不大得意他。

到了站下了车，杨胜仁道："我散步送你到家。"

苏班洁道："不，叫家里看见不好，家里太严呢，杨先生回去吧，谢谢啦。"她匆匆走了下来。

杨胜仁只得说道："哈罗，姑得拜，撒腰那拉。"

他又匆忙回到范统公寓，范统正琢磨这件事，见杨胜仁回来，不胜喜欢，便道："你怎么就认识了？"

杨胜仁道："她直追我，你说有什么办法，我溜到什么地方，她追到什么地方，还故意跟我撞，你说我是该走桃花运不是？"

范统一听，真是羡慕极了。他真想说：你若不要，给我介绍得了，可是他说不出来。

杨胜仁道："我告诉你，不是我杨胜仁吹，这些女人，耍个手腕儿就全玩在股掌之上。"

范统道："到底是你成，我说，得机会也给咱们来一个。"

杨胜仁道："你不是追汪晴澜吗？"

范统道："汪晴澜是黎士方的，我哪里追得过来呢？"

杨胜仁道："你不会想法夺他的，明儿我给你想主意，明儿见，我回去了。"

范统道："忙什么，再聊会子，早得很。"

杨胜仁道："我还得回学校写信去。"

范统道："给谁写信？"

杨胜仁道："给密斯苏。"

范统道："不是明天还见？"

杨胜仁道："明天下午两点钟才能见，回头写了信就发，她十一二点钟就可以接到了。"

范统道："差两个钟头还写什么信？"

杨胜仁道："嘀，你可不知道，有时说话不能说，写信却能写，比方求爱，当面不好说，信上写着，没关系，并且信最能增进人的感情。"

范统一听，真羡慕杨胜仁多才多艺，恨自己没有本事。杨胜仁道："哈罗，姑得拜。"他走了。

回到学校便写信，叫任何人都知道他是在写情书，可是始终也没写成一篇。直到夜里，才把信写完，可是不能发了，人家都睡觉了。明天发就明天发吧，当面递给她更好，想罢，越发高兴，兴奋得睡不着了，快到天亮才睡着。等到醒来，已经过了正午。爬起来，穿了衣服，连漱口都没漱，便跑到食堂。食堂已经关门，无法，只得回来先漱口，然后洗脸，刮胡子。心里想着苏班洁快到公寓去了，忙得自己把脸也刮破了一个小口儿。一看表，快两点了，心里着急，生怕苏班洁这时候去了，后来一想她不能提前去，只有晚到，并且范统那昏头昏脑，大可以放心他。一切都停当，就是肚子还没填，走吧，到范统那里再说。刚匆匆走出学校，忽又想起昨天写的那封信还没拿，遂又返回宿舍，把那信带在身上，慌慌张张来到公寓。

到了公寓喘了几口气，慢慢地踱进来，表示自己从容不迫、镇静不慌。在范统门前一敲门道："哈罗。"

范统道："请进来。"

杨胜仁深深吸了一口气，然后开门进来。一看不由一惊，方才吸了一口气还没吐出来，又吸了一口，苏班洁正在屋里呢。他装作毫不经意而心里难过地说道："刚来吗？"

范统道："不，等你有一个钟头了，苏女士是按新时间来的。"

苏班洁道："我以为是新时间两点呢。"

杨胜仁一听，几乎晕了过去，但他仍表示镇静，他想问问他们都谈了什么来着，范统是不是向她求爱了。可是这话又不好问，问着显得自己太小气了。假如人家没那么一档子事，还不更把自己形容得太脏心了吗？他装作大方不羁的样子，把大衣脱了，说道："胖子，有点心没有？"

范统道："你还没吃午饭吗？"

杨胜仁道："咳，早晨起来就各处找朋友，在老张那里吃的饭，十点钟吃的，现在又饿了。"

范统道："你要早一点儿来多好，和苏女士一块儿就吃了。"

杨胜一听苏班洁在这里吃的，心里十分难过。苏班洁道："我来的时候范先生刚起来，还没吃饭，后来范先生非要我在这里吃不可，其实我已然吃过了，范先生太客气了。"

范统道："哪里的话。"

杨胜仁这时候简直要自杀。他道："你们一定讲究我来吧，背地里讲究人可不成呀，哈哈哈。"这时一阵苦笑。

范统笑道："可不是讲究你来着，说你瘦得太厉害了，成了骷髅人，哈哈哈。"

范统这是真笑，可是杨胜仁越发不高兴。杨胜仁道："你倒是请客不请，我还饿着呢。"这是非敲不可，敲不上就得跟范统决裂。

范统道："请客请客，你吃什么，说吧。"范统只有这一点可人心。

杨胜仁道："你拿一块钱来吧，不必管我吃什么。"范统遂拿出一块钱票来。杨胜仁便叫李斗，他叫李斗买五个烧饼，五毛钱酱肉，一盒纸烟，剩下是李斗的。李斗去了，杨胜仁这才解过一点气来。

李斗买了烧饼来，杨胜仁又叫他沏壶茶。吃饱喝足，他想带苏班洁单独玩去，最好是溜冰，不花什么钱，溜得差不离，坐电车送她回家。想好了便道："我们溜冰去呀？"

苏班洁没有言语。范统道："苏女士刚才说要看电影去。"

苏班洁道："对啦，看电影去好些。"

杨胜仁一想，虽然看电影有范统花钱，可是究竟不如溜冰自己可独占花魁。——花魁这名词放在这里，似乎不大合适，可也没什么不合适，好在这是杨胜仁的意思。——看电影，就得和范统平分春色，虽然范统知道苏班洁是自己的，但老是这么叫他花钱，苏女士万一要瞧上他了呢？何况范统这家伙野心并不小呀，自己得把牢着点儿。一来别叫苏班洁爱了他，二来叫范统看着自己满不在乎，愿意给他介绍，一点不嫉妒。这个劲不好作，这个手段尤其是不好使。他想了想道："好吧，看电影去，我请。我也本想今天看电影去合适，不过怕密司苏不喜欢。既然喜欢去，我请。"他大着胆子说请字，可是他明知道范统必得掏钱。

180

范统道："我请，我刚才就说请了。"

杨胜仁道："你可真小气，谁请不一样。"他先批评范统小气，范统没言语。

他们三个人走出来，杨胜仁道："我还是说在头里，买票可别那么抢着买，透着小气。"说着，雇了车，来到电影院。下车之后，杨胜仁争着给车钱，拿几张毛钱票来回地找，算计这时范统已经买上了票，然后装着匆匆的神气，拿着钱包进来道："我买，我买，我说请的。"

范统道："我买好了。"

杨胜仁道："你这家伙，真太那个了。拉车的偏又找不开钱，真可气！这不成，你买票我不看，非我请不可。"

范统道："你说的不要抢，你又麻烦了，走吧，没那些说的。"

杨胜仁道："你这家伙，斗不过你就结了。"

范统得意地把他拉进场里，他们拣了一排座位，范统先让苏班洁往里坐了，他也跟了进去坐在苏班洁的旁边，杨胜仁跟着进来坐在范统旁边。坐下之后，发觉苏班洁并没有在自己旁边，而是叫范统隔开了，他若再移到苏班洁那边去坐，显得自己太不大方了。他真恨范统，恨范统太浑蛋，但也无法。坐了一会儿，苏班洁直同范统说话，他实在忍不下去，他站了起来，到外边买了三包瓜子，回来的时候，却绕到这边走，于是他坐在苏班洁的旁边了。这也是他的智慧，花了三毛钱，买了三包瓜子，坐在苏班洁的旁边。他扔给范统一包瓜子，范统道："嗬，这么客气。"杨胜仁又给了苏班洁一包，一边吃着瓜子，一边谈着天，如此范统便孤单了。

在场里遇见了几个同学，一看见杨胜仁和范统带着一个女人看电影，不知那个女人究竟是属于谁的。不过看杨胜仁那样巴结的神气，便猜到是杨胜仁的。看完了电影，又一同到西餐馆去吃西餐，反正是范统的钱。苏班洁对于吃西餐还没有经验，刀子叉子都不知怎么使法。而杨胜仁和范统也不大内行，结果你学我，我看着你。范统仿佛还没吃什么，最末的咖啡端上来了，伙计把盘子叉子一起收拾了去。范统才知道没有菜了。他道："不成，回头到公寓还得吃一顿去，这玩意儿一点没吃饱，就没啦，还不够塞牙缝的呢。"这一顿十几块钱出去了，杨胜仁倒怪替他心疼的，因为自己也没吃好，花这钱吃这个饭，真有点冤枉。可是究竟是外国饭，吃外国饭，不饱也得说饱。

吃完了饭，走了出来，范统是非回去不可，要不然就得再进一家中国饭馆子。后来苏班洁坚持要回家，杨胜仁又要送她，但是她坚持不叫他送，结果是范统给她雇了洋车回去。杨胜仁一见苏班洁回去了，就不大喜欢跟范统在一块儿了。他要回学校，两个人也自分手。

杨胜仁回到学校一脱大衣，摸了摸兜子，才想起来给苏班洁那封信并没有交给她。心里这后悔，恨不能打自己两个嘴巴子。无法，还得贴上邮票，叫听差寄走了。刚刚寄走，忽然又想起许多话来，只得又伏在桌上写，写得那么肉麻，他早知在交情上说，写这样的情书似乎早一些，可是他断定苏班洁是非常爱他的。

他正写着信，吴世飞进来了，说道："嗬，刚分别就写信。"

杨胜仁笑道："你怎么知道刚分别？"

吴世飞道："我早看见你们了，在一块儿看电影，嘿，那甜蜜的劲头儿。"

杨胜仁笑道："说不出来什么。"

吴世飞道："真漂亮，比咱们小汪还漂亮。我说，她叫什么？"

杨胜仁道："苏班洁。"

吴世飞道："好，酥半截儿？真得酥半截儿，我差点得了半身不遂。我说，她在哪儿住？"

杨胜仁道："你打听这么详细干吗？"

吴世飞道："你不告诉我，我也有法儿打听出来。我问你，你怎么认识的？"

杨胜仁道："在冰场上她追我，这么认识的。"杨胜仁的笑容始终没有收去。

吴世飞道："你真成呀，你们到什么程度了？"

杨胜仁含糊其词地说道："反正，其实，不过是那么一回事。"

吴世飞道："你们开了房间没有。"

杨胜仁道："叫你说得又未免太快，反正接个吻什么的，总不能免。"

吴世飞道："能够接吻就能够开房间了，你们一定开了房间，你不说就是了。看你们那种亲密劲儿，没有开房间，谁信哪。"

杨胜仁道："你可别和别人说，我们到饭店去了一趟，你可千万别同别人说。"

吴世飞道："我当然不能说，不过你也得给我介绍一个。"

杨胜仁道："你别忙，我一定给你介绍。"

吴世飞完全跟他取笑，说道："我看范统可直勾着她呀。"

杨胜仁道："不成，他可差得远，女人绝不会爱他。"

吴世飞道："也不一定，有一种女人，专门爱他傻瓜肯花钱的，范统很够条件。"

杨胜仁道："不成，不成，我不是吹牛，女人到我手里，绝不能叫她跑了。范统不成。"他虽然这样说，可是心里也直嘀咕。

吴世飞专门无事生非，他道："你可得留神范统哪，这年头儿，不是我神经过敏，女人真靠不住，你得追得紧一点。"

杨胜仁道："不要紧，你看，刚分别就给她写情书，刚才已经发走一封了，这又是一封。"

吴世飞道："我看看。"

杨胜仁递给他道："冲这手儿范统就不成，他不能写信。"

吴世飞看了看道："嗬，情书写得真叫缠绵，我要是女人，我也得动心。成，你这手儿高得多。可是有一样，不差什么的，你也得花点，一文不出，多么高洁的女人也不能爱你。钱是男人胆，衣是女人毛，这句格言一点也不错。"——也不知是哪儿的格言。

杨胜仁道："我告诉你，这里有许多秘诀，我不能告诉你。"

吴世飞道："秘诀不秘诀还在其次，你就得看严重一点，这样的女人，不能没人追逐，她如果有知识还好，她是什么程度？"

杨胜仁道："小学毕业。"

吴世飞道："小学毕业不成，现在大学毕业的还有改节的呢，你必须要好好抓住她，别放松。"

这些话说得杨胜仁越发忧虑苏班洁要被范统夺去。他道："架不住我一天写两封信。"

吴世飞道："对，就是多写信。"杨胜仁遂赶紧把那封信发了。

第二天就是考试，可是杨胜仁还在琢磨情书呢。考试之后，就要放寒假了，杨胜仁问范统是不是有回家的意思，他想范统回家，他可以住范统那个房间，也就可以和苏班洁晤谈一室之内，畅叙幽情了。可是范统并没有回去的意思。杨胜仁于是想到钱，到底是必需的了。他给苏班洁去了几封信，始终没有见回信，他很纳闷，跑到范统那里去了好几趟，也没有消息。他想：许是信词得罪了她？不能呀。也许是她家里截去了没有给她？也许她家里说她，不叫她出来？越想越别扭，相思病大概就是这种滋味吧。

范统还问他："这几天苏女士怎么没有来？"

杨胜仁道："我们通了几封信，我告诉她这几天考试忙一点，所以她没有来。"

范统道："她的信呢，我看看。"

杨胜仁道："不能给你看，将来有发表的一天，现在不能。"

范统道："嗬，这么早就背人啦。"

杨胜仁笑道："没关系，将来一定全叫你看，她来信还问你好呢。"

范统道："你替我写封信问问她成不成？"

杨胜仁道："好吧，等我写信时，给你带上几笔。"

范统道："你就单给我写一封信怎么样？"

杨胜仁道："其实你自己也能写，何必叫我替，你写得也不错呀。"他想叫范统自己写，那苏班洁看了，一定更对他寒心了。

范统道："那么我就给她写一封信，约她后天来玩，后天咱们也就考试完了。"

杨胜仁道："好吧，你就提我这两天忙，不能给他写信，对她也得端着点架子。"

范统遂当真给苏班洁写了一封信，七拼八凑，想了那么几句，写完一数，刚刚四十六个字。得啦，管他三七二十一，寄去就得。

到了后天，杨胜仁还在被窝琢磨范统这封信，一定没有效力，忽然听差走来，说："杨先生电话。"

杨胜仁一听，不觉一惊，说道："是不是一个女人的？"

听差的道："不是，是范先生打来的。"

杨胜仁一听，一定苏班洁到他那里去了。连忙起来，穿衣服，跑去接电话，范统说："苏小姐真有面子，写了那封信去，今天真来了，你来吗？"

杨胜仁一听，别提有多难过了，他道："我就去，我昨天给她写了一封信约她今天来的。回见吧，叫她等一等，我就去。"

说着忙挂了电话，进屋来穿衣服，洗脸，刮胡子，结领带，越忙越出毛病，领带结得了，才知道结反，心里着慌，手忙脚乱，好容易都妥帖了，差不多过了一个钟头。他想出门就坐洋车，虽然拐弯就到，但总比自己走得快。谁知他一雇车，拉车的都纳闷起来，这么近还坐车，大概是他不认识路，有的要四毛，有的要三毛五，杨胜仁道："这么近要三毛多，我拉你，一毛钱。"按说一毛钱都很多，这么近，只要五分钱，可是拉车的都不拉，洋车夫是拉远不拉近，结果一角五雇上了一辆。杨胜仁坐在车上道："越快越好。"拉车的抄起把就跑起来。杨胜仁在车上想着：妈的，范统一封信就把她约来了，她真爱了他了吗？吴世飞的话有点可靠。也许是她正要来，可巧范统这封信去巧了。也许是我给她写了几封，她都没有回信，这回由范统写，她许疑惑我生了气，所以跑来。也许范统给她写了什么话。范统这家伙，真得治治他，叫他知道知道我的厉害！他越想越生气，他尽顾着想茬儿，拉车的却拉他绕起弯来。

拉车的以为杨胜仁不认识路，一角五拉到了怕他不认账，所以情愿多跑些路，多绕了一条胡同。杨胜仁当真不认识路了，不是不认识路，他尽心里想茬儿了，可巧那条胡同口有个打架的，招得一群人，拉车的简直走不过去，因为人把路都堵塞住了。杨胜仁这时才醒悟过来，嚷道："你往哪儿拉呀，你给我转什么弯子，拉回去！"拉车的这才拉了回去。到了公寓，算计着比自己走着还慢，这一角五花得真冤。

走进来，范统等已经等了多时，范统道："你怎么来得这么晚？"

杨胜仁道："我还是急忙着赶来的呢，怕你们等着着急呢。在狗尾巴胡同遇见有打架的，我都没看。"

范统道："由学校来怎么走到狗尾巴胡同？"

杨胜仁道："我是喜欢散步的，起来特意绕了一个弯子，散步确是有益的。"

正说着，李斗走进来道："杨先生这张毛票拉车的不要，说不对号码，请您给换一换。"

杨胜仁道："真混账。"说着，又掏出一毛来，换了给他。

李斗出去了，范统道："你不是散步来的吗？"

杨胜仁道："因为我走得太远了，想起你们还等着我，所以又雇了车回来。"他只好圆上这话。

苏班洁道："接到您几封信，因为我很忙，老没有写回信。"

杨胜仁道："大概我的信写得太不恭敬了吧？"他试探她的意思。

苏班洁道："您太客气了，实在不敢当。"其实他的信，她完全没有看，根本她还看不下来。

杨胜仁一听这口气，还有点门儿，不觉又欢喜一些，自己能够在信上写着"我爱你"，而她并不恼，这不是有意了吗？他有点得意，虽然她并没给自己写信，可是有这话不等于比写信还强吗？她也许有点不好意思。

范统道："你不是说苏女士和你通了几次信吗？"

范统老这么大煞风景，杨胜仁真恨他，可是又不能不找辙。他道："这两天没有，以前倒是不短什么，是不是，班洁？"他居然不称女士小姐，而直呼其名了，特别透着亲密。

苏班洁也不在乎这个，她道："我最不爱写信了，一年未必写一封信。"其实她是不会写。

杨胜仁道："胖子今天请哪儿？"

范统道："咱们就在这儿聊天得了。"他现在也看出这趋势来，他晓得不请杨胜仁，苏女士也可以到这儿来，杨胜仁给他写了多少封信，她都不来，咱一封信，她来了。他这时有点自傲，不大信任

186

杨胜仁了。

杨胜仁一看他这神气，十分有气而伤感，但也没有办法，他心里道：范统，你别得意，我有叫你伤心的时候，苏班洁弄不到我手，我枉叫洋圣人。杨胜仁心里都起了誓，可是表面上还装着大方的样子，说道："班洁不想到哪儿去吗？"

苏班洁道："我今天哪儿也不想去，忙着呢，一会儿我还得回去，家里没人，他们都上白云观了。"

杨胜仁道："我们今天到厂甸去好不好？"

苏班洁道："明天吧。"

杨胜仁道："明天也好，我们已经考完放寒假了，明天到学校找我去。"他显然有意甩范统。

可是苏班洁道："还是这里见吧，学校我不愿意去，怪不好的。"范统越发得意，到底是公寓好得多。

杨胜仁却差点气晕过去，他想马上站起来就走，可是又舍不得苏班洁，真别扭，他只得顺着苏班洁的意思去说。而苏班洁总是和范统说长道短，范统也不大理会杨胜仁，有时倒感觉杨胜仁是个眼中钉。在这个局面下，表面上是一团和气，而暗中却笼罩着愁云惨雾。这小小的环境里，有得意，有悲哀，有骄傲，有谄媚，有爱情，有嫉妒，有仇恨，有鄙视，人类世界上，再也没有演成三角时的情绪复杂。人们的智慧，能在这里用尽了；人们的财产，在这里能倾出了；人们的丑恶，在这里能够展露无遗。

杨胜仁道："胖子，你这回考得怎么样？"

范统道："不大好。"

杨胜仁道："我看你至少有两门不及格。"他是想拿这个来给范统减分，可是范统好像不大在乎，而苏班洁更不因为范统不及格而伤心，她才不理会及格不及格。

杨胜仁以为苏班洁对于范统的不及格，一定引起她的鄙视的心，但是看她却没有什么表示。杨胜仁搔了搔头，他想学问不学问，实在不足以引起女人的心来，最足以引起女人的心的，只有两种，一种是钱，一种是貌。古人是谁，也曾定出一个规律来，是"潘驴邓

187

小闲。"他曾把钱放在第三位，而把貌放在第一位。但无论怎么着，他是没有把"学问"放在里面。杨胜仁想抵抗范统的钱，只有用"潘"来解决。算计着自己的"貌"，是比不过范统的"钱"。拿苏班洁可以做证。假如要是"假剑杀人"的话，最好是利用黎士方一下，把范统和黎士方做成"鹬蚌相争"的局势，那么自己便可以坐收渔人之利了，可是把黎士方弄成"引狼入室"也不大好。

自己慢慢地想主意，反正范统得治他一把，要不然他不知道他是吃几碗干饭的了。他道："明天溜冰去吧，我再约上黎士方。"他想拿黎士方来诱惑苏班洁，自是把苏班洁约到冰场上，范统就无能为力了。

果然苏班洁答了话，她道："就是那天溜冰的那个吗？"

杨胜仁道："对啦，他最爱溜冰，溜得挺好。"他这时又捧上了黎士方，虽然好像是自己打自己的嘴巴，可是为了达到目的，就得有通权达变的能力。

苏班洁真有点动容。她看范统道："对啦，这几天老没溜冰了，明天溜冰去也好。"

范统道："没劲，这时候溜冰，晚啦，冰全化了，回头再掉在冰窟窿里头，还是去听戏吧，听戏多有意思。"

苏班洁道："那个姓黎的也喜欢听戏吗？"

范统道："他不大喜欢听戏。"范统也有范统的苦衷。

杨胜仁道："他听，明天若是听戏，我约上他。"杨胜仁也有杨胜仁的意思。

范统道："你请客呀？"范统拿出最后的要挟。

杨胜仁道："其实我请客也没有什么，不过听戏不是我提议的。"两个人有点僵。

苏班洁道："我请吧。"她是虚一让，她的意思是最好有那个姓黎的。

范统忙道："不，哪能叫苏女士花钱，我请，就算有黎士方，可是我不管约他去。"

苏班洁道："有杨先生给约，这不是很好吗？"

188

杨胜仁道："是这个主意呀。范统这家伙有时候真狗屎，他倒不是在乎花钱多少，就是脾气来了，连他爹都不认。平常的时候，花个百八十的都不心疼，这个人就这么狗屎。"这话不卑不亢，仿佛是骂了范统，可是又仿佛捧了范统。表面是不客气，暗含着有点巴结，又叫他花钱，又捧了他，又不失自己身份，杨胜仁这点智慧真是用尽了。

　　果然范统笑了。他道："就是瘦子知道我这脾气。"他承认他是狗屎了。于是大家又化干戈为玉帛，一团和气了。

　　于是杨胜仁说："胖子，叫李斗，咱们该吃饭了。"范统便叫李斗去叫饭。

　　杨胜仁道："我同范统就像亲兄弟一般，有时比亲兄弟还不分彼此，我来到这儿，我饿了就叫他叫饭，不客气。可是范统的脾气也得这样对他，你一跟他客气，他倒不乐意了。越不客气，他越高兴，要不怎么说狗屎呢。"

　　范统笑道："瘦子，你喝点酒不喝？"

　　杨胜仁道："按说得喝两盅，可是留着明天再喝吧，明天饭馆子喝，比这痛快。"

　　苏班洁道："我看范先生对朋友一定很热心。"

　　杨胜仁道："他就有这点好处，要不然我还不交他呢。他交朋友倒是热心，不但对我这样，就是我的朋友找他，他一样好招待。以后来不必客气，我不在这里一样叫他叫饭吃。"他是把苏班洁仍是说成自己的朋友，并且即或苏班洁对于范统有什么亲近的表现，那都是看着自己的面子的。范统没有言语，因为他并没有把苏班洁看成杨胜仁一个人的，这是从苏班洁的态度和言语里觉察出来的。

　　饭来了，三个人一块儿吃着。吃完了又谈了一会儿，苏班洁要回去。杨胜仁道："我送你去。"

　　苏班洁道："不，我还要到别处去，不必管我了。"

　　杨胜仁想彻底地和她恳谈一下子，但苏班洁坚决不叫送，范统也说："咱们两个人一块儿送去。"

　　苏班洁道："谁也别送，我一个人走吧。"

189

她走了，剩下杨胜仁和范统两个人在屋里。杨胜仁在屋来回地走，范统躺在床上，而头枕在墙上。杨胜仁道："我现在以朋友的立场，来同你进几句劝告。"

范统知道他又是为苏班洁而发，本是不愿意听，可是苏班洁究竟是杨胜仁先认识的。嫖妓不是都讲究谁先挑认识的谁是主人，其余的都叫作边臣吗？朋友来挑朋友的妓女，在妓女方面都以为失去了义气，失去了人格。在妓女都严守着不和熟客的朋友接近，何况有知识的女人呢？范统对于杨胜仁，总有点愧对的心理，于是他没有言语。

杨胜仁道："我们两个人虽然年岁差不多，可是我比你经验多一点，尤其是对于女人比你经验多。女人，我告诉你，没有一个可靠的，对于她们，就是玩玩主义，不能动真格的。现在咱们是关上门谈私话，连苏班洁都算上，就是拿她玩。什么是真爱情，有也不能给她，我并没有看不起苏班洁，比她好的人有的是，咱们不过拿她消遣而已。我今天跟你说，我怕你上当。我倒不是嗔着你跟她近乎，其实你跟她亲近也没有关系，我毫不理会，我这人一生不懂什么叫吃醋，我就是看着你要上她的当，心里总不痛快。咱们总算是近人，她得另说。你别看她跟你亲近，她是看着你容易上当。为什么她怕我，就因为我厉害，不上她的当。所以，以后对于她，别太叫她看轻，到时候也得摆着谱。比方她来了，就跟她说：我现在很忙，实在对不起，我们不能多玩。就给她这个话，别傻瓜似的，老说哪儿哪儿玩的，那样她就抓住你了。对付女人，得想法抓住她，别叫她抓住你。我这都是掏心窝子的话，除非你，别人我才不跟他说这些。你别把我当作仇敌，咱们是一体。怎么啦？你还不明白这个，我这话只有为你有利，没有叫你吃亏的。"

杨胜仁这一套话，连他自己都以为诚恳透了。范统听着，也仿佛是那么一回事，可是对于苏班洁仍释不去一种遐想。他表面表示接受杨胜仁这一套忠告，可是心里直打着问号，他道："我都明白，苏女士我看还不太坏，很诚实的。"

"不，不。"杨胜仁脑袋摇着，"要不说你经验不成哪，别看她

190

外表怎么样，你必须留神她。"

范统不跟他抬杠，反正心里有数。两个人貌合神离，这都是女人的祸根呀。

杨胜仁别了范统，回到学校，见了黎士方，便道："明天听戏去不去？"

黎士方道："我不大喜欢听戏。"

杨胜仁道："没事玩玩也好。"

黎士方道："有这钱还不如看电影。"

杨胜仁道："有人请。"

黎士方道："谁请呀？"

杨胜仁道："范统。"

黎士方道："他怎么会想起请客来？"

杨胜仁道："请你作陪。"

黎士方道："听戏还要作陪，那么客人是谁呢？"

杨胜仁道："班洁。"

黎士方道："半截是谁呀？"

杨胜仁道："就是那天在冰场遇见的那个苏女士。"

黎士方道："哦，那位小姐呀，怎么范统会请她？"

杨胜仁道："皆因范统不是没有女朋友吗，他曾屡次同我说，叫我介绍，我想小汪是你的，我怎么好介绍呢？我遂把苏女士让渡给他，我这人向来不拿女人当作一回事。我今天已经正式给他介绍了，以后苏女士就算是范统的爱人了。苏女士本来不愿意，我再三游说，才说动了她的心，可是她说还跟我恋爱，你说我已经给范统介绍了，我还能爱她吗？当然不能了。"他自己回答了自己。

黎士方道："这也不错，我看苏女士挺美丽的，你介绍给别人，怪可惜的。"他有点恶心杨胜仁。

果然杨胜仁又恨上了范统。他道："那没关系，我说，明天务必去，范统那里见。"

黎士方道："不，我不去，这里没有我的事。"

杨胜仁道："别不去呀，他们特意请你来。"

191

黎士方道："与我有什么相干啊？"

杨胜仁道："这是苏女士的意思，她很惦记你呢。我说，你要是去的话，我把苏女士介绍给你，范统不成，你一定能够从他手里夺过来。"

黎士方道："不，这一说我越发不能去了。"

正说着，吴世飞又走进来，一边唱着《甘露寺》的戏词，一边走进来。黎士方道："对啦，叫世飞去吧，他爱听戏，正合适。"

杨胜仁一想，他正怕把黎士方引狼入室，可是又想再找一个顶范统，吴世飞正好，遂道："要不然老吴去也可以，黎士方对于旧戏不大投缘。"

吴世飞道："什么事？"

黎士方道："明天范统听戏，请那位苏小姐，请你作陪，你去不去？"

吴世飞道："去，当然去。"

杨胜仁道："去可以，可有一样，你可别拿我跟苏小姐打哈哈了。"

吴世飞道："怎么？"

杨胜仁道："我已经把苏女士介绍给范统了，以后就是范统的爱人了，你一拿我开玩笑，就不大合适了。"他极力为后来失恋作文饰余地。

吴世飞道："哟，那么漂亮的人给了别人，真可惜呀！"他和黎士方一个调调儿。

杨胜仁越发恨了范统。他道："如果你愿意的话，你可以进攻一下，准保成功。"他又拿苏班洁做人情。

吴世飞道："我没这福气，有机会多借光听几回戏，也就心满意足啦。这年头儿，女人近不得，我说得对不对？近不得，可是社会又少不得女人，没有女人，真是寂寞得要死，你说奇怪不奇怪。你问女人是怎么一回事，连她自己也说不出来。明天什么时候？"

杨胜仁道："明天一点前到范统那里，一块儿出发。我说，年前你给我们照的相片怎么样了，怎么还没洗得？"

吴世飞道："洗得是洗得啦，可是还没取，在照相馆搁着呢，我老没得工夫。"

杨胜仁道："明天我和范统取去。"出钱的事都是范统的。

他们谈了一会儿，郭实回来了。吴世飞道："明天见。"

杨胜仁道："咱们一块儿走。"杨胜仁也走出来。

黎士方道："你上哪儿了？"

郭实道："我报告你一个消息。"

黎士方一听消息，就知道是汪晴澜的消息，他道："什么消息？"

郭实道："汪晴澜在中南海里溜冰。"

黎士方笑道："这算什么消息，她的家离着中南海很近，当然在中南海溜冰了。"

郭实道："还有呢，你不听着？"

黎士方立刻想汪晴澜一定还同着别人一块儿溜来着。他道："你不用说，我已经知道她一定同着别的男友一块儿溜来着，是不是？"

郭实道："这还算新闻吗？这还值得报告你吗？"

黎士方一听，这里一定大有文章，忙道："那么你说，什么消息？"

郭实道："由始至终，一直到她离场，总有两个钟头的样子，她总是一个人，我观察了许久，在一个角落里暗暗观察，她始终是一个人，没有一个人和她说话。你看这消息值得报告你吧。这种消息不报告你，报告你什么消息呢？"

黎士方笑了。郭实又说："你以为她一定还同着许多男朋友，那我报告你，就不叫消息了，她是始终一个人的。不过她出门的时候，却同着一个男子一块儿出来，只说了两句话，她那么一笑就分别了。你可不要吃醋，我告诉你那个男子是谁。"

黎士方道："我才不吃醋。"

郭实道："同她一块儿出来的男子，就是我。她问我什么时候来的，我说来了半天了，她问黎士方怎么没有来，我说他遵守你的条约，寒假里不见你，她笑了。我说我回学校去了，你不给黎士方带个好吗？她说谢谢你，替我问他好吧。我说，这个消息怎么样？"

黎士方笑道："你瞎编的，别冤我了。"

郭实道："你瞧是不是，我不说倒好了。你看我冤过你吗？你若不信，你给她写信问一问去。"

黎士方道："你知道我不能给她写信呀。"

郭实道："你愣给她写一封信去，也没关系呀。我说，真的写封信去。"

黎士方道："写信说什么呀？"

郭实道："我不信你就没有说的，告诉你，写起来千言万语，写吧。"黎士方心里一动，可是表面没言语。

郭实又道："杨胜仁又找你做什么？"

黎士方道："找我听戏。"

郭实道："干吗又想起找你听戏来？"

黎士方道："他有个女朋友苏女士，明天由范统请客听戏。他却要把我约上，我不去，我叫吴世飞去了。吴世飞最爱听戏，他去很合适。"

郭实道："杨胜仁约你，这里一定有缘故，说不定是那女士的主意，你想他要约你，不是等于引狼入室吗？哦，我想起来了，一定是苏女士和范统要亲近，杨胜仁怕苏女士被夺，遂把你邀入，把你和范统造成三角，他好坐收渔人之利。"

黎士方道："何必单约我？"

郭实道："你漂亮呀，连汪晴澜都爱你，何况什么苏女士，是不是？"

黎士方点头道："苏女士，她爱我，我不爱她呀。"

郭实道："天下的事最难办的就是恋爱。就因为这样，你爱我，我不爱你，我爱她，她不爱我，一点办法没有。可也别说，办法也有，你若是想叫汪晴澜更加地爱你，我有一个主意。"

黎士方道："什么主意？"

郭实道："你就假意爱苏女士，并且故意叫汪晴澜看见。汪晴澜见有别的女人爱了你，她起了一种竞争心，她便加强地追逐你了。"

黎士方道："那杨胜仁他也得干呢。"

郭实道："正好利用杨胜仁。杨胜仁一见你追逐苏女士，他当然很生气，他便想给你和汪晴澜破坏，他必给汪晴澜写信，说你怎么追逐苏女士。汪晴澜看了信，一定来质问你，你那时一再推心置腹地和她一起誓，她便热烈地爱你了。"

黎士方笑道："你别给我出这种馊主意了，到时候没法了，两败俱伤，那就更惨了。"

郭实道："你这人患得患失，永不成功。一个汪晴澜，天下有的是，吹了就吹了，天涯何处无芳草，何必非汪晴澜不可？"

黎士方道："何必要刺伤她的心呢？"

郭实拍掌笑道："好好，你真是好人，我要是女人，我也爱你。我一定把你这句话告诉汪晴澜，叫她知道你对她是何等深情。好，明天咱们一块儿上中南海。"

黎士方道："假如碰见了汪晴澜，多么不好意思。"

郭实笑道："有什么不好意思？"

黎士方道："她若是不理我呢？"

郭实道："她为什么不理你呢？"

黎士方道："她不叫我在寒假里找她去。"

郭实道："到中南海相见，也不算找她去呀。难道就不许我们到中南海溜冰吗？"

黎士方道："不是这样说法，昨天你遇到她，今天我们就去了，不显然是找她去了吗？明天我们到北海去吧。"

郭实道："好，依你的。"

第二天，还没有起，便下了很厚的雪，起得早的都直嚷冷。郭实把黎士方叫起来道："今天溜冰太好了，冰一定滑极了。"

黎士方道："下雪了吗？呀，又叫我想起来。"

郭实道："想起什么来？"

黎士方道："想起去年。"

郭实道："去年？"

黎士方道："是的，就是上一个多月，第一次下雪的时候，我跟汪晴澜在北海里，多么甜蜜呀。"

郭实道："这回同着我更甜蜜呢。"他们全笑了。

195

他们起来，到图书馆去看报，这时图书馆里已经有许多人在等着报看。报来之后，大家争着看，有的报还没有来，大家便在图书馆等着。等到报来了，还不及上报夹子，大家便争着看。如果等了许久，报还没来，有的便骂报差误事。他们看新闻的少，看文艺副刊的多，有的专门爱看小说，报一来，先找小说的位置看。如果报上登着"续稿未到"，那失望的劲儿比骂报差没送报还厉害。看完了，并像猜组字插画似的告诉别人这小说里的角色都是写谁。比方小说里写着一个校花，于是大家猜着是写本校的校花。假如有个姓相同的，便硬指为写着的是某某人，哄了出去，连某某本人也以为是写她自己，不管事实与个性是不是相同，写得不好便不高兴地哭起来，甚至大骂小说作者一顿，小说作者时常挨这种窝心骂的。

郭实和黎士方在图书馆看完了报，走了出来。这时雪已经住了，太阳露了出来。郭实道："今天真是溜冰的好日子。"他们吃了饭，便各拿了冰鞋走出来。

黎士方道："风起了。"

郭实道："风也没有关系，没有土怕什么。"

黎士方道："万一汪晴澜也到北海去。"

郭实笑道："你可真是顾忌太多了，就是她去了又有什么关系。"

黎士方道："我倒不怕遇见她。"

郭实道："那么你怕遇见谁?"

黎士方道："我怕看见她同另一个人在一块儿。"

郭实道："不会有的事，走吧，即或她同别人在一块儿也没有关系。"

黎士方道："假如不见，她同多少人也仿佛没有什么关系，可是一看见她和别人在一起，这个就如同一个块垒，放在心里去不掉了。"

郭实道："可是你若是见她并没有同别人在一起，不是更可以释去块垒而永无芥蒂了吗?"说着，把他拉到北海。

那一片雪，落在海面，落在山岭，落在亭顶，落在廊脊，落在树梢，真是美丽极了。一阵风卷起海风的雪星，好像一股白气，喷在脸上，冰凉得那么舒服。郭实道："你看，多么好玩，那海里的溜冰的，居然还跑到雪里去溜。戴着皮帽子，穿着皮大衣，套着皮手套，真有意思。我们到双虹榭。"

黎士方道："这里好，避一点风。"

于是他们便在双虹榭换了鞋，下了冰场。冰场的雪扫得一堆一堆的，冰是又平又滑。他们溜了一会儿，黎士方道："我们到漪澜堂去溜。"于是他们便出了芦苇，一直往北溜，那风吹来，雪星击着脸，他们一直溜到漪澜堂。

忽然看见有个同学叫袁傲生，他是一个年轻而老实的学生，家里很有钱，他的父亲在社会上很有地位。他们见了，便互相招呼起来。

黎士方道："汪晴澜来了。"

郭实道："在哪里？"

黎士方道："我这样想着，因为袁傲生来了。"

郭实笑道："袁傲生来，汪晴澜就来吗？"

黎士方道："你知道，汪晴澜对于袁傲生是很注目的，我看她有点追他呢。"

郭实道："你未免太多心，袁傲生老实得多，不会爱她，况且他也知道你和汪晴澜的关系呀。"

黎士方道："但是汪晴澜总表现着爱他的神色，平常在学校里你还看不出来吗？"

郭实道："同学们可不都是那样，她虽然有点喜欢他，但也未必是爱他。"说着，他溜了一个外刃，两只脚在冰上滑了一个"S"形，然后又站在黎士方的前面。

黎士方道："袁傲生又有钱，又有势，又老实，我要是女人，我也嫁这样的丈夫。"

郭实道："如果你这样推测汪晴澜，那就等于侮辱她，我先提出抗议的，这完全是你的神经过敏，汪晴澜还是天真烂漫，她对谁都是如此的。"

黎士方道："但她为什么对我总是远着？"

郭实道："那正是她对于你特别的地方，那正是表现着她爱你。"

197

正说着，袁傲生溜了过来，他们便打住了话头。袁傲生道："你们刚来吗？"

郭实道："我们来了一会儿了，尽在双虹榭溜着，我们刚溜过来。"

黎士方道："你一个人吗？"

袁傲生道："不，还有两个亲戚，我一个人不到这里来的。"

黎士方一听，心里略为安静。袁傲生道："你们还在学校里住吗？"

郭实道："对了，学校里住比家里住好得多，学校里虽清静而热闹，家里虽热闹而寂寞，你说这是什么哲学呢？"

他们全笑了。黎士方道："这完全是一种精神作用，若是两个人是知己，虽在深山旷野，也是有意思的。如果失恋了，虽在热闹场中，也感到孤单而无味。"

袁傲生道："这是经验之谈啊，我就体会不出这种意味来。"

他们一边谈着一边溜着，有时聚在一起，有时候分散几下。这时忽然汪晴澜由阶上走了下来，黎士方先看见了，因为他就注意岸上，怕是汪晴澜来了，可是汪晴澜仍是来了。汪晴澜来到冰上，并没有看见黎士方，首先被她看见的是袁傲生，她一直跑到袁傲生的前面，用手一拉，便拉了袁傲生的手，说道："我们一起溜。"她是这样天真。

袁傲生一看是汪晴澜，他知道黎士方在这里，不由有点不好意思。他道："黎士方来了，你看见了吗？你们是不是一块儿来的？"

汪晴澜道："是吗，他在哪里？"说着便住了步，四下里一望，这一下望到了黎士方，黎士方也正在望她，两个人一对眼光，汪晴澜刚要溜过去，黎士方却一转身溜开了。

汪晴澜不知道他这是什么意思，当时怔住了，站在那里。这时郭实却看见了她，溜了过来道："密司汪什么时候来的？"

汪晴澜道："刚来。"她这时有点喜欢郭实，因为郭实是黎士方的好朋友，双方的意思，都可以借郭实来传递。郭实又有意给他们两个人撮合，说话总是替他们双方都作努力。

郭实道："黎士方来了，看见他了吗？"汪晴澜不言语了，脸上似乎露出难过而生气的样子。

郭实真奇怪了，难道她真见黎士方就不乐意吗？他道："我为什么一提黎士方，你就不乐意呢？"

汪晴澜道："没有什么，我们溜冰吧，不必谈这个好了。"说着又溜起来。

郭实一点不知道她生气，是因为黎士方没有理她，而黎士方没有理她，是因为她会和袁傲生都来到这儿，这一定是约好了的。郭实纳闷，跑到黎士方面前道："汪晴澜来了，你知道吗？"

黎士方道："早就知道了。"

郭实道："那你为什么不理她呢？"

黎士方道："她理人家，为什么我要理她呢？"

郭实道："你这就不对了，你不理她，她如何能理你呢？"

黎士方道："为什么人家没有理她，她却先理人家呢？"

郭实道："她没有看见你呀。"

黎士方道："哼，没看见好，我横竖没有猜到后头。"

郭实道："你不要冤屈她呀，她也很不高兴的呢。"

黎士方道："那活该了，谁又管我不高兴来着？"

郭实道："真奇怪，你这时怎么又倔强起来了，平时你总是那么温柔的。"

黎士方道："我生气，我难过，我不溜了。"说着，他竟走上岸去。

郭实不得不追他来道："咱们的鞋在那双虹榭呢，你进漪澜堂做什么？"

黎士方一听，只得又走下冰来。郭实道："也不至于气得这么糊涂呀。"黎士方也笑了。

于是他们又溜到双虹榭，上了岸，换了鞋。郭实道："今天溜得真不痛快。"

黎士方道："谁叫你来的呢？"

郭实道："其实也没有关系呀。"

他们走出了双虹榭，刚要往大桥上走，忽见汪晴澜一个人由东

199

边走上大桥。见了他们，连理也没理，仿佛还生气的样子。

黎士方道："我们回去。"

郭实道："干吗呀这么狠心，与其这样狠心，背地里少掉两回眼泪好不好。走，追她去。"

说着，强拉了黎士方，便追了下来。走到汪晴澜旁边，叫道："密司汪。"汪晴澜回头看了一眼，又往下走去。郭实是非叫他们说了话不可，他仍旧拉黎士方，追了下来。

黎士方道："你再这么拉，我可要急了。"

郭实道："急就急了，回头咱们再说去，现在的机会，是不能放松的。"说着，一直跑到汪晴澜的前面，拦住去路。

汪晴澜道："这是做什么？"

郭实道："我请你吃杯茶去。"

汪晴澜道："谢谢你，我要回去了。"

郭实道："密司汪真不给我这面子吗？"

汪晴澜道："你有什么话要说呢？"

郭实道："我没有话，我只是请你吃杯茶。"

汪晴澜道："我喝一杯就走。"

郭实道："那也可以，只要赏面子。"

黎士方道："你把我放开。"

郭实道："干什么呀，密司汪都给了面子，你又假惺惺了。你是去不去，我不管你，我放了你，去不去是你的自由，可是朋友交不交就在此一会儿。"他又用激将法来激他，结果，黎士方只得答应去了，其实，他心里仍是惦记汪晴澜的。

郭实道："这不结啦，拉拉扯扯的也不像话，走。"

于是他们又到了濠濮涧，那里比较清静些。他们占了一间屋子，落座，要了茶点。郭实道："我昨天就约黎士方今天溜冰，他只是怕见密司汪，他说他要遵守密司汪的约，怕密司汪会生气的。"黎士方瞪了他一眼，郭实接着说道："你不用瞪我，没关系，这不是实话吗？我还给你出主意，你怕伤了密司汪的心，这不都是你说的吗？这时候又假惺惺，真无聊。"

200

汪晴澜听郭实这样说，知道黎士方背地里是非常惦记自己的，心里总有点感动。她看了黎士方一眼，黎士方并没知觉。他说："你不必说瞎话。"

郭实道："得了吧，你再这样说，连我都不喜欢你了。今天没什么说的，这是你的错，你就认错得了。"

黎士方道："为什么我要认错呢，我有什么错？"

汪晴澜站起来道："我走了，再见。"

郭实抓着冰鞋道："你不是喝杯茶就去吗？这杯茶还没喝呢。"

汪晴澜道："你不给我倒，我喝什么？"

郭实道："我怕你喝完就走，所以没敢给你倒。你坐下，喝完了再走。"他一边倒着一边说："士方，你这种态度可是不够朋友了，不但对爱人不应当，就你对朋友也不应当呀。你自己想想，你这不是有点神经病？你完全辜负了我的心，你太不能体谅朋友。我受人家抢白，我这样对付人家，我这样招人家不愿意，我这样叫人家不给我面子，我图什么呢？"

汪晴澜道："别说了，茶都倒在外头了。"

郭实道："你瞧，天不留客茶留客。"

这时黎士方和汪晴澜听了郭实这套话，都有点软化。黎士方觉得郭实的这份心不应当辜负他，汪晴澜也觉得不应不给他这点面子。郭实算是把他们安稳住了。他说道："你们的事，还叫你们解决，我是不参与的。士方，今天我敲你一个小竹杠可以不可以？"

黎士方道："没关系。"

郭实道："今天这个茶钱，请你替我给成不成？"

黎士方道："你呢？"

郭实道："我没有带着钱。"

黎士方道："好吧，你还吃什么？"

郭实道："我什么也不吃，我还有点事，我马上就得走了，今天把你们约到这儿，这是我的事。以后的事，那就归第六章说了，由你们自己解决去，没有我的事了，回见。士方，回头我在学校等你，还要听个下回分解。"

第六章　多情女情重愈斟情

郭实说完了，站起来，戴了帽子，便往外走。黎士方和汪晴澜全拦住他道："你不能走。"

郭实笑道："嗬，立刻就这么亲密起来，一起拦住我。"他们两个人一听，便全撒了手，叫他去了。

屋里剩下黎士方和汪晴澜两个人对坐，就仿佛夫妇两个人刚吵过架，谁也不好先理谁，两个人默默地坐着。黎士方看汪晴澜那样美丽，心里的忧愁、悲哀、生气，都消灭到乌有之乡去了。汪晴澜看黎士方这样漂亮温柔，也不觉更爱了他。

时间大概很久，两个人都没有说一句话。黎士方咳嗽了一声，仿佛要说话。汪晴澜看了看他，他又咽回去了。最后，他说："喝茶吧。"

汪晴澜说："你让我喝的，我喝完这碗就走。"

黎士方忙道："这是跟郭实定的约，我们两个人当然要取消的。"

汪晴澜便把那碗茶倒在地下，说道："你再给我倒?"

黎士方遂给她倒了一碗。他说："你不是溜得挺好，为什么要走呢?"

汪晴澜道："你为什么不理我呢?"

黎士方道："我难过，我生气，我才不理。假如你要先理我，我不会不理你的。"

汪晴澜道："你太矫情了，我们谁先看见的谁?"

黎士方道："我问你，你是一个人来的吗?"

汪晴澜道："废话，我一个人走，还不是一个人来的吗?"

黎士方道："你为什么忽然想到这里来？"

汪晴澜气得笑道："你这也叫问题吗？难得你问得出，你居然也是大学生，考第一的大学生，竟会问这样的问题。假如我以前没有来过这里，你也可以问，我以前也不是没有来过呀？"

黎士方道："我就纳闷，唯独今天，唯独在这里，唯独还遇上了袁傲生。"

汪晴澜一听，冷笑道："嗬，我明白你的意思了。你以为我和袁傲生约好了来的。我和他好，我爱他，是不是？"

说得黎士方闭口无言，窘态百出。他道："我，我并不是这个意思。"

汪晴澜道："不是这个意思是什么意思？你以为我不明白你的心，你太嫉妒了。你这嫉妒，简直有些侮辱我，你一点不是正当的妒忌，这是你的胡猜、你的乱想，甚至于你是神经病患者了。我不知我再说些什么才好，你知道我为什么到这里来？本来我不想说，说了徒增加你的骄傲，可是我还是说了吧。昨天我在南海遇到郭实，他对我说了你的近况，使我知道你无时不在挂念我。今天我特意约你玩，我给学校打电话找你，他们说你教郭实拉到北海溜冰去了，所以我就跑来了。我还不知你们在双虹榭的，谁知不来倒好，来了却遇见这样倒霉的事。"说着，拿了鞋，站起来道，"回见。"

黎士方一见，连忙拦住她道："得啦，我错了，晴澜，请你饶恕了我吧！"

汪晴澜道："我已经饶恕你好多次了。"

黎士方道："这次仍请你饶恕我，别生气，别苦恼，别不爱我，这是我的三别主义。晴澜，这里若不是茶馆，我一定给你跪下，请你饶恕。"

汪晴澜道："羞羞，与其这样不害羞，那时候少发脾气好不好？"

黎士方笑道："我并不敢发脾气，我真爱你。"

汪晴澜道："爱我还能不理我？"

黎士方道："那正是我爱你的表现。"

汪晴澜道："假如那样全叫爱，那字典里便没有残暴这类的字眼

203

儿了。"

黎士方道："我连我自己都说不清，为什么在爱情上，我的度量竟那样窄小，我一见你同别人在一起我便不好过。"

汪晴澜道："那你还是不相信我呀。"

黎士方道："不是不相信你，是不敢相信别人，如果你同杨胜仁在一起，我就不嫉妒了，因为我相信你不会爱他的。"

汪晴澜道："那么你还是怀疑我能够爱袁傲生呀。"

黎士方道："别说啦，我说不过你。"

汪晴澜道："你不必掩饰，世界上还有比你还坏的吗？"

黎士方道："坏死啦。"他们全笑了。

他们又谈了一会儿。汪晴澜道："今天我又饶恕了你一次，以后再有对我这样的时候，我可决心不再理你了。"

黎士方道："以后我绝不这样了，别生气。"

汪晴澜道："我们走吧，我还得赶紧回家，今天特为你偷出一点工夫来玩，结果还受了一肚子气。"

黎士方赔笑道："你爱怎么罚我便怎么罚我。"他说着，叫了伙计，给了茶钱，走了出来。

走到外边，忽然想起一件事来，他道："呀，我忘了一件事。"

汪晴澜说道："什么事？"

黎士方低声说道："我忘了吻你了。"

汪晴澜道："讨厌，走！"

黎士方只得同她走出来。他道："我给你雇车吧。"

汪晴澜道："我坐公共汽车到西单买点东西，由那里就回家了。你不是回学校吗？"

黎士方道："我送你一趟。"

汪晴澜道："不用，你又不听话。"

黎士方道："好吧，等汽车来了我就回去。"他们走出门去。

走到汽车站，见袁傲生似乎还同着几个人在等汽车。他心里又一阵心血来潮，但是他勉强自己压住自己的情感，外表极其镇静，他准知道是一点事也没有的，可是心里总是不舒服，说不出是怎么一回事。

袁傲生道："你们不是早离了冰场，怎么刚出来？"

黎士方道："是的，我们在别处坐了一会儿，你回去吗？"

袁傲生道："不，我们到西单吃馆子去，吃完馆子听戏，你呢？"

黎士方道："我想回学校，可是我又想到西单买点东西。"汪晴澜眼望着别处，始终也不说一句。

黎士方道："晴澜，你若是回家，由中南海打个穿，不是很近吗？我可以陪着你走几步。"

汪晴澜一听，明白他的意思，看了他一眼便道："好吧。"说着，也没有向袁傲生打招呼，便走下来。黎士方向袁傲生道了一声"再见"，也跟了下来。

他们进了中南海的北门。汪晴澜道："真没办法，我为了你，我都不敢跟人家说话，我若一说话，你又得狐疑了。"

黎士方道："我真感激你，你答应了我的请求。"

汪晴澜道："我本来要到西单商场买东西。我出来的时候，我母亲叫我带的。回头跑了一天，什么也没有给她带回去，多不好意思呀。都是你，闹得我家里不说我好，同学也全得罪了。你呀，简直是我一块病。"

黎士方笑道："我真不知我应当怎样感激你。你知道，你这样所给我的是多么伟大呀。"

汪晴澜道："不必谈什么感激不感激，只要你平常少犯神经病就得了。倘若是我方才非要坐汽车走不可，你不一定又要瞎猜什么呢。"

黎士方笑道："我绝不胡猜什么，不过，我总有点不放心，现在有人多看你两眼，我都恨他要命。"

汪晴澜道："假如你不认识我呢？"

黎士方道："不认识单说不认识的，既然认识，而且又爱了你，那就没有法子。"

汪晴澜道："我真倒霉遇见了你。"

黎士方道："你后悔爱我了吗？"

汪晴澜道："不，我是说我没遇到你的时候，是多么自由畅快。我的心里，可以不存一点事。现在，你是给我一个最大的牵挂了。"

黎士方道："这也就是人生真义的开始啊！"

汪晴澜道："假如我一辈子不遇到你呢？"

黎士方道："那你就算得不着真意义了。"

汪晴澜笑道："醉雷公，胡批。"

他们说笑着，由中海走到南海。汪晴澜道："郭实这个朋友，对你太好了。"

黎士方道："对我们都好。"

汪晴澜道："对你好。"

黎士方道："也对你好。"

汪晴澜道："偏是对你一个人好，他这样做完全是为了你。"

黎士方道："那你不喜欢吗？"

汪晴澜道："不喜欢。"

黎士方道："得啦，别倔强了，你就说你非常爱我，愿意跟我好，也失不了你的尊严哪。"

汪晴澜道："我偏不说。"

黎士方道："不说也没关系，只要你心里愿意就成。"

汪晴澜道："我心里也不愿意。"

黎士方道："你再固执我就要吻你了。"

汪晴澜笑道："就会这个，这个就是你的盾牌了。"

他们说笑着，走出了南海前面，汪晴澜回家去了。她临别还说了一句："你如果不放心我回家的话，还可以在后面暗暗随着我。"

黎士方笑道："你真能骂人，再见，小鸟，我的亲爱的小鸟！"说着，和她分别，自己回到学校。

郭实见他回来，面带笑容，便笑道："怎么样？"

黎士方道："她说她很感谢你。"

郭实道："她感谢我，你呢？"

黎士方笑道："我不感谢。"

郭实道："感谢不感谢没有什么，反正咱们心里明了。我说，你

206

还是差得多，汪晴澜这样好的女子你都对付不了，那总怨你的个性不好。"

郭实道："对付爱人和对付朋友不一样，你不要看得太容易了。男女一发生了爱情，马上便复杂起来。别看两个年轻的人，其间却比现在的国际形势还神秘、还复杂。爱情不是容易讲的，我现在才知道。"

郭实道："我就不信，恋爱会这样难，这都是你们故意往难里做。一般人总是不去享受爱的愉快，而偏去尝爱的苦恼，这不是自找吗？"

黎士方道："不然，这实在由不了自己。你现在是旁观者，你还没有爱人！"

郭实道："我可是有太太。我的太太就是我的爱人。"

黎士方道："太太和爱人不一样。"

郭实道："你不会往太太那样做吗？"

黎士方道："那不成，女人有时需要你做她情人，不做她丈夫。你完全是做丈夫的态度，而不是做情人的态度。"

郭实道："事实胜于雄辩。今天要没有我，你们不是又决裂了吗？"

黎士方道："这也是你旁观的缘故。假如你爱了她、疑了她，为表示你的自尊，你一定不能这样办。"

郭实道："你不会不自尊吗？"

黎士方道："不成，这是不由己的。"

正说着，吴世飞走回来了。黎士方道："听戏去了吗？"

吴世飞道："去了。"

黎士方道："怎么这么早就回来了？"

吴世飞道："这戏听得没劲，票友的，没等完我就回来了。"

黎士方道："当然，他们的戏，还没有你唱得好呢。我说，那个苏什么的去了吗？"

吴世飞道："去了。"

黎士方道："怎么样？"

吴世飞道："范统是被她吃上啦，我认得这个苏班洁呀。"

黎士方道："你怎么认识的？"

吴世飞道："我先不说怎么认识的，我跟你们说，他们的结果好不了。"

黎士方道："我看那苏女士倒相当漂亮。"

吴世飞道："漂亮和漂亮不同。她这归于妖艳，单看挺不错，可是你拿她跟汪晴澜比在一块儿看看，就知道苏班洁怎样恶心了。"

黎士方道："你看范统跟杨胜仁将来谁胜利？"

吴世飞道："什么叫胜利，根本谁也胜利不了。"

黎士方道："只是他们比较着看。"

吴世飞道："那当然范统胜利了，因为他有钱。可是现在越胜利将来越吃苦了，可没准儿，也许苏班洁这时明白啦，嫁个有钱的一忍，得啦，像她这啥字不识，谁要呀？只有给人家做姨太太。"

黎士方道："她不是还跟杨胜仁通信吗？"

吴世飞道："你别听杨胜仁那一套，她连字都不认识，还会写信？别叫他瞎说了，这都是杨胜仁往脸上贴金，胡说八道。苏班洁会写信打死我。"

郭实道："苏班洁到底是什么人？你怎么跟她认识的？"

吴世飞道："这话要是说来可就长了，虽然不能另成一部小说，但也是倒插笔。这个倒插笔得写十万八万的字，咱们总而言之得了。她是一个西城女票友，拿着唱戏干一种副业，咱们这话可是关上门来说，你们可千万别露出去，慢慢地劝着点范统，别叫他上当。她的根底，我全清楚，我们在茶社常见。"

郭实道："这么一说，范统要吃苦了。"

吴世飞道："那可不是。"

郭实道："范统那个人还不识劝，他那人是个轴子，越劝越拧。"

黎士方道："劝他试试。"

他们谈了一会儿，便去吃晚饭，吃完饭，又跑到一块儿谈话。黎士方道："杨胜仁还没回来，他们不知上哪儿去了。"

吴世飞道："大概吃饭去了，他们说听完戏吃饭，吃完饭大概还要照相。"

郭实道:"还要照相,怎么照啊?"

吴世飞道:"谁知道,反正得三人一块儿,有一个单了就得出麻烦。"

黎士方道:"说真格的,你给他们照的相,怎么样了?"

吴世飞道:"谁给他们照了,马马虎虎说是给他们照,其实都没有装玻璃板,瞎比比就成了。有这底板叫他们糟蹋?临完了就告诉他们说没照好就得了。"

黎士方道:"你真叫虎。"

郭实道:"你这照相的技术不坏,汪晴澜那张不是你给照的吗?"

吴世飞道:"Yes。"

郭实道:"那张真不坏,将来你可以开个照相馆。"

吴世飞道:"开照相馆可不易,以前开照相馆的都是匠人,现在开照相馆的都是艺术家。像西单商场,里面的一○一照相馆,那才是真正的艺术。可是话又说回来,照相的多么艺术,也免不了一些掌柜的去照。那些掌柜的跑外的,多年没回来,照个相往家里寄,你要给他照艺术的,不但他家里人看了要大惊小怪,就是他本人都说,这半个脸怎么会是黑的?要不然,头发怎么白了一块?没办法,照相馆你说不给他照,也不成,人家花钱来照相,你能不叫人进来吗?究竟这还比那说照相伤气的还强呢。还有一种爱美过甚的,也难办。一脸麻子,你若是给他照得没有麻子,岂不失真了吗?但是他喜欢,说是真好。你若是照得逼真,他反而丧气得要哭,难道他自己就不觉得有麻子吗?"

郭实道:"提起麻子来,想起田麻子老没有露面。"

吴世飞道:"前些日子不是拿麻子、拿麻子的,他没敢出来,尽在家里待着。俗语说,麻子麻,上树爬,狗一咬,人又拿,拿麻子就应在这儿。"大家全笑了。

正这时,忽然杨胜仁跑进来。吴世飞道:"那位苏女士呢?"

杨胜仁道:"回家了,我给她雇的车。"

吴世飞道:"怎么没在范统那里玩?"

杨胜仁道："没有，吃完饭她就想回家，她不愿意到范统那里去。我现在真苦恼，弄这么一个迟累，摆脱不开。"

吴世飞道："怎么摆脱不开呢？"

杨胜仁道："她总是拉着我。"

吴世飞道："你不是给范统介绍了吗？"

杨胜仁道："介绍也没用，她不爱范统，你说有什么办法？你今天看着的，她今天还算不错，对范统还有点亲近，平常的时候，简直不成。也不是范统的手腕不灵，也不是他脑筋差点劲，他生来不是交女朋友的材料。"

黎士方道："那也不能这样说，交朋友得以诚。范统那人诚实，准得女人欢迎，交朋友不在乎使手腕。"

杨胜仁道："不，手腕很有关系，尤其对于女性非使手腕不可。"

黎士方道："那么，苏女士既然摽着你，你一不使手腕不就摆脱了吗？那还有什么苦恼的。既然能使手腕得来，就能使手腕抛去。"

杨胜仁结结巴巴地道："那、那、那不成呀，摆脱是摆脱，因为怕她痛苦，不是才不能使手腕吗？"他有点语无伦次了。

大家就一笑置之。杨胜仁却更唉声叹气，用左手的拳头击右手的手心，摇头说："一点办法没有，咱们并不是说看不起范统，咱们也是爱莫能助，他若是马马虎虎也好，他还是真动心，这玩意儿多糟心呢？"他说着，不胜叹息，仿佛范统当真失恋，他当真摆脱不开似的。

回到自己屋里，躺在床上静静地一想，才想到苏班洁要离开自己而跑向范统的悲哀了，嘴里怎么说也不成，心里不得劲。说的时候，心里还痛快一些，可是一想到实际，就觉得事实跟嘴里说的，完全不是那么一回事了。话固然是开心的钥匙，可是自己怎么说，也只能给人家开心，自己却越发悲哀。

第二天，吃完了饭，便到范统那里去了，他是怕苏班洁也要去的。谁知他刚走进公寓大门，李斗就迎出来说："杨先生，范先生没在家，同一个密司出去了。"

杨胜仁一听，就像晴天打个霹雳，他勉强振作精神："是不是昨

210

天来的那个女的?"

李斗道:"可不是,真漂亮,今天又穿了一件红大衣,来的时候,全公寓的人,谁不看两眼哪,范先生真福气!"

杨胜仁一听越发难过,他道:"他们上哪儿去了?"

李斗道:"不知道上哪儿去啦。"

杨胜仁道:"他们没雇车吗?"

李斗道:"没有,一块儿走着,两个胳膊一挎,嘿,劲真足。杨先生怎么不来一个?"

杨胜仁听着简直气得鼻子全要歪了,他仍往里走,他怕李斗说假话,进到里面一看,果然锁着门,扒窗户往里看看,人去屋空,他只得颓然而退。

李斗道:"我跟您说您还不信?"

杨胜仁道:"他们没说到哪儿去吗?"

李斗道:"我就听一句颐和园,他们许上颐和园了。"

杨胜仁道:"这么冷的天上颐和园,不对,他们什么时候走的?"

李斗道:"他们没吃饭就走了,真难得范先生,以前他没有起过这么早。"

杨胜仁越听心里越堵得慌,他怔怔地走了出来。李斗还不断地夸奖范统和苏班洁的甜蜜,杨胜仁恨不能给他一拳。他道:"范先生没叫你叫饭吗?"

李斗道:"没有,那位女士来了之后,他们便匆匆忙忙地走了。"

杨胜心想,这完全是躲着我呀,好你个范统,居然卖起朋友来。那个女人也太不要 face!他又想到范统和苏班洁的亲热,范统再一同她说杨胜仁怎么教给他交朋友的手段,结果他倒成功了,杨胜仁反倒失败了,于是范统和苏班洁会笑起来。

杨胜仁想到这里,真要捶胸顿足、仰天长啸了。他悲哀着走了出来,回到学校。这时学校里同学都知道他有这么一个爱人,也是他八字没一撇,自己先各处吹了风,现在人家都知道是他的,他更正也来不及了。这个说:"杨胜仁,今天同你'拉腕儿'玩去没有?"那个说:"我看见杨胜仁的'拉腕儿'了,真漂亮。"又一个说："我也看见过，刚才我在路上碰见范统，同着她一块儿走，咦，杨胜仁的爱人怎么会同范统亲近一块儿走起来？"

杨胜仁一听这句，就如刀剜了心似的痛起来，他道："我给他们介绍了。"

那个道："嘿，真可惜，那么漂亮，给人介绍。"

杨胜仁简直是非要自杀不可了。他道："你在什么地方看见的？"

那个同学道："就在街上，往西单商场那边去了。"

杨胜仁便想立刻追去。他道："走呀，咱们追他们去，追着叫他请客。"大家一听，好，当时便有四五个人追下来。

他们断定范统一定在西单附近饭馆子吃饭，挨着饭馆子一找，便能找着他们。西单饭馆子虽然多，但是范统绝不会同她吃次的，总得讲究一点的，如此，用不了多大工夫，便可以找到了。他们蜂拥而出，追踪而来。他们这举动，有三种心理：一种是追着好玩，起哄；一种是想吃点便宜，顺便也能哄哄女人，聊以解闷；一种是带有破坏性的嫉妒了，以为人家很甜蜜地玩，自己总不甘心，非要哄散不可。他们到了西单，便挨着饭铺去问，有范先生没有，问了几处都没有，大家有点生气，可是饭馆还有的是。

这回大家进了一个饭馆，杨胜仁气哼哼地走进来。伙计连忙嚷道："您几位，里面坐！"

杨胜仁道："我找范统，问问有范统没有。"

伙计一怔，看了掌柜的一眼，掌柜的一努嘴，伙计忙道："有有，你往楼上坐。"

几个人上了楼，伙计让了座，擦了擦桌子，把手巾往肩上一搭，问道："您几位喝什么酒？"

杨胜仁道："不喝酒。"

伙计道："您想什么菜？"

杨胜仁拍桌子道："不要菜，就问有范统没有。"

伙计道："有有，你要几号的？"

大家道："范统还有号哪？"

伙计道："可不是，大号有这大呢。"

杨胜仁道："什么呀？"

伙计道："饭桶呀！"

杨胜仁道："我叫人。"

伙计道："人可没有，对不住。"大家遂走下楼来，埋怨伙计耽误好多时候。

他们走出来，又到别的饭馆问。伙计一嚷，嚷了几句，没人答言，说道："没有范统。"

杨胜仁道："你到单间都问一问。"

伙计道："真是对不住，再要问，我们就把饭座儿都得罪了，谁是饭桶呀，谁也不愿意听。"

大家不得已，又走了出来。大家一讨论，跑到饭馆找饭桶，是不大好，况且范统若是知道他们找，更不出来了。咱们得想个方法，别说找范统，说找苏女士苏班洁。大家赞成，又走进一个饭馆，找苏班洁女士，可是找了几处，仍是没有。

这时有灰心的了，为这顿吃，各处碰钉子，不大值得；有的以为没了希望，恐怕找不着范统；有的以为就是见了他们，遭人家的白眼，也不好看，所以渐渐走散了，人越来越少，结果只剩下杨胜仁一个人。杨胜仁不死心，非要找到他们不可，他一个人也要找。

他又进到一家饭馆，一问范统和苏班洁，伙计说道："没有，刚才走了两位，一男一女。"

杨胜仁一听，有一点眉目，便道："那男的是不是胖胖的？"

伙计道："是是。"

杨胜仁道："那个女的是不是穿着红大衣？"

伙计道："是是。"

杨胜仁一听，有了五分，便问道："你知道他们上哪儿去了吗？"

伙计道："不知道，您问门口拉车的许知道，他们出门就雇车来着。"

杨胜仁忙走出来，车夫们都挤上来道："要车不要，洋胶的去吧？"

杨胜仁道："我问你们，刚才有两个人，一男一女，男的胖胖的，女的穿红大衣，他们雇车到哪儿？"

一个车夫道："我知道，我知道，我拉您去吧，走，快一点，一会儿就追上。"杨胜仁以为就是附近，遂坐上了车，反正知道地方，能够找着他们，然后再说。遂坐上了车，车夫拉起就走。

杨胜仁在车上琢磨主意，见了他们应当怎么说，做什么态度，他尽顾着琢磨事了，洋车拉出很远，他一看，都过了王府井，他道："他们倒是上哪儿啦？"

车夫道："他们上雍和宫啦。"

杨胜仁道："雍和宫？上雍和宫干吗去了，我的老爷子。"他感到路程的遥远了，感到路程的遥远，就是感到钱的可观。

车夫说："今天雍和宫打鬼，热闹着哪，先生您看去吧，他们就在那呢。"

杨胜仁道："那我哪儿找他们去呀？"

车夫道："好找，找不着，我再给您拉回来。"一边说着一边走着，越走越远，车钱是越来越多。他估计着这一趟就得五六角钱，自己还有八角钱，找不着，够回来坐电车的。

车到了北新桥，杨胜仁问道："这一趟多少钱哪？"

车夫道："您看着给得啦。"

杨胜仁道："他们多少雇的？"

车夫道："他们是一块二一辆雇的，您也不用多给，我也不跟您争竞，您也给一块二得了。"

杨胜仁一听一块二，打了一个寒战，他心里道，我这里有八角，还差四角呢。他道："我可不能跟他们比，我给你七角吧。"

车夫道："就不用还价了，由西单牌楼拉您到雍和宫，这个大南大北，两个犄角儿，您自己合算合算，值这一块二不值，我这给您跑劲儿的。"

杨胜仁道："我要知道雍和宫，我花七分钱坐电车好不好？"

车夫道："不能这样说，您不是要找那二位的吗？"

说着，拉到了雍和宫，一看，人山人海，哪里去找范统和苏班洁去呢！他下了车，说道："我本来没带着钱，钱都在我那朋友拿着呢，找着他也就好办了，现在我就剩下八角钱，都给你得啦，我再找他们去，你如果再多要，晚上你到狗尾巴胡同大通公寓找我去。"车夫一听，自认倒霉吧，八角钱就八角钱吧，把钱接过来，抱抱怨怨地走了。

杨胜仁也直认晦气，但既来之则安之，看打鬼的吧。一边看着打鬼，一边找着范统。可是始终也没有找着他们，只好自认倒霉回去。坐电车都没钱了，只有走着，散步是有利益的，这是他自己说的。可是由雍和宫回到学校，这个长途散步，实在有点够瞧的。一直走到黑，才走回学校。这气可大了，两只脚都磨了泡，鞋都被土埋起来，走进学校都抬不起腿来了。一道上又遇着大风，刮得浑身是土，连鼻孔牙齿都是尘沙。他进到屋子里，连洗都懒得洗，往床上一躺，这舒服就别提啦。可是舒服虽然是舒服，但仍掩不掉悲哀与烦恼。他想到苏班洁弃己而爱范统，实在可恨。而范统背己而爱苏班洁，尤其可恨。他越想越气，恨不能见了他们，打他们一顿才解气。

他正想着，忽然想起范老伯来。他灵机一动，心里说道：何不给范老伯写封信，说范统乱交女友，胡乱挥霍，自己站在朋友立场，劝他不听，唯恐人家疑惑是朋友把他带坏，所以特写这封信报告您，请您约束他一下吧，不然就堕落下去了。想到这里，心里十分高兴，立刻精神来了，叫听差打脸水，洗脸，掸土，预备回头到自习室去写信。

这时，有个同学走进来，问道："到底找着他们没有？"

杨胜仁道："找着了，就在那个路南的饭馆子里，你们没有去，我和他们吃了饭，一同到雍和宫看打鬼的，然后回来，我又送苏班洁回家。"说着，他便到自习室去写信。写道："老伯大人台鉴，敬启者。"他又想，敬启者不大好，敬禀者吧，也不大好，来敬陈者吧，于是写下去，"敬陈者，久远慈颜"。他又想，慈颜好吗？芳颜，更不像话，得查尺牍，尺牍里还许没有给同学的伯父告密信，真别扭，先不管起头吧，先写当中间，打完稿再誊写。于是又写："近来范统学兄交一女友，花费金钱甚多，弟劝之不听"——不对，对老伯不能称弟，称侄，"侄劝之不听——后来……"后来怎么样呢，他想不起写什么。妈的，写信这么别扭，还是亲自找范老伯去吧，当面说比写信痛快，而且透着恳切，对。放下了笔，又回到宿舍，明天再说。

第二天起来，想找范老伯，忽又想何不找范统探探他们的虚实，继而又想，上范统那里，不如直接找苏班洁去，找到她，愣同她一块儿玩去，叫范统等一天等不来，他们自然就犯了意见，这种手段，又叫离间计，又叫调虎离山计。对，到底是杨胜仁精明！他刚要走，忽又想起自己还没有钱，怎样约她去玩呢？这时就不免恨自己的老子，总不给自己寄钱来，这老梆子，可恨透了。他不得不向同学去借，跟张三借一块，跟李四借五角，跟赵二借了两块，说了许多好话，一共凑三块五。三块五似少一点，现在的钱，还值一花吗？于是又找到吴世飞，吴世飞在黎士方屋里呢，他当着黎士方，不好意思同吴世飞说，可是他又怕再晚一会儿，苏班洁就许出去了。借钱真难，尤其借钱同女朋友玩，说着都有点对不住良心。

黎士方他们正说得热闹，谈着今天看见小报上登着某某公司办理社员的婚配，这个办法真好，假如学校也来这么一回，倒也不错，大家都有了安慰。学校再办一个托儿所，男女同学生下小孩来，放在托儿所。大家再办一个幼稚园，出了幼稚园，入附属小学、附属中学，最后升入大学，他们的小孩再入托儿所，如此轮回，学校便越来越兴盛了。教育家不是说嘛，学校即是家庭，就是这么个意思。

他们正说得热闹，杨胜仁走进来。这回他却一声不语，黎士方看着他的态度很不安的样子，便知道他有事，便问道："胜仁有事乎？"

杨胜仁道："没什么事，不忙，谈你们的。"

黎士方道："我们也是瞎谈。"

杨胜仁道："那么，世飞，我跟你说句话。"说着，便把吴世飞叫到门外，低声道："我现在有点小用项，我家里大概下礼拜就可以给我寄钱来了，我这么盘算着……"

吴世飞没等他说完，便知道他是想要借钱，忙道："你现在不是

216

没什么用项？"

杨胜仁道："我想买点书，我的书具也该换了，没办法，我已经给家写信去啦，家里也来了回信，可是款还没汇到……"

黎士方在屋里道："你们有什么秘密的事呀？"

吴世飞道："老杨大概手头很窘，想活动活动。"

杨胜仁道："我想买几本书，一两天家里就可以寄来了。"他是那么可怜相。

黎士方道："你还差多少钱呢？如果多的话，大家给你凑凑。"

杨胜仁道："只差几块钱。"

黎士方道："三块钱够吧？"

杨胜仁道："够啦够啦。"羞答答地说着，借钱是真难，幸而黎士方还这样慷慨，若不然真怪难为情的。

其实黎士方也并不是多么有钱，这只是他的一种侠情。他拿出五块钱来，递给了杨胜仁。杨胜仁道："这个礼拜之内，我必定还。"黎士方只是一笑。杨胜仁拿到了钱，还不好意思出去，似乎拿了钱就走，未免不大好看，半天，才借个缘故走出。

出门雇车，直到十八半截，找到八十号，一看，却是一卖烧饼油条的。他十分奇怪，前后左右都看了看，全是铺子，就没有什么苏宅。没办法，只得和炸油条的伙计打听道："劳驾，这儿有姓苏的吗？"

伙计道："酥的，有，你要多少？"

杨胜仁道："不是，我找苏班洁姓苏的。"

伙计道："酥半截的可没有，这儿倒是有全焦的。麻花儿吃的是焦的，您尝尝。比酥半截儿的好吃，要不然油饼也好。"

杨胜仁道："我找一个人，姓苏。"

伙计道："找人哪，这里没姓苏的。"

杨胜仁暗道，原来她说的是谎话，怨不得我那些信都没回，原来都寄给炸油条的伙计了。无法，只得回来，到公寓先找范统。

范统还在睡着。他去了，李斗向他使个鬼脸儿，低声说道："范先生昨天什么时候就捻灯睡啦，到现在还没起。那位女士，今天早

217

晨走的，一清早就走了。"

杨胜仁一听，差点一口鲜血喷出来，站在那里怔了半天。李斗又道："我给您叫门。"说着，便敲范统的门。敲了半天，算是把范统叫醒了，开了门。杨胜仁走了进去，正颜厉色的，与往日大不相同。

范统见了他，仿佛有点不好意思，倒是直张罗他，一边打着哈欠，一边给他拿烟卷，说道："从哪儿来，学——啊——"张了大嘴，打了一个哈欠，伸了一个懒腰，由眼角的模糊里，挤出一点眼泪，然后接着说："学校来吗？"

杨胜仁道："不，从十八半截来。"

范统刚要接着打哈欠，忽然听杨胜仁说十八半截，哈欠打了半截，又咽回去了。他道："干吗去啦？"

杨胜仁道："买油条去了。"他算是沉住了气。

范统道："怎么跑到那里去买油条？"

杨胜仁道："我疯了跑到那里买油条？"

范统道："那么你干吗去了呢？"

杨胜仁道："我是采访去了。"

范统道："你又当了新闻记者？"

杨胜仁道："我是给你探听消息去了。"

范统道："给我探什么消息？"

杨胜仁道："苏班洁不住在十八半截，你知道不知道？"

范统道："你怎么知道她不在那儿？"

杨胜仁道："今天我特意去调查，查得她并不住在那里，那里是一个烧饼铺。"

范统道："不能吧？"

杨胜仁道："我若说谎，归为我给你们离间，最好咱们一块儿去看看。"

范统道："不必，你也许听错了。"

杨胜仁道："绝不会，那一条都是些铺子呀。"

范统道："也许她家开买卖。"

杨胜仁气道："你为什么还这么替她说话，你知道我今天跟你说的是好意。"

　　范统道："我知道你这是好意，成了吧？"

　　杨胜仁道："你光知道不成呀。"

　　范统道："那么还要怎么着呢？"

　　杨胜仁道："你应当赶快觉悟。"

　　范统道："怎么觉悟呢？"

　　杨胜仁道："赶快跟她断绝关系，不然你就要上当了。"

　　范统道："不能，她对我忠实极了。"

　　杨胜仁道："你才是个傻瓜，她表面对你忠实，其实她肚子里早在算计着呢。"

　　范统道："绝对不能，她对我的牺牲太大了，你还不知道呢，她已经把她的一切都给了我。"

　　杨胜仁道："她一切给了你，你的钱可给了她。"

　　范统道："给了她也是等于给我，何况并没给她钱呢，告诉你说吧，我们已经商议到结婚了，想参加这次集体结婚。"

　　杨胜仁吃惊道："你们要结婚？"

　　范统得意道："不错，并且还是她非要嫁我不可。"

　　杨胜仁一听，呆了半天，他道："我真没有想到。"

　　范统道："连我也没有想到。"

　　杨胜仁道："可是你得要注意呀，她没准儿早安着什么心呢。"

　　范统道："不会，她既然肯这样牺牲，她不会有别的心。"

　　杨胜仁道："可是下大本钱，才可以得大利呢。"

　　范统笑道："你太神经过敏了，要按你这么说，世界上就没有结婚的了。"

　　范统的智慧虽然不及杨胜仁，但是在女性的追逐时，他也曾瞒了杨胜仁，做出令人想不到的事。可是苏班洁将来是不是真心跟他，或是有无作用，他都一概想不到。即或有人提到，他也是不相信，俗说劝赌不劝嫖，实在比圣人的格言还有至理。杨胜仁一听，劝是劝不过来的，况且他根本也不是真心劝。他想，还是从范老伯那里

219

入手，亲身去见范老伯，叫范老伯再把他父亲范老三找来，到这里和范统一闹，甚至于把范统带回家去，那苏班洁无疑义地便归了自己。他这时不和范统惹气，也不跟范统说明白了，一直就去找范老伯去了。

范统见他走了，自己又倒在床上睡。睡醒了，以为又是一天，细一看，原来都到了下午。起吧，再不起就连到夜里去了，白天不睡还没有什么，夜里睡不着，就有点不得劲。他叫李斗叫饭，这顿饭也说不清是午饭还是晚饭，好在范统的胃口很好，什么时候吃都行。吃了饭，不知干什么好，拿出皮包来，数了数钱票。忽然想起给家里写信来。给家里写信有两种事，一种是报告和苏班洁结果，一种是跟家里要钱。他不知道，结婚和要钱这两件事，是不是应当一块儿说。假如因为提结婚要钱，而家里反倒不给了，岂不坏事？可是不提婚事，万一家里给自己先订了婚，也不好办。上回爸爸来，临走的时候，说过回家先提婚事去，自己若是报告在后头，那就麻烦了。况且光提要钱，家里也许要疑惑自己胡闹八光，反而不如光明正大地先说出要钱的理由来了。

他左思右想，也想不出应当怎么办。就是想出怎么办，他也不会写这封信。他这时想到杨胜仁，有杨胜仁，多少能给自己拿个主意。可是话又说回来，杨胜仁这家伙，越是求他，越是拿糖，而不找他又不成。想了想没主意，干脆到街上逛逛，给苏班洁买点儿东西，晚上到学校找同学，跟他们商量商量，多少给拿点主意。想罢，锁了门，走了出来，走在街上，散荡游魂似的。忽然看见道旁有个摆卦摊，桌上铺着白布，布上贴着剪的字，是"文王八卦"四个字，不过"文"字掉了，光剩下"王八卦"三个字了。两旁还写着"合婚批命""代写家书"。范统一看，心里一动，他往桌上看了看，算卦的说："求财问喜，来占一卦，看看学堂及格不及格，恋爱成功不成功，婚姻动不动，来一卦吧！"他是光看人说话。

果然这话打动了范统的心，他走了过来，还不好意思坐下，光站在那里看着。算卦的说："您坐下，这里有凳子，随便谈谈，谈谈流年，占占六爻。"

范统坐下，算卦的道："你是占卦，还是批批流年，还是谈谈相？"他倒是什么全成，江湖上的戏包袱。

范统道："谈相省事，而且靠得住。"其实哪一样也靠不住。

卜者道："看您的相是富贵之像，先看您的三亭，书上说：君论之相有十法，先相三停短与长，您的天庭部位饱满，父母得力。三停列位并三才，高耸丰隆大快哉，地部相朝真富贵，尖斜削小惹凶灾，看您的地阁很好，晚年必要享福。三山得配，五岳匀当，这是够上格局了。看气色您的文昌宫发亮，您一定是在学堂里，对不对？"

范统道："对对。"

卜者道："不对您就踢我的卦摊，我相面还是不奉承人，跟您说在头里，您要是喜欢奉承，您站起就走。你别看我在这儿摆卦摊，跟那些江湖不一样，看您的气色，这两天是有点解不开的事呀。"多明白，没事谁也不算卦。

范统道："可不是。"

卜者道："您的眉毛不错，吃亏的是眼睛小一点，你这个人是个好人，对朋友是真热心，可是为一点小事，不知道怎么就得罪人了。眼睛角上是鱼尾，奸门。看您目下的纹理，您现在要走着一步桃花运哪。"

范统心里笑道，妈的真对。

卜者见他笑了，便知道猜得不错，又道："再看您的准头……"

范统道："你不必说别的了，只说这一件事吧，刚才你说走桃花运，你看我将来怎么样？"

卜者道："若是专问一件事，您还得占个六爻，谈相只能谈流年。"

范统道："占卦就占卦。"

卜者道："好，您抽个签儿。"

范统遂抽了一个签，卜者用的是草根儿，他来回地摆了半天，说道："您按这卦象，好啊，我不是奉承您，您将要添人进口，大喜之象，大概不出这个二月，您就得成功，到时候我得喝一杯喜酒，哈哈！"

范统笑道："你看有什么问题没有？"

卜者道："问题是没有，不过这里犯着小人。"

范统一想，大概就是杨胜仁了，那家伙真讨厌，从明儿不理他。

卜者又说："虽然有小人，可是不碍事，您办您的。"

范统道："对于小人怎么办？"

卜者道："就给他一个不理。"

范统道："他要是给破坏呢？"

卜者道："破坏也没用，您这卦象是成功之象，破坏也不怕，不过就有个小波折，这点小波折与您的长辈有点小影响。"

范统一听不由一动，说道："他是不是要从我父母那方面破坏？"

卜者道："对呀，他这儿破坏不了，所以就从上面来，不过这方面您放心，没关系，准成功，就是跟家庭脱离关系也能成功。就是您双亲这方面，您得留意。这里女方还有点煞，这点煞您别看不怎样，可是就怕相冲，那非闹得家败人亡不可。"

范统道："那怎么办呢？"

卜者道："有一个方法可以解了。"

范统道："什么方法呢？"

卜者道："烧子时香，我给您求求神，您不用管了，全交给我。您只花个香钱，我替您求神烧香，就成了，七天，一天烧三股，三七二十一股香、蜡、纸，统统您就花上一块钱，就大事全解了。"

范统道："好吧。"。

说着就掏钱，卜者道："谈相五毛，占卦五毛，一共两块钱。按说我应当跟您多要，您这卦太好了，您事情好了，您再请请我，我一定喝您喜酒。"说着一抱拳。

范统笑着说道："这个女人怎么样？"

卜者道："好，好极啦，您别看摩登，可会过日子，准保一心一意地跟您过，得人心就别提啦。"

范统笑得闭不住嘴了，忽然又想起来道："干脆，先生再给我写封信吧，给家里写信，就说我在这里订婚了，姑娘怎么好，都说上。"

卜者一听，立刻研墨蘸笔，铺上八行信纸，问了问情形，便写道："父母亲大人容禀。"

范统道："这里应当来个叫头。"

卜者道："这是古词。"

范统道："鼓词也不错。"满拧。

卜者又写下去道："儿近来在京结一女友，因为感情颇洽，已订为婚姻，今日在李半仙卦摊，相谈甚欢。李半仙卜术甚精，所谈均中肯綮，若来京算卦，可到李半仙卦摊算卦也可。"李半仙写信带广告，还不花广告费。最末写上："敬请钧安，儿范统谨叩。李半仙附候。"他也不知算干什么的。信得了之后，范统又给了五毛钱，李半仙道："明儿要是合婚，您也到这儿来，我给您细合。"范统答应着，到邮局把信发了。

这信到了范老夫妇手里，范老夫妇正给他说媳妇呢。接到他的信，知道他在北京自由结婚了，不由大怒，又大骂起来。

范老太太问道："怎么一回事？"

范老头道："这孩子又自由订了一个，他就没把咱们看在眼里。"

范老太太一听，也气得直哆嗦，不过她还心疼儿子，说："现在这年头儿，都是讲自由，咱们这村儿，王三的孩子不是他自己娶的吗？"

范老头道："你尽说这个，明儿娶到家来，打婆骂娘，你受得了啊？"他们认为摩登女人专会打婆骂娘，而打婆骂娘的，也就谓之摩登。

范老太一听这话，又哭了起来。两口子商量，还是到北京来，干脆把范统带回家来，别叫他念书了，越念越糊涂。画画不画山水，尽画光眼子的，你说这不是学坏了吗？趁早叫他回来。

正这时，范老伯也来信，也是这档子，不过他说他这回不负责任了，是真的假的，你们自己来看，他是鉴于上次闹得怪不合适的，这回他只管报信，不管别的。范老夫妇一看，越发觉得有再到北京的必要，于是又联袂北上。这次北来，专为范统解决婚事，并无政

223

治作用。

来到北京，仍是下榻范老伯公馆。范老伯道："你们来得真快，接到我的信就来了吧？"

范老夫妇道："我们先接到那畜生孩子一封信，说他自由了一个，我们正想来呢。"

范老伯道："他居然给你们写信？好，胆子真不小。"

范老头道："到底是怎么一回事？"

范老伯道："你听我跟你说呀，那天那位杨先生来了，这话我都是听杨先生说的。他说范统近来又荒唐了，朋友都没法儿劝他，近来他姘了一个野鸡。"

范老太太道："什么叫野鸡呀？"

范老伯道："就是吃事的，暗门子。"

范老太太道："哟，这可了不得，这孩子要是娶这么一个来，咱们家坟地都得走了风水。"

范老伯道："先别忙，咱们也得打听打听，这全是那杨先生说的，能信不能信还在两可。上回不是闹得挺不好吗？先歇歇，明天再说。"说着，便叫家人做饭。

范统这时候在学校上课呢。这些日子开学了，范统都不知道，以前杨胜仁每天都告诉他说上课了，现在他也不理杨胜仁了，杨胜仁不到公寓里去了，所以学校的事，范统不知道了。这天他没事，起来说到学校看看，到了学校才知道上了课。这时大家都知道范统和杨胜仁闹了意见，杨胜仁的爱人叫范统夺了去。大家都这样说，说得杨胜仁越发气愤难出，这回他可是真病了。他想，别忙，反正叫你尝到我的厉害。他想到范老夫妇这几天也该来了，他一声不语，静等变化。

这天他们正在上着课，范老夫妇驾到了。范老夫妇本来是先到公寓去的，范老伯也跟着。这回范老伯倒是说："先别吵，慢慢探听探听，然后再相相姑娘，万一懂得孝顺公婆，不是也挺好吗？别恼坏了老的，也别急坏了孩子，反正往圆全里办。现在的年月，也不能太较真了，马马虎虎。再者说，而今哪个念书的不娶念书的。乡下女人，就得给乡下人了，没办法，全都是这样。就拿我这个孩子说，也是整天跟女人在一块儿，女孩子也是尽跟男人在一块儿，你说，说破了嘴，他也不听你那套，他反说你是老顽固。再不然就不活着了，你说有什么主意，只可听他去了，你爱怎么着就怎么着，享福受罪，我一概不管，享着福，是你的运气，受了罪，活该啦，横竖不能怨我。老三，我跟你说，我在城里住，脑筋维新得多了，搁着以前的年头，这孩子还不打死他？而今这叫作潮流。他们一来就说跟着潮流走，这小子也不知是哪的人，尽妖言惑众。大家都跟着潮流走，咱们还拧什么劲。我看灶王爷也没有潮流有能耐，你说是不是？再者现在这孩子们，尽爱看言情小说，看得入了迷。我就纳闷，这小说有什么看头。他们还说，爸爸您看，这小说写得像您极了。我拿过一看，可不是，简直是写我呢，而今这小说也跟从前不一样了。我说咱们这回去，别闹，稳住了来，闹大发了，人家又写了小说。"

这一套话，把范老夫妇说得更莫名其妙，范老太太是无论怎么说，也总以为洋书念不得。他们一边说着，一边来到公寓，到公寓一找范统。李斗说："范先生上课去了，学校就在一拐弯，我领您去。"说着，他在头前引路，把他们一直领到学校门口。

李斗道："您就照直往里走，没错儿。"

范老夫妇便当真往里就走，走到里面，不知哪儿跟哪儿，门房也没留神他们。范老太太一边走着，一边叫："二格，你在哪儿呀？"叫着范统的小名。

学生正在上课，一听院里有人喊二格，都笑起来。范统听见了，知道父母来了，这样叫大家笑，自己也觉得害羞，索性不言语，自己也跟着笑。他说："哪儿来的老娘儿们，跑这儿胡嚷。"

杨胜仁认识，他看出是范统的母亲，不由高兴了，立刻嚷道："这是范统的妈。"

范统急了，他道："这是你的妈。"大家以为说笑话，便全笑了。

先生道："大家不要管她，我们画我们的画。"范老太太在外边喊，这时谁画得下去呀。

范老太太喊了半天，不见有人出来，她就直到屋里来，她看见玻璃窗扒着许多男的女的头。她一直走进教室，范统便想藏起来，可是杨胜仁给泄了底，嚷道："范统在这儿呢。"范老太太一进来，往四周围一看，见大家围着一个光眼子的女人，那女人一丝不挂，坐在当中，范老太太一看，别看她岁数大，可是羞得抬不起头来，大家都笑了。

范老太太火儿上来，恼羞成怒，她跺脚骂道："你们这一群狗男女，简直是毁我的孩子哪，那娘儿们脱光眼子叫男人看，真是没皮没脸，你们这叫学校，简直是毁人坑，羞不羞！没皮没脸的骚娘儿们。二格，你跟我走，这个书咱们可不能念了。"说着拉了范统就走，范统闹得也怪僵的。

这时范老头子也走进来，外边还有一个范老伯和门房在吵。门房不叫进来，范老伯说："他们都叫进来，不叫我进来，我也是家长。"

门房道："他们也得出来，学校不能随便进来。"

范老伯哪里听，一个劲儿往里闯。范老头子进到教室，范老太太正要打那模特。模特吓得乱跑，一下和范老头子撞个满怀，范老头子一看，赤条条的女人，吓得也转头就跑。

范老头子跑出来又叫范老伯道："大哥快来吧，您弟媳妇可捉住奸了。"范老伯一听，越发和门房相吵，于是闹得学校天翻地覆。这时别的班的同学，也全跑出来看，范老太太推着范统，一边骂一边嚷，大家都莫名其妙。

这时事务主任跑出来，问道："怎么一回事？"问谁呢，谁也不答言，嚷的仍旧嚷，骂的仍旧骂，拉的仍旧拉，笑的越发笑。事务主任嚷了半天，也没效力。训育主任也出来了，叫学生上课，学生哪里听，都看热闹呢。学生又太多，也没法管，院子里乱成一团，谁说什么也听不见，甚至训育主任的话，连训育主任自己都听不出来了，于是他也嚷。校长在屋里实在沉不住气了，再不出来，学校拆散了，自己还待得住吗？

校长亲自走出，校长一出来，教员们更不好意思幸灾乐祸，也全出来看。校长见门房拉着范老伯，范老伯拉着范老头子，范老头子拉着范老太太，范老太太拉着范统。范统不动，他拉住了事务主任，事务主任也是想把范统拉回来，把他们都驱逐出去，也就好办了。可是事务主任力量小，拉不动。训育主任一看，如果把自己学校的学生硬拉了走，这训育主任的责任多大呢，于是他又拉事务主任，两边争夺着范统。校长出来一看，学校力量孤，于是校长又拉训育主任，教员们见校长都动了手，更不能袖手旁观，也参加了这边。双方演成拔河运动，体育教员力量大，他喊着一二三，拉，一二三，拉呀。学生一看，这倒不错，在旁边欢呼加油，加油。到底学校这边力量大，拉得范氏如拖尸一般。可是把范老太太拉到校长室去了。

范老太太可得着机会，摔呀。拿着茶杯照着玻璃就打，哗啦一声，全碎了。幸而听差把她抱住，拿绳子就要捆她。

校长说："不能捆，学校里捆人不像话，问问她到底是怎么一回事。"

范老太太道："我把我儿子拉走，这学校不念啦。"

大家正闹得不可开交，李斗走了进来。李斗回到公寓后，苏班洁来了，范统留下过话，若是苏小姐来，无论什么时候，都当时到学校把他找回去，不管上课没上课。李斗有了这句话，所以叫苏班洁在公寓等着，他又到学校来。他来到学校，门房里没有人，里面声音大震，他也就一直往里走，里面围着一群人，十分丧气。李斗便叫道："范先生。"范先生抬头一看是李斗，李斗伸出大拇指，在自己的肩膀上往脖子后一指道："来啦，在那儿等着您哪。"这话可意会而不可言传，范统一听就明白了。父母就如同是自己的命，见了苏班洁就不要命了。他一蹦，分开众人，便跑了出去。

范老太太一看，可急了，随后边就追。听差还想去拉，校长道："叫她去吧。"范老太太和范老头子范老伯都追了出来。范老太太还骂："跟你们说，咱们完不了，你们先拿光眼子女人骗我们孩子的钱，不成，我告你们去，把我们孩子都教坏了。"嚷着出去了。大家又笑了起来，互相问是怎么一回事，谁也说不清。

这时范统早已跑到公寓，见苏班洁果然在屋里等着，立刻说道："走走，快走，咱们上电影院去。"

苏班洁道："哟，干吗这么急呢？"

范统道："不然没有时候了。"

苏班洁只得跟了他去，问道："上哪个电影院呢？"

范统道："大光明，新开的。"说着两个人匆匆走出来，雇上车去了。等到范老太太的小脚赶到，范统已经走得无影无踪。

范老太太便问伙计，伙计说："上大光明电影院了。"

范老太太不认识，由范老伯雇了车，三个人又追到电影院。范老伯说："这回您可别砸什么了，电影院不同学校，砸了得赔人家。"范老伯以为学校就可以不赔偿了。

他们进到电影院，范老太太就往里边走，里边正在演着电影，伙计把他们拦住。范老太太道："我们找人。"

伙计道："找人也不能进去，您得打字幕。"

范老太太不懂什么叫打字幕，她嚷道："我们孩子在里边呢。"

伙计道："那也不成，你要进去就得打票。"

范老太太道："打票就打票。"

到票房一问，五毛钱一位，范老太太道："我找人五毛钱？"

伙计道："我们不能管那个，您进去，您就得打票。"

范老伯道："要不然就买一张吧，您进去找他，我和老三在外边等着。"于是给范老太太买了一张票，走进去了。

进到里面，黑漆漆不能见人，范老太太嚷道："哟，你们倒是把灯捻起来呀，这么黑我哪里找人呢？"

她刚说完，就听一片笑声，跟着嗦嗦的声音。范老太太才不管那一套，仍旧喊道："二格，你在哪儿呀，你可别把我急坏了呀！"可是始终不见范统的回答。

伙计拿着电棒，请她坐下，她说："我还没找着人呢。"

伙计道："你坐下先等一等，等一会儿电影演完了，灯一亮起来，您再找不迟。"

范老太太道："那得多久啊？"

伙计道："一会儿就到。"

范老太太只得等着，抬头往前边一看，银幕上正映着跳舞，一群群的少女，光着大腿，露着脊梁，等于赤身露体一个样，女人和男人搂着跳。范老太太一看简直不得了，这哪叫阳世三间，这可待不住，城里简直变得不像样了。她正想着，忽见那银幕上，男的和女的竟搂抱一处耍起嘴儿来，并且还咂咂有声。范老太太大声嚷道："哟——我可不看了，这叫什么事呀！当着人耍嘴。二格，你快出来吧，这可不得了，活了这么大，没看过这个，这叫什么事？"一边说一边走，大家没有不笑的。

伙计道："您别嚷啦，请您出来等着吧，一会儿就完了。"说着把范老太太引出来。

花了几毛钱看见男女耍嘴儿，她一边喊着倒霉，一边跟范老头子道："这简直不成，咱们这孩子要是不带回家去，那非坏了不可，现在城里头可没人管了，还不如乡下好呢。"

伙计道："你就在这里等着吧，一会儿就散场了。"他们便在外边等着。

在这个时候，我们再返回来说学校吧。学校这时候都嚷开了，拿这件事做成笑柄。汪晴澜学范老太太的动作，学得非常像，她把脚尖扬起来，用脚后跟走，一边走一边学范老太太那怯腔儿，学得大家都鼓起掌来。训育主任还以为范老太太没走，进来一看，却是汪晴澜。训育主任也笑，说道："淘气！"然后走了。

杨胜仁这时最高兴，大家都不知道是怎么一回事，都来问他。他说："告诉你们，我杨胜仁不是吹，就凭我一翻掌，就得闹得天翻地覆，这完全是我一个人的力量。"说着，便把范统如何要同苏班洁结婚，如何劝他不听，如何找他老伯说了一遍，说完，还自夸手段高强。

汪晴澜听了，便对黎士方道："这个人真说不出来是怎么一回事，批评他都抓不着个性。"

黎士方道："有八个字可以批评他了。"

汪晴澜道："哪八个字？"

229

黎士方道："师心自用，言过其实。"

汪晴澜笑道："你批评得太对了。"

这时先生都在开会议，模特也走了，大家上不了课，全跑到宿舍聊天，推测范统的结果。黎士方对汪晴澜说："我们到街上走走，好不？"汪晴澜点头答应，他们便一同走出来，在大街上散步。

他们谈了谈关于范统、杨胜仁的事，汪晴澜道："不谈他们的事，没意思，我说，天气暖了，哪天，我们到郊外玩玩好不好？"

黎士方道："我们都骑着车去。"

汪晴澜道："我有两年多没骑自行车了。"

黎士方道："我希望你仍旧骑自行车，不然身体总会渐渐坏下去。"

汪晴澜道："我也是这样想，这些日子我或者还许把车骑出，自入了大学，住在宿舍里，车就懒得骑了。"

黎士方道："我们下个礼拜就可以到颐和园去玩。"

汪晴澜道："还早，怎么也得柳树发芽，地上有了青色，那才有意思。在玉兰花开的时候更好。现在去，和冬天一样，没有什么好玩。虽然现在到了春天，可是这春天是诗人的春天，诗人感觉最灵敏的，他们早就春啊春啊地咏上诗了，其实长毛绒大衣到现在还没脱下去。"

黎士方道："可是小姐们的大腿可露出来了。"

汪晴澜道："讨厌，小姐们的大腿，在冬天就露着，你管得着吗？"

黎士方笑道："我没有说你。"

汪晴澜道："你说女人就不成。"

黎士方道："好，我不说，我们仍旧说我们的旅行，想要不要别人参加？我以为人多也好，人少也好，人少就是我们两个人。"

汪晴澜笑道："约上袁傲生。"

黎士方道："你又拿我开心了。"

汪晴澜笑道："谁叫你尽神经过敏。"

黎士方道："我们不谈这个，还是谈旅行的事。"

230

汪晴澜道："骑车就怕遇见风，北京的风真讨厌，春风风人，风得人都要疯了。"

黎士方道："北京的风并不讨厌，讨厌的是土，北京的特产是土。若是没有土，那吹面不寒，是多么潇洒呢？可是风是受了土的累，风一到，土先趾高气扬起来，叫人讨厌，于是人们就憎恶风了。"

汪晴澜道："可是没有风，土也不会先扬起来，因为有风，所以土才飞扬跋扈起来了。"

黎士方道："你说的也对，可是我们现在离题远了。"

汪晴澜道："怎么？"

黎士方道："我们本说的是旅行，现在我们却拿风和土打起哑谜来，这是象征文学呢，还是讽刺文学呢？"他们全笑了。

他们又走了一程，竟走到北海。黎士方道："我们到北海里玩玩。"汪晴澜答应着，黎士方便打了票，走了进去。

冰已全解了，春风照旧吹着海面，起了无数波纹。黎士方道："你看，不已经很有春意了吗？一个月前，我们还看见许多男女穿着冰鞋在这海面上驰骋，现在却没有一个在上面溜了，时间才仅仅一个月，而冰场那些刀光鞋影，一点痕迹都没有了，这才是沧海桑田。你还记得你在那冰上滑过的 'S' 形吗？现在你还找得着吗？不但你的，任何人的刀痕，现在也一丝不存在了。仅仅才一个月啊！"

汪晴澜道："你又感慨起来了。"

黎士方道："我就说光阴是真快，就这样一月一月地过去，一年一年地过去，眼看着人慢慢就要老起来，在这应当恋爱的时候不恋爱，多么冤呢，时光不再呀！"

汪晴澜道："说了一大套，原来却转在这里。"

黎士方道："所以我们得赶快接吻，不然光阴似箭，这个吻不接，那箭就不知跑到哪儿去了。"

汪晴澜道："跑到小天使那里去了。"

黎士方道："所以我们便应当爱，应当赶快接吻，这也是三段论法呀。"

说着，抱了汪晴澜就吻起来。他道："你快乐吗？"

汪晴澜道："这要是叫人看见呢？"

黎士方道："我问你快乐吗？"

汪晴澜道："我说你有时太轻狂了。"

黎士方道："我问你快乐吗？"

汪晴澜道："不快乐，不快乐，不快乐。"

黎士方笑道："干吗说三句？"

汪晴澜道："你问我三句嘛。"

黎士方道："只要回答两个字就成了。"

汪晴澜道："不快。"

黎士方道："不快的歇后语是乐。"

汪晴澜道："坏死啦。"

黎士方道："我没有一天不在想吻你。"

汪晴澜道："你呀？"

黎士方道："是的，鄙人。小姐呢？"

汪晴澜道："我不想，有人跟我说，男人没有一个好东西，都不可信。"

黎士方道："谁跟你说的？"

汪晴澜道："我忘了。"

黎士方道："你不能忘，这一定有人同你说我的坏话，你可千万别受人家的离间。"

汪晴澜笑道："你真有点神经过敏，他根本也不是说你。"

黎士方道："那么这人是谁呢？"

汪晴澜道："我没说吗？我已经忘了。"

黎士方道："不能，话记得很清楚，为什么人会忘了呢？"

汪晴澜道："我真忘了，这个人好像跟你不认识。"

黎士方道："既然知道跟我不认识，你更可以想起这个人来了。"

汪晴澜道："我也不认识。"

黎士方道："这是什么话呢，他能够跟你说这种话，你会不认识这人吗？"

汪晴澜道："你等我想一想，我真忘了谁跟我说过了。也许在哪本书上看过。"

黎士方道："书上没有这话。"

汪晴澜道："反正我记得他是很恳切地对我说过。"

黎士方一听，越发不放心，他道："也许你上课的时候，先生讲的？"

汪晴澜道："不，只有他跟我两个人，环境是很静。"

黎士方更疑惑了，他道："是不是袁傲生？"

汪晴澜道："我一猜你就要疑惑他，不是他，反正这个人不太熟，要不然我就想起来了。"

黎士方道："谁呢？"

汪晴澜想了半天，说道："越想越想不起来，干脆我们不想他吧，我们谈别的。"

黎士方道："不，你非得说出来不可。"

汪晴澜道："你这个人真死心眼，换一换脑筋就许想起来了。"

黎士方道："晴澜，我真对你一点办法也没有了，多难的题，只要我用一用脑筋，我也可以将它解出来。唯独对你，到现在我还难分析你的心。"

汪晴澜道："我没有心。"

黎士方道："你对于任何事，你没有不想一想的吗？"

汪晴澜道："想一想？不，我什么都不想，没告诉你，我没心吗？"

黎士方道："比方说，我平日是怎样的惦记你，你想得到吗？"

汪晴澜道："我一向不思考这些事。"

黎士方道："我现在告诉了你。"

汪晴澜道："告诉我我也不去想。"

黎士方站住道："回见。"说着转身要走。

汪晴澜笑道："嗬，最后的手段都使出来了，多么好玩呢。来，别生气，我跟你说笑话呢。我告诉你，我不但想你，我做梦都梦见过你。呀，我想起来了，叫我不信任男人的那人我想起来了。"

黎士方道："谁呢？不许冤我。"

汪晴澜道："是我做梦时，梦见一个女人，女鬼，告诉我的。"

黎士方道："你又胡说了。"

汪晴澜道："真的，那天开游艺会，我们不是夜里在院里走嘛，回去睡觉，我就做了一个梦，真奇怪。"说着，就把梦里的情形都对他说了，并且说，"第二天就病了，你还给我送梨。"

黎士方一听，知道她不是瞎说了，现编是不会那么圆全的。他道："晴澜，你现在已经是直率了，你使我快乐，你使我痛苦。我不知怎么你就会占据了我的心，我一会儿不见你，我就不痛快。你应当想念着我的痛苦，而来安慰我。你别看我平时不言不语，可是心里正在波涛汹涌得恨不能抱着吻你呢。"

汪晴澜道："你总是爱说这些话，没意思，谈一点别的。"

黎士方道："你说我们到颐和园带着画具去好不好？"

汪晴澜道："我们是玩呢，还是画呢？"

黎士方道："那就不带，最好我们一清早去，买点面包果子酱，拿到谐趣园一吃，吃完了到茶社一喝茶。"

汪晴澜道："人多一点儿好不好，玩着痛快。"

黎士方道："不，就是我们两个人。"

汪晴澜看了他一眼道："哼！"

黎士方道："哼什么？"

汪晴澜道："你呀！"

黎士方道："我爱你，我不愿意再有一个人参加我们之间，你是属于我的。"

汪晴澜道："我是属于你的，在哪儿写着呢？"

黎士方道："不在哪儿写着。"

汪晴澜道："不在哪儿写着，为什么你说我是属于你的呢？"

黎士方道："因为我爱你。"

汪晴澜道："你这话好像是打字机打出来的。"

黎士方道："这怎么讲？"

汪晴澜道："都不是由你的心里说出来的，你可以把你的话，用打字机打出来，打出许多张来，到时候你就给我一张，这样你便省了许多的话，我也可以把它们都收集起来，到时候我一齐还给你，你看好不好？"

黎士方道："你就这样挖苦我，我问你，你什么时候一齐还给我？"

汪晴澜道："到我高兴的时候。"

黎士方道："在我们结婚的时候。"

汪晴澜假意生气道："你说什么？"

黎士方道："我没有说什么。"

汪晴澜道："你不能这样放肆。"

黎士方道："饶恕我吧。"

汪晴澜道："我不同你走了。"说着，便往回走，黎士方便跟了下来。汪晴澜始终不理他，他却再三再四地央告，汪晴澜说道："你再这样跟着我，我便喊警察了。"

黎士方见她这样绝情，这时又有人走来，他觉得再这样跟着央求，太不像话了，便木然站在那里。汪晴澜回头看他那呆样窘样，不觉笑了。

黎士方见她一笑，连忙又跑了过去，他道："你真会捉弄我。"

汪晴澜道："你以为我笑了，你又跑来干吗？我告诉你，我已经不是警告你一次了。"

黎士方道："我们都是现代青年，还有什么怕说的吗？谈谈这话也不成吗？"

汪晴澜道："不成，我就不准谈。"

黎士方道："那么我们就不谈，好吧？"

汪晴澜道："那我们也该回去了。"

黎士方道："你就说回去得了，何必还来这么一出惊人的戏剧，吓人一跳？"

汪晴澜笑道："这不能缠一块儿。"说着，他们便往回走。

走回学校，大家还在谈论范统的事。后来有多事的，跑到公寓跟李斗打听，才知道事情已经解决了，是李半仙给解决的。李斗说，除去李半仙以外，世界上任何人也办不了他们的事，李半仙三言两语解决的。这个主意还是苏班洁想出来的，因为把他算命占卦的事对苏班洁一说，苏班洁一听，没想到范统还这样迷信，她生怕他回头再到李半仙那里去合婚，再合不上，功亏一篑，岂不冤枉？于是她一个人找到了李半仙跟他托个人情，假如她再同那姓范的来合婚，就批为上等婚，请他多说好话，将来一定重谢。李半仙当然答应，宁拆十座庙，不破一桩婚。给人成一个婚姻，总是有好处的。李半仙仿佛还不是为谋利。苏班洁先给了几毛钱，这是白给的。才找到范统，范统拉她到电影院，在电影院里，范统告诉她，他的父母来了，这回完全是为婚姻的事来的。问她怎么办，他是一点主意没有。一块儿逃去，范统和苏班洁都不愿意，范统是怕没有进项，跑到哪里都要挨饿。苏班洁之所以要和他结婚，当然也有她的企图，假如范统脱离了家庭，自己还有什么贪图呢？他们都不希望逃走，但也不希望回家，回到家乡多么受罪呀，爱情还在其次。他们更不希望拆散，范统当然恋恋不舍，苏班洁已撒了很大的本，不甘赔累，怎么办理呢？苏班洁想起个主意来，她叫范统和他父母都说了，把自己也给他父母见了，她对他的父母一献殷勤，先得他父母几分欢心，然后再带他父母到李半仙那里一合婚，问问婚姻做得做不得，只要这第一步办成，以后还有进一步的办法。

范统道："万一合不成呢？"

苏班洁道："没有的话，你上次算命不是说得挺好嘛，再者我们的姻缘不会不好的。"

范统答应着，他想回头在电影院里闹一场，叫别人看着笑话，不如自己先出来和父母见面，回到公寓再慢慢说。他征求苏班洁的同意，苏班洁答应了，并且给他出一个主意，叫他仍在电影院里等着，她先出去打电话，先把他们调回去。她说完，便走出场来，范老太太当然不注意她，她走出电影院，给李斗打了一个电话，叫李斗来一趟，并教了他许多的话，说办好了有他的赏。李斗当然乐意了。

范老太太等正在等范统，忽然李斗走了来，叫他们回到公寓去，说范统并没在电影院，从医院里来了电话，说范统大爷吞大烟自杀了，现在医院里治呢，大概没有什么危险，一会儿就可以回到公寓来休养。范老太太一听，这回可真心疼了，大哭起来，她抱怨范老头子不该这样太逼儿子，叫儿子寻死，儿子要一死，自己这条老命也不要了，非跟儿子去不可，说着大哭不止。

范老头子道："这真新鲜，这事都是你闹的，倒怨起我来。"

范老伯道："得啦，谁也别怨谁了，赶快回去等着儿子去，看看他有什么危险没有。本来我就说你们可别太逼急了他，这年头不是那个事了，走吧，回去说去。"

李斗也直劝，围了一圈子人也直看，苏班洁也站在里头，直跟李斗使眼色，李斗也直挤眉弄眼，算是把他们全劝回公寓。

范老太太回到公寓，由李斗开了门，钥匙是苏班洁递给他的。范老太太走进屋里，哭道："宝贝孩子，你可是真拙呀，我要知道你寻死，我也就不这么赶罗你啦，我说肉哇，呜呜呜。"

范老伯在旁边直劝，说道："别哭啦，回头由医院里送回孩子来，他的心就够难过的，你再一哭，他更受不了。"范老太太一听，越发哭得厉害。

一会儿，范统回来了，由苏班洁扶着，范统皱着眉头，两脚拌蒜，仿佛十分痛苦的样子。自然，这是苏班洁教给他的。进到屋里，谁也不理，躺在床上睡起来。苏班洁给他盖了被子，又给他倒水，十分温存。范老夫妇等都看得呆了。

范老太太见儿子能够回来，自然喜欢，可是范统嘴里直哼哼哎哟，苏班洁道："你还难过吗？"

范统道："哎哟，哎哟，哎——哟——"

范老太太的眼泪又掉下来。她道："孩子，你可真拙呀，有话对妈妈说，我没有不答应你的。我们两口子，就你这么一个儿，你要一有个好歹，我们两口子还倚着谁呀？孩子，你怎么这么拙呀？"

范老伯道："你先别埋怨他，他这时也不好过，有什么话慢慢叫他说，这不是人已经回来了嘛，这总算叫人放了心。"

范统道："哎哟，我的心闹得慌呀！"

苏班洁道："你还要吐吗？"说着把痰筒端过去，范统爬起来，使劲往里吐，吐得那么山响，可是仅仅吐出两口痰来，然后又躺下喘气。苏班洁道："你喝口水，你好好养养吧，别叫我着急了。"

范统喝了一口水，喘着说道："你别走，我离不开你。"

苏班洁道："我不走。"

范老太太一见苏班洁长得挺好看的，对儿子又这么温存体贴，早就心里喜欢，说道："这位是谁呀？"

苏班洁道："哟，我尽顾了他，还没有给您请安。您就是大妈吧？"说着，便请了一个安。

范老太太见她虽然是摩登，可是也会请安，更加喜欢。苏班洁的嘴又甜甘，大妈长大妈短，叫得范老太太真是喜欢极了。谁说城里的姑娘没规矩呢？像这样的儿媳妇，娶回家去，谁不说好呢？她道："来，我给你见见，这是你三大爷，那是你二大爷。"

苏班洁又请了安，忙着倒茶，说道："他多亏我呀，我给运到医院，给大夫请安道谢，花了一百多块钱，花钱倒没什么，人总是要紧的呀。要不是我，他、他早就……"说着仿佛很委屈似的。

范老太太又哭了，用手绢擦着眼泪说道："多亏你照应，花多少钱，都给你，你这份心，总有你好处，这个拙孩子，他心地拙着哪。多亏你呀，你这老头子，还不给人道谢！"老头子心里知道这是未过门的儿媳妇，怎好意思向他道谢，倒是范老伯给她作了一个揖。

李斗这时在旁边说："要说范先生住在公寓，多亏了苏小姐天天来服侍，换一个人，谁有这样耐心。"

范老太太一听，越发喜欢苏班洁了。苏班洁又给老太太倒了一碗茶道："大妈，您喝茶。"

范老太太破涕为笑，由眼角挤出两滴泪来，对范统道："孩子，你倒是真有眼力，早知道这么好，何必这么不答应你呢？不要紧，你也别着急，这事情完全我一个人担起来了，你爸爸他管不了，你说的是这位姑娘不是？"

苏班洁仿佛害羞似的低下头去了，范统马上答言道："就是，哎哟，我心里闹得慌。"

范老太太道："孩子，你可别着急，反正是依着你就完了。"

范统一听，心里别提多痛快了，苏班洁的主意真叫高，比杨胜仁还高。他道："妈呀。"

范老太太道："干吗？孩子，你说吧。"

范统又不言语了。范老太太道："你倒是说呀！"

苏班洁也附在他的头旁说道："你有什么话说吧。"

范统低声问道："我说什么呢？"

苏班洁低声道："你说这就合婚去。"

范统道："你要答应我，现在就合婚去。"

范老太太道："合不合没有什么的。"范老太太倒真将就他。

范统道："我要起来。"

苏班洁过去忙把他扶起。范老太太道："孩子，你就躺着你的吧。"

范统假装没有力气的样子，坐起来，苏班洁道："你倒是下地给爹妈请安哪！"

范老夫妇一听，到底儿媳妇比儿子明白。范统下了地，苏班洁扶了他，他都给请了安，连范老伯都喜欢了说道："你这孩子，差点把你爹妈都给急坏了，有什么话你说，别吞大烟哪。"

范统道："不是不容我说，就先吵吗？"

范老伯道："得啦，过去话就别提了，有什么话你说吧，不要紧，现在不是全在这儿吗？我说吧，能办就办，也没有什么不能办的。"

范统道："现在就合婚去。"

范老伯和范老夫妇都答应了，说道："成，这就去。"

范统道："我已经算过一回命，就是李半仙那里，非常的灵。"

范老头道："你信上也提过，那个人我看挺谨礼的，还问候我们，就上他那儿去。"

苏班洁道："我回家了。"她故意表示羞涩。

范老伯道："姑娘也去，没有关系。"

范老头道："远不远？"

239

范统道："不远，就是一拐弯。"

范老伯道："这样吧，把先生给请到这儿来吧，咱们多花几个钱，没有关系。姑娘不能跟咱们满街上合婚去，范统这孩子病还没好利落，也走不了。干脆，把先生请这里来，挺好。"

大家一听，全都赞成，于是范统叫李斗去请李半仙来。

苏班洁道："我回家去。"

范统道："你就这里待着吧，怕什么？"

范老太太道："姑娘还不像城里姑娘，还有点怕羞，我留你，你就不准走了，合得好不好没什么，合好了你就是我的儿媳妇，合得不好，我认你这么一个女儿，好不好？"

苏班洁假意害羞道："妈妈，我愿意做您女儿。"大家都笑了，她又道："我给家里打一个电话去，怕家里不放心。"

范老太太道："还是姑娘想得周到，去吧。"

苏班洁出来打电话，其实她哪里打电话呢，她追到李斗偷偷对他道："请那李半仙来，叫他说好话，不准说坏话。"

李斗笑道："成成，有我呢，没错。"他去了，一会儿，把李半仙请来，李半仙还带着全副家什。他们请先生坐了，叫李斗给先生倒茶。李半仙一进来就看见了苏班洁，当然认识了。李斗方才又对他说"说好话，别说坏话"。他当然明白一切。

范老太太道："请先生来没有别的事，给合合婚。"

李半仙道："好。"他铺开了纸笔，在砚台上倒了一点茶水，用一块短墨研了研，拔开笔帽，往桌上看，他以为范统桌上还没笔墨盒等等的文具吗？其实范统这里连根铅笔都找不着，只有一支没有水的自来水钢笔。李半仙一边蘸着笔一边说："这时候天干物燥，人也最爱生气发脾气。"

范老太太道："先生说得真对。"

李半仙道："房子还有时着起火来，何况人呢。这两天多少火警啊，还尽是烧死人的。刚才还在街上听见什么电影院起了火，烧得片瓦无存。这年头，水火无情，多大产业，一烧就光。您说留着钱有什么用，得花就花，与其那么烧了，不如给了儿子，大家享享福，您说是不是？"他一进来，就知道是怎么一回事了。范统和苏班洁都认识，李斗又全告诉了他，他当然替范统说话，回头好多要钱呢。

范老夫妇果然被他的话说动了心，觉得留着这钱，也实在没用处，自己一倒头，留着钱，不也是给儿子吗？李半仙又问了问乾造坤造，翻了翻书，甲乙丙丁一算，连声说好，说："坤造这八字可是真好啊，不但助夫，并且还能起家。"

范老伯道："对于公婆有什么克的没有？"

李半仙道："没有没有，好极了，这是上上等婚，坤造这个命可真不错，姑娘过门，不但一点妨克没有，并且家庭和美，老少全都平安。"

范老夫妇一听，十分喜悦，李半仙立刻把龙凤帖也全写了。这时范统的精神百倍，忘了方才装病了，更忘了假装自杀，苏班洁也挺欢喜。

大事全都办完，范老太太问李半仙要多少钱，李半仙说："您随意给，这是您少爷的喜事不是，不用说我给您批了半天，就是这个喜钱，您也得花几块钱，这是上等婚，我跟您说，我活了这么大，批了多少命，合了多少婚，还没有赶上您这档子这么好的，太好了。"范老太太一欢喜，立刻掏出五块钱来，给了李半仙。李半仙半个月也未必能挣五块钱。

范统叫李斗把李半仙送出去，范统背地里又给了李半仙几块钱，李半仙这下足了。李斗把他送到门口，说道："怎么着，先生也是外面的人哪。"

李半仙明白他的意思，立刻给了他一块钱，李斗笑道："有这买卖我多给先生介绍，慢慢走。"李半仙走了。

这里范老伯给范老夫妇道喜。他说："这不是亲事也做了吗？这几天就放定，你们两口子先不必回去，就在我家住着吧，把亲事办完你们再回去。今天我请你们爷儿几个吃饭，姑娘也不是外人，就一块儿去吧。"

苏班洁道："哟，我得回家。"她还故意拿糖。

范统说："你不是给家里打了电话了吗？"

苏班洁道："打啦。"

范统道："那就一块儿去吧。"

范老太太道："孩子，你的精神成啊？"

范统道："有什么不成？"他忘了装吞烟的那个茬儿。

范老伯道："不要紧，小伙子吐了毒就没事，要是大烟还能提精神呢。"

范统忙道："怨不得我这时候觉得有劲呢。"

范老伯道："走吧。"于是叫李斗叫了五辆车，五个人一直出门了。

这时杨胜仁走来。杨胜仁自范老太太闹学校之后，心里痛快多了，准知道这回范统的婚姻非吹不可。学校把他开除，范老夫妇把他带回家去，苏班洁便是归了自己，毫无疑问。即或不归自己，而范统也成功不了，自己这口气总算出了。他想这时候一定闹得有了眉目，至少有八成结果了。假如去到那里给他们解劝，暗中再加一点力，非叫范统回家不可，无毒不丈夫，走！于是，他来到公寓。到了范统门前一看，锁着门呢，他想，这一定是打官司去了，要不然就是把范统拉回家去了。他想到这里，很高兴，仿佛气也出了一般。

他刚要转身就走，忽然李斗从别屋出来，说道："杨先生，他们刚走。"

杨胜仁道："怎么样？"

李斗道："完啦，全了啦。"

杨胜仁道："我说是不是，范先生根本不成，他哪儿能够成功，我劝他多少次，他总不听。这样完了也好，要不然也是麻烦。"

李斗道："可不是，差点闹出人命，要不是这样，还完不了。"

杨胜一听，越发得意，便道："怎么会差点闹出人命？"

李斗道："范统假装吞了一回烟。"

杨胜仁笑道："这多愚呀！"

李斗道："可是倒了结一档子事呀，要不然不知打了几日去呢。"

杨胜仁道："后来怎么样了，现在全上哪儿去啦，没上法院？"

李斗道："没有，吃饭去啦。"

杨胜仁道："范先生完全降服啦？"

李斗道："降服啦，把他们全降服啦。"

杨胜仁道："那么范先生什么时候回家？"

李斗道："这层大概没提，我没听见。"

杨胜仁道："那范先生还上学校去不去？"

李斗道："这我也没听见。"

杨胜仁道："这苏小姐就不能来了吧？"

李斗道："我想也得避两天，多不好意思呀，您说是不是？可是这年头不在乎啦，现在合婚都一块儿合，您说现在的女人多开通了。"

他们两个人虽然一问一答，可是意思却是相反的。杨胜仁仍旧以为范统的事吹了呢。他道："范先生没哭闹呀？"

李斗道："没有，没等哭闹，事情就完啦，解决得真快，到底是母子之情总有的呀。"

杨胜仁道："本来闹也瞎闹，闹了会子，还得依着老家的意思。范先生今天回来不回来？"

李斗道："还不知道，您走吗？"

杨胜仁道："我走啦，回头他要是回来，就提我来了，慰问他的事，明天早晨我还许来，得工夫也劝劝他，他心地太拙。"

李斗道："可不是，明天您来。"

杨胜仁得意地回去了，想着范统失败了，明天还得安慰他，叫他别忧虑，反正他的婚事吹了，为什么不送他一个空头人情，还落个自己大方，对于朋友尽心。

第二天，杨胜仁很高兴地装着扫兴的脸，去找范统。范统心里也正高兴，没想昨天这一闹，会将婚事解决了。他今天起得也特别早，这时杨胜仁走进来。范统这几天跟杨胜仁不说话，昨天夜里回来，李斗跟他说杨先生来了，他还很奇怪。今天一早见杨胜仁走进来，连忙让座，叫李斗沏茶买点心。

杨胜仁道："怎么样，昨天我很为你这事着急，朋友臭嘴不臭

243

心，别看我有时说你不好，可是我的心没有一天不惦记你的事。"

范统笑道："当然，这才是好朋友。"他是人逢喜事精神爽。

杨胜仁道："昨天闹了一场，听说全解决了？"

范统道："马马虎虎地就算解决了吧。"

杨胜仁道："那老两口子呢？"

范统道："先住在我伯父家里，暂时先不走呢。"

杨胜仁道："父母总有养育之恩，我现在又说直话了，你还是别叫你父母着急，挺老远的路，过些日子来一趟，过些日子来一趟，老人家受不了奔波。"

范统道："你的话很对，大概老两口子不回去了吧，就住在城里了，我们昨天商议的，不如把乡下的地卖点儿，搬到城里来开买卖，赚钱往银行一搁，不愁吃不愁喝，乡下简直待不了，天天闹绑票的。有地怎么着，也是不能种，现在跟你说吧，农村是破产啦，没办法。"

杨胜仁道："这样也不错，当个少掌柜的挺舒服。"

范统道："我也是这个打算，暂时先不念书，开个摩登买卖产，念书没用，你说能往账上画光眼子女人吗？"

杨胜仁道："我说，要是开商店的话，你是少经理了。"

范统道："就是经理了，干吗少经理，我老爷子完全不管，完全交给我。"

杨胜仁一听，不胜欣羡。他道："你若是开买卖，我给你帮忙，我牺牲我的学业没关系。"

范统道："我一定聘你当副经理。"

杨胜仁道："塞翁失马，焉知非福，这一闹不要紧，你倒当了经理，当了经理以后，再说什么女人不成呀？"他始终认定范统的婚事散了。

范统道："我以后虽然当经理，但我也讲一夫一妻制，这是真正的爱情。"范统近来居然还有这一套，也可见他对于苏班洁是怎么的钟情了。其实"钟情"两个字放在范统身上，是不大合适的，最好是用"迷瞪"两个字。若说范统对于苏班洁那样迷瞪，真是杨胜仁想象不出来的。

杨胜仁说："对，当经理的时候，我给你介绍一个。"

范统道："我已经很感谢你了。"

杨胜仁道："可惜这次我没有办得圆满，叫你们闹了这一场。"

范统道："虽然起了波折，但到底总算解决了，反正终不免这一次的。"

杨胜仁道："这一解决，你倒松快多了。"

范统道："可不是。"

杨胜仁道："心里安静，办什么事，也痛快。"

范统道："可不是，痛快极了，喝茶呀。"说着，给他倒了一碗茶。

杨胜仁喝着茶道："我今天来是想同你玩一会儿去，我怕苏班洁不来了，你一定苦恼的。"

范统笑道："她这两天是不好意思来的。"

杨胜仁道："她知道了吗？"

范统道："昨天她在这里。"

杨胜仁道："那她没生气吗？"

范统道："没有。"

杨胜仁道："她当然不能表现出来，你也别过于苦恼，身体总是要紧的，天涯何处无芳草，女人有的是。"

范统道："可是苏班洁太好了，我认为她是女人群里最聪明的一个了。她太温柔了。她有世界女人最美的优点。"

杨胜仁一听，越发想苏班洁了。他笑道："你真多情啊！"

范统笑了，没有言语。杨胜仁道："多情自古空遗恨，一点也不错。"

范统道："今天我们哪玩去？"

杨胜仁道："我请你看电影去。"他这时高兴请范统，因为他知道范统是失恋了。

范统道："我请你吧。"

杨胜仁道："不，我是特来请你的，如果苏班洁在这里，我就不

245

请了，现在不是没有苏班洁了吗？"

范统道："好，扰你的。"

杨胜仁道："范老伯说什么没有？"他是怕把他端出来，范统要恨他。

范统道："老伯说杨先生也是一番好意。"

杨胜仁道："这话说得太对了，我真完全是好意。如果你一恨我，我就不够朋友了。"

范统道："没关系，这里没你还解决不了呢。"

杨胜仁道："虽然这事由我起的头，可是我非常好意地盼望你们的事解决了，要不然都痛苦，是不是？"

范统道："谁说不是呢。"

杨胜仁道："前几天我不愿意理你们，并不是我生气，我为把你们这事干脆解决了，我要是仍旧来，你们决不会这么快闹一场。"

范统道："真的，那几天我真怕你来呢。我说，咱们先吃饭，我饿了。"

杨胜仁道："我请你。"

范统道："你请我看电影，还请我吃饭吗？"

杨胜仁道："我庆祝你脱离苦海。"

范统道："好，我就扰你的，明儿我再请你。"

于是把李斗叫来，杨胜仁道："我们吃什么，不喝酒了，喝了酒看电影晕场。吃什么，炒饼好不好？木须炒饼，你来十二两，我来半斤就成啦。"

范统道："好吧。"遂叫李斗去叫。范统虽然不爱吃炒饼，可是杨胜仁请客，是特别的盛典，不能不高兴地吃，这简直少有。

一会儿，炒饼来了，一个十二两，一个半斤，两个人吃着，范统叫李斗沏一壶茶，因为连面汤都没叫。一边吃着炒饼，一边拿茶往下冲，结果两个人全剩下了。吃了饭，小伙计取家伙，杨胜仁给了钱。两个人歇了一会儿，杨胜仁道："你喜欢看中国片子，还是喜欢看外国片子？"

范统道："随便，我什么都看。"

杨胜仁道："要是看外国片子，咱们上大观楼；看中国片子，咱们上同乐。我看中国片子也不错，近来很有进步。"范统见主人这样盛意，自己也不好意思辜负人家，只得答应。两个人出门，到电车站，坐电车出了前门看电影去了。

看完了电影，范统道："晚饭归我成了吧，咱们就近，随便吃点什么，我还真是饿啦，早饭没吃好。"他真说实话，他忘了早饭是杨胜仁请的了。

杨胜仁道："你不大爱吃炒饼是不是？"

范统这才想起来道："不是，不是，我这两天有心事，吃多了就不舒服，早晨吃得太多。"他们一边说着，一边进了一个饭馆子。又喝酒，又吃菜，非常高兴。吃完了，回到公寓，一喝茶，杨胜仁这时忽然想起苏班洁来，他连忙告别了范统，回到学校，便给苏班洁写起信来。大意是说，他对她和范统不能结婚，殊为惋惜，倘若寂寞，可以找我来玩等语。写完非常高兴，睡着觉都能笑起来。

第二天，他又去找范统，约他出来玩儿。他是怕苏班洁万一找了他去，他们又重归于好，自己不是前功尽弃了吗？自己宁可牺牲一些钱，也要把范统约出来玩，叫苏班洁碰两回钉子，她也就死了心了。他又找到范统，请范统到北海去玩，到漪澜堂去喝茶。坐在漪澜堂里，看到绿满梢头桃林欲放，碧水微波，小舟荡漾，真是春天来了。一群一群的小姐，谈谈笑笑，撩起别人的春意。杨胜仁想到苏班洁，越发心里痒。

两个人坐了一会儿，范统坐不住，让他静静地领略这春光、这大自然，他是不会的。他怕辜负了杨胜仁的盛意，勉强坐了一会儿，还把两碟花生吃了。杨胜仁一看，要再不走，那碟玫瑰枣也要开始减少了。他本是想坐在漪澜堂，泡上一壶茶，坐上一天，连小费给上五毛钱，得啦，回去一吃饭，挺舒服。哪里想到范统不是那个同志，没有一刻钟，把一碟花生全吃光了。杨胜仁一看不走不成了，遂付了钱走出来。一块钱才找回两毛钱来，心里有点疼，可是能够把苏班洁弄过来，花着也不算太冤。

他们一边走一边谈，他们想往东绕，出北门，坐电车，两毛钱还剩下六分。

杨胜仁道："我真佩服你！"

范统不知他这话是从何说起，问道："你佩服我什么？"

杨胜仁道："我佩服你心怀宽大，要是我，禁不住这一点儿事，你就好像没事人似的。"

范统得意道："这点儿事再放在心里，那还能叫男子吗？"

杨胜仁道："对，我真佩服你这话，假如苏班洁同别人结婚，你能不动心吗？"

范统道："她不会。"

杨胜仁道："怎么不会？"

范统道："她对我忠实极了。"

杨胜仁道："多么忠实，架不住你们不能结婚。"

范统道："谁说我们不能结婚？"

杨胜仁道："你想，你们已经闹到这步田地，还能结婚吗？"

范统道："闹到什么田地？我们已经订了婚，龙凤帖都写好了，也合了婚了，最近就要放定，大小定一块儿放，放完定跟着就结婚。我父母没有走为的就是把这事办完了。"

杨胜仁一听，满凉。他颤抖着说："你、你们不是吹了吗？我听李斗说的。"

范统道："李斗这小子胡说八道，回去我非揍他一顿不可，我们多咱吹了。"

杨胜仁道："那么到底怎么一回事呢？"

范统遂把那天的经过一说，并说这完全亏了苏班洁，想的主意真叫高！杨胜仁一听，伤心到了极点，自己那美丽的幻梦，完全打消得无影无踪。他也不得意了，也不说话了，一直走回学校。

他躺在宿舍的床上，一声不语。大家一看，杨胜仁又犯了什么神经病，就听杨胜仁嘴里叨叨念念的，站起来，一拍桌子道："女人，没有一个是有良心的，都是水性杨花。没有一个靠得住的，见异思迁，谁爱她们，她们就爱谁，她们不顾廉耻，她们以为这是神圣，其实她们是淫浪啊！"杨胜仁的牢骚发上来，越说越没完，大家

248

都听着不言语。杨胜仁又说："女人，越是漂亮的越坏，我算看透了她们。我有朝一日有了钱，当了经理，或是当了局长，我非玩弄女人不可。对于女人，不必装着多情的样子，只要你有了势位与金钱，她自己就往你怀里跑。范统那浑蛋，居然也有女人爱，女人太不值钱了。"

吴世飞道："我说，现在有个局长你干不干，有人找我给介绍一个，我还没找着相当人物。"

杨胜仁道："哪一局？"

吴世飞道："这个局还真不小，尽是女职员，你要当了这个局的局长，多少女职员都得听你调遣，威风大啦。"

杨胜仁道："哪一局呀？"

吴世飞道："转当局。"大家笑了。

杨胜仁道："你知道我现在受多大刺激，你还跟我开玩笑。"

吴世飞道："这真对不住，我哪知道你会受了刺激，受了什么刺激呢？"

杨胜仁道："暂时不能宣布。"

吴世飞道："我说，转当局是瞎话，这儿倒有一个教员的位置，不知你干不干？"

杨胜仁道："什么教员，你又开玩笑？"

吴世飞道："不，这回谁开玩笑谁是狗。一个女子职业学校，薪水可不大，将够本钱。"

杨胜仁一听女子职业学校，心里就高兴得了不得。他道："薪水不薪水没关系，我现在只是想做一点事，叫精神有个寄托，一来省得心里荒废，二来借此也可以练习练习教法。"

吴世飞道："同时还可以温故而知新哩。"

杨胜仁道："都教什么？"

吴世飞道："功课倒是不多，有劳作、图画、唱歌、英文、簿记什么的。"

杨胜仁道："一个人教那么些功课？"

吴世飞道："马马虎虎，他定出这么多来，你少教不是一样吗？

这职业学校也是汤儿事的学校，不过学生也倒不少，随你便，他们只图省钱，一门功课请一位教员，那得多少钱呢？"

杨胜仁道："我把簿记改作新诗，你说好不好？"

吴世飞道："那好极了，现在学生都喜欢作新诗，你教给她们，一定受欢迎。"

杨胜仁道："我再添一堂日语，你看怎么样？"

吴世飞道："那更好了，现在还缺这一门呢，本来有一位日语教员，也不是在哪儿当翻译，情愿白尽义务，学校是只要不要钱，什么人都可以教，但是过了几天，这位日语教员不来了，同时还有一个学生也退了学。前天她们同学说，在北海碰见那位日语教员，同着那个同学走在一块儿，非常甜蜜。现在这门功课还缺着呢，你去教吧。可是你再教两天拐走一个学生，半年的工夫，学生全没啦，人家学校也不用开啦，哈哈。"

杨胜仁道："咱们不能，咱们完全以热心教育为宗旨，师生五伦之一，不能谈恋爱，是不是？"

他虽然这样说，可是方才的苦恼，这时候全没了，什么大觉大悟，什么看透了女人，什么看透了人性，这时瞒不是那么一回事了。他道："一点钟多少钱？"

吴世飞道："就是钱太少，他们不能按钟点算，若是按钟点算，一点钟合一毛五，坐来回电车能剩下一分。不过一次不是一堂，至少是两堂，那么这另外一堂，不是就省下了吗？合着一个礼拜七八点钟。"

杨胜仁道："我倒并不是为挣钱，咱们就是为教育，钟点再多一点也可以。这学校的功课，马马虎虎，大学生就没有按班上课的，多咱去呢？"

吴世飞道："我明天到学校去，叫他们下聘书，后天你就可以上课。"

杨胜仁一听，不胜欢喜。他这时竟看不起范统了，自己当了教员，比什么都清高。虽然拉车的一点钟能挣两三块钱，可是他们到底是拉车的，拉车的有穿西服的吗？杨胜仁越想越乐，他笑道：

"干，这是为教育！"

这事叫黎士方他们听见了。他对郭实说："杨胜仁还当教员，真是贼夫人之子。"

郭实道："现在这年月，也就马马虎虎，也搭着上职业学校的女学生，根本不是为求学问，她们有的没事干，在家里待着不自由，只得跑出来念书，念书又念不下去，得啦，学学打字什么的，有样技能也会挣钱吃饭。有的倒是真想学学技能，将来能够经济独立，家里提婚都有勇气来反对。"

黎士方道："杨胜仁的事，不知怎么解决了。"

郭实道："范统已经跟那苏班洁订了婚，杨胜仁完全吹了。"

黎士方道："你对于他们这回事有什么评论？"

郭实道："他们的事，不值一评论。范统和苏班洁，根本不是爱情的结合，而是一种肉欲的，苏班洁为了范统的钱，范统为了苏班洁的色，财色促成他们的婚姻。吴世飞不是说过，苏班洁连字都不识，你想他们的结合能够到永远吗？苏班洁一看还有比范统更有钱的，她马上就可以跟那个人去；范统一见还有比苏班洁美的，他便去爱那个女人了，他们一点真正爱情都没有的。"

黎士方道："看这样范统的确爱苏班洁。"

郭实道："连你怎么也不明白什么是真正的爱情？真正的爱情，永远不会变的。能够变的爱情，就不是真正的爱情。就拿范统说，这时看着真是爱苏班洁了不得，可是在这时把汪晴澜给他，这是比方的话，你可别生气，问他要哪个，他当然要汪晴澜不要苏班洁了。你想，他能够将来抛弃苏班洁，那么现在的爱情，能算是真的吗？真正的爱情，讲究再来一个比汪晴澜还美、还聪明并且还爱他，他都不为之所动，只是一心一意地爱苏班洁，这才是真正的爱情啊！所以我说，他们的结合，根本不够评论的价值。至于杨胜仁更不用说了，他只是想一个子儿不花，揩揩油，占占女人的便宜，这不但不能算是爱情，简直是侮辱神圣的恋爱了。一般无知的女人，被一个男人诱惑，她对于这男子一点都不了解，甚至连姓名住处都不清楚，便热烈地爱了他，这种爱，实在幼稚得可怜。我们时常听见在

251

电影院里相遇，一见倾心，便去旅馆开房间，你想，这和狗有什么区别呢？我说话有时失于忠厚，但也没有法子，人的心，范统的心坏了。"他最末学了一句外国味的中国话，黎士方笑了。

黎士方一笑，真美，两只眼睛，和女人一样的美，笑的时候，也露出两个酒窝来。郭实笑道："我见犹怜，何况汪晴澜。"

黎士方道："你别挖苦了。"

郭实道："最近汪晴澜对你怎么样？"

黎士方道："她总是不即不离。"

郭实道："不即不离的滋味，在恋爱里是最有意思的，太露骨固然容易冷得快，可是太摸不着边际，也容易冷得快。最好是不即不离。"

黎士方道："那么这也是她的一种手段？"

郭实道："当然。"

黎士方道："但我认为恋爱不应当使手段，恋爱纯乎自然，一切条件手续都应当没有的，那才是真正的恋爱。假如一使手段，便不能算作真正的爱情。"

郭实道："不然，政治家说，革命不择手段，恋爱也是如此。如果为达恋爱的幸福目的，不妨使手段的。比方在两个人未彻底了解以前，说谎话是需要的。因为爱情不巩固以前，有时说真话倒能够引起误会，因而恋爱失败，实在冤枉。自是你一成功，社会对你的舆论便好，失败，便落个浪荡的名儿，成者王侯败者贼，一点不错。恋爱也是如此，倘你追求一个异性，成功了，她是热烈地爱你，不管你使的是什么手段，她也是爱你的，就是别人对她说你怎样的不好，她也是爱你的。比方一个有钱的人尽给她送东西，请她看电影，或是她的上司给她加薪，给她减少工作，在别人看来这是无耻的追逐，完全是一种肉欲的贪恋，可是在女人们便以为这是爱她，她要报答他、喜欢他，别人任怎么说也是不成的。一个强盗，绑了票得来的钱给一个女人，这个女人便爱他，说他仁义，杀人绑票的事一概不管。一个理发匠调戏一个女人，这女人便以为是爱她，她就把身体给了他，她一点也不管到身份价值、爱情真伪。所以你若是对付一个女人，（可是汪晴澜除外）只愿恋到怎样就能得到她的爱情，你就怎样去做，不必顾忌什么手段的卑劣。可是你若是不成功，得，她便不念你这点诚心，而同另一个情人，述说你的可笑、愚笨的行为，引为笑谈，这是最使你难堪的事。女人，一点办法没有，她们都是感情的，爱，爱到极点；恶，也恶到极点。她们对于恋爱，都是直觉的，没有理智来滤一过。一般人总说，这个人富于感情，所谓富于感情不仅是爱，像喜、怒、哀、乐、恶、欲，都是感情的表现。中国人谓之七情，其实除去七情之外，如憎，如妒，如嫉，如羡，如慕，都是感情表现。所以富于感情的人，不一定是好，她们多半自私而不能体贴到对方的……"

黎士方道："得啦得啦，你该休息啦，这一套越说越远，恐怕说到明天也止不住，得啦。"

郭实道："真的，如果你想叫汪晴澜表示进一步地爱你，或者表示得更坦白一些，我有一个方法，准可成功。"

黎士方道："什么方法？"

郭实道："就是使个手段。"

黎士方道："怎么使手段呢？"

郭实道："你不必使手段，你只要听我的指挥，我一定担保你成功。可是你必须始终听我的指挥才成，倘若你一害怕，半途而废，那可就危险透了。"

黎士方道："有危险我就不干了。"

郭实道："可是越危险才越进步得快，没危险，那一点劲儿也没有，可是危险不是真的危险，若是真的危险，那就完全吹了。有人说，恋爱越有风波越有味；又有人说，嫉妒固然要不得，可是那点苹果酸，反而是有益的。"

黎士方道："那么，你说说你的手段。"

郭实道："你从今天起，渐渐对她冷淡，当然，这冷淡是假的，只要做出来叫她知道就得，别太过火。每天下课之后，你就早早地离开学校。"

黎士方道："我上哪里去呢？"

253

郭实道："随便，只不要在学校里，并且永远是你单独出去，别约上同学，仿佛还带一种神秘的样子，你偷偷地匆忙地离开学校。"

黎士方道："我一个人上哪里玩去呢，多没意思。"

郭实道："你不会回家?"

黎士方道："不愿意在家里待着。"

郭实道："你为了实施手段，就得忍耐一些。"

黎士方道："还有什么呢?"

郭实道："只要你这样，别的你先不必管。"

黎士方道："这有什么意思呢?"

郭实道："你不必管了，你只要这样做，我担保你在一个礼拜之后，准能叫她明白表示她深深地爱着你。"

黎士方道："假如失败了呢?"

郭实道："失败就失败了，天下女子多得很。"

黎士方道："那我不干了。"

郭实忙笑道："我担保你不会失败，如果失败，有我呢，汪晴澜最听我的话的。"

黎士方道："好吧，这不是拿爱情当儿戏了吗?"

郭实道："你的脑筋这样不清楚，爱了又不爱，这才是儿戏，你这是永远爱着她，不过这两天早走一点儿，与她毫无关系，这又算什么呢?"

黎士方道："好，听你的。"

果然他下午下了课，便匆匆走了出去了。汪晴澜没大注意，郭实大声对别人说："黎士方今天走得这么早，真奇怪，偷偷地就走了。"

汪晴澜一看，果然黎士方不在。她想，黎士方今天一定有事的。郭实又道："他若是有事，没有不对我说的，今天偷偷地走了，一定有什么秘密。"汪晴澜想了想，觉得黎士方不会有什么秘密的事，仍自不往心里去。

第二天下了课，黎士方仍是匆匆走了。他刚走不久，大家在教室里还没散去，听差走进来找黎先生，说有人给打电话来请赶快去。

254

郭实道："从哪儿打来的？"

听差道："从电影院。"

大家一听，不由得全去看汪晴澜。汪晴澜这时有点不好受，自己虽然可以解脱自己，但大家这种眼光，却有损于尊严的，她觉得黎士方如果真是大家所想象的那样另有了情人，那一定叫人轻视自己的。但她又觉得黎士方不会这样的，她有向黎士方追问的必要。

在第三天，刚下了课，大家都陆续往出走，这时忽然听差送进一封信来，递给黎士方。黎士方很纳闷，谁给自己来信呢，他便站住了，回到自己的座位，把信拆开。这时同学都已经走了出去，就剩汪晴澜一个人。因为汪晴澜想看黎士方的行动，她没有走，现在又看见黎士方接到一封信，越发怀疑，她一声不语站在一边看着。黎士方打开信一看，不认识是谁来的，可是信里却写的是情书，信是这样写的："我最亲爱的士方，自从认识了你，我没有一天不在想你，你给我的快乐太多了。"以外又说了许多爱的话。他想，这真是哪里的事，看最后的署名，又不认识，享邑诚，这个人是谁呢？姓享的，还没看见过这个姓。

他正纳闷，忽然听见有人冷笑道："哼，这封信，值得三番五次地看。"

他抬头一看，是汪晴澜。他不由脸红了，他不知怎么好了。汪晴澜见他那神情便走了过来。黎士方一想，这封信叫她看见非出是非不可，如果对她说这个人我不认识，她一定不会相信。他便把信收了起来，说道："你没有走吗？"

汪晴澜道："这句话应当我来问你，今天你怎么还不走？"

黎士方道："上哪儿去？"

汪晴澜道："我知道你上哪儿去呀？电影院什么的，不是都可以去吗？"

黎士方道："电影院，我许久没有去了。"

汪晴澜道："真的？我觉得你应该常去，昨天去了，今天也可以去。"

黎士方道："昨天我回家了。"

汪晴澜道："我才不管上哪儿去，谁的信呢？我可以拜读一下，看你这样仔细玩味，一定文情并茂，奇文不可不共赏之。"

黎士方道："没有什么，我也不知道是谁的，明天我们上哪儿玩去？"

汪晴澜道："我们？还是你们吧。我现在只想看一看那封信，虽然我没有权利，但是为了我的自私，我请求你给我看一下。"

黎士方道："不知道是谁写来的乱七八糟的信，我们谈一谈别的。"

汪晴澜道："不必谈，如果你坚决不把信给我看，我也不勉强，今天便是我们重新回到友谊的日子。"

黎士方一听，不禁着慌，可是他猛然想起郭实的话，知道今天若是对付不好，便有相当危险的。他忙道："我这两天回家了，家里有点事。"

汪晴澜道："我没有问那些事，我只要瞧信。"

黎士方道："信没有什么可瞧，连我都不认识这个人。"

汪晴澜道："你不认识，我看看更没有关系了。"

黎士方道："不，我怕你生气，怕你误会。"

汪晴澜一听越发要看。她道："你是给看不给看吧，你若是不给我看，我就不看了，回见。"说着就要走。

黎士方忙拿出来道："你看你看，给你看，连我都不认识，真是哪有的事呢？"

汪晴澜拿过来。黎士方道："看了你还照旧爱我？"

汪晴澜道："那不一定。"

黎士方道："那就不必看了。"

汪晴澜道："不看就不看。"说着就要走。

黎士方忙道："看吧看吧，反正没有关系，我根本不认识这么一个人。"

汪晴澜冷笑着把信打开看了，看完之后扔在他的怀里道："请你收藏起来吧，好好保存着，这样的情书，写得多好呀，怨不得这两天走得这么早，哼，回见。"说着，又转身要走。

黎士方却把她拉住道："晴澜，你容我几分钟辩白的机会。"

汪晴澜道："辩白有什么用呢？根本你就不爱我，我既不会写情书，又不会同你看电影，当然我没有人家可爱，去吧，找你的爱人去，现在快五点了，别叫人家等着着急。"

黎士方一听，越发着急。他道："我真是不认识这个人。"汪晴澜却连理他不理，往外便走。黎士方伏在桌上哭了。汪晴澜一看又可怜他又恨他，可怜他这样难过，恨他又另爱了别人。

她在教室里徘徊，要出去又不想出去。这时郭实走了进来，笑道："真妙真妙，果然未出我所料。回来吧，说说怎么一回事？"

汪晴澜不言语，站在那里。黎士方抬起头来道："也不知是哪个混账东西给我写来这么一封信。"

郭实道："别骂别骂，我看看，如果不是享邑诚，你再骂。"他们一听，这里有文章，都用奇异的眼光来看他。

他接过信来道："我不必看，我可以先背信词吧。"

黎士方道："你怎么都知道？"

郭实道："是我写的，我不知道，难得你们两位考第一第二的，原来连个名字都不会索引，享邑不是郭字吗？诚不是实吗？"

两个人一听，不由恍然。黎士方道："可是你为什么要写这一封信呢？"

郭实道："今天不是万愚节吗？"

黎士方一听，破涕为笑道："你真会恶作剧呀。"说着，便去看汪晴澜，汪晴澜忙把眼光放在别处，她是怕黎士方看出自己的笑来。

郭实道："可是我还有向你们解释的，昨天的电话，也是我叫听差来说的，你们不信，可以把听差叫来。"

汪晴澜道："你为什么叫听差说这个呢？"

郭实道："不但这个电话是我叫听差说的，就是黎士方这两天早走，也是我的主意。"

汪晴澜道："那为什么呢？"

郭实道："因为我要叫黎士方知道你是真爱他，所以才定出这么一个计策来。我同他说，晴澜爱他，他总不信，后来我跟他说，假

257

如这样办了，晴澜一生气，那就是爱的表现。现在已经证实你们的确在互相爱着，我的计划成功了。"

汪晴澜道："你为什么尽干预我们的事？"

郭实道："嘀，你们的事，多么亲密的口吻呀。你知道，我也是爱黎士方，所以我替他卖力气。"

汪晴澜道："你们两个人，简直是一个狼，一个狈。"

郭实道："士方，请客呀，我白卖这力气？"

黎士方道："我还要责备你呢，弄这危险的事。"

郭实笑道："回见。"

汪晴澜见他走了，自己也往外走，黎士方叫道："晴澜。"

汪晴澜站住了。黎士方道："你来，我还有话说。"

汪晴澜道："什么话？说吧。"

黎士方道："你，还误会我吗？"

汪晴澜一见他那漂亮的脸、动人的眸子，不觉心里笑了。黎士方见她一笑，便站了起来，猛地把她一抱，而热烈地吻起来。正这时，训育先生走了进来。训育先生听见风学的说，教室里有人在打架，所以走来。来到教室一看，却见黎士方和汪晴澜两个人在屋里。

汪晴澜道："你太大胆了！"

黎士方道："接吻不是很普通的事，何必大惊小怪。"

汪晴澜道："这要是训育先生来呢？"

黎士方道："我们自管吻我们的，他来是下回分解了。"

第七章　无奈钟情容易绝

　　训育先生走了进来，他们各自一怔。训育先生道："听说你们两个人在吵架？"

　　他们一听，马上猜的是同学开玩笑，说有人在教室打架，把训育主任骗了来。幸而接吻还没有被主任看见，他们觉得倒是认吵架比较好点，不然反怪难为情的。

　　黎士方道："我跟她借笔记本，她不借。"

　　汪晴澜道："我上回跟你借钢笔你怎么不借呀？"

　　训育主任一听，笑起来道："你们简直还是小孩子，为借一点东西也值得吵架？"

　　汪晴澜道："他说我没有同学的义气。"

　　训育主任道："那你为什么不借他呢？一个笔记本，借给同学，也算不了什么。"

　　汪晴澜道："谁叫他不借我钢笔。"

　　训育主任向黎士方道："你也是，借借钢笔，也不要紧，为什么不借她？"

　　黎士方说不出理由来，半天他才说道："我，我不愿意借给她，她，她是女生。"

　　训育主任大笑起来道："现在又不是讲什么男女授受不亲，全是同学，自然无分男女，你这思想太幼稚了。"说着笑了，黎士方和汪晴澜也全笑了。训育主任道："你们简直是大孩子！"说着，背手走了出去。

　　黎士方见训育先生走了，忙把汪晴澜一抱，刚要接吻，训育先生又走了进来，他们连忙分开。

汪晴澜道："先生，他又抢我的笔记本。"说着，把手一背。

训育先生道："我算计你们必还要争吵，黎士方，这回我可不能原谅你了，非给你记一小过不可，回头到训育室去。"说着转身就走。黎士方和汪晴澜相视一笑，互做了一个鬼脸儿。训育先生一回头，他们立刻互相瞪了一眼，训育主任道："你们总是不服气呀。"汪晴澜差点笑出来，黎士方只得跟训育先生到训育室，被记了一小过，可是汪晴澜却更加了一层爱恋了。

同学们都哄道："你们可真成，来得真快，可是我若是训育主任，我才不听你们那一套。"

又有同学说："根本训育主任也是装傻，通权达变，真要较真儿，也不大好，况且训育主任似乎不能拦阻人家恋爱的。"

黎士方道："我可记了一小过。"

大家道："你这一小过是光荣的，别人倒想记这种过，可是还记不上呢。"

杨胜仁道："我要是训育主任，非记大过不可。训育训育，非得训不可。我今天就给一个学生记了一大过，毫不客气，女生怎么着，一样斥责。我这人就不管是女生不女生，一样说。"他又把他的得意话说出来，大家都知道他这是违心之论，然而他就这样大言不惭。汪晴澜把黎士方一揪，他们上图书馆去了。

杨胜仁还在说他怎样地管学生。他说："我没去的时候，学生闹极啦，不按时上课，自我去了之后，马上把校风整顿过来了。整顿学校，非得拿出些手段不可。"大家听着渐渐散去，只剩了他一个人，还一边挥着拳头一边说："学校即是社会，学校即是家庭，学校即是公园，学校即是商店，学校即是……"他也不知学校是什么好了。

第二天，吃了午饭，本来自己学校还有功课，但是他不上了，去职业学校教书，热心教育，义不容辞。到了职业学校，学生还没来呢。

学校有前后两个门，前门在头条胡同，后门在二条胡同，前后两个门贯通着，当中经过一个大院子，这个大院子被洗衣局和煤铺租用，有时候煤铺晾煤球，有时候洗衣局晾衣服，偶尔学校又拿它当操场，可是永远没上过体操。街坊四邻时常由此打个穿儿，住在二条的到三条买东西，为抄近起见，便进学校的前门出后门，住在三条的想到二条找朋友打牌，也由学校经过，因此一般做买卖的小贩，也往来其间，顺便在学校里吆喝一嗓子，做点买卖。

杨胜仁来到学校，学生全在宿舍里，宿舍一共两间半，一间里住四个学生，那半间是由厨房分出半间来，住两个学生。"学校即公寓。"杨胜仁又想出一条标语来。住校学生差不多是外省人，或是家里供给来北京读书，或者丈夫在外抛下妻子，无处可靠，上个有带宿舍的职业学校，带着孩子，权且安身。虽然每月交宿费三元，但总比单租房子强，单租房子每月都得十块钱，还得先交三份儿，公寓也得十数元，学校到底便宜得多，何况还能学一点杨胜仁的日语呢。不住校的学生，也有不少，可是她们来了，总在宿舍里聊天，有时帮助同学给小孩子裹褥子什么的。

杨胜仁来到之后，学生全闹着玩似的说道："空泥秋洼！""空泥秋洼"是问好的意思，杨胜仁新教给她们的。杨胜仁板着面孔，俨然大教授似的点了点头，可是当他上台阶的时候，是用着跳跃的姿势，小碎步儿迈了上去，为是表示他年轻。进了办公室，把铃铛一摇，学生便嚷了起来："上课喽。"大家一拥进了教室。

杨胜仁看大家落了座，然后慢条斯理地说道："这堂是艺术。"

学生道："先生，还没到钟点儿呢。"

杨胜仁道："今天讲得多，所以早点上课。"

学生道："我们没有带画具的怎么办呢？"所谓画具是一张橡皮纸，一盒颜色蜡笔。这是杨胜仁叫她们买的，但是学生有的已经买了，有的还没有买。

杨胜仁道："今天不画了，我给你们讲一讲吧。前天的画都画得了吗？画得了都交上来。"

学生一听，便纷纷把画交到讲台桌上。画得好的，往桌上一放，又恐怕不周正，特别地放好，还把名字向着杨胜仁；画得不好的，便挤在别人后面，从人胳膊底下扔在桌上就跑，有的把自己的画插在人家的画底下。头一回是自由画，所谓自由画就是由学生自己爱画什么就画什么，先生不出题，也不给样子。杨胜仁说："为是先看看你们的艺术程度如何，然后再定标准往下教。"

学生把画交齐了，杨胜仁一张一张地翻看。有个学生说："先生，可不准看我的。"

杨胜仁道："还有不准看的?"

那学生道："只准拿回去看。"

杨胜仁道："此时看看也无妨。"他一看，有的画的风景画，一棵柳树，一堆绿草，一湾碧水，一半青天。他道："这张画得不错。"

那画的学生说道："先生，以后我可不画风景画了。"

杨胜仁道："为什么?"

学生道："我这盒蜡笔，别的颜色都没动，绿的已经使去半根了，那红的用不上。"

杨胜仁道："你不会画一个红太阳吗?"先生倒是比学生聪明。

他又看一张画着一辆汽车，难得的是四个轮子都看得见。杨胜仁道："车牌子你没有画出来。"一张是画的几朵花，叫不出名字的花。一张是画着两个小人物，各吐了一口气，写着："快买贱布。"大概是照着绸缎店的传单画下来的。一张画着美人。一张画着几根香蕉……

杨胜仁道："画得都不错，现在我来给你们讲一讲，如何振兴艺术。中国的艺术，实在落伍得很，拿中国画来说，它没有透视，没有光线，没有角度……"

学生一听这个就要困。这时不知谁在院里摇铃铛，大家道："先生，下课了。"

杨胜仁道："下课早得很，这是谁摇铃?"他走出去一看，是个卖绒线的。他不由嚷道："喂，快快地开路，这里的买卖没有。"他这话真灵，卖绒线的挑起就走。他又走进教室里讲，刚才讲到哪也全忘了，问学生，学生根本没听见，他只得又另起头讲下去。

正在讲着，忽然舍里有孩子哭声。同学们嚷道："徐玉珍，你的孩子醒了。"徐玉珍连忙跑出去，到宿舍奶孩子去了。一会儿，把孩子抱进教室，一边听讲，一边奶着孩子。杨胜仁一见，真说不出来什么。

学校没法整顿，他一感慨，也不知怎么就由艺术谈到美，由美谈到烫发，由烫发谈到飞机，由飞机谈到欧战，由欧战谈到死人，由死人谈到鬼，于是他的故事来了，不知从哪里听来的鬼故事，一个跟着一个。学生先听他讲艺术讲得都要睡着了，后来一听他讲闹鬼的笑话，不由都兴高采烈。他讲到一个吊死鬼的故事，徐玉珍从旁给他补充，说那吊死鬼拿纸钱买东西，人家收到钱柜一看，钱就变成纸了。后来做买卖的都预备一个水盆，凡是有买东西的，便把钱放在水里，如果是纸钱，它就碎了。杨胜仁本来是瞎聊一气，现在徐玉珍一补充，便有严重的趋势，他也认真说起来，于是大家也你一句我一句，把自己在家里所听到的都争先恐后地说着，上课一变而为座谈会了。

大家都说得那么有眉有眼，不知不觉三个钟头过去了，可是杨胜仁还真舍不得走。他爱她们。他是老师爱学生那样爱她们，他又像慈母爱女儿那样爱她们，他又像哥哥爱妹妹那样爱她们，他又像丈夫爱妻子那样爱她们，他又像情人爱爱人那样爱她们。他是博爱，又是慈爱，又是仁爱，又是恋爱，这时候除杨胜仁自己说出他的心意，别人谁好意思说他这一肚子究竟藏着什么心呢？他们一直聊到晚上，应当说讲到晚上，而实际却是真聊。

杨胜仁得意而归，假如不是为奔学校的伙食，他还不愿意走。他这时感觉到师生感情融洽，真像家庭一般和乐融融，所以教育非得家庭化不可。今天他的教育法是杨胜仁式的道尔顿制，又是设计式的教育。杨胜仁自己创作的教育法，连着上三四个钟头而不休息，而学生并不感觉无聊，谁成？杨胜仁做什么都得比人高一头。

他回到学校，正赶上食堂摇铃，忙着就往食堂跑。他今天还吃得真不少，讲了半天，还有不饿的吗？

吴世飞问道："怎么样，这几天够累的吧？"

杨胜仁道："没什么，为教育而牺牲，值得的。"

吴世飞道："哎呀，你可别牺牲呀，你一牺牲，咱们学校可少个宝贝呀。"大家全笑了。

一边说笑着，一边走回宿舍。有的拉起胡琴来唱，有的跑到运动场。大学的运动场，不像中学运动场那样热闹，即或有在中学好运动的，一到大学，运动就搁下了，多半是陪着情人去散步。宿舍里却还能保持像中学宿舍那样热闹，或者还有加甚的。大学生在宿舍里玩的花样，是比中学高而复杂。他们能利用科学艺术来娱乐宿舍生活，大学生唯有回到宿舍里才返回天真。男同学如此，女同学亦然。女同学在宿舍里，也是常常谈笑打闹。学校里的生活，只有吃完晚饭回到宿舍，这一阶段是最快乐而有味。

黎士方他总是爱上图书馆，一来是想看看汪晴澜；二来是看书。他刚到了图书馆，汪晴澜却走出来。黎士方道："你怎么不看书了？"

汪晴澜："你也不必看了。"

黎士方道："怎么？"

汪晴澜道："我们散散步好不，吃完饭就坐在那里，实在不好。"

黎士方遂陪她在学校园散起步来。汪晴澜道："明天我们上颐和园好不？"

黎士方道："明天？为什么不等到礼拜日？"

汪晴澜道："礼拜日人太多。"

黎士方道："人家都是礼拜去，我们干吗明天去？明天游人不多。"

汪晴澜道："游园目的，是为换换空气，做短足旅行，不是为看热闹，要逛人多，何不到市场？况且我们一半游园，一半谈话，为什么单要赶到礼拜去呢？并且礼拜人都放假，汽车都挤得要命，我们是为找快乐呢，还是找受罪呢？"

黎士方道："好好，就是明天。那我们是不是要准备一下？"

汪晴澜道："准备什么？"

黎士方道："买点吃的东西。"

汪晴澜道："我们是游园呢，还是出外呢？我们又不是小学校旅行，带着那些大包小包的做什么？里面难道就没有吃的吗？况且我

264

们是游玩去了，不是吃去了，饿了在那里吃点包子汤面就得了，难道还要叫席吃吗？"

黎士方笑道："你瞧，我一说就招你一大套。我今天晚上回趟家，先去理发，然后换一件衣服。"

汪晴澜道："你明天到颐和园出份子去吗？"

黎士方道："出什么份子？"

汪晴澜道："不出份子干吗那么捯饬。我真奇怪，你也会染上俗人的俗气，出一趟门必得捯饬一番。像我们现在的蓝布大褂，很合旅行的味儿，到哪里席地而坐，多么自由、多么随便呢。"

黎士方道："好好，我简直不敢同你说话了。"

汪晴澜笑道："谁叫你多说话呢？"

黎士方道："是不是要带着口琴和摄影机？"

汪晴澜道："这是可以带的，其实这话根本不用问，应当带的就带，还用问做什么？"

黎士方道："我碰钉子碰得都糊涂了，明天我们是骑车去呢，还是坐汽车呢？"

汪晴澜道："春天风多，骑车子遇见风就受罪了。"

黎士方道："那么我们坐汽车吧，明天早晨我在哪里等你？"

汪晴澜道："在大门口见。"

黎士方道："什么时候？"

汪晴澜道："七点，旧钟。"他们散了一会儿步，便分别了。

黎士方回到宿舍，和郭实一说明天上颐和园。同学们一听，纷纷拉伴儿前去。黎士方对郭实道："你明天跟我们一同去？"

郭实道："不，我和别人去吧，不打扰你们。"

黎士方道："打扰我们什么呢？"

郭实道："有我，你们不能谈情话，不能接吻。"

黎士方笑道："你不会同我一块儿去，到里面我们再分开？"

郭实道："那图什么呢？你去享福，把我一个人孤单单地抛下，我不干。我找吴世飞一同去。"说着，他便去找吴世飞。

同学们彼此相约，唯独杨胜仁孤单，他这滋味有点不好受。他

265

仍是去找范统，他想到范统一定和苏班洁去玩，假如能同他们一起去玩倒也不错。他来到公寓，一看，好热闹，范老夫妇、范老伯、苏班洁都在这儿呢。杨胜仁见了他们怪有点不好意思的，可是大家还很欢迎。

范老伯道："杨先生，您来啦，老没见啦，这儿坐。"

杨胜仁道："我听说您大喜啦，我还没给您道喜去呢。"

范老夫妇道："不客气不客气，杨先生真没短为我们孩子操心。"

杨胜仁道："啊，那没说的，这不是应当的吗？"他倒是来得快。

范统道："瘦子，有事吗？"

杨胜仁道："没事，我想约你明天颐和园玩去。"

范统道："是吗，我们正想去呢，我大伯因为我爹我母亲都没逛过颐和园，没坐过公共汽车，所以想明天请到颐和园玩去，连我们两个人，你要去，我们一块儿去。"

范老夫妇道："对啦，一块儿玩去吧。"

大家一说，杨胜仁顺着台阶下，去就去吧。范统定规明天一清早到公寓，一起出发到汽车站。商量好了之后，大家回去，各自休养精神，预备明天去玩一天。

第二天，杨胜仁爬起来到公寓，苏班洁早在那里，似乎昨夜并没有走的样子，杨胜仁实在有点不舒服。范统连忙相让，苏班洁在洗脸扑粉。杨胜仁道："我来得早一点，我回头再来吧。"

范统道："得啦，你就待着吧。"

一会儿，范老夫妇同范老伯都来了，带着大包袱小包袱的。范统道："带这些包袱做什么？"

范老伯道："这包袱是韭菜馅包子，这包袱是水果、臭豆腐什么的。"

杨胜仁道："现在该走了吧。"

范统道："喝点茶。"

杨胜仁道："到颐和园喝去吧，大早晨的也没人喝。"

范老伯道："对，到那儿喝去。"于是他们六个人雇了六辆车，到东华门上汽车。

这时汽车的人已经不少，车一来，大家乱挤，里面挤得满满，还要上人。范老太太见范老头子挤上去不管她了，急得跺脚嚷。范老伯在后边推着范老太太。杨胜仁也直嚷："先叫老太太上，先叫老太太上。"可是乘客哪里管这套，都一起挤了上去。杨胜仁挤得和苏班洁挨着去了。

苏班洁忽然看见黎士方了，黎士方同着汪晴澜，他们坐在前面。苏班洁便叫道："黎先生。"黎士方回头一看是苏班洁，他因为坐汽车有让座的美德，何况苏班洁又认识，又是同学的朋友，便不由站起来让座。苏班洁道了声谢谢，便坐下了。杨胜仁一看，感到女人之优先权，同女人之爱好小便宜，不由有点不得劲，说不出来的那么一种嫉视。

苏班洁的旁边坐着汪晴澜。汪晴澜看了看苏班洁，苏班洁看了看汪晴澜，谁也没理谁。汪晴澜连言语也不言语，苏班洁却和黎士方谈开了话。她道："黎先生一个人吗？"她也猜到旁边的漂亮女学生和黎士方有关系，她是故意这样问。

黎士方道："不，同着同学的。"

苏班洁道："我们一块儿玩好不好？"

黎士方不好意思说不赞成，只得含糊答应。他又同范统和杨胜仁打招呼。范统为表示和苏班洁有特殊关系起见，特意在黎士方和汪晴澜面前叫苏班洁道："洁，你热不热，热了把大衣脱了我给你拿着。"

苏班洁道："车一走起来就不热了。"

他们这种谈话，给黎士方和汪晴澜没多少刺激，可是给杨胜仁刺激不小。妈的，天下的事真是不可预料，范统会跟苏班洁成其好事，怪！范统得意扬扬，屡次对于苏班洁的寒热加以慰问，他的母亲在后边直嚷，他完全听不见了。一会儿车开了，每在拐弯的时候，车上的人乱倒一片，挤着挤着，把范老伯的篓子都挤破了。臭豆腐装在罐里，虽然没有挤碎，可是晃荡得臭气满车。范老太太又直嚷晕车要吐，大家怕她吐，便给她一点仁丹吃，可还是吐了。吐得比臭豆腐味气更难闻，因为这个还带着热气呢。包子一破韭菜馅也飞出味气来，大家又不能半路下车，只好忍耐一时，谁叫今天玩儿没赶上好日子呢。

好容易到了颐和园，大家就像开了监狱的门似的跑下来。范老太太在车上还直喘气呢，杨胜仁站在一旁，他才不管，并且还直讨厌。范统虽然不太讨厌他妈，可是也透着那么不合适，全仗着范老伯照顾着。下了车，大家伸了伸腿，苏班洁还要黎士方一块儿玩，黎士方满心里不愿意和他们在一起，可是表面上又不好拒绝。他只得和他们慢慢走着。

汪晴澜低声说道："干吗跟他们一块儿？"

黎士方道："好吧，我们先走。"

他刚要走，苏班洁又追了过来，她以为黎士方今天在汽车里让她座位，是对她有意。她道："我们一块儿走。"她一追来，范统、杨胜仁也追了来，大有尾大不掉的样子。黎士方真着急，快走也不好，慢走也不好。范统也着急，快跟也不好，范老太太在后边叫，慢跟也不好，苏班洁在前边叫。这简直是受罪。

他们进了大门，范统主张沿湖畔走，一直到排云殿和石舫。杨胜仁赞成。黎士方一听，有了机会。他道："我看还是后山比较有意思，你说是不是晴澜？"

汪晴澜道："对啦，咱们上谐趣园吧，叫他们上排云殿，分两路走也好。"

黎士方道："对啦，你们在前边走，我们在后边绕，咱们在石舫那里见吧。"

苏班洁道："干脆咱们也上后山吧，由后边再绕到前边来，不是一样吗？"她是跟定了黎士方。

她一跟着，大家都跟着，范老太太小脚走不动，在后边直喊。一直追到谐趣园，才算站住了脚。这哪叫游园，什么也没看见，光是追着跑，跑得喘不过来气。好容易在谐趣园的廊子底下歇着了，范老太太直喘气。

范老伯道："歇一歇，歇一歇，这一通走，走得真饿了。这里有包子，你们谁吃？"说着，拿出来便吃。

汪晴澜心里急得恨不过跳河。她皱着眉头看黎士方。黎士方道："忍一忍，有机会咱们就走开。"

正说着，苏班洁正注意范老伯吃包子。黎士方和汪晴澜拉着便跑开了。范统也看见了，可是怕苏班洁跟着他们，所以就不言语了。

黎士方和汪晴澜离开他们，走上山去。汪晴澜道："那个女人是谁？"

黎士方道："范统的好朋友。"

汪晴澜道："怎么也认识你？"

黎士方道："我们在冰场上一块儿认识的。"

汪晴澜道："她怎么老追着你呢？"

黎士方道："那我怎么知道。"

汪晴澜道："我看她老追着同你说话。"

黎士方笑道："因为我是客人。"

汪晴澜道："我也是客人，她怎么不理我呀？"

黎士方道："因为跟你没说过话。"

汪晴澜道："我看你，舍不得离开她似的。"

黎士方道："真是岂有此理，人家是范统的爱人，我为什么爱她？"

汪晴澜道："人家的爱人，一样可以爱呀。"

黎士方道："我的爱人是你，我爱你。"

汪晴澜道："爱着我，一样可以爱她，爱人不是越多越好吗？这是博爱主义呀。"

黎士方道："你这是什么意思？"

汪晴澜道："没有意思，我就是这么一说。"

黎士方道："你随便说不成，我说你，你怎么不答应呢？"

汪晴澜道："我没有这事实，你说是归为造谣。"

黎士方道："你这也是造谣。"

汪晴澜道："我这是有事实的呀。"

黎士方道："我知道你为什么说这些话。"

汪晴澜道："为什么？"

黎士方道："你是爱了别人，把我抛去，可是又无法摆脱，所以往苏班洁身上摆布。"

汪晴澜生气道："你说我爱谁？"

黎士方道："我知道你爱谁呀？"

汪晴澜道："你不知道，便是归为造谣。"

黎士方道："你爱袁傲生。"

汪晴澜道："我回去了。"

黎士方道："回去就回去，我也回去。"

汪晴澜道："我不同你一块儿走。"

黎士方道："袁傲生在龙王庙呢。"

汪晴澜气得转身便走。黎士方拉住笑道："原来你也知道生气呀？你也知道生气是不好受呀？"

汪晴澜道："你为什么气我？"

黎士方道："你为什么先气我？"

汪晴澜笑了道："我那是实话。"

黎士方道："你再说我也说。"

汪晴澜道："只准我说，不准你说。"

黎士方道："呀，范统他们来了，快走快走！"

汪晴澜便同他跑下来，跑了一程，她道："在哪儿呢，都是你瞎说。"

黎士方道："真的，他们慢慢地往这边走着，我们到哪儿了？"

汪晴澜道："快到石舫啦。"

黎士方道："我们到石舫坐去。"

汪晴澜道："不，石舫人太多，真讨厌。我们到树林去。"于是两个人便登山到了林子里，找了一个僻静地方，两个人席地而坐，他们从树林隙处往外看得很清楚，从外边看他们却有些扑朔迷离了。

黎士方道："叫我吻一下吧！"

汪晴澜道："什么呀，这里这么多人。"

黎士方道："他们看不见我们。"说着便抱了她吻起来，甜蜜呀，他们忘了一切。鸟儿在树上叫着，水在脚下流着。他们置身于自然之中，他们不愿意再回去，他们愿意永远不离开，他们愿意像藤萝树似的在一块儿活着。他们愿意像鱼儿，牵挂地游着。他们唱着歌，和着唱着歌，歌声和小鸟儿叫唤似的悦耳。他们俯下身体采着野花，他们拾地下的小砖块当棋子摆起棋来。

黎士方掏出口琴吹着快乐的曲子，吹完问汪晴澜道："你知道这是什么曲子？"

汪晴澜道："不知道。"

黎士方道："这是《婚礼进行曲》，将来我们……"汪晴澜忙用眼睛瞪他，他接着说道："我们参加别人的婚礼时，就可以听见这个曲子。"

汪晴澜道："讨厌，刚才你要说什么？"

黎士方道："刚才我就要说这话。"

汪晴澜道："不是，方才你不是要说这话，后来你改的。"

黎士方道："你准知道我方才要说的不是这话？"

汪晴澜道："准知道。"

黎士方道："那么你说吧，我要说什么？"

汪晴澜道："你不必强辩，以后你再说什么，我绝不拿眼睛看你了。"

黎士方道："不看我，我也这样说。"

汪晴澜道："我生气了，要破坏一点什么。"

黎士方笑着摇她的手道："你打我吧。"

汪晴澜道："我生平没有打过人。"

黎士方道："你把我的照相匣子摔了。"

汪晴澜道："我不暴殄天物。"

黎士方道："那么怎么办呢？"

汪晴澜不言语，仿佛生气的样子，脸蛋儿绷得和薄皮柿子似的，仿佛用嘴一嗍就能嗍破了。黎士方抱了汪晴澜道："晴澜，我真爱你，我有点情不自禁了。"说着，便在她的脸蛋上狂吻起来。

汪晴澜推开他道："我回去使劲洗我的脸。"

黎士方道："但是我的嘴唇你却没了办法。"

汪晴澜道："这可得意了。"

黎士方道："当然，我吻了你，我抱了你，我已经得了安慰了。"

汪晴澜道："哦，你高兴吗？"

黎士方道："高兴。"

汪晴澜道："你快乐吗？"

黎士方道："快乐。"

汪晴澜道："你满足了吗？"

黎士方道："不满足。"

汪晴澜道："讨厌，讨厌的人，专门做讨厌的事。我看你是得寸进尺。"

黎士方道："我爱你。"

汪晴澜道："得啦，我们该走啦，到前边转转。"

说着，他们便走到前山来，经过石舫，黎士方要在茶社里坐一坐，汪晴澜道："我们先转一转，这时又不饿又不渴的。"

黎士方道："我怕你累。"

汪晴澜道："我不累，我累我就说话了，还用你问吗？"

黎士方道："你别生气呀！"

汪晴澜道："我才不生气。"说着，他们转过山头往东走，快到排云殿前，只见有一堆人围在那里。他们走过去一看，却是范统他们在照相。

范老夫妇在当中，范老太太非要坐椅子不可，他们是由照相馆照的，人家现搬了三把椅子，范老夫妇和范老伯坐在前面，范统和苏班洁、杨胜仁站在后边。杨胜仁还要拿了艺术的姿势，站在那里，不知怎么好了。忽而把手伸出来，忽而把手插在腰际。

范老太太说："眼睛晃得慌。"

杨胜仁说："照相非对着阳光不可，要不然照的脸是黑的。"

照相的伏在镜头后边对了半天的光，又走到前边，把范老太太的袍子揪了揪，然后又跑到后边，把头钻进黑布里头看，看了会儿，又跑到前面，说杨胜仁的眼镜反光，叫他低一点头，然后又跑到后边对光，转了转镜头，又跑到前边来，把范老伯的身体正了正，然

272

后退了几步端详了一会儿，又叫范老头子的脖子歪了歪，又正了正，仿佛照相的钱，完全挣在这点工夫上。像范老太太也以为不受照相的摆布半天，花钱都冤得慌，摆布了半天，这才上板，手里提着那个球，还支使了半天，然后才说："别动。"仿佛很帅地一提，只听哗啦一声，算是照上。范老太太直说："真快！"照相的说："再照一张。"其实方才照的那张没有底版，于是又重新摆布了半天，算是又照了一张。

汪晴澜对黎士方道："快走吧，要不然他们又看见我们了。"

黎士方道："我们找地方照相去，我给你照，你给我照，希望这时我们碰上一个熟人。"

汪晴澜道："干吗呢？"

黎士方道："我们两个人合照一张。"

汪晴澜道："我才不跟你合照。"

黎士方道："那有什么关系，你瞧你，这时又不大方了。"

汪晴澜道："我不喜欢，你有什么办法？你说什么我也是不同你照。"

黎士方道："你以为我愿意同你照吗？我也不喜欢同你照呀，我不过这样一说就是了，就是你说愿意跟我照，我都不同你照。"

汪晴澜道："不管你怎么正面反面说，我就是不同你照。"

黎士方道："我说话都是正面的，的确我不愿意跟你合照。"

汪晴澜道："活该，爱照不照。"

黎士方道："那么你愿意和我同照吗？"

汪晴澜道："你不用来回地套我，反正不同你照。"

黎士方笑道："你真聪明，其实我准知道你不愿同照，所以我才这样说，我是相反说的呀。"

汪晴澜道："你倒知道我不愿意的。"

黎士方道："不，你本是愿意，因为我这样一说，你倒偏同我反对着了。"

汪晴澜道："那倒不一定。"

黎士方道："你确是总和我的话反对的。"

汪晴澜道："没有的话。"

黎士方道："给我一个吻！"

汪晴澜道："你以为方才你说我是反对着你的话，这回偏不反对了是不是？不，我仍是反对着你的话的。"

黎士方道："你真聪明，我爱你极了，假如这时不是在公园里，我非要紧紧地抱住你吻你不可的。"

汪晴澜道："你一天不说这话大概就吃不下饭去吧？"

黎士方道："可不是？"

汪晴澜道："那么你见不着我的时候呢？"

黎士方道："那只有默默地说。"

汪晴澜道："也许对别人去说，谁知道呢？"

黎士方道："我们两个人总有一个人，另外还有爱人的，即或没有，但心里总还有个所爱的人。"

汪晴澜道："你看那个人是不是袁傲生？"

黎士方忙回头看时，一个人也没有，他还各处找，一直听到汪晴澜的笑声，他才醒悟过来，自己不好意思地笑了。而汪晴澜这种黠慧，却越发令自己爱她了。他们找了几个地方，黎士方给汪晴澜照了几张相。在一个石栏旁，黎士方叫她靠着石栏站着，他择好了一个角度，对着反光镜对光，他看见反光镜里的汪晴澜是那样小巧玲珑，是那样飘然欲仙。汪晴澜并没有拿着什么姿势，只是自然地站着，倚着石栏。反光镜上，颜色是那样鲜艳，白的石栏、青的天、绿的树、蓝的衫、红的毛衣，配上那光润的脸、亮的眸子，黎士方惊得呆了。他目不转睛地只管看，心里是动摇的，身体是呆木的，神志是凝聚的，灵魂是漫飞的，太美了！这是图画吗？谁能画得出这么美的颜色？这是雕塑吗？谁能雕出这么生动的曲线？这不是真实的，这是梦，梦里也不会有这么美。"天哪！"黎士方在叫着，"把我的生命要了回去吧，我已经窥了仙宫的神秘了！"

汪晴澜站了半天，见他只是拿着镜门对着，她有点不耐烦道："你倒是照不照呀？我可不是范老太太呀！"

黎士方从心里一阵喜欢，他竟跪下了一只腿，他道："我跪着给

274

你照吧。"说着，一开镜门，照下来了。

汪晴澜道："我的腿都要站麻了。"

黎士方道："你的美丽，从这匣子里，把我的灵魂摄了去，假如你不跟我说话，我真要木化在那里。"汪晴澜笑了。

他们又沿着石栏走。黎士方道："我们上排云殿好不好？"

汪晴澜道："等一等，范统他们也许在那里呢。"

黎士方道："他们一定不会上去的。"

汪晴澜道："也别说，他们都没来过，死了也要开开眼。"

黎士方道："那么我们划船好吧？"

汪晴澜道："不划船，你忘了去年不是淹死三个人吗？"

黎士方道："那么我们找个茶座坐一会儿。"于是他们便进了一个茶座，除了喝茶，还要了些点心。

他们歇了半天，忽然走进两个人来。他们一看，却是郭实同吴世飞。

汪晴澜道："他们并没看见我们，我们先不要理他们。"说着，便转过脸来，同时全把报拿起来，遮住了脸。

吴世飞走得很累，忙于歇着，擦脸，又口渴想喝汽水，所以没有顾到黎士方他们。伙计过来问他们要什么，吴世飞道："来凉的吧，我出了不少汗了。"

郭实道："对，来汽水。"

他们一边喝着，一边说着，吴世飞又笑起来，郭实道："你又笑什么？"

吴世飞道："我笑范统那一群，一个一个，真像累兵。"

郭实道："那个就是苏班洁吗？"

吴世飞道："可不是，你看怎么样？"

郭实道："猛看却不坏，但是一看久了，就露出浮荡神气来，看她那举动，就不像有知识的样子，比汪晴澜差得太远了。"

吴世飞道："什么人交什么朋友，物以类聚，人以群分。汪晴澜只有黎士方配得过，两人都漂亮，功课都好，又是同乡，又是同学，天造地设的一对，假如他们能够结婚，真是他们两个人的幸福。不

275

过有一样，我不大了解。"

郭实道："什么不了解？"

吴世飞道："汪晴澜是不是嫌贫爱富？"

郭实道："这个不是的。"

吴世飞道："女人总是虚荣心重。"

郭实道："范统倒是有钱，汪晴澜也没有爱过他。"

吴世飞道："可是要遇见袁傲生那样的，可就保不住了。"

黎士方看了汪晴澜一眼，汪晴澜把嘴一撇。又听郭实道："不然，爱情讲究专一，汪晴澜是个有理智的姑娘，她不会对黎士方变心的。"

吴世飞道："她也许同时爱着两个人。"

郭实道："那也不可能。"

吴世飞道："你能担保汪晴澜除了黎士方就没有爱人了吗？"

郭实道："我敢担保。"

吴世飞道："可是追她的人很多哪。"

郭实道："那也没用。"

吴世飞道："但是女人是架不住诱惑的。黎士方只是漂亮有学识而已，倘若有个有钱的，那钱，实在是耀眼得很哪。你知道，近来咱们图书馆里有许多是校外的人，据说都是为着汪晴澜来的，这都足以长汪晴澜对黎士方的骄傲呀！"

汪晴澜听了，实在有点不耐了。她把报往桌上一扔，说道："我们走。"

黎士方道："你瞧，叫他们说他们的，并且他们并没有说你不好呀。"

汪晴澜道："我不爱听，干吗背地里总讲究人？男人到一块儿总是讲究人，真讨厌，我最不喜欢人家背地里谈我。"

黎士方道："那你也拦不住人家呀。"

汪晴澜道："男人就是这样不道德，我顶恨背地里谈论人。"

黎士方道："你们女人背地里就不讲究人吗？"

汪晴澜道："那是。"

黎士方道："方才谁讲究苏班洁来着？"

汪晴澜道："我没有，那不是讲究。"

黎士方道："你真矫情。"

汪晴澜道："你才矫情呢。"

他们正说着，吴世飞一回头，看见他们了。他忙向郭实一吐舌头，低声说道："你看见没有，方才咱们说他们半天，他们都听见了，一定。"

郭实道："好在咱们并没说他们不好。"

吴世飞道："可是我说汪晴澜了。"

郭实道："那么你过去赔不是就完了。"

吴世飞道："那更不好，我有主意。"

郭实道："什么主意？"

吴世飞道："再找回来。"说罢，便又大声对郭实道，"要说咱们学校里，功课又好，无一不好，还得是汪晴澜。你说她一个女孩子，我们怎么就会不如她，真怪了。"说着向郭实一挤眼睛。果然这话又叫汪晴澜听见了。吴世飞再接着说："她真聪明，又美丽，思想见解又是那样高超，艺术天才又那样好，真是全人。"说着又向郭实一挤眼，说道："喝呀，喂，伙计，再来两瓶汽水！"他把瓶子里的都给郭实的杯子倒满，然后说道："见了汪晴澜，就比喝汽水还爽适，黎士方真是幸福呀。"

黎士方看了汪晴澜一眼，汪晴澜笑了。吴世飞一边喝着汽水，一边又说："要说黎士方和汪晴澜，真是一对儿，你说他们有结婚的希望没有？"

郭实道："有。"

吴世飞道："怎么见得？"

郭实道："冲你这样说，还没有吗？"

说着也向吴世飞一挤眼，吴世飞笑道："你别瞎说了，冲我一说人家就结婚了。"

郭实道："那可不是，你是专为人家听才说的呀。"

吴世飞道："你这家伙，好煞风景了。"

黎士方道："好呀，可有人生气了，说你们背地里讲究人，不道德。"

吴世飞和郭实都走了过来。吴世飞道："咦，我们怎么没看见你们，刚才我们可没说你们呀！"

黎士方道："没说好，现在都有人生气了。"

吴世飞道："不会的，汪小姐不会生气，是不是密司汪？"

汪晴澜笑道："凭什么背地里讲究人呢？"

黎士方道："你瞧，是不是生气了？"

吴世飞道："得啦，行个礼，赔个不是吧。"说着，他们都笑了。

他们一起又坐下。吴世飞道："士方，你喝汽水吧？"

黎士方道："不，我们刚吃完了汤面。"

郭实道："你们看见范统他们了吗？"

黎士方道："看见了，还跟他们一辆车来的。"

郭实道："范统的那位对象不错呀。"

黎士方道："不错。"

汪晴澜道："哼！"

黎士方道："别说了，人家刚说背地不要讲究人，咱们又讲究起人来。"他们一笑而罢。

歇了一会儿，黎士方愿意一块儿走。郭实道："还是分开吧，我们两个人自由。"

吴世飞道："对啦，我们两个人便利得多。"

汪晴澜道："难道有我就不方便了吗？"

吴世飞道："皆因我们好背地讲究人，有了密司汪，我们就不好讲究人了。"说罢大家全笑了，于是分开两路走了。

他们都玩到晚上，才回到学校。杨胜仁还没回来，他是随着范统他们回到范老伯那里，又在那里吃了晚饭，玩得非常累得慌。回到学校，两条腿都不觉得是自己的了。

过了几天，范统没有到校，杨胜仁很是挂念着，他怕是范统和苏班洁发生了什么变故，也是希望他们发生一点什么变故，他有点幸灾乐祸。这天，他跑到公寓去找范统。到了三号，一边说着哈罗，

278

一边开门进去，谁料一开门，见范统正背着门洗脸，脱了光脊梁，屋里的桌椅没有动，可是墙上和桌上的摆布都换了。

他走进去，在那胖脊梁上拍了一巴掌道："胖子，刚起呀？"

那人道："谁呀？"

杨胜仁听见声不对，不由奇怪，他跑到前面俯下身体去看，胖子正用手巾擦着脸。杨胜仁又拍了脊梁一下道："怎么回事？"

那胖子把手巾放下来，杨胜仁一看，知道错了，不是范统。他以为是范统的亲戚，他道："骚瑞，胖子哪里去了？"

那人道："什么胖子，你找谁呀？"

杨胜仁道："我找范统。"

那人叭的一声，打了杨胜仁一个嘴巴。杨胜仁道："我找范统这个人。"

那人道："这里没范统。"

杨胜仁道："范统住在这里。"

那人又给了他一个嘴巴道："妈的，你浑蛋，给我滚出去。"

杨胜仁道："你凭什么打人？"他的脸直发烧，想还手，又怕打不过他，他只得嚷。

那人道："妈的，打的就是你，你凭什么随便就往人屋里跑？"

杨胜仁道："我找人。"

那人道："你找人你就随便往屋里跑，你不会先到门房问问，出去，他妈的！"说着用手一推，把杨胜仁差点推了一跤。

杨胜仁真有点火，是可忍孰不可忍，可是除了忍以外，又有什么办法呢？他道："他妈的，你出来！"他大胆子地说了一句，一边说着一边往外走，他以为那人光脊梁不好出来，那人不出来，他就算得了胜利。

且骂且走着，谁知他一叫横，那胖子还真不二乎，光着脊梁走了出来，准备赤背大战杨胜仁。杨胜仁一看，不由大吃一惊。这时要跑，也不英雄，并且也跑不了，在屋里挨两个嘴巴，人家还不知道，也没什么，这要是在院子里叫人看着自己见人就跑，将来还怎么进公寓。不过胖子真凶，出到院子一看，比范统的肉黑些，要是跟他干，自己两个也干不过他一个人。杨胜仁心里有点惊慌，心里一慌，更无暇顾及环境。

这时各屋里全都跑出来看，大家都认识杨胜仁，上回出过一次风头，这回又要出风头了。大家都看热闹，不花钱而看打架的，比上哪儿消遣去不强呢？杨胜仁想，真打起来，自己白吃亏，这个人也不是范统的什么人，跟他套套亲近再说。他遂道："我说，我们打也没有什么，可是谁也不能找帮手。"他想把范统耗回来。

那胖子说："谁找帮手谁不是人揍的。"

杨胜仁道："谁要受了伤可不准打官司。"

胖子道："打死我认了，绝不叫你抵偿。"

杨胜仁一听，往死了打，听着直怪哆嗦。他又道："我问你，你究竟跟范统什么交情，别回头打错了就不合适了。"

那胖子以为是挖苦他，骂道："你妈的才饭桶，爷爷不跟你斗嘴。"说着，攥了拳头走过来。

杨胜仁却往后退，心想，大概躲不过去了，可是又真不能和他打。他只得和胖子转影壁，而院子里又没有影壁，只有转磨。胖子在后边追，杨胜仁一边转着一边骂："他妈的不懂交情，野兽，跟你打都失身份，你十个汽辗子坏了两个，你的八个压路！"他骂了一句外国语。

胖子不听那些，知道他没什么本事，越发跟得紧。杨胜仁盼着范统来，范统老不来。胖子一边追一边骂："你他妈的才是野兽，随便往人屋里跑，可惜了你这身西服。"胖子有点看不起西服。

杨胜仁一听西服，越发不敢跟他打，春夏秋冬就是这一身，跟他一打架，岂不是毁了吗？三十六着，走为上策，他一下就想跑出去。

但是看热闹的真坏，看了半天打不起来，怪没意思的，看这形势，杨胜仁有要跑的趋势，大家一使眼神，把杨胜仁的退路拦住了。杨胜仁往外一跑，和人家撞个正满怀，而胖子早就跟到，一把抓住杨胜仁的领子。杨胜仁自己知道跑不了啦，他道："你先等等，我把衣服脱下来！"

那胖子一伸手，把他推了一跤，杨胜仁爬起来，脱了衣服，想放在那儿，但又不放心，那胖子说："你交给柜房。"

杨胜仁扯脖子喊李斗，李斗出去了，要不然李斗也能劝架呀。真倒霉就别提啦，只得拿着衣服上柜房，他想见了掌柜的一说，掌柜的当然害怕，非要出来排解不可，然后自己再表示非揍他那王八小子不可，大家一拉，自己这个台阶也就下了。谁料掌柜的偏没在柜上，伙计们都不管，账房先生也受了公寓人们的调唆，不叫他拦阻。

杨胜仁进了柜房，把西服往桌上一扔，说道："把这衣裳存这里，打完那孙子再说。"

账房道："好啦，您放在这里吧。"

杨胜仁一听，这有点大撂台，看这样是没人劝架了，便又吓他们道："我先告诉你，回头这院子里打出人脑来，你得去打官司，没我什么事，那小子叫我打他的。"

账房道："没错没错。"

杨胜仁简直着急了，这场厮杀，避免不开了，他哭着脸说道："他这小子不讲情理，我非揍他……"

那胖子在门口等着他道："来呀。"

杨胜仁来了，这一拳要是打上，能把半个月的眼泪都得流出来，幸而杨胜仁一躲，那拳打在腮帮子上，把杨胜仁打了一个仰八叉，两脚朝天。大家笑起来，杨胜仁这回可得拼了，不拼也白不拼，他猛地跑过来，用脑袋去撞胖子的肚子，用足了劲，他想这一撞就得把胖子的粪都得撞出来。谁知胖子一闪，杨胜仁的头撞空了，他一直地向前撞去，一直撞到人家屋里去了。大家笑不可抑，胖子又把他揪出来，这一来，两个人打在一起。

胖子光着脊梁，杨胜仁的手触在上面非常光滑，没有抓挠，不知他怎么一下撞到胖子的痒处，胖子笑了起来，胖子最怕人抓他的肋骨腋下腰眼等处，胖子哈哈大笑不止，手也没劲啦，把杨胜仁松开，杨胜仁反而莫名其妙了。

他怔在那里，也笑道："你这家伙，竟跟我开玩笑，叫我出一身汗，看着范统也不能打呀。"

胖子还真讨厌"饭桶"这两个字，他一听，又气了起来，骂道："他妈的你这小子趁早别套近乎。"说着，又打了起来。

杨胜仁道："别闹了，这样不够瞧的。"

那胖子道："谁和你闹了。"说着又揪住杨胜仁打，杨胜仁往胖子怀里一撞，又撞着胖子痒处，胖子又笑起来，胖子还有这个病根儿，他要是笑，就笑个没完，谁劝也止不住。他笑得直不起腰来，杨胜仁也笑，看热闹的也笑，越笑越逗笑，那个止住了，看这个还在笑，又笑起来，这个止住了，看那个还在笑，不由又跟着笑，大家在院子里笑开了，好像中了发笑的药。账房先生听院子里笑开了，也跑过来看，他不知怎么一回事，问谁谁都向他笑，一边抚着肚子，一边指着胖子，账房先生一看，胖子坐在台阶上这笑呀，引得人人笑劲都动起来，账房也笑了，来一个笑一个，人越多，笑得越欢。胖子禁不住大家这样刺激，大家越笑，他越止不住，虽然极力绷着脸，不成，他越要绷脸，大家越看他那形状好笑，这院子里，如疯狂了一般，花钱都没地方找个乐去。

杨胜仁都笑出眼泪来，拍着胖子的脊梁说道："你这家伙，真会兴风作怪。"

胖子虽然想瞪眼，但都不可能，他笑得肠子都要断了，杨胜仁表示他并不怕胖子，捅了胖子的胳肢窝，胖子更笑得出不来气，也不知怎么一口气憋住了，他竟倒在地上，口吐白沫。大家一看，不由怔了，可是笑意始终没有止住。杨胜仁拍了拍胖子的胸脯子道："起来，别装着玩了。"

这时李斗走了进来，一见地下光着脊梁躺着一个，不由大惊，跑过来问道："怎么回事？"

杨胜仁道："他是谁呀？"

李斗道："他是董先生。"

杨胜仁道："他是范先生什么人？"

李斗道："范先生早搬走了，搬走好几天了，他不认识范先生。"

杨胜仁一听，这才知道完全误会了。他道："呀，我还以为他是范统的什么亲戚。"

李斗道："董先生是怎么一回事呢？"

杨胜仁道："谁知道，他乐着乐着就闭过气去了。"

李斗道："哎呀，他一定是有这病根，我会治，一治就治过来，可是别工夫大了，工夫大了就危险了。"

杨胜仁一听，有点害怕，他道："反正没我的事，谁叫你们柜上不拦着我？"说着，他看这势派不好，赶紧溜之乎也。

跑出了大门，才想起衣服还在柜房放着呢，他又跑回来，拿了衣服要走，账房先生把他拦住道："您等一等再走吧，有人说您点穴把董生点过去了，您非得给治过来不可，要不然您可走不了。"

杨胜仁一听自己会点穴，不由又趾高气扬起来，他道："我不是说在头里打出人命我不负责，现在我把他点穴过去，我不管，谁叫你刚才不拦阻。"

账房道："那个也得行个好，给治过来。"

杨胜仁道："我不管，你再拦我，别怪我给你也点过去。"他当真以为自己会点穴。

正这时，里面有人跑出来道："董先生活过来了，还找杨先生呢。"杨胜仁一听，吓得撒腿便跑。

一直跑回学校，才放了心。见了同学，仿佛助了胆子，立刻不怕了，可是心里却还扑腾。他一想，还得找范统，范统搬出公寓，一定有缘故。在学校歇了歇，便去找范老伯去。出了门，老怕董胖子在等着他，眼睛在四下里望，走在哪儿都觉得有董胖子在后边跟着。他找到了范老伯，范老伯告诉他说，范统他们已经搬到新房子去住了，他带着杨胜仁去了新房子。

范统正在家，苏班洁也在那里，范老夫妇也在家，合着他们全搬在城里住，不回乡下了。他们是听了苏班洁的话，把家里的地一卖，在北京买两所房子，开个买卖，他们便算在北京落了户。

杨胜仁道："哈罗。"

范统道："瘦子，我还要给你写信呢。"

杨胜仁道："你这家伙真马虎，我还到公寓找你，找错了，招得人家不乐意。"

范统笑道："你不会先打电话？"

杨胜仁道："离着这么近，还打什么电话？"

范老夫妇连忙让座说："那天万寿山没累着您吧？"

杨胜仁道："没有，我问您呢。"

范老伯便张罗茶水，问道："杨先生这两天怎么没有来，忙什么呢？"

杨胜仁道："我这几天练武术呢。"

范统道："呵，你倒是什么全干。"

范老伯道："杨先生真是全才。"

杨胜仁道："我现在正练着点穴。"

范老伯道："呵，点穴是真得有点功夫才成哪。"

杨胜仁道："可不是，我得之真传，我以前练过，始终没有对人谈过，谁也不知道，是不是范兄？"

范统道："可不是，我就没有听说过。"

杨胜仁道："本来有这种技能，不能随便就使，只要能防身卫体就得了，咱也不是为行侠仗义去，我向来不声张。刚才出了一档子事，我不得不略展小技，真是气死人了，这个不能怨我呀。"

范统道："怎么一回事？"

杨胜仁道："你不是由公寓搬走了吗，我一点也不知道。我到你门口，便敲门，走出一个人来，听说是姓董，我一看，当然怔了，便很和气地鞠了一躬说，劳驾，有位范先生住在这屋，他是搬走了吗？那人挺横地说不知道。我一听，不免有气，可是有本事的人，最要有涵养，所以我也不和他计较，转身就走。这时候走进一个女人来，那个姓董的自恃他有力量，平常净欺压于人，没有不恨他的，可是又都怕他。他见了那女人，跑出来就往他屋里拉，那女人就喊叫起来，你想这成了什么社会。公寓的人跑出来，没人敢管，我不能再漠然视之了，便走过来说，朋友，光天化日，朗朗乾坤，你斗胆调戏妇女，你不怕绿林中人笑话你吗？你猜他说什么，他说，你管不着。我仍是捺住了气，对他以义气相激劝，我说，合字吗？他说，妈的不懂，滚蛋！我这可不能不动手了。我说你要是线上的，趁早听我的好言相劝，不然的话，你看我杨某的手指了吗？那姓董的真不怕，他说，先揍你这小子。我冷笑了，他就过来了，劈头就是一拳，你猜我怎么着，来个鹞子翻身，就用手指，在他腋下一拍，就这么一戳——说时是比方着的——就这样，那姓董的扑通一下，倒在地上，不能动弹了。那女子千恩万谢，我告诉她以后出门最好同着男人。她走了，她要我送她回去，账房先生可不放我走，他再三央求我，你不信你问他去，他说这点穴法非我来救不可。他跪在地上给我磕头，你问李斗亲眼看见的，我不愿意麻烦他们，所以又把姓董的弄活了，教训了他一顿，才到这里来。"

范统等听得都怔了，范统道："点穴是怎么一回事？"

杨胜仁道："点穴就是我找着人的气脉，看准了他的血脉就在那，用手指一点那血门，立刻血液就停止住了。"

范老伯道："点穴的功夫可深啦，我知道，会点穴的人还真不多，现在会的简直更少了。"

范统道："瘦子，照你这样一说，只用手指一点那动脉就成啦。"他知道一点生理学。

杨胜仁还没答言，范老伯却说话了："不那么容易，要都那么容易，人人都学点穴了。"

杨胜仁道："老伯很内行。"

范老伯道："岂敢岂敢，点穴是深功夫，不懂武术的学不了，难，金眼雕邱成才会点穴，你算算，连白眉毛老西徐良都听说会点穴。"

杨胜仁含着笑意道："老伯知道得真广。"

范统道："那么你怎么救活过来？"还是爱刨根问底。

杨胜仁只得瞎编说道："用手一抚那原来被点的地方，血液就活动过来了。但是你得会抚，力量跟血液的动向有关系，是不是老伯？"他还问人家。

范老伯道："可不是，救过来非得点穴的人救不可。"

他们越说越真，杨胜仁当真以为自己会点穴似的，得意非常。他说："胖子有工夫我教给你，本来这不能轻易传人。"

范统喜道："我拜你当老师好不好？"

他们谈得很热闹，忽然范统说道："瘦子，我还要跟你说一声，我们结婚请你做伴郎，你帮个忙吧。"

杨胜仁道："太可以了，几日结婚？"

范统道："下礼拜日。"

杨胜仁道："嗬，眼看就到了。"

范统道："可不是，我们正在筹备。"

杨胜仁道："还有什么忙的，我可以帮着办一办？"

范统道："差不多全就绪了，一切都备停当，就等日子一到举行结婚礼。"

杨胜仁道："婚礼在哪儿举行？"

范统道："在饭庄子。"

杨胜仁道："这倒省事得多。"

这时范老头子走来，拿着几张红纸说道："求杨先生给写喜字跟对子什么的，咱们也该贴一贴了。"

范统道："对呀，瘦子，你给写一写，马上就写，这里笔墨都有。"

杨胜仁道："我那笔字哪成？"

范统道："你那笔柳公权的字，写得真有劲，来吧，别客气了，我裁纸，班洁，你给研墨。"

范老伯道："这里有墨汁。"说着，摆好了墨海，范老伯说，"这墨海是我小时用的呢，多少年了。"

杨胜仁道："比我年岁都大。"他脱了西服外衣，卷起衬衫的袖子，他经人一提，当真以为自己的字了不得起来。

范统裁好纸，说道："先写喜字。"

杨胜仁真想不起柳公权的字是什么样了，他道："喂，我看写艺术字吧，对联写艺术字，新颖出奇，别开生面，你看好不好？"

范统道："好极啦，你自己编词，你的新诗很不错，来副新诗也好。"

杨胜仁道："对，最好恰和时代，合一九四一年的意义。"

范老伯本来不大赞成时代化，连结婚他都主张用轿子而不用马

286

车。对联写洋体字，总不大好，不过看着杨先生会点穴，只得赞成。把纸铺好，杨胜仁先写四个大喜字，这四个大喜字要柳字体，得夸耀自己的笔力。拿起大笔，蘸了蘸墨，他没有写过这么大的字，今天拿起笔，还不知怎么下笔好。第一个喜字，把上半个写小了，留下一个"口"字还富余半张纸，他只得又把上面的多半描了描，描粗了一点好相衬啊，可是笔道描得挤在一块儿，一横一竖，不像柳公权，而像柳罐斗了。底下的"口"字，为了要占半张纸，不得不写得大一点。写完了一看，连自己看着都不像中国字了。

范统道："不坏，真有笔力，有柳公权的味儿。"

杨胜仁道："这个写得还不大好，上面写小了。"

范老太太不认识字，看着这个喜字，颇像个蜡扦儿。杨胜仁又写第二个喜字，这回写上半有了经验，写得特别大，可是底下那个口又没地方写了，仅仅剩下纸尖那点地方，把口字填上。写完了一看，和头一张相反，杨胜仁道："这为是叫人一看，什么字体都有，你说是不是？"说着，又把那两张写得了，一个偏左，一个偏右，好像得了偏坠。

写完了喜字又写对联，杨胜仁自己独出心裁，现编的，他道："上联写建设家庭新秩序，下联写复兴民族固有道德。"——这是一九四〇年的新文艺。

范统鼓掌赞成，范老伯道："按说德字是仄声，下联应当平声才对。"

杨胜仁道："现在按国音念，国音是平声。"说罢便写起来，写到下联就剩三个字的地方，才发觉下联多了一个字，"固有道德"四个字，非得减去一个字不可。"固道德"不合辙，干脆"固有德"吧，"复兴民族固有德"，念着多么顺嘴！

写完了街门的，屋门的词也是杨胜仁自己做的，每字都有典故，是杨胜仁得意之作，上联是"用亲善精神举行婚礼"，下联是"以点穴功夫制造新民"。范统一看，鼓掌称赞道："瘦子你真多才多艺，来得多么快呀！"

杨胜仁得意地又念了几遍，还舍不得叫人拿走，他道："这个对联我看跟门口那副换一下，这个贴在门口，太好了。"

范统道："对，好极了，你真成，把点穴都用上了，哈哈哈，用得真妙呀。"

杨胜仁又摇头摆脑地念了几遍，越念越得意。他道："这副对联应当裱起来，永远挂着，告诉你，不是吹的，这就是烟士披里纯。"

写完之后，范统留他吃饭，吃完饭之后，杨胜仁这才回去。越想越觉得自己这副对联写得太好了，简直是神才。他自己说，一个人有一个人的天才，就是没有人发现就是了。今天发现自己的天才，原是在作对联上。于是高兴得了不得，便作起对联来，逢人便自夸他那副对联，同时每人都要蒙他赠一副对联的词。他仍觉未足，又把那副联词投到报馆，说"东方大学高才生范统君，与名闺苏班洁小姐结婚，一对翩翩少年，无人不称赞。诗人杨胜仁，特自撰名句，贺以喜联，联云……"第二天登报，杨胜仁的风头出得十足。

杨胜仁的对联，越做越得意，到女中上课，也教给她们作对联，他并且讲到他的对联的优点。他把给范统写的那对联又讲起来，不过"用点穴功夫制造新民"这句话，他有点不好讲了，他只得说："这种典故，讲了你们也不懂，微妙的地方，是可意会不可言传的。"

杨胜仁近来真是文武全才，大有不可一世之概。无论见了谁，都夸张他那点穴的功夫，人家要是不信，他便伸出两个手指道："不信你把肋头向着我，只要我一戳，你就不能动弹。"可是不管信不信，谁也没有叫他用手指戳肋头的瘾。这玩意儿，戳上不疼也怪痒痒的，不用说戳，叫他用手指头一比画，那神经就不由得一缩，所以即或不信杨胜仁会点穴，但也躲着点儿他。这一来，杨胜仁更不知怎么好了，大有英雄无用武之地的感觉。

过了几天，范统结婚了，同学们事前都接到帖，大家便全出个份子。结婚前一天，杨胜仁洗澡推头，比当新郎还要捯饬。到了正日子，杨胜仁一早就去了，范统他们还没有去，他只得又跑出来。这天是好日子，天气也不错，正是结婚的季候，结婚的还特别多，就是和范统他们在一块儿的饭庄子上，一共就有四家。这四家都是有钱，份子也多，范统他们这喜棚里，尽是范老伯请的份子，差不多买卖地儿很多，棚里的帐子，排得风雨不透，红光耀眼。出份子的分两种，一种是长袍马褂大袖口，这都是范老伯的朋友，一种是范统的同学，都是青年，专门爱起哄，时常往喜房里跑。

杨胜仁来了，为范统的伴郎，所以要特别表示出不是普通来宾的样子。不过范家是旧式婚礼，用轿子娶，根本用不着伴郎伴娘这些点缀。轿子由外边一直就抬进喜房里去，伴郎一点用处没有。那小米纸花也没法撒。后来杨胜仁说："如果什么都没有，那就未免叫人扫兴了，至少为来宾设想，也得中西合璧才对。倘若轿子一直抬进喜堂，谁还能起哄，办喜事而不能起哄，这是多么没有意思呀！"范统一听，也觉得有理，遂商同范老伯等，叫轿子到门口，别抬进来，新娘子在门口下轿。

范老太太说："那不成呀，这应当忌属相的，倘一冲着什么，怎么办呢？"

范统说："如果不这样办，自己就一走了之，不结婚了。"后来范老伯出个折中办理，新娘子在二门下轿，这才解决。

轿子发了，还没娶回来，大家也不能坐席，就是这时候待得无聊，而这时候又不是要钱的时候，于是大家谈起来，天一把地一把地谈上了。

这时有人说："你们看报了吗，最近出了一档子杀子案，郭华氏砍死前妻的两个儿子，你说这妇人多狠哪。"

吴世飞道："这档子又得编戏了。"

郭实道："听说郭华氏有神经病。"

黎士方道："根本寡妇不应该守节，我主张提倡不应该寡妇守节，这种罪恶，完全是寡妇不出嫁的缘故，并且郭华氏守节，只是一个名而已，其实她也和她的姐夫发生肉体关系，这种有名无实的节妇，当局还要奖励，真是可笑。我们看她有了神经病，可以说完全受了生理的影响。我们知道，凡是老处女，有好脾气的。郭华氏跟她姐夫发生关系，后来固不能自由地解决她的爱欲，遂致成了神经病。郭华氏之杀二子，虽然可以拿神经病来解释，但是我们归到根源，还是因为寡妇守节的缘故。我们虽然不能强迫寡妇非出嫁不

289

可，但是奖励守寡也大可不必，寡妇不能生产，只能消耗，连个国民都不能生产，即或生产个国民，她也要秘密弄死，社会上拿这些钱养活寡妇，实在不对。我不知道这当局为什么奖励女人守寡，是不是为叫社会上多出些罪恶呢？"

大家一听，全都赞成他的论调。于是，喜棚里便成守节的讨论会，而大致都是主张妇女不应守节，守节太没有意义，只有摧残人性，所谓美德在哪里？就是一般道学家的眼光来看，都觉得寡妇守节并不令人起快感，因为那是总不合自然的。男人们嫖完了窑子来提倡女人守节，真不知是何居心？

他们正谈着，门外鼓声响，轿子娶回来了，大家立刻止住了话头，精神立振来看新娘子。

轿子还没到，杨胜仁先跑在头里，拉着范统说："你得听我，咱们行新式的礼节。"

他们跑到大门，让轿子抬到二门放下，轿夫当然得听本家的，便把轿子放下了。杨胜仁叫范统道："你冲着轿子行鞠躬礼请新娘下轿。"

范统便向轿子行了鞠躬礼。杨胜仁把轿门打开，请新娘子出来，新娘子也不知道到了什么地方，头上蒙着盖头，什么也看不见。杨胜仁赶紧请个女同学为伴娘，可是谁也不干，没办法，只得由范统亲戚里请一位伴娘来，扶着新娘子。杨胜仁扶着范统在头里走，两旁站满了瞧热闹的人，茶房临时铺红毯子，他也闹不清这是新婚礼还是旧婚礼，他也喊不上来什么了，同学们和来宾一见，这叫"旧婚新办""中西礼"，莫不失笑。

进到礼堂，大家直喊"揭开盖头，揭开盖头"。有人过来，把新娘盖头一揭，范老夫妇可就怔了，一看新娘子不是苏班洁。这时杨胜仁还叫吹鼓手的奏乐，叫他们用大号筒吹进行曲，吹鼓手说："您给我们多少钱我们也吹不了洋歌。"

范统一看新娘子也怔了，便叫杨胜仁道："瘦子，怎么一回事，你看新娘子？"

杨胜仁说："没什么，请主婚人入席。"

范统道："你看新娘子。"

杨胜仁看了一眼道："不错，挺漂亮。"说着，又喊："证婚人入席。"一想这滋味不对，又一细看新娘子，不是班洁，不由怔了。

这时女家送亲的一看，满眼生，没有一个人认识的，心里知道不妙，一问茶房这家办事的姓什么，茶房道："范。"送亲的道："我不要饭，问姓什么。"茶房道："姓范。"送亲的一听，糟啦，忙跳起来跑到礼堂，拉着新娘子就走，一边走一边说："错啦错啦，咱们给的姓吴的，怎么跑到姓范的院里来了。"大家一听，越发笑起来。范统家里上下全都怔了，杨胜仁也怪好笑的。

这时，吴家的人全都走进来，连主人带来宾，全是男的，武赳赳地走来，破口大骂，有的飞起茶碗。胆小的一看来势太凶，吓得全跑了。跑不出去的钻到桌底下，跟狗碰了头。茶房还以为是狗，踢了一脚，正踹在胯骨上。

杨胜仁要跑没跑了，有人揪着他骂道："就是他们这小子出的主意，把轿抬到二门，都是他，揍他！"说着一个茶碗飞来，打在杨胜仁的腮帮子上。杨胜仁刚要嚷，就挨了一个嘴巴子。茶房跟饭庄子掌柜的跑过来，他们是怕毁了他们的家活，赶紧过来相劝，说："这是两差劈了，这是误会了，有什么话慢慢说。"

范老伯一见，自知是自家理亏，当然是没有动武的理由，范老夫妇也愿意息事宁人甘愿赔罪。吴家说："什么赔罪赔损失，一概不提，我们就要你们新娘子来的时候，照样跟我们孩子拜一回天地，没什么说的。"依着范统可不干，哪有自己的媳妇跟人家拜天地的，可是不这样又不能了结，最后没办法，只得答应了。吴家也派好了人专在大门等着。

一会儿，轿子就来了。吴家的人不管三七二十一，反正方才已经说好了的，照样来一下。把轿子拥到正院二门，吴家在正院办事——强迫新娘子在二门下轿，然后拥到礼堂。这回可是吴家粗心了，你们没问一问那家新娘子是不是范家的，就硬往里扶。这时东院刘家跑来不答应，原来吴家没有截成范家的轿子，倒把刘家的轿子劫了去了。这一下子可"烂面胡同啦"，刘家人哪里认可呢？说什

291

么也不干，非得照样把吴家的新娘子搀到刘家拜天地不可。吴家说："他们姓范的已经把我们新娘子拜一回天地啦。"刘家说："那我们不管，你不会去找他们，谁叫你截我们的喜轿呢？"说什么也不答应。

范家一看这倒是乐了，在门口等着吧，这回轿子来没跑了。一共是三家，趁着他们两家捣乱，自己先把新娘子藏起来。一会儿，轿子果然来了，范家的还没等到门口，便一齐拥上去。刘家和吴家得了信，也跑了出来，这个叫抬西院，那个叫抬东院，这个叫抬正院，三家要鼎分，可难坏了抬轿的了。

掌柜的一看，再要不管，就要出人命了。他走出来道："诸位先别抢，先把轿子放在柜房。"

范家道："放屁，新娘子搁在柜房是什么事呀？"

掌柜的也觉得不合适，他道："你们先别抢，我找警察去。"

三家人一听找警察去，生怕一经官，今天这喜事就办不成了，把新娘押在区里一夜，也不像话，三座轿子往署里一抬，成了署长办事了，不成，能够私了还是私了。有人一提这意见，大家商议的结果是叫刘家把范家的新娘子拉去拜回天地，算是各不吃亏，三全其美。合着新娘子倒了霉，被拉来拉去的，到底不知跟谁拜天地好了。合着每个人都结两次婚，把茶房气得倒在一旁，他简直没法赞礼。幸而来宾还没有交换，要是轮起吃三家，饭庄子倒是乐了，可是肚子不答应呀。好容易全平静无事，只留着来宾的谈料，然后入席。胆小的都走了，原来全在街上站着，后来看又入席了，又全跑了进来。

杨胜仁跟范统道："唉，我忘了一件事。"

范统道："忘了什么事？"

杨胜仁道："已经过去了，别提了，错过了机会。"

范统道："你到底什么事呢？"

杨胜仁道："我忘了点穴了，我那时候都把他们点了穴过去，任事没有，怕他们什么？"

范统道："现在再点去。"

杨胜仁道："那已经晚了，都没事了，咱们再招这麻烦干吗？"

一切举行完毕之后，本家和来宾都吃完了饭。中国人一切事，一吃完饭就完事大吉，有的连脸也不擦，一边拿牙签剔着牙一边走了出来，或是遛大街。出喜事份子如此，出白事份子依样是这样。来宾都走了，杨胜仁还不愿意走，想同范统一块儿回到家里玩会儿，这真透着亲近。不过看着人家一家团圆的样子，自己也十分羡慕，于是越发显得孤单。想到在冰场认识苏班洁的时候，这才三个多月，人家结了婚，自己还是孤单单用手指头"点穴"呢，想起来真怪伤心的，尤其想到今晚人家入洞房的一刹那，起心里说不出的那么一阵不舒服。他只得回到学校，学校里正在热闹地谈着范统这回事情，越说越觉得可笑。汪晴澜说得尤其叫人笑，她把三家互相抢错了新娘子的情形，说得人家都笑得肚子疼，有的没有去的都觉得可惜，认为失去了这么一个好机会。

　　到了晚上，真是月白风清，同在一月亮之下，不知有若干情侣成就了他们的好事。

　　汪晴澜和黎士方散步在校园，两个人坐在长椅上。黎士方道："你看，人家多么快呀，三个月便结婚了，真是特别快车。"

　　汪晴澜道："那么快又有什么好处？"

　　黎士方道："这么慢又有什么好处？"

　　汪晴澜道："他快他的，与我有什么相干？"

　　黎士方这时不免有点窘，可是每在他窘的时候，汪晴澜却又安慰他，而黎士方却总不喜欢。

　　汪晴澜道："我这样跟你说话，你都不喜欢吗？"

　　黎士方道："争出来的安慰，太无味，我愿意别人爱我而安慰我，不愿意人家可怜我而安慰我。"

　　汪晴澜道："嗬，我就说了这么一句就不高兴了，你的气也真来得快，本来，我的话是实话，范统的婚姻固然快，但是你还没看见他们的结束，将来你总会看见他们这种快的结果是怎样的不好。"

　　黎士方道："他们的结果不好，那是他们不会培养，不是因为快。"

　　汪晴澜道："因为快，所以互相了解得浅，因为互相了解得浅，

293

所以爱情的基础不坚固，爱情的基础不坚固，那么无论上面建筑得多么堂皇美丽也是不能持久的。"

黎士方道："可是两个人已经根深蒂固，为什么还不结婚呢？像范统他们那样的婚姻，可以说是根基太浅，互相不了解，我们两个人还有什么不了解的呢？"

汪晴澜道："你准完全了解我了吗？"

黎士方道："当然。"

汪晴澜道："你准知道我现在只爱你一个人吗？我现在还有好多爱人呢，你知道吗？假如贸然结婚，将来我又同别人恋爱，你不痛苦吗？"

黎士方道："你不会的。"

汪晴澜笑说："什么叫不会呀？我就是这样。"

黎士方说："你又说笑话。我跟你说正经的，我就说一般小姐们不爱结婚，高调唱得太高了。"

汪晴澜说："我就说一般男人们求着爱便求婚，一点也不知道什么叫精神的。"

黎士方说："得啦，求爱即是求婚，有了爱情便是结婚。西洋把求爱和求婚当作一件事，中国小姐却把求爱和求婚当作两件事，难道接受人家爱的时候，就没打算结婚吗？不结婚的爱，能叫真爱情吗？"

汪晴澜道："当然，有爱情不必一定结婚，我就是这样，永远不结婚。"

黎士方道："一般小姐都愿意不结婚，其实她们只是把她们的青春多利用些时候，多方面地尝尝恋爱的滋味，假如一结婚，什么都完了，也没有人追逐了，也不受人恭维了，她们是不愿意被一个人所占有，她们愿意占有多数的男性的心。这实在是错误，根本她们就不知道结婚的意义。"

汪晴澜生气道："你不要指槐说柳，我就是这样，为什么男人们一来就想结婚，女人还有女人的事业。"

黎士方笑道："女人光会说事业事业的，可是我始终没有见过一个女人成就什么事业的，也有，但全是结了婚后，女人没有男人帮助，光是女人自己去做事，没有成功的。中国的旧女人，把自己估价得太低；中国的新女性，又把自己估价得太高了。她就没有看清现在的社会是什么社会，没有男人，女人绝成就不了什么事业的。我真不希望你也唱这高调。"

汪晴澜一听，他竟老实不客气地教训起自己来，当然非常生气，不管思想见解怎样不同，也不能这样不客气地说话，对于女人，多少留点面子的。汪晴澜到底没有忘掉她是女人，她道："你不配说这些话。"

黎士方笑了，那意思有点冷笑。他实在不喜欢汪晴澜说这些冠冕堂皇的话，不结婚，就说不能结婚的原因，何必拿出这大题目来说呢？自己和汪晴澜，不是不能说知己话的关系，为什么不说心里话，偏要说这不相干的话呢。他这一冷笑，汪晴澜以为他瞧不起自己了，她站了起来，说道："再见。"说罢便走了。黎士方这回也不拦她，她每回一生气要走，黎士方总拦住她，一赔不是，也就完了，可是这回闹僵了，黎士方为自己的自尊心，他不再乞怜于她，"走就走，我绝不叫你拿着我。"他心里这样说。汪晴澜当真走了，没料到一场甜蜜，会闹得这样不欢而散，三言两语就犯了意见。

汪晴澜不高兴地回到宿舍，黎士方也不高兴地回到宿舍，他们全是非常生气，全这样想：你若不先理我，我绝不去理你。这样一来，越来越僵。有时候黎士方想，两个人闹了几回别扭，一两句话也就好了，闹脾气，也怪没意思的。可是他虽然这样想，但是叫他去给汪晴澜赔罪求好，他又不干。汪晴澜也是这样。两个人谁也不理谁，同学们谁也不知道，谁也没理会，连郭实都以为他们背地里多么卿卿我我的。日子一多，两个人更没有说话的机会了。

这时大家的目光，都放在范统身上了。有人说："范统瘦了，至少掉下几磅肉来。"范统得意地微笑，杨胜仁看着越发不得劲，跑到自己怀的女人，会叫他弄了去，真想不到。这年头女人太靠不住了，自己有了对象，就到深山里去，准保没错。杨胜仁虽然这样想着，可是心里总惦记苏班洁，以为能够和苏班洁发生关系，味儿更足。俗话说："妻不如妾，妾不如嫖，嫖不如偷，偷不如摸不着。"偷的滋味，比娶过来还强。可是摸不着的滋味，又比偷强，不管它怎么强，也是偷好，摸不着太没劲了，摸不着都是圣人的主见，圣人摸不着便辗转悱恻，可是急得了不得的时候，也会"逾东家墙而搂其处子"。苏班洁既然能这样朝三暮四，大概对于偷也不会不能办。像她那样骚女人，范统还真不成。杨胜仁越想越有劲，这年头说名上什么叫诱惑，什么叫苟且，这是时代许可的自由恋爱，恋爱是神圣的。"摸不着"是中国圣人的哲学，杨胜仁是洋圣人，当有洋哲学。于是杨胜仁便时常往范统家里去造访，哥儿俩的交情，真是入门不禁。

范老夫妇总感到寂寞，说没有在乡间住着有意思，在乡间起来能到地里干点什么，在城里就不成了，清早起来，扫扫院子，十分钟就完啦，真要把人闲死。说话儿也没地方说去，跟儿媳妇简直说不到一块儿，也不是说不到一块儿，范统老嘱咐别跟苏班洁提家乡的事，怕她瞧不起。可除了家乡的事以外，有什么可说的呢？幸而杨胜仁时常来，杨胜仁别看是洋圣人，但和范老夫妇谈起来，非常投劲。谈着谈着也不知怎么会到了晚饭时候，杨胜仁就可以吃上一顿，差不多天天如此。碰巧范老夫妇出去逛隆福寺，他就和苏班洁聊会子。据杨胜仁的评判，范老夫妇对于儿媳妇，分两个时期。第一个时期是极力夸赞儿媳怎么好，怎么会哄她丈夫，怎么伶俐漂亮，后来渐渐就不说了，而走入第二个时期，在这时期里对杨胜仁所说的话，都是背着苏班洁的，和以前所说的，整个相反了。可是按杨胜仁来看呢，苏班洁由一进门就是这样，并没分别。

这天，杨胜仁又到范家来了。苏班洁和范统没在家。苏班洁没在家，杨胜仁就有点扫兴，但又不能转身就走。这几次来都没有遇见苏班洁，他非常不高兴，他只得和范老太太说话，范老太太可说上没完了。

杨胜仁道："我大哥大嫂又上哪去了？"

范老太太道："二格那孩子说不清上哪去了，媳妇又回娘家了。"

杨胜仁道："这可不对，我可嘴直一点，哪有新婚不多日子尽回娘家的。"

范老太太道："唉，没法儿说，这不是当着杨先生，我跟你说吧，我们这位儿媳妇，比人家当婆婆的还舒服，婆婆倒成了儿媳妇了。夜里什么时候才回来，早晨睡在床上不起，老爷儿都老高老高，照着窗户里，人家还不起。二格，你兄弟这孩子倒是性情好，老早就起来了，他起来，我都扫完院子，烧着了火，坐了开水，来回开了好几回。我们在乡下都讲究黑间就起，老爷儿一出来，俺们就吃饭了。好，这倒好，老爷儿都快正晌午了，她才起。杨先生您说，我这顿饭怎么吃，早就饿了不能吃，等着他们一块儿吃，我就饿过劲儿了。这一天吃不得吃，喝不得喝。人家是起来先喝一杯牛奶，说是洋人才这样，是吗杨先生？"

杨胜仁道："其实这倒不是必需的。"他这时不同情洋人了。

范老太太道："起来也不收拾屋子，连被褥也不叠，头也不梳，脸也不洗，这就先忙着吃，她要是肚子不饿，连饭都不忙着吃，您猜怎么着，这就说什么哪儿的戏好，哪儿的戏不错。吃完饭，这才洗脸，洗完脸出门听戏去了。您兄弟若是上学堂，得，媳妇这就一个人走啦，高兴就说一句：我回家啦。要不然连言语也不言语。这两天更好了，进来一些老爷们儿，都是二十来岁，打扮得挺匪气的，敞着纽扣，她还给我见，什么她舅舅啦，干哥哥啦，表哥啦，我也闹不清谁跟谁。没娶的时候，说她家里很清静，现在也不知哪儿出来这么些亲戚。这些亲戚也没有老娘儿们，尽是老爷儿们。进门还又说又笑，要不就拉起胡琴唱。"

杨胜仁道："不是家里没胡琴吗？"

范老太太道："都是他们自己带来的，在胯骨那儿挂着。"

杨胜仁一听，这滋味真说不出。他道："这可不大好，您也不问一问都哪儿的亲戚？"

范老太太道："唉，还问？我一跟你兄弟提，他就跟我急，闹得我连跟他说都不敢说了。"

杨胜仁心里骂道：范统真浑蛋。他说："那不成，您也得管教管教，这样过日子还成吗？"

范老太太道："您说我怎么管教二格，他一点也不听，多说几句他就跟我急了。我跟人家街坊一打听，家家都是这样，您说现在这年头，女人太不贞洁了。"

　　虽然自己也时常想和苏班洁亲近一下，可是她对别人这样就不贞节了，要不怎么说人生老是矛盾的呢？杨胜仁想到苏班洁深夜回来，还有人送，黑天半夜的，谁知道他们都做什么勾当呢？花钱娶这媳妇，可真糟。范统也太浑蛋，怎么就这样什么都不懂呢？他那个人还是真拙，跟他说的时候，还得留神，不然他能跟自己绝交，也不信苏班洁的乱七八糟。他想慢慢访查苏班洁的踪迹，能够得着她的证据，不但范统无话可说，就是苏班洁也好就范。他是始终没忘那件事。

　　社会上像杨胜仁这样的人，也还不少，张口闭口总要说女人应当贞节，假如有个女人稍微浪漫一些，真要把她骂得狗血喷头，简直是要不得了。可是女人都要跟他去睡，他也不说什么了。平日骂女人不贞洁的，便无时不在想窃玉偷香，倘若有个说老实话的，那就是叛逆无道。

　　杨胜仁越想越生气，别人家的太太偷人，他看着生气，真仿佛这个绿帽子戴在他的头上。他又问了问开买卖的消息，范老太太说："咳，谁知道这孩子是怎样一个主意？今天这样吧，明天那样吧，钱都在他们两口子拿着，又说是放在银行里，又说存在邮政局里，邮政局还管存钱吗？"

　　杨胜仁道："管，要是真存邮政局里边还不错，就怕在他们手里拿着，要是在他们手里拿着，不管多少钱，也架不住他们这样花。"

　　范老太太道："可不是，您说我这时候要不是为了这孩子，我简直寻死的心都有，我只盼着生个一儿半女，抱个孙子，我再去死也不晚。告诉您说，这个日子，越过越没活头。这还算好的呢，有的打爹骂娘，那是常事。"

　　杨胜仁道："时代虽然不同，但是像这样的情形，究属不对，哪有整天吃喝玩乐的？不成，回头范统回来我非得说说他不成，这简直太不像话了。"

　　范老太太道："对啦，您劝劝他，他还听，别人说他连理都不理。您多费费心，把您这大兄弟多说一说，我先谢谢您了。"说着，给杨胜仁拜了拜。

杨胜仁道："没什么，我一定说他，您不跟我说，我也得说他，我们哥儿俩就跟亲的一样，他这样我看不下去。他虽然比我大一两岁，我的话他倒是真听。那么，少奶奶也太不对，她不是不明白的，怎么这样做，这都是我大哥惯的。"

范老太太道："您别这么称呼他，他就跟您兄弟一样。"

杨胜仁道："不，哥哥一定是哥哥，他比我大，可是，兄弟说哥哥也没有什么。"杨胜仁宁愿在这一点上吃点亏，因为小叔子嫂子可以不拘形迹，大伯小婶就不大得劲儿了。

范老太太道："我跟您说，我们这位儿媳妇，有时夜里一两点才回来，一问就听戏去了，听戏也没有一两点才回来的，您说是不是？听说散戏不是十点多钟就散了吗？一两点钟才回来，上哪去了呢？"

杨胜仁道："跟我大哥一块儿吗？"

范老太太道："哪里，我们这孩子简直是一个糊涂蛋，他要是一块儿走，我倒放心了，我也没有什么。这两天老是她一个人走，有一次……"说到这里，又低了声说，虽然这院里也并没有别人，她说："我给开的门，我就听见门外叽叽喳喳地仿佛像两个人说话，又不像拉车的，等我一开门，他们立刻就不说了。我开了门之后，媳妇就慌忙进来，把门关上，怕我出去看。您说这叫什么事？"

杨胜仁道："那我大哥知道不知道？"

范老太太道："我没敢跟他提。"

杨胜仁着急道："那为什么不提呢？"他恨不能骂范老太太为浑蛋，他这时有一种说不出来的酸劲儿。

范老太太道："我们这孩子傻极了，跟他说什么都不信。"

杨胜仁道："我同他说，不但他，连他们两人我都得劝劝。"

范老太太道："那可太好了，你这叫积德了。"

杨胜仁一听，果然觉得这家子毫无生气，被悲云惨雾所笼罩，空有好多钱，被一个女人弄得不像个家庭。杨胜仁越想越不是滋味，想到苏班洁一定还有情人，或者还不止一个。范统这家伙也不理会，真糟！

他们正说着，范统回来了。杨胜仁道："胖子，你上哪儿了，我等你半天了，我跟大妈谈了会子。"

范统道："这屋里坐。"

杨胜仁来到他的屋里，一看他的屋子，陈设都是新的，可是尘土却积了很厚，地下的火柴棍很多，可见地也不扫，桌子也不掸，被子乱堆着，跟公寓的情形差不多。他道："你这屋里也不整理整理，窗子也不打开。"

范统道："马马虎虎，干净又给谁看呢？"

杨胜仁道："你上哪儿了？"

范统道："出去转转大街，又到班洁家里，从她家回来。"

杨胜仁道："班洁呢？"

范统道："她在家呢。"

杨胜仁道："怎么不同你一块儿回来？"

范统道："她打上牌了。"

杨胜仁道："同谁呀？"

范统道："有她表哥、干哥，还有一个姓蔡的。"

杨胜仁道："我说句直话，你的家里该叫她整理整理，别这么老叫她走。你看家里叫老太太一个人受累，多么不合适呀！进到家来，总要叫她好好过日子才对，别叫老人家伤心。"

范统道："没有，班洁很不错，时常回来给老两口子买点吃的。家里也没有什么可操作的，你说一切粗笨的事情，她不能干，咱们也不能叫她干是不是？要说她真不坏，每天总得等老人家全睡了，她才敢睡。因为睡得晚，所以尽耗时候，你说叫她干什么呢？她又不愿意耽误我的觉，可不是就出去听听戏什么的。睡得既晚，难免第二天就起得晚点，其实晚也晚不了多少，比我在公寓的时候，总还早得多。"

杨胜仁道："天天走也不像话，哪有起来就走的？也没听说老回娘家的。"

范统道："这你可不知道，这正是她的好处，我爱她也就是爱的

300

这点，她真孝，她对于她的娘家妈是非常之孝，她时常想起她的妈就流眼泪，本来她是不愿意和我结婚的，可是她因为我又不能不办，所以我很觉对不起她。再者说，我们家里吃饭都早，老两口子还是按照乡下的习惯，起来就吃，你说老太太起来给她做饭，她总觉得不合适，所以宁肯回到娘家吃，她也不吃我们老太太给她做的饭，她太好了。"

杨胜仁一听，范统简直迷着心窍。这完全是苏班洁瞒哄他的话，他居然信以为真，真是浑蛋一个。但是你这时跟他说什么，他也是不信，他就觉得苏班洁的话太对、太有理由了，别人说什么也没有证据，他根本不信，任人家说什么，他都有理由驳回来。杨胜仁想，非得捉住真赃实据，他是不会信的，可是捉住真赃实据，那已经晚了，并且到哪里去捉真赃实据呢？

他想了想，说道："不是我居心给你们挑拨，皆因我听了老太太的话，觉得班洁太不应当这样办了。"

范统把被子一掀，往床上一躺，说道："老太太的脑筋还能跟咱们比吗？老太太是十九世纪的思想，我们是时代的骄子，我们是新中国的新民，没想到你的脑筋也旧起来。"

杨胜仁道："不是我思想旧，新潮流也不应当这样做。"

范统笑起来道："你还是洋圣人，你怎么也这样说起来？现在的潮流是娶了媳妇不要妈，我们还要妈，这已经跟随不上潮流了。我们不是别人的奴隶，班洁的思想，实在高得多。"

杨胜仁一听，越发不像话，他想拿伦理来说是不成的，那么还是拿爱情来说吧。他道："那么以你们的爱情来说，她也不应该常常回娘家。"

范统道："那与我们爱情无伤，她越是这样做，我越爱她，只有增进我们两个人的爱情的。"

杨胜仁实在不能往下说了，因为说得范统都不大喜欢的样子了，他于是谈到别的，心里却想着这个。

要知后事，下章里不说，您是不知道的。

第八章　人间何处问多情

杨胜仁老想把范统说过来，可是又怕得罪他，于是问到开买卖问题。范统说："您给计划，班洁的二舅很有做买卖的经验，他正给我们计划着。"

杨胜仁道："老伯不是经商能手，何必找外人？"

范统道："班洁的二舅也不算外人，那么你也算外人吗？"

杨胜仁一听，对呀，先别说这个问题吧，又问道："打算开什么买卖呢？"

范统道："她二舅的主意，打算开个土药店。"

杨胜仁道："什么，土药店？"

范统道："土药店是来财的买卖，准赚不赔。别的买卖都是得先赔钱，得赔多少日子才能赚，并且赚不赚还在两可。她二舅说得好，土药店的开销也小，别的买卖非宣传不可，一年的宣传费就干不了。你多咱听说土药店在电台里播音的？在街上打鼓吹号的？人家说得实在对，要不怎么说有经验哪！你说的那办个杂志什么的，没劲，登几篇文章，费了半天劲，刊出一本，没人瞧，不成。还是开土药店好得多，没有赔。"

杨胜仁道："开土药店于我没有什么事了。"

范统道："怎么，你一样可以帮忙，比方吸烟室应当怎么设备，必须合乎艺术，合光线，才能卫生。咱们要开土药店，就得与众不同，咱们必须为烟客精神设想，总使他们愿意来才成是不是？再者联络方面也没有人，你来个联络主任，咱们也得跟地面上活动活动，这个买卖完全仗着活动，你的交际不错，一定能够胜任。"

杨胜仁一听，又喜欢了，只要能有饭吃，干什么都成。他遂又计划屋里怎样刷新，烟榻旁边怎样挂着西洋木刻，越说越有味。杨胜仁的计划又来了，说土药店带咖啡馆，前边是咖啡馆，后边是土药店，吃完大烟，来杯热咖啡，嘿，准叫顾客欢迎。夏天卖冰棍儿，更美啦。范统一听，也非常喜欢，当晚留杨胜仁吃晚饭。

　　吃完晚饭，杨胜仁又等了一会儿，苏班洁也没回来，他觉得这滋味仍是不强。他道："班洁怎么还不回来？今天不回了吧？"

　　范统道："回来是回来，不过得晚一点，也许去听戏，也许打牌。"

　　杨胜仁道："她听戏总是一个人吗？"

　　范统道："有时同她舅舅什么的。"

　　杨胜仁道："回来最好还是同她说少出门才好，这时候挺紧，黑天半夜的，不大方便。"

　　范统道："那有什么？谁还敢怎么样？况且她每次都有人送，怕什么的？"

　　杨胜仁道："有时也得顾及一点名誉。"

　　范统道："什么名誉？我就不喜欢听这话。这于名誉有什么关系？晚回来是个人的自由，谁还能拦阻不成？"

　　杨胜仁一见范统听到说苏班洁不好他就急，也就不再提了，遂又提了提土药店，这才尽欢而散。杨胜仁出来想着范统，真叫浑虫一个，非得给他一个真赃实据，他也就相信了。

　　范统自杨胜仁走后，便躺在床上睡觉，等着苏班洁回来。他们为了苏班洁晚回来，都不关门，只是街门安上一个簧，从外边一拧，门就开了，外人是不知道的。范统正睡得香，忽然觉得有人把自己捶醒，他睁眼一看，却是苏班洁回来了。他揉了揉眼睛道："什么时候了，刚才十二点，你今儿回来得早呀！"

　　苏班洁道："他们还要打八圈，我说不成了，我非回去不可，我才跑出来。"

　　范统道："不晚，其实还可以打，打八圈似乎晚点，再打四圈就合适了。"

苏班洁道："今天有人来吗？"

范统道："杨胜仁来了。"

苏班洁道："那个人真讨厌，我顶不喜欢那种人了。"

范统道："左右不过是说你不好，那个人我看有点神经病，胡说八道。"

苏班洁道："他怎么说？"

范统道："他说你不应该常回家，你说多可笑？他简直是发昏了，哈哈哈。"他笑了起来，

苏班洁道："放他的狗屁，我回娘家碍着他什么事了？狗拿耗子多管闲事，你也太爱理他。"

范统道："我不是骂他嘛，我才不愿意理他。明儿他来，我要不把他赶出去，我对不住你。"

苏班洁道："那人我早就看着不是东西，他时常对我存着不好的意思，我没说就是了。这种人，趁早绝交。"

范统越发生气道："我非得拿刀捅他不可。"

苏班洁道："那也不必，弄死人还得偿命。你瞧我哪天收拾他，叫你看看他到底是什么心？"

范统道："对，使智我不成，我闹不过他，非得你不可。我告诉你，他可会点穴呀，留神点他。"

苏班洁道："他那是瞎说，你真信他的。"

他们说着没完，那屋里老太太直咳嗽。范统拉着苏班洁道："来，咱们睡吧。"

苏班洁道："你睡你的，干吗咱们咱们的？"

范统道："现在这屋里就是咱们，所以说咱们。"

苏班洁一边哼着戏腔儿，一边脱衣服，脱鞋，她又到镜子前去扑粉。范统道："睡觉了还扑什么粉？"

苏班洁道："我爱，你管得着吗！"

范统道："好好，我不管，反正你今天得躺下不是。"

苏班洁道："我偏不，我要坐一夜，我还许出去呢。"说着，又去点了一支烟吸着。

范统道："你瞧你这些零碎儿。"

苏班洁道："我舅舅叫我给你带信，问你那笔款怎么样了？"

范统道："现在不是有了两万了吗，这两万还不够开土药店的吗？"

苏班洁道："开铺子是够了，还得买烟呢？我舅舅说他到口北买去，那里便宜又好，回来准能赚，他不也是为的你吗？跑那么老远。你总不办，二舅把别的事全搁下了，专等给我们办这件事。人家洋行找他好几次，他都推了。你瞧你这么颠顸劲儿，人家都当正经地等着呢。"

范统道："得多少钱呢？"

苏班洁道："叫他说得十万块钱的本钱才成。现在他说先拿三万块钱去，等买了回来，赚了钱再买去，几下就能赚十几万。"

范统道："好吧，可是这钱在大爷手里呢，要急了不合适。"

苏班洁道："那有什么不合适？这钱是你的，你要到手里，用你的名义存在银行，谁敢管呢？"

范统道："对，明天就去要，不给我跟他犯浑劲，他也得给。"范统倒知道这是犯浑劲。

第二天，是礼拜日，范统夫妇到正午才起来，苏班洁又催范统去要，范统道："不忙，反正今天去说。"

苏班洁道："早点去就把钱要来了。"

范统道："今天礼拜，银行不办公，就是说妥了，也取不来钱。"

苏班洁只得道："反正你今天得去一趟，今天表哥他们还许来呢。"

范统道："留他们吃晚饭，咱们打牌。"

苏班洁道："留他们吃饭我可不管做。"

范统道："不要紧，我去叫点菜来，打点酒。"

他们正说着，杨胜仁又来了。范统一见杨胜仁就不大爱他了，依着他的意思，真想揍他一顿。杨胜仁也看出他的神气，范统心里有什么话，都在脸上表现出来。杨胜仁很不得劲儿，不知他又犯了什么劲，可是苏班洁倒还张罗他。苏班洁是叫别人作恶，她来买好。

杨胜仁一见苏班洁没有讨厌自己的样子，心里还放心，他道："你们还没吃午饭吧，我已经吃过了。"他先表示吃过了，以示不是吃他们。范统始终是冷然的样子。

他们吃过了饭——范老太太做的，沏上一壶茶，杨胜仁和范统说话，范统总是不大爱理的神气，他想范统也许因为昨天和他说的那些话，和苏班洁吵嘴了，可是苏班洁并没有什么生气的表示。这时，有人来了，两位，一位是小帽头，扎裤脚儿，脖领的扣敞着，袖子卷着，匪来匪去的。一位是光头没戴帽子，头发油得亮光，脸上擦着粉，其德行也可想见。高领子，说话母来母去的。范统一见，连忙张罗，苏班洁也喜笑颜开地欢迎。

这两个人一见有个穿西服的，不免上下打量了两眼。苏班洁道："我给你们见见吧，这是他的同学杨先生，这是我表哥白增亮，这是我干哥哥赵二爷。"

赵二爷是那戴小帽头的，他道："昨天你赢了多少？"

苏班洁道："没有赢多少，将够本儿，今儿捞捞。"

赵二爷道："输了呢？"

苏班洁道："我给你垫上。"

赵二爷笑道："你垫上，怎么垫呢？"

苏班洁笑道："你这小子嘴里老没人话。"他们都笑了，连范统也笑了。

杨胜仁一看这劲头，比自己强得多，到底是干哥哥。可是干哥哥也不能这么开玩笑呀，越想越不是滋味。范统张罗纸烟茶水，把杨胜仁搁在一边，连理也不理，同时人家有说有笑的，真有点羡慕人家。他想巴结巴结人家，这也是中国人之崇拜成功的英雄的心理。范统这劲真有点叫人难堪，一想，自己何必受人家这种白眼？马上走开了，不是非常自由而洒脱吗？可是他虽然这样想，但总觉得有种力量拉着自己。

范统说："打牌呀。"

白增亮道："打，搬桌子。今天我非赢赢你们不可。"说着，便搬桌子，四个人打起牌来。

杨胜仁一个人孤单了，坐在那里怪木的。范统这时忽然想起喝茶来，看了看，没有人，只得对杨胜仁道："瘦子，劳你驾，你告诉我们老太太，给沏壶茶来。"

　　杨胜仁有点受宠若惊，他道："我给你们沏吧，不必累老太太，可是你们得给我抽头呀。"他还说句俏话。

　　范统道："对啦，一定给你打头儿。"杨胜仁当真给他们沏茶倒水。

　　打了几圈，苏班洁叫范统到范老伯那儿要钱去。范统道："等明天一块儿就拿回来了，今天老头子也在那里呢，不好要。明天把老头子找回来，调虎离山，我再单独跟他要，就说是我爸爸跟他要的，他也得给。"

　　苏班洁道："那么也好，可是明天务必要来呀。"

　　范统道："没错，不给跟他动刀子。"范统真叫勇。

　　苏班洁道："你去叫菜去吧，咱们晚饭你不是留人家吃吗？"

　　范统道："好，我去叫饭。"他出去了。

　　杨胜仁道："我跟你去好不好？"他怕碍人家的眼。

　　范统道："你等着吧！"

　　范统走了，赵二爷从胯骨底下把胡琴掏出来，定了定弦道："来段儿。"

　　白增亮立刻咳嗽了咳嗽，脸向着墙壁，说道："倒板吧！"

　　赵二爷道："又是《武家坡》，没劲，《坐宫》吧，你的四郎，叫大妹妹唱公主。"说着，拉起胡琴，白增亮便唱起来，唱得好不惨然，跟着苏班洁唱起"芍药开牡丹放"。范统回来了，说道："我说谁唱呢，由拐弯儿就听见了。"他们还是接着唱，以后夫妻对口唱时，还带道白。

　　杨胜仁听着，真不得劲儿，可是范统还鼓掌叫好呢。唱了一会儿，菜来了，他们便围着桌子吃起来。一边喝酒，一边划拳，好不高兴。

　　杨胜仁道："老太太呢？"

　　范统道："老太太一个人弄面吃了，不必管了。"他们吃饱喝足，又唱了两段，跟着又打牌，杨胜仁怕学校关了门，所以赶着回去了。

回到学校越想越不是滋味，范统他妈的真是势利眼，马上不理朋友，狗养的皇亲国舅，今天看那两个人，那种脑像儿，哪儿像她的什么表哥？他们那种亲密的神气，有点眼光的都能看得出来。范统这家伙真饭桶就结啦。杨胜仁想着他们那一群，有点瞧不起，不想理他们，可是他们仿佛又有一种力量使自己羡慕。人类之有一部分人容易往下流走，便是这种力量引着他。不过杨胜仁究竟有点知识，他觉得巴结他们固然可以得吃得喝，还能占点便宜，同时也省得受歧视，而他到底是明白身份的人，他不再找范统去了。想到范统那么看不起朋友，实在令人心痛，但他想到苏班洁，又一阵一阵心痒，心痒和心痛一比较，心痒似乎要占上风。

范统呢，这些日子又照常上课了。他上课就是那么一回事，跑到学校就睡觉，有人说他何必还来上课，他也说不上什么来。他之来上课，是苏班洁叫他来的，美其名曰"劝夫求学"，其实是叫他天天在外边，她却方便得多。别人都疑着苏班洁是为她自己便利，而范统却信她是贤妻良母，只有范统一个人这样信她。

杨胜仁问他买卖怎么样了，范统说："办货去啦，办了货来就开张，现在他们正找着房子。"

杨胜仁问他钱给了他们了吗，范统说："当然得给他们，饶这样还不够呢，为了这笔钱，跟范老伯吵起来了，几乎拼命。"

杨胜仁问道："怎么呢？"

范统这么一说，杨胜仁才知道范老伯和范统断绝了本族关系，以后谁也不找谁。他的父母气得也和范统分了家，住在范老伯家里，这两口子还希望着儿子能够回心转意。

杨胜仁一听，家里合着就剩下苏班洁一个人了。范统说："可不是，家里全仗着她主持，一天到晚，真难为她。"

杨胜仁道："那么这她还常回娘家吗？"

范统道："这就不知了，不过怕她一个人太寂寞了，所以天天叫她表哥什么的陪伴着她，按说她那两个哥哥都不坏，人很直爽，不会虚假。你见过一次，你总看得出来，你的眼光强，是不是？"

杨胜仁为保持"眼光强"，只得屈心地说："可不是，我那天一见就觉得这人很不错，没有客套。"

范统道："所以我很放心，人家自己的事不干，尽给我们帮忙了，怪过意不去的。"他还觉得对人不起。

杨胜仁一听，口里顺着他说，心里骂他浑蛋，他心里说，要是我有这样的女人，我非要像大通公寓那样再来一档子不可。可是话又说回来，这要是苏班洁跟他谈恋爱，他也就不再骂范统了。这要是苏班洁是他的太太，他也就没有大通公寓那样的想头了。像能够演成那样的惨剧的，非得英雄本领不可，社会上能有多少那样的英雄，把那样的女人杀掉，所以社会永远是不断地演出许多罪恶。崇拜英雄是人类的本能，想做英雄，是人类的缺点。人们只是"想"而已，只是"说"而已。做文章都是振振有词，但没有一个去"做"的。杨胜仁不是英雄，就是想也不过那么一会儿。

杨胜仁简直瞧不起范统了，但他虽然瞧不起范统，可是对于范统的太太却还眷念不置。他想到范统跑回学校，家里光剩下一个年轻的太太，自己都替他不放心。

这天，早晨起来，范统前来上堂睡觉，杨胜仁称病告假，并说亲自到医院去诊治。他走出学校，却往范统的家里走来。他想，用一种什么名义去呢，就说给范统取东西，可是苏班洁如果跟范统说了呢？还是说上医院，由这门口过，顺便拜访拜访。想好了，便到范统家里来，就见范统门前停着一辆车，赵二爷由里边走出来，提着一个箱子，仿佛很重，放在车上，赵二爷骑着一辆自行车在车后跟着。和杨胜仁走个对面，赵二爷看了他一眼，有点着慌，想回去又不好意思回去，又要跟着车。

杨胜仁说道："走吗？"

赵二爷道："可不是，回见。"

杨胜仁一想，他家里更无别人，不由十分欢喜，连忙上去叫门。而门却开着，他便走了进去。院里很静，他有点心跳，想到叫人撞上怎么好，他回身又把门给关上了。然后走了进来，直奔范统的卧室。一看外屋没有人，进到里屋一看，苏班洁正在收拾东西，她不知道杨胜仁进来，杨胜仁说了一句道："干什么呢？"把苏班洁吓了一跳，脸色都变了。一看是杨胜仁，非常不好意思，她只得张罗道："请坐，请外屋坐，我想找点东西。"说着，两个人走出外屋。

杨胜仁道："你是想出去吗？"

苏班洁道："不，是的，我想买点东西去。"她有点着慌，语无伦次，她以为杨胜仁是范统派来监视她的。

杨胜仁道："赵二爷真早啊，搬个箱子做什么呢？"

苏班洁脸红了，她道："他给我买东西去了，你由哪儿来，喝茶不，我给你沏。"她这时不得不媚着杨胜仁点。这时杨胜仁有点魂飞天外，飘飘然了。

他道："不大渴，我们说会儿话，我由这路过，顺便看看你。"他也得寸进尺。

苏班洁微微放下一点心，说道："范统呢？"

杨胜仁道："在学校睡觉，这家伙，真傻，什么都瞒不了我，但是他一点也不明白。"

苏班洁一听，又怕起来，她不得不表示好处，她笑道："他哪有你精，你是精明里的精明人。"

杨胜仁得意地笑了。他道："你也很聪明呀，我的意思，你总明白吧？"

苏班洁道："我明白，你不会向范统去说吧？"

她是指着赵二爷这箱子的事，杨胜仁却直往那地方想。他道："我怎么能够同他说去呢？为了你，我也不能。"

苏班洁一听，这家伙是想勾搭自己，这时候，不能不给他一点甜头。她笑道："你的心上还有我吗？"

杨胜仁一听，魂飞天外，四肢瘫软。他道："我敢起誓，我心里不想着你，骂我是狗养的。"

苏班洁道："那你对范统说了我什么话，你以为我不知道吗？"

杨胜仁冤人了，结结巴巴地说道："那，那不是我爱你吗？爱你才希望你好。"他魂不附体了，说完了这话，就浑身无力的样子，垂涎欲滴。

苏班洁一看他这神气，不由说道："得啦，以前的事不必提了，以后你准老爱我吗？"

杨胜仁这时说话都有点大舌头了："当然，我不爱你，挖了我的心肝。"说着，便要过来抱她。

她道："这时候不成，有人来多不合适。"

杨胜仁道："给我一个吻就得。"苏班洁遂给了她一个吻，杨胜仁恨不得死了都情愿，他真没有想到今天会有这幸运。

苏班洁道："你跟我买趟东西去呀？"

杨胜仁道："成成成。"这还有不愿意的？他道："可是家里没有人怎办？"

苏班洁道："倒锁门就成了。"

杨胜仁道："那不怕人进来吗？"

苏班洁道："大白天的不要紧，我真不喜欢和范统一块儿走。"

杨胜仁道："可不是，他那样太不好看，我跟你走，准保跟你配得起。"

苏班洁遂到里屋去拿东西，她道："我换衣服，可不准你进来看。"

杨胜仁笑道："我看看又有什么，我们已经相爱了。"

苏班洁道："我说什么你就怎么办，不听我的话，我就不同你一块儿走了，你到院子等我去。"

杨胜仁当真跑到院子里来，等了许久，苏班洁才出来，拿着皮页子，里面鼓鼓囊囊的，她道："走。"他们走了出来。苏班洁还拿着锁，到了门外，苏班洁把门锁上。两个人一同走着，杨胜仁把臂伸过来，他要苏班洁挎着他的臂走，真仿佛是夫妻一样了。

苏班洁道："不，叫熟人看着不好看，我们雇车吧。"

杨胜仁立刻叫车，声音洪亮，这高兴就别提了。苏班洁居然能够承认是他的爱人，说不定明天就许发生关系。车来了，杨胜仁道："上哪儿？"

苏班洁道："我们先买东西吧，买完了东西回来再玩好不好？"

杨胜仁道："好，可是怕回来就没有工夫了。"

苏班洁道："那么我们先到咖啡馆坐一会儿。"

杨胜仁一听咖啡馆，颇有难色，因为他腰里的钱没有多少，陪着情人走，没有钱哪里成。苏班洁知道他没钱，便道："我这里带着钱呢。"杨胜仁一听太好了，像这样的情人哪里去找？苏班洁是真正地爱着自己呀！他们遂雇车到咖啡馆。

杨胜仁那么嚷着爱人爱人的，同爱人进咖啡馆，这还是头一次。他们谈着，苏班洁笑道："我就愿意同你进咖啡馆，要是别人，无论是谁，我也不同他走。"

杨胜仁喜道："那么只有我像你的丈夫了？"

苏班洁道："呸，你准拿得出套子来吗？"

杨胜仁道："你瞧着的，我要同你在一起，若不叫人瞧着像夫妇我不是人。"

苏班洁笑道："别胡说了，走吧，买东西去。"说着付了钱同杨胜仁走出来。

苏班洁雇车到前门大街，到绸缎店买了些衣料，每挑选一样，苏班洁问道："你看这个材料怎么样？"

杨胜仁果然拿出丈夫的神气说道："这个不错，花样还好。"

伙计道："这花样是新出来的。"

苏班洁道："就撕这个吧。"买完包好，苏班洁道："给我拿着。"杨胜仁当真捧了过来，笑而不敢说出来，笑在心里，庄严在脸上。

两个人出来，又走进了一个鞋店，鞋店的伙计真和气，连忙迎接，说道："科长，您老没照顾我们了。"

杨胜仁也不是哪儿的科长，他只好含糊其词地说道："这些日子忙点儿，拿鞋看看。"

伙计道："是，科长穿是太太穿？"

杨胜仁道："太太穿。"说完连看都不敢看苏班洁，怕她不乐意。

伙计把凉鞋拿出来，苏班洁穿在脚上说道："这鞋好看吗？"

杨胜仁道："好，比家里那双好。"越说越像。

伙计道："这鞋是时兴的，前天李局长太太还定做了一双，王经理太太也定做了一双呢。"

312

苏班洁买好了，穿在脚上，把脚上穿的脱下来装在匣子里，叫杨胜仁提着。出来又到化妆品店，买了些化妆品，也交给杨胜仁拿着。算起来，一共花了一百多块了。

　　她最后进到金店，她看了杨胜仁一眼，杨胜仁立刻精神百倍，苏班洁拉着他的臂，很亲密地并肩走进去。伙计一看，就知道是一对新婚夫妇，便欢迎不迭。

　　苏班洁道："金子什么行市？"

　　伙计道："三百五十五。"

　　苏班洁道："又落了。"

　　杨胜仁道："现在金价倒是直落。"他表示内行，仿佛常买金子。

　　苏班洁买了一个钻石戒指、一个戴在臂上的金镯子，一共四千多块钱，苏班洁还直抹价。最后讲妥当了，她当时戴在臂上、指上，然后打开皮包拿出支票来，对杨胜仁笑道："这是我存的，不是你的，你别红眼。"

　　杨胜仁立刻答言道："嗬，你存的不也是我的钱吗？"

　　伙计赔笑道："那是一样。"

　　苏班洁又道："不给你们支票了，家里还有现钱，还是给你们现钱吧，给支票你们不放心。"

　　伙计道："现款也好，您若给了我们，省得又存银行了。"

　　苏班洁道："我昨天刚提出来的。"说着又对杨胜仁道，"我跟你说，最近我还得用五千块钱，你得给我筹划出来。"

　　杨胜仁道："你可花得真可以，这月我给你多少了？"他还表示不愿意的样子，做得恰到好处。杨胜仁很得意，他想苏班洁回去，非得和范统离婚嫁给自己不可。范统哪里有这机警？

　　苏班洁道："反正你得给我筹划出来，至少也得三千五。"说着，又对伙计道，"你们柜上派一个人，跟我到家去取。"伙计道："是是。"

　　说着，一起走了出来，柜里的伙计还欢送不迭。苏班洁道："我们家里应用的东西都买了吧？"

　　杨胜仁道："先回去明天再买吧，我也拿不了啦。"

苏班洁笑道："好吧。"

他们三个人出来雇了三辆车，苏班洁在前边，杨胜仁在中间，伙计在最后。走了不远，苏班洁叫车站住道："你等等我，还买点东西，你们先走着吧，我买张彩票，随后就去。你叫那伙计在家等我一会儿，我的箱子可不准你动，等我回去给他拿钱。"

杨胜仁道："我决不动你的箱子，你可快一点回来。"

苏班洁道："我就回来。"说着，三个人刚分手要走，苏班洁又把杨胜仁叫住道："哎，给你钥匙。"说着，又把钥匙给了他，然后又说道，"我的东西可不准短一样呀，你要给我丢一样，你就试一试。"

杨胜仁笑道："嗬，你瞧你这样厉害。"说着，他们分别了。

杨胜仁同着伙计回到家，开门让了进去。进到上房，伙计看有家里人，自然放心，不过家里一个人没有，也够怪的。他道："先生贵姓？"

杨胜仁道："杨，不，范。"他怕伙计看见门外的名牌。为了这么一点精神上的便宜，连姓都改了。

可是伙计越发纳闷，怎么这位先生竟没准姓呢？他道："先生是此地人吗？"

杨胜仁道："不，上海人。"

伙计道："先生在哪一个机关？"

杨胜仁道："那个局里。"

伙计也不知道是哪个局，抬头望了望，屋里的摆饰全是新置的，还贴着红喜字什么的，知道是新婚，大概没有错。

杨胜仁道："你这里坐着，我看看开水。"

伙计把他拦住道："先生，我不喝茶。"

他们等了一会儿，苏班洁还不回来，伙计有点着急了，可是做买卖人又不能催。杨胜仁也怕他着急，可是自己也很着急呢。这个时候回来，把伙计打发走了，光剩下两个人干什么不可以呢？他始终没忘了他这档子事。

又等了一会儿，还不见回来，伙计沉不住气了，他道："先生，

314

你要是方便，先把钱付了吧，柜上这两天挺忙，我得赶紧回去。"

杨胜仁道："你先等一等吧，我不能动她的钱，要不然她回来跟我急。"

伙计一听，只得又忍耐等着，反正人家两口子，太太不在有先生呢？人家有门有户，还能骗局？即或是骗局，这儿不是还有一个人呢吗？等着吧，反正今天得回来。

杨胜仁也不耐烦了，他道："我到外边蹓蹓去。"伙计不放心，也跟了出来。"你想跑可不成。"他心里这样说。

杨胜仁一见这形势，他想苏班洁是不能不回来的，她也许回来晚一点儿，可是自己受伙计的监视，心里颇为不平，但他又说不出来。伙计在屋里也来回地走，这工夫可有会子了。他望了望墙壁，挂着喜联，还是范老伯贵宝号送的，那边一张相片，是范统和苏班洁合照的。伙计认识苏班洁的像，就是方才那位太太，可是范统却不认识，像是胖胖的，而这位先生是瘦瘦的，他有点怀疑。这位太太不能跟别人一块儿照相对不对，那么这位是谁呢？

他道："方才那位太太姓什么？"

杨胜仁道："姓范哪，你怎么糊涂起来？"

伙计道："那位太太是您什么人？"

杨胜仁道："是我太太，怎么了？"

伙计道："不怎么，我看这相片不大像。"说着用手一指。

杨胜仁一看，可不是嘛，那是范统，怎么会像呢？他道："那，那是我结婚前照的，结婚前我就那样胖，一结婚马上就瘦了，你说结婚这玩意儿是霸道，哈哈。"他笑起来，伙计也不自然地笑了。

杨胜仁道："近来你们买卖不错吧？"

伙计道："可以，托您福！"

杨胜仁道："我最近也想开个买卖，现在已经办货去了，土药店，你说怎么样？"

伙计道："土药店而今是好买卖，眼下说起来，还是那买卖赚钱。"

杨胜仁道："我已经花了好几万成本了。"伙计不知他的话是真是假，只有唯唯诺诺。

又等了一会儿，苏班洁仍不见回来，杨胜仁的早饭没有吃，肚里直叫唤，现在的时刻已经到午后新钟十八点二十分又三十秒了。伙计道："要不然再请您到柜上去一趟，有您一个话儿，也省得我老在这儿等着。"

杨胜仁一听，不好办，他为难起来。正这时，门环响了，他喜道："可回来了。"说着往外便跑，他心里想：她进了门先吻她一下，问她为什么这么晚回来。想得挺好，开门一看，不是苏班洁，却是范统。他一见范统，不由怔了，范统见了他也怔了。

他们走了进来。范统道："你不是看病去了吗？"

杨胜仁道："可不是，我刚回来，顺便到这里看看，我以为你在家呢，你怎么才回来？"

范统道："今天课多，我一直睡了四堂，要不是听差的叫我，我还睡呢。告诉你说，我真乏了，夜里不得睡，到时候还得那个……"

杨胜仁一听那个，心里就有那么一股子劲。他们走进屋来，伙计在院子里呢，也跟了进来。范统一看，不认识，问道："谁？"

伙计一见范统，像那相片里边的人，他就更糊涂起来，难道那堂客有两个丈夫吗？他越想越不放心，他心里尽琢磨，假如发现是骗案的话，这两个捉住哪个？那胖子大概是那堂客的丈夫，可是也说不定，我也探探他们的口风，谁承认是那堂客的丈夫，就抓谁。但又有一样不好，万一这瘦子和那堂客是伙同一起打虎又骗财呢？既然这个瘦子跟着买的，当然还是抓住瘦子。伙计翻来覆去地想，有心出去喊巡警，又怕两个人全都跑了。所以范统问了声谁，他没听见。

杨胜仁道："金店的伙计。"

范统走进屋来，问道："班洁呢？"

杨胜仁道："奇怪，班洁怎么还不回来？"

伙计觉得有说明事体的必要，他叫道："范先生。"

范统答道："干吗？"

伙计道："不是，我叫这位范先生。"

范统道："瘦子，你怎么也姓了范？"

杨胜仁道："他瞎说。"

伙计急道："什么瞎说，您不是说您姓范吗？"

范统奇怪道："怎么一回事？"

伙计道："这位先生同着一位太太，到我们铺子里买了四千多块钱的东西，叫我跟着先生回家拿钱来。"

范统笑道："瘦子，你也有了太太，临时的吧，野鸡对不对？哈哈。"

杨胜仁道："你别瞎说了。"

范统问伙计道："怎么样？他太太漂亮不漂亮，什么样？"

伙计指着那苏班洁的相片道："就是这位太太。"

范统瞪眼道："什么？你拿我的太太当你太太，什么话呀？"

杨胜仁汗都出来了。他道："我也没说是我太太呀。"

伙计道："怎么没说？刚才还说来着。"

范统道："好呀，你拐我的太太，你说，班洁哪里去了？"

伙计一听，还是这个胖子是本夫，遂道："您就是这位太太的先生吗？"

范统道："干什么呀？"

伙计道："不是，这位先生说是他的，您说是您的，到底是谁的呢？"

范统道："是我的，你看相片还看不出来吗？"

伙计道："既然是您的，那就好办了，您的太太买了我们四千多块钱的东西，没给钱呢，钱就得由您给。"

范统道："她买东西我不知道呀。"

伙计道："那不成，都说不知道，我们买卖就不用做了。她是您太太，您就得拿钱。"

范统一听四千多，心里二乎，其实若真是苏班洁买了，自己拿出钱来也没有关系。不过这里的事自己还没闹清楚，怎么能给呢？

杨胜仁道："东西确是班洁买去了，她也许回娘家了，这个钱你给了不是一样吗？"

范统道："那班洁呢？"

317

杨胜仁道:"她也许回家了,你先把伙计打发走了,回头再找你太太,不是一样吗?我不说谎,东西确是买了,你给了钱,还落下东西呢。"

范统道:"好吧。"

杨胜仁是想先把伙计打发走了再对付范统就好对付了,不然伙计始终是一块蘑菇。范统就走进里屋,打开箱子一看,怔了,里面全空,汗珠和豆粒一般大掉下来。杨胜仁一看,就知不妙,他道:"怎么样?"范统怔怔地也不言语。

他想着待在这不合适,他想出去,可是伙计却拦住道:"您先别走!"

杨胜仁道:"你拦我做什么,人家是夫妻,碍着我什么了?人家叫我陪着买东西,我就陪着去一趟,与我毫无相干哪!"

伙计道:"那不成,您同着去的,我就同您说。"

杨胜仁道:"你同我说不着。"

伙计道:"说什么您走不了,您得给钱。"

杨胜仁道:"我没有拿着你的东西呀。"

伙计道:"可是您一块儿买去的,不管在谁手里,您一块儿买的,就算卖给您了,并且那位太太叫我跟您要的。"

杨胜仁道:"谁说的呀,她不是说她给钱吗,我不管。"

伙计道:"您不管不成,反正您得给钱,要不然您就同我到柜上,要不然咱们到巡警阁子去。"

杨胜仁一看跑不了,他低声道:"人家才是本夫,这个责任在他身上。"

伙计道:"那也不成,告诉您说吧,您今天走不了。"

杨胜仁恨不能打他一顿,可是明知又揍不过人家。这时忽然范统在里屋大喝一声道:"浑蛋,他妈的!"他们两个人全怔了,不知范统骂的是谁。

就听范统噼啪噼啪地自己打自己几个嘴巴,又骂道:"浑蛋,他妈的,拿刀捅死他妈的。"

外屋这两个人也不言语了,杨胜仁吓得直哆嗦,想着范统若是跟自己拼命，自己的命还真不敢保。他一定受了重大刺激，神经失常了，要不然还可以跟他讲理，这一来他全不论，自己多么危险！可是想跑又跑不了，不跑真的就等死不成？他急了，他刚想推伙计，忽然见范统由里屋跑出来，凶神附体一般，二目圆睁，咬牙切齿，杨胜仁和伙计都吓了一跳。

范统一边往外闯一边骂："他妈的都给你们杀了，一个不留。"说着，出了屋门，这两人也跟出来看，见范统进了厨房，一会儿就抄出一把菜刀出来。杨胜仁一看，吓得腿全软了，拉着伙计嚷救命，伙计也害怕，谁不惜命呢？这家伙，凶神一般谁挡得了呀？伙计撒腿便往外跑，杨胜仁直叫唤，伙计跑了出来，一想不对茬儿，钱还没要，自己跑了，回头那小子脱身，不上算，也许他们闹什么活局子，把我吓跑了，他们再跳墙跑，没那便宜事。

伙计透着精明，他又跑了进去。谁知刚跑到里面，范统拿刀正迎出来，他吓得又转身便跑，一边跑一边说："你们别他妈弄这活局子，当是我不懂呢，趁早把刀放下，好说，不是才四千多块钱嘛。"

范统哪里听那套，只是撞出来，伙计又跑出门，往东跑去。可是范统却往西去，伙计回头一看，他往西去了，又返回来追他，嚷道："孙子，回来，打算把我赶走，你们一跑，没那个事，反正你们得留下一个。"他又追范统，并且在后边骂。

这时杨胜仁在院里都不能动弹了，后来见范统把伙计追出去，心里才踏实下去，想道："范统究竟是朋友，不会跟我胡来。既然他们跑了，自己乘这机会也快跑吧，不然那伙计揪着自己，这官司打不了。"他走出门来，要往东跑，东边有伙计赶来，他只得往西。伙计一看，越发骂起来道："是不是他妈的活局子，他妈的一个跑不了。"杨胜仁一见，前面有范统，后面有伙计，跑快了赶上范统，跑慢了叫伙计赶上，这劲儿好难受。

这时范统也不知怎么叫伙计给骂了回来，杨胜仁一见，吓得拔腿就跑。伙计也怔了，站在那里，范统拿刀奔了他来，他也只得和杨胜仁跑下去。杨胜仁吓得都昏了，又跑进范统家里去，伙计也跟着进去了。杨胜仁一看不对劲，又往出跑，和伙计撞了个满怀，把他撞了一个仰八叉。这时范统拿着刀奔进来，杨胜仁吓得直叫爷爷，连滚带爬，又要往屋里跑。一想，跑到屋里就跑不出来了，只好在院子里"转影壁"，可是院子里又没有影壁。他便拿金店的伙计当了影壁，可是这个影壁是活影壁，范统追来，连影壁一起跑。杨胜仁和伙计分道扬镳，跑到东边，又碰到一块儿，这个叫撞影壁。后来两个人都喘了，而范统似没有喊停的意思。

杨胜仁一想，何必在院子里转，干脆跑出去就得了。他又跑出门外，伙计也跟着跑出来。这时四邻街坊早已听见人声呐喊，杀声震天，不知怎么一回事，大家全跑出来看。而往来过路的，也驻足观瞧，以为是打架的。谁知一见，却是一个拿刀的人，追着两个人，这两个人狼逃鼠窜，走投无路，大家也害起怕来。杨胜仁一跑，跑进一条死胡同里去，跑到头一看，不通了，这一吓，一身冷汗，他赶紧又往回跑。他又怕范统拿刀赶来，急得没主意。心说，这回是非完不可了，没想到我杨胜仁会死在这里，一世英名，付与流水。他正慌慌张张，忽然有一家开了门，走出一个小媳妇来，他一见，猛地跑了过去。那小媳妇也吓得往里头跑，杨胜仁赶过去，跳进了门，回身把门一关，那小媳妇吓得哭喊起来。杨胜仁见关了门，范统再来，也找不着自己了，心里当时便安下好多。可是他已经筋疲力尽，一下便坐在地上，再也不能动弹。这口血没喷出来，还不算便宜吗？

这时小媳妇的家里人跑出来，一问小媳妇是怎么一回事，小媳妇也说不上来了。一边哭，一边哆嗦，裤子也全湿了，指了杨胜仁，抚着脸哭。家里一看杨胜仁软作一摊，他们便错会了意，不由大怒，跑过来连踢带打，愣说杨胜仁强奸妇女了。杨胜仁躲了刀，却挨了打，不过挨打总比被杀强。他也无力抗辩。人家打得气还不出，有老太太看见了说："别打了，回头出了人命，问问他是怎么一回事。"那男人们忙住了手，一看杨胜仁，果然没气了，慌得又赶紧往回救。杨胜仁迷里迷糊地醒来，也不知道痛，仿佛傻了一般。

大家问道："你是哪儿的？"

杨胜仁道："我不姓范，我姓杨。"

大家一听，好像是神经错乱，忙问道："怎么一回事？"

杨胜仁道："他要杀我，我跑进来。"

大家一听，面面相觑，问道："谁要杀你呀？"

杨胜仁道："范统。"

大家道："饭桶，这一定是个疯子。"

老太太道："你们不看看到底是怎么一回事，就乒乒五四地打了人一顿，你们倒是问问明白呀，他是个疯子。"

杨胜仁道："我不是疯子。"

旁边站着小媳妇的丈夫，他是气得了不得，他真疑惑自己的太太被人强奸了，所以他打得最凶。他说："这小子装疯卖傻，他才一点也不疯。问问他，到底安着什么心，他都说他不疯。"

杨胜仁道："实在我不疯。"

老太太道："那么你为什么往人家里跑？"

杨胜仁道："他要弄死我。"

那男道："你这小子，当然要弄死你，不行他妈人事。"

老太太道："因为什么呀？"

杨胜仁道："唉，也倒是我不对，我不该跟他太太发生关系，虽然实际并没有，但嘴头上先占占便宜。"

那男子一听可又火了，举着拳头又要打，被别人拦住道："别打了，再打出了人命。最好打官司去，告他一个强奸妇女罪。"

杨胜仁道："不能说我强奸，她先爱的我呀。"

那男子一听，怒气十丈，向那小媳妇瞪喝道："好呀，你原来是这么一个骚货，干他妈这缺德事！"说着就要打那小媳妇。

本来这男子平日就疑心，人家若是看他媳妇两眼，他都疑惑他媳妇跟人家有关系，所以他一心一意地总是往那处想。杨胜仁本来说的是苏班洁，但是他安到他媳妇身上。大家也竟顺着他的意思猜下来，本来事实也摆在这里。不过大家不愿出人命，赶快把他们拦住。

小媳妇哭起来道："我可不能活了哇，我的天呀！"

那男子更气道："你他妈还哭，不要脸，给我死去！"

小媳妇哭道："这真冤枉了我呀，我的……"

那男子嚷道："你他妈的瞧你的样子！"

大家道："得啦别嚷啦，家丑不可外扬，闹得街坊四邻听着多不好，走，把他弄到区里，打官司告他。你弄死他不是你还得抵偿吗？"那男子气得直哆嗦，仿佛他已当了王八。大家遂一边叫巡警，一边扶着杨胜仁，拉着那男人和妇人，到区里打官司去。

杨胜仁迷迷糊糊地走也走不动，现给他雇了一辆洋车。于是这一条胡同里，便家传巷议地谈起来。先是听说一个人拿刀追一个人，后来被巡警拦住，一块儿带到区里去了，于是把两件事弄成一件事，越传越真，仿佛就和事实一般。说有穿西服的跟小媳妇通奸有染，已非一日，这天那穿西服的又来找她幽会，两个人在门洞里亲近来着，被本夫看见了，拿刀这么一追，幸而叫巡警拦住了，不然非出人命不可。

报纸上也登出奸杀案的新闻，这一来可就够糊涂的了，而叫警察一问，越发糊涂，警察只知道这是两件事。本来也是两件事，可是一问，怎么又弄成一档子事。

原来范统拿刀追着伙计，幸而有警察给截获着了，把他们弄到区里一问，伙计说："我不知道他为什么要砍我。"

问范统，范统说："他跑到我家调戏我的媳妇，把我的媳妇拐跑啦，又要诈财，所以我才要砍他。"

问伙计，伙计当然不承认。警察说："你这样也不是好人，趁早说实话，你要不是拐人妇女，你跑到人家院子里去做什么呢？"

伙计道："我要钱去啦。"

警察道："妈的，拐人家媳妇你还要钱。"

伙计道："老爷，我并没有拐他的媳妇，是一个瘦子拐的，那瘦子又把我带到他家。"

巡警道："你不用瞎说，像你这样的，非揍不可，干脆说了实话，省得吃苦子。"

伙计哀求道："我真没有，是那瘦子拐跑的。"

巡警道："瘦子拐跑的你怎么知道？"

伙计道："那瘦子又给我带到他家来。"

巡警道："没听说过，拐人妇女，又把你带到人家来，你这小子是胡说八道。"

正这时，杨胜仁那档子也解了来，原告告杨胜仁勾引良家妇女，强奸拐卖，幸而发觉得早，算是给逮住了。巡警一听，跟范统那档子差不多，现在尽是这种案子。

巡警一问被告杨胜仁，杨胜仁脑筋受刺激都乱了。他说："我没有拐他的媳妇，他媳妇自己跑的。"

巡警道："浑蛋，你不拐她，她就跑了？"

杨胜仁道："我就同她一块儿出的门，买了东西，她就跑了。"

巡警道："她跑哪儿去了？"

杨胜仁道："我哪儿知道呢？她叫我回到她家里来，我就回来了。"

巡警笑道："你这是满嘴喷粪，一定是你拐他的媳妇还没走了，媳妇又不愿意了喊起来，他们才捉住你。"

杨胜仁道："不是，她是愿意了，她说她愿意跟我一块儿走，说我像她的丈夫。"

巡警是越听越糊涂，说道："既然她愿意当然是你拐带了。"

杨胜仁道："我并没有拐带呀，是她愿意走。"

巡警叫他退堂，又叫小媳妇上来问道："你说实话，不要紧，既或你愿意改嫁也没有关系，你说，你跟他通奸了几次？"

小媳妇哭道："一次也没有，这是哪儿的事呢？"

巡警道："他说你愿意跟他一块儿走的。"

小媳妇道："我就不认识他。"

巡警道："你要是撒谎，可留神挨揍。"

小媳妇道："大老爷，我真不撒谎，我还有什么脸见人去哪？我的天呀！"她又哭起来。

巡警连忙把她喝住道："别哭，你既然不认识他，他怎会跑到你们家去？"

小媳妇道："那我怎么知道呢？"

巡警把她带下，又把原告带上问道："你女人跟姓杨的有关系，你什么时候才知道？"

原告道："我刚知道的。"

巡警道："那姓杨的说你女人愿意跟他走，你女人又说不认识他，你觉得哪方面的话可靠？"巡警反而向他要主意。

原告说："老爷您看着办，反正非得把姓杨的枪毙了才好。老爷多恩典。"

巡警又提杨胜仁说："那女人说不认识你。"

杨胜仁道："怎么不认识呢？还是我先认识的。"

巡警道："嗬，原来你们早就有事呀！"

杨胜仁道："事倒没有，就是认识。"

巡警道："你同她几日有的事？"

杨胜仁道："几日也没有事，有事我倒乐了。"

巡警道："那你为什么在人家门洞里待着，那是干什么呢？"

杨胜仁道："他要杀我呀，拿着刀追我。"

原告忙道："我可没有拿着刀，老爷。"

杨胜仁看了他一眼道："我也没说你。"

巡警奇怪道："那么你说的是谁呀？"

杨胜仁道："我说的是范统。"

巡警更奇了，说道："他不是拿刀杀伙计来了吗？"

杨胜仁道："他要杀我。"

巡警一听，简直透着乱，这案越审越糊涂，干脆，给他们统统地送到局里，解到法院，由法院审去吧。于是退了堂，把他们一行人暂且带下。

正这时，门外又一阵大乱，原来范老夫妇和范老伯也不知怎么得着信跑了来。他们是听说有个金店的伙计把范统的媳妇拐到一个街坊家里，这时杨胜仁来了，便帮助范统给找，一找找到街坊家，街坊反而把杨胜仁关门一打。范统急了，拿刀找了来，叫警察拦住，一起带到区里去了。范老夫妇虽然跟范统脱离关系，究竟是亲子，到底心疼，便跑了来，并且约了好几个伙计。来到范统家里，一看四六大开，心里越发着急，便又由人指着小胡同那里，闯进门去，连摔带砸，把人家的东西砸得稀烂，还跟人家要儿子儿媳妇。那人家如何能认，无缘无故受这损失，越想越心痛，小媳妇叫人家强奸啦，临完还挨砸，这还有天理吗？没别的说的，打官司。于是喊巡警，又一同到局里来。

到了区里，原告说范老夫妇的儿子强奸了他们媳妇，又来砸人。范老夫妇说他们把自己儿媳妇拐跑了，还打人。巡警一听，简直找不着头了，合着原告的女人是范统的媳妇，叫伙计拐到原告家里，杨胜仁是范统的朋友，是替他去找媳妇，可是范统为什么要杀杨胜仁呢？乱，越问头绪越多，连当事人都不知这是怎么一回事。

原告当然不明白根源，他们不知道杨胜仁为什么往他们家里跑。伙计也不明白，伙计到现在还不知道苏班洁是谁的媳妇，更不明白怎么又跑出个原告来。范统也不明白苏班洁到底是跟谁跑了？范老夫妇更糊涂，只有杨胜仁比较清楚点，可是为了这次"事变"已经吓得糊涂了，又挨了打，更觉昏乱。后来范老夫妇一告那小子拐范统的媳妇，他也认为是事实，也这样说起来，于是这个案子便闹得一塌糊涂，不可收拾了。干脆统统地送到法院给他们解决去吧，可是这公事都难写，好容易马马虎虎给他们送到法院去了。法院怎样发落，那是后话，暂且不提。

且说学校得知这个消息之后，立刻闹了一个训育会议，把范统和杨胜仁开除学籍。同学们也全都知道这个事了，大家议论纷纷。结论是大家都骂苏班洁一个人，说这都是苏班洁一个人闹的，女人就是祸水，一点也不错。

黎士方却和大家不一致。他说："这还是男人的罪过，不能放在苏班洁身上的。"

大家一听，便全攻击他道："你又替女性宣传了，这不是明摆着的事实吗？怎么不怨苏班洁？不贞、不节、不仁、不义、不信、不爱，种种的罪恶，她都有了，怎么能说不怨她？你也太好标奇立异，这种女人，不杀了她还做什么？"大家咬牙切齿。

黎士方道："无论女人多不好，都是男人自己上套，谁叫范统不先认识认识她，就贸然结婚？再者说，苏班洁这样做，不是她自己倾心这样做，她背后，还有坏男人唆使她、支配她，那些坏男子拿她生财，教她做些罪恶。固然，我们不能说苏班洁没有一点错处，可是比她罪过还大的男人们都躲在后面，我们仅看见了表面，没有注意到里层，社会上许多的罪恶，固然都是由女人而起，但是操纵的多半是男人。"

同学道："女人准没有主动的吗？你准不恨女人吗？"

黎士方道："是的，我永远不恨女人，我爱女人，至多我加上一点可怜上去。"

别人道："女人都可怜吗？谁又可怜你？"

黎士方道："男人总是自私的，一切论调都是己见，没有公论。"

别人道："女人不自私吗？女人有时比男人还自私。"

黎士方道："女人固然自私，但是她有时也能因受感情的感动而屈己从人，男人多办不到。"

这时有人见大家辩论不倒他，便大声嚷道："假如汪晴澜不爱你，你怎么样？"黎士方无话可说了，大家都鼓掌笑起来。

其实黎士方不是没有话说，他是听了这话，当时有了一种感动，他退出去了。而汪晴澜却在旁边听着呢，她见大家这样侮辱女人，十分生气。见黎士方这样主持公论，十分喜欢。有心帮助他说几句，但是又怕别人歪曲事实来起哄，后来有人说"假如汪晴澜不爱你，你便怎么样"，黎士方一句没说，便走出去了。汪晴澜一看，知道他是很难过了，遂也追了出来。

黎士方一人在院子里慢慢地低着头走，汪晴澜本想叫他，但是他们两个人许多天没有说话了，贸然叫他怪不好意思的。她也在院子里转，一边转一边想主意，一会儿抬头望了望黎士方，见黎士方往教室后边去了，那里是通着宿舍的。汪晴澜急忙从另一个门绕过去，和黎士方迎面走去。黎士方始终是低着头，虽然迎面走着，但是他一点儿也没有看见汪晴澜，汪晴澜偏正迎着他的道路走上去。黎士方却觉得有个人往迎面走来，他也不抬头看，却一闪就走了过去。

汪晴澜站住了，叫了一声道："喂。"

黎士方一听是汪晴澜的声音，十分奇怪，想她一定招呼别人，不是叫自己，所以站了一会儿，又走下去。

汪晴澜道："嗬，爱理不理？"

黎士方回头一看就她一个人，知道是叫着自己了，便道："哦，老没见，不，老没，老没谈了。"

汪晴澜道："哼，瞧这个酸劲儿，叫你都不理。"

黎士方道："我实在不知是你在叫我，有事吗？"

汪晴澜道："你倒是走过来呀，难道有事没事就这么老远地打电话吗？"

黎士方笑了，走了过来，问道："有事吗？"

汪晴澜道："有事吗有事吗？你瞧多贫。难道非得有事才理人吗？"黎士方便不言语了，随她走着。

两个人都没有话，默了半天，汪晴澜道："你瞧人家先理你了，你又不言语了。"

黎士方道："好，我言语，我说什么呢？"

汪晴澜道："你跟人家怎么那么些话呢？"

黎士方道："你说他们多可气，他们竟说你……"底下他不好意思说出来。

汪晴澜道："说我什么？"

黎士方道："说你不爱我。"

汪晴澜道："你怎么一说就是这种话，你不会跟我谈别的吗？"

黎士方道："哦，你把我叫住是陪你谈些风花雪月吗？对不住，如果你不叫我说这个，我们还是谁也不理谁好了。我跟你说，谈话的对象不是一样，而谈话的材料也是不一样的。看着什么对象，谈着什么话。见了师长，说师长的话；见了同学，说同学的话；见了朋友，说朋友的话；见了家里人，说家里的话；见了爱人，说爱人的话。如果见了师长说爱人的话当然不成，可是当着爱人说朋友的话，也大可不必。我现在需要说爱情的话，那别的话我现在都说腻了。我需要一个说爱情话的对象，我不再需要朋友，我需要爱人，我需要你！如果你不需要我，那我也没有办法，我们就还是谁也不

327

理谁好了！”

汪晴澜真没想到他竟会打开天窗说亮话。她道："好吧，你就随便说吧，你爱说什么就说什么。"

黎士方道："那么我问你，你是不是真爱我？"

汪晴澜道："你何必还要问呢？"

黎士方道："我要问。"

汪晴澜道："爱怎么样，不爱怎么样？"

黎士方道："爱，我还有话说。不爱，我们就从此谁也不必理了。"

汪晴澜道："那我们还是朋友呀。"

黎士方道："不，你只能做我的家人，做我的永远厮守的妻子，你不能做我的朋友。我不愿意我的爱人去爱别人，做人家的妻子。"

汪晴澜道："假如我一辈子不做人家妻子怎么样？"

黎士方道："这只是一说而已，我是你的，你是我的，只要你变成不是我的，我便永远孤独下去，也不再理你了。"

汪晴澜道："假如我永远爱你，但不嫁你，怎么样呢？"

黎士方道："那便不是真爱。西洋学者说：爱就是接触。恋爱的目的虽然不是结婚，但结婚却是恋爱的焦点。你这样问我，想必你不是真心爱我。"

汪晴澜笑道："我问着好玩，我现在可以跟你说，我是真……"

黎士方道："真爱我吗？"

汪晴澜倚在他的怀里了，两个人便抱着接了一个长吻。这时吴世飞走了来，咳嗽了一声，他们一看，他却走开了，一边走一边说："世界上的罪恶，都是男人造成的，说得一点也不错。"黎士方和汪晴澜全笑了。

汪晴澜道："我们到校外走一走好不？"

黎士方道："好吧。"说着，他们便走出校门。

汪晴澜一边走一边说："我问你，你是打算结婚吗？"

黎士方道："结婚倒不至于忙，因为我的姐姐还没有结婚呢，只要我们能够订婚，我就死心踏地地去努力我的功课了。"

328

汪晴澜道："难道这就用不了功了吗？"

黎士方道："至少订婚能够证明我们是'社团法人'了，你是属于我的了。"

汪晴澜道："哦，爱情里还有法律吗？这是真爱吗？非得订婚我才属于你的了吗？我知道在爱情里，是没有法律的。"

黎士方道："法律固然不能掺杂于爱情之间，但是它可以证明这是爱情的结果。比方父母去世，守墓三年，披麻戴孝，虽然真的孝子不一定是这样，但是这点都做不到的，他的孝心也就可想而知。这就好像运动，善跑者不必定出百米二百米来，有力者不必一定去推铅球，但是已经规定出来而跑不到，那就无法证明他是善跑的。社会上一切的规则，不是一定要限制人，而是证明你的行为是善是恶，固然，在我们说所谓善恶本来没有一定标准的，但是人们既定出善恶的道路来，人们就得按着道路走，社会就是这种社会。如果我们不赞成这种状态，我们非得把社会的一切制度推翻不可。我们现在书归正传，爱情也是如此，爱情国里虽然没有法律，但是爱情的人却整个活在法律的圈子里，活在有着一切制度的社会里。不管你高调唱得如何动听，你也得跟着它走。比方，爱即是接触，接触也是人类的本能，动物的天性，但你能够不和我结婚，而和我接触吗？只要你能够这样，我一辈子不谈结婚也可以。但是你呀，你做不到，你只能说一说爱情是什么而已。人不能光往一方面想，往一方面想，就是近于唱高调了。非得自己能够做出来，然后再唱高调不迟。我并不是讥讽你光说不做，我只是表明我的心迹。假如我们当真在一个理想的社会里，我们无须乎结婚，甚至无须乎夫妻的名称，可惜，现在还不是那理想的社会。"

汪晴澜听了他这套话，很为动容。她道："那么你姐姐为什么不结婚呢？"

黎士方道："她有她的理由。"

说完，他又接着说道："我猜到你也要说你也有你的理由了。"

汪晴澜笑道："我干吗那么说呢？不过我总觉得一个人有一个人的苦衷，这苦衷，女孩子比男孩子多些。第一，女孩子顾忌多；第二，女孩子感情重；第三，女孩子魄力小。所以一有了种种难关，便徘徊歧途，莫知所之。每个女孩子都有矛盾的心理，一般人，是不明了女孩子的心理的，以为女孩是故意拿糖。中国的家族主义，就是文化、经济等障碍。直到现在，几千年了，多年轻有为的青年，都毁在家庭里。可是我们不能反抗，脱离了家庭，就是背叛了社会，因为中国的社会就是家庭社会。你想，我们能够抛开家庭而独自行事吗？况且我们的经济，完全依靠家庭，不但我们自己，就是中国整个社会的经济，也都在家庭的手里，我们能做叛徒吗？所以婚姻虽然是我们个人的，但也不能不商得家长的同意。"

黎士方道："现在的家长们，对于子女，总是不放心，若是儿女向他们说了，他们非反对不可，我不知道这是一种什么心理，他们是怕孩子们选择的伴侣不可靠呢，还是认为孩子自己订婚便是非礼？真奇怪！"

汪晴澜道："你母亲也是这样管束你吗？"

黎士方道："不，我母亲对我完全是给我自由的，不过总是告诉我谨慎就是了。"

汪晴澜道："那你不谨慎。"

黎士方道："我没有什么不谨慎的。"

汪晴澜道："你准知道我就不是和苏班洁一样吗？"

黎士方笑道："因为我不是范统那样，所以我相信你不会是苏班洁那样。我问你，你的家里对你的婚姻取什么态度？"

汪晴澜道："根本就没有提过，所以我也不知道。不过我母亲是非常爱我的，我父亲却比较严厉些，他还是旧思想。"

黎士方道："那么你母亲通过，你的父亲一定也没有问题了吧？"

汪晴澜道："那谁知道呀！"

黎士方道："那你就试着说一说去。"

汪晴澜道："好吧。"

两个人说着，已经走得很远了。汪晴澜道："我们回去吧。"

黎士方道："我们居然走出这么远来。"

于是两个人又往回走，走到学校已经很晚了。黎士方道："明天星期六，后天星期日，我们上哪儿玩去？"

汪晴澜道："我哪儿也不去，我还得回家。"

黎士方道："你瞧，我一约你，你就回家。"

汪晴澜道："真的，你不是叫我回家说去吗？"

黎士方道："哦，好吧。"

汪晴澜道："你瞧，为你的事，这就好吧好吧了。"黎士方一笑而别。

第二天下午，汪晴澜回家了。她的母亲汪老太太见了她，自然非常欢喜。老妈子说："你瞧，老太太真心疼小姐，准知道小姐今天回来，所以早就买了香蕉放在冰箱里，给小姐预备吃，小姐回来得真是时候，香蕉这时候也凉了，我给您拿来吧。"

汪老太太道："好孩子，天热了可不能骑车了，马路上晒得一点躲闪没有，骑得一身汗要热坏了呢，不骑车倒好。昨天咱门口还有辆汽车撞了一个骑自行车的，简直是危险。"

汪晴澜道："我这时想吃冰激凌，心里和着了火似的。"

老太太道："以后你不会等到晚上凉快的时候再回来，或是一早也成，这正是大热的时候，冰激凌可不能吃，还有冰棍，都不能吃，一肚子心火，拿凉的一压，非病坏了不可。凉凉的果子吃着不好吗？静静地坐一会儿就好了。"

老妈子打来脸水，汪晴澜洗了洗脸，一边吃着一边和老太太谈着话。她说："妈，我回来的时候，同学们约我划船去，我没有去。我看天气不好，所以跑回来了。这两天总是一阵一阵地下着雨，也不痛痛快快地下。"

汪老太太道："天真旱透了，这要不是法源寺作祈雨道场，还下不了呢。可是不管天好不好，这时候也不能划船，多么热呢！"

汪晴澜道："在海里头凉快。"

老太太道："海里怎么着，更不凉快，一棵树也没有，多晒呀！"

汪晴澜笑道："海里还会有树？"说得全笑起来。

吃过了晚饭，母女两个人又谈着话，老太太在汪晴澜屋里谈到十点多钟。她的父亲回来了，这次她父亲见了她，仿佛对她比以前温和多了，她也感到奇怪。谈了一会儿，她父亲到他屋里去安歇，她母亲也想回屋睡觉，叫女儿早些歇着，汪晴澜却拉不长扯不断地说上没完了，老太太只得和她说话儿。

到了十一点，老太太也困了，说道："歇着吧孩子，明天还得早起。"说着，便起来往外走。

汪晴澜低声叫道："妈，您忙什么，再待一会儿。"

老太太是难得女儿这么高兴，不过她总怕女儿疲乏了。她道："好孩子，明儿妈妈不出门，听你说一天。"

汪晴澜道："不，妈，你再待一会儿。"

老太太看她这神气，猜她也许是有话要说，遂又坐下了，说道："孩子，你有什么话说吧。"

汪晴澜道："没有什么话。"

老太太道："你这孩子又学坏了，到晚上不睡觉。"

汪晴澜道："我们在学校宿舍里，总是跟同学们说到半夜才睡呢。妈，我在您屋里睡吧！"

老太太道："去吧。"说着，同了汪晴澜来到老太太屋里，只叫老妈子把小姐的被子拿过一床来，母女两个人，便躺在一个床上。汪晴澜便谈到学校的同学谁跟她好，谁帮她忙，老太太听得都困起来。

汪晴澜说："妈，我们同班有个叫黎士方的，他的功课最好，品行也好，没有一样不好，同学都非常喜欢他，妈您要一见了他一定喜欢他的，他待我好极了……"

老太太早就猜到她小心眼里的心事，现在听到这里，才算归入正题。但是汪晴澜仍是不敢明说出来，老太太心说，你不若痛痛快快地说出来，何必绕这么大圈子呢？不过老太太一听到女儿提到心事，反而使自己为难起来。因她知道汪晴澜父亲的脾气，是非常别扭，宁肯自己错了也不愿意别人替自己出主意。但是女儿的意思又不愿意太阻碍她。

老太太道："倒有什么话你说得了，你是不是又自由地交个男人？"

汪晴澜道："您别说什么自由的字样成不成？自由两个字在旧人

物的脑筋里，总认为不好。"

老太太笑道："我也不会说什么新名词，干脆你都说了实话，不就完了吗？"

汪晴澜把头倚在慈母的怀里道："我想明天您见一见我那同学，姓黎的，好不好？"

老太太道："你是不是跟那姓黎的私自订了婚？"

汪晴澜道："没有，不过……"

老太太道："那怎么样呢？"

汪晴澜道："您真是，您老问。"

老太太道："我不明白还不问吗？"

汪晴澜道："这你还不明白？"

老太太笑道："好孩子，明天我向你爸爸去说，不过你爸爸的脾气，你总知道。"

汪晴澜道："不会不叫我爸爸知道？"

老太太道："那怎么能够成呢？明天我跟他说去吧，反正是有我呢。"

汪晴澜道："我告诉您，您别提什么订婚结婚的，您就说有个同学很好，家里如果有人给提婚，先给拦下就成了。"

老太太道："好吧，睡觉吧。"娘俩便全睡了。

第二天起得晚些，老头子已经走了，说到一个同乡家里，昨天来电话约的。母女两个人的话，只好等老头子回来再说吧。一直到晚上，汪老头子才回来。汪老先生是非常爽直认真的，对朋友是非常热心。关于汪晴澜的亲事，也常有亲友同乡来说，汪老先生以为汪晴澜正在求学时期，暂且先不提呢。将来她毕业后，或是再留学或是在社会做点儿事，学识和经验都丰富了，有了选择能力，理智加强，经济也能独立，那时由她自己选择去，自己是不过问的。不过现在她的一切都还没有健全，而婚姻又是一生大事，不能潦草从事，所以还得取干涉态度，免得汪晴澜因一时感情冲动，陷入苦恼里，自己也对不住她。亲友得了他这种回话，也就不再提。

昨天晚上，忽然有个同乡给他打电话，约他去谈。这位同乡是

333

老朋友了，感情相投还在其次，一切见识、思谋，都是相合的。所以自己有什么事，只要这位同乡给办了，就如同自己办了一样，丝毫不再说话。今天来到同乡家里，给他介绍了一个学生，长得很体面，说学识非常好，在学校常考第一。汪老头子一见，很是喜欢。

同乡的就提到汪晴澜的亲事，他说："这亲事由我做主，给也得给，不给也得给。告诉你说，绝不委屈姑娘就完啦。他的根底我全清楚，你也不必打听。你看着不是喜欢吗？担保晴澜那孩子也不会反对。你那套意思我全明白，可是只是一说而已。真要是晴澜在外边交了男朋友，私自订了婚，你想管也管不了啦。你还不明白吗？什么女大当嫁，什么留来留去结冤仇，这话都不必讲，先说这么一句话吧，等到她毕业了做了事，是不是能有这么好的对象，你自己想一想去。做了一辈子父亲，到女儿的终身大事的当儿，你不给她拿主意，对得起谁呢？这个亲事，我的主意，就算定下了。回头跟大嫂子说，明天我带着这孩子见她去。为孩子的学业，可以先不必结婚，订妥了孩子也放了心，不然她在学校里胡交起来，你管得了吗？那不叫爱她，那叫害她了。"

这一席话，把老头子说动了。回到家里来，正想和汪老太太说，汪老太太却先和他提起这事来，说孩子在学校有个同学的怎么要好……她的话还没说完，汪老头子便瞪了眼，说道："好呀好呀，人家的话总没说在后头，这孩子当真胡闹起来了，这要是叫人听见，我怎么对得起人家呢？我已经答应了人家的亲事，她再自由一个，这咱们还有什么脸面去见人。"

老头子这么一嚷，老太太吓得也不言语了，心说，怎么会这么巧，平常老头子向来不答应人家的亲事，今天为何又答应人家，总是怪脾气。

老太太跟汪晴澜一说，汪晴澜一听，脸色全变了，她非常难过，倒在床上哭了，老太太百般安慰，总是不成。她一直哭了一夜，第二天，便病了，不能起床。

老太太又着急了，找老头子不答应，说："你要我女儿的命，我也跟了她去，我不活着了。"

334

老头子一听，也有点抓瞎，但是又不能把自己威严马上减去，他说："随她去，病就病，死就死，反正我不能由着你们。"老太太一听，也发愁了。

汪晴澜更难过，她躺在床上不起来，学校也不去了，光是哭。想叫老妈子给学校黎士方打个电话，说自己病了。但又一想，婚姻终究是吹了，何必还这样恋恋，越是这样做，越是苦恼的，干脆一刀两断了吧。反正自己已经定出两个道路来走，一个是积极的自杀，或是跳海，或是投河，早早把自己的生命了结。一个是消极的自杀，就是对一切事不再感到兴趣也不进取，也不结婚，就这样下去了，多咱死去，多咱为止。她午饭也不吃了，老太太也着急，老头子也转不回这个脖儿来。

这时，同乡带着那男孩子来了，老头子非叫老太太见不可。老太太见了，也倒是挺喜欢的。于是又叫汪晴澜见，汪晴澜如何肯见呢？她怎么也不肯见，她说："我根本不想活着了，何必耽误人家青春呢？"

老太太再三劝说，并说："见一见也没有什么，见了你再说不乐意，不也可以吗？你非得把你父亲脾气勾起来，跟你没完，你也就傻了。"

汪晴澜一想，去就去，反正自己有自己的主意，她照镜子一看，两个眼睛都哭红了，她一想，何不故意弄得丑些，叫对方看着不乐意，由他自动撤退，不更好吗？想到这里，又把头发故意弄得乱七八糟，往脸上抹了两指的墨，穿着一件旧衣服去了。

到了客厅一见，不觉怔了。原来那个男孩不是别人，正是黎士方。她不由"呀"了一声道："咦，原来是你呀！"

黎士方笑道："可不是？"

汪老头子一看，如丈二和尚摸不着头脑了。他道："怎么回事，你们认识？"

那位同乡笑道："大哥，这是我来的这么一点花招。他们这俩孩子挺好，我看着也正是一对，这事你得办。我想你若是知道他们是自由恋爱，你一定不肯答应。所以我出了这样一个主意，这回你办也得办，不办也得办。"

那边老太太一听，喜得流出了眼泪，这一下可三合其美了。老

335

头子也笑了，他道："你这人尽闹这玄虚！"

那位同乡看汪晴澜道："哟，姑娘，你这是怎么打扮呢？"

汪晴澜一听，想到自己弄的一脸墨，也禁不住笑着跑出去了。

于是他们的婚姻是不成问题了，不过却要等到毕业后，走到社会上来，两个人都能从事生产，经济可以独立，才能够结婚呢。

这时范统正在狱里，他们那件公案，已经由法院解决了。合着范老夫妇碰了街坊，照样赔偿损失，街坊打了杨胜仁，也是杨胜仁罪有应得，不过仍由街坊给医药费。金店伙计那是被骗，只好等抓到被告苏班洁后再行传案审理，也就只好自认倒霉。范统杀人未遂，虽然是神经受了刺激，一时冲动，但究竟是犯了法，处了徒刑，收在狱里，其余的人都取保释放。

杨胜仁这时因为学校已经开除学籍，只得搬到公寓暂住，等家里寄钱来，再回归南方。他往大通公寓这条路上走来，不料却正碰见苏班洁同着一个男的出胡同口，他一看那男的不是别人，却是公寓伙计李斗。原来李斗听说范统这回事了，他是认识苏班洁家里的，因为范统住公寓时，时常叫他到苏班洁家里送信。他早就知道苏班洁是个野鸡，不过他不能跟范统说。如果说了，范统能揍他一顿，同时苏班洁也时常给他一点好处，李斗也乐得占占便宜。因此两个人感情总还不坏，这次他听了这事，连忙跑到苏班洁家里，他想怎么也可以敲她点什么，钱不钱在其次，能够亲近一次也就够了。

谁知他到了苏班洁的家一问，早就搬了家。他失望了，但还不死心，就在附近调查，结果还是被他找到了。自然，他要表示他的意思，他说："你弄了几万，一个人独吞了不成。范先生跟我不错，我得给人出出力。"他连软带硬，苏班洁是干什么的？当然也连迷汤带拍，合着是出人不出钱。苏班洁陪着他玩了几天，听听戏洗洗澡什么的。李斗还要套交情往长里走，说将来有机会还帮忙合作，公寓里的大头多得很，有机会可以介绍。两个人很高兴地玩了几天；连杨胜仁都没李斗这种福气。

他们以为范统在狱里，没人遇见他们，遂也形同夫妇地各处玩儿，不料今天却遇到杨胜仁。杨胜仁为苏班洁吃了这么大亏，受了苏班洁的骗，他正在懊恼，见了她如何不报复？可巧她同着的又是李斗，越发使自己生气。他过去揪住苏班洁便喊巡警，李斗如果这时一跑，也就没他什么事，偏巧他是色令智昏，要帮助苏班洁，便拉杨胜仁。杨胜仁是死也不放苏班洁，巡警跑来，一起被捕。因为与前案有关，便送到法院。这一来，苏班洁和李斗全都犯了罪，也送到狱里。

李斗见了范统，说道："范先生，您早来啦。"

范统道："好哇，小子，出去再说。"

李斗道："范先生您怎么不明白，我算是给您出了气。要不是我，谁找得着她？我早就看出她是个野鸡。"

范统道："那你怎么不跟我说？"

李斗道："我若是跟您说了，您不揍我一顿才怪呢。我是告诉您，不增一智不长一事，不对，不增一事，不长一智。我跟您说，我时常在公寓里听先生们说，什么恋爱没有阶级，谁说的，没有阶级得挖了我的眼睛。苏班洁就是配我这样的合适，你一死地跟她谈恋爱，这不是冤大头吗？学生老爷有钱，干什么不成？偏要捧戏子，傍大鼓姐，弄女招待。告诉您，那不成。她绝不会和您一心一意，天生来的下贱货，您想往高里提，办不到。男女调一过儿，也是如此。打破阶级的小姐，姘理发师、捧戏子，这就叫恋爱，明儿在街上的狗都会'神圣'起来了。跟您说，世界上没有没阶级的，只有一处不分阶级，就是这个监狱。"

范统道："那么一说，我倒成了浑蛋了。"

李斗道："那是您这么说。还是那句话，不增一事，不长一智。您不是，不长一智。妈的这两句话挺绕嘴。如在社会上学的玩意儿，准保比学校学得多而且有用。现在什么也不用说，熬到出了狱，我还是干我的活计。您哪，说您干什么好？至不济，我来辆三轮车，您成吗？"

李斗的话说得范统似睡似醒，把眼睛一闭，那明亮的窗栏，仍然显在眼前，由白色变成红色，由红色变成黄色，渐渐橙而青而蓝，那窗形也渐渐迷成一团，好像一张女人的脸，由鲜艳而变为魔鬼，而为骷髅了。